通灵师
Shaman

[美] 金·斯坦利·罗宾逊 著
(Kim Stanley Robinson)

李 静 译

SHAMAN BY KIM STANLEY ROBINSON
Copyright © 2013 by Kim Stanley Robinson
This edition arranged with The Lotts Agency Ltd. through Andrew Nurnberg Associates International Limited
Simplified Chinese Copyright © 2016 by BEIJING ALPHA BOOKS. CO., INC.
All rights reserved

版贸核渝字（2016）第118号

图书在版编目（CIP）数据

通灵师 /（美）金·斯坦利·罗宾逊著；李静译. —重庆：重庆出版社，2020.8
书名原文：Shaman
ISBN 978-7-229-14394-7

Ⅰ.①通… Ⅱ.①金… ②李… Ⅲ.①长篇小说—美国—现代 Ⅳ.①I712.45

中国版本图书馆CIP数据核字（2020）第113951号

通灵师

［美］金·斯坦利·罗宾逊 著
李静 译

策　　划：华章同人
出版监制：徐宪江
责任编辑：徐宪江　黄卫平
责任印制：杨　宁
营销编辑：史青苗　刘晓艳
装帧设计：荆棘设计

重庆出版集团
重庆出版社 出版
（重庆南滨路162号1幢）
投稿邮箱：bjhztr@vip.163.com
三河市九洲财鑫印刷有限公司　印刷
重庆出版集团图书发行有限公司　发行
邮购电话：010-85869375/76/77转810
重庆出版社天猫旗舰店
cqcbs.tmall.com
全国新华书店经销

开本：880mm×1230mm　1/32　印张：13.125　字数：347千
2020年9月第1版　2020年9月第1次印刷
定价：52.80元

如有印装质量问题，请致电023-61520678

版权所有，侵权必究

目录

第一章　隆的漫游 / 1
　　大家和隆一一拥抱告别。两周的漫游生活，从一无所有开始，这是所有通灵师都要经历的第一次：你要证明自己一个人可以从零开始，不仅要活下来，还要活得很好。

第二章　狼族部落 / 65
　　索恩眯着眼睛盯着那面已经被画过无数次的岩壁，拉出几块地血、一排燧石片和刻刀。隆开始坐下来整理刀尖。这是他梦寐以求的，也是他成为通灵师必经的训练。

第三章　遇见埃尔加 / 121
　　漫长的冬天和饥饿的春天终于结束了，他们等到了一年中最能吃饱的时候，迎来最富饶的节日——八八节。来自不同部落的人聚到一起，他们第一次遇到对方，也许以后就生活在一起。

第四章　饥饿之春 / 160
　　隆和埃尔加的孩子出生的这个春天并不是个好季节，他们为过冬储存的食物几乎全都没有了。到了晚上，索恩整夜整夜地吟唱，祈求夏日精灵早日到来。

第五章　冰与雪之地 / 219

隆被眼前的景象惊呆了，这里储存的食物够整个部落吃上两三个冬天，这些北方人太富有了！不仅如此，他们还驯服了很多狼帮他们干活，它们总是用恳求的眼睛望着这些北方人。

第六章　追捕之途 / 276

他们从洼地里跳出来，穿着雪地鞋向积雪覆盖的第一道河床跑去，虽然后面没有叫喊声，但索恩的奔走表明那些追捕者可能会看到他们。所以，他们必须不停地奔走。

第七章　各重世界相遇 / 330

今年的八八节与以往不同，大家都紧紧簇拥在一起，男人站在最前面，孩子都挤在女人中间，他们都做好了战斗的准备。那些北方人在咆哮：他们在那里！

第八章　通灵师 / 385

颜料准备好了，隆走到岩壁边，一遍又一遍地把手伸到颜料里再按到岩壁上，它会向人们展示野牛人的模样，他的伟大，他的力量。他不停地按着，直到颜料用光。

第一章
隆的漫游

"我们有一个坏通灵师。"

每次做坏事的时候索恩总会这样说。不管对方说什么,他都会拉起自己的灰色长辫,把耳洞周围坑坑洼洼的红色伤疤露出来。为了让学徒们长记性,他们的通灵师会用骨针生生地穿过他们的耳朵,然后从另一侧拉出来。而为了让隆记住什么,索恩总是猛地甩他一耳光,然后指着自己的耳朵,露出一副"你那根本不算什么"的表情。

此刻,他正拖着隆的手臂,一路拽着沿山脊小道朝皮卡巨石走去,巨石位于厄伯和洛厄山谷之间的瞭望石上。现在已是傍晚,低沉的乌云在头顶翻滚,掠过高高的山脊和沼泽平原,仿佛给整个世界罩了一个巨大的灰色屋顶。厚厚的阴云之下,几个人跟在通灵师索恩的后面。今天是隆开始漫游的日子。

"为什么非要今晚?"隆抗议道,"你看,暴风雨就要来了。"

"我们有一个坏通灵师。"

——所以,只能这样。大家和隆一一拥抱告别,怜悯地看着他，忍不住摇了摇头。他们的表情似乎在说，今天晚上一定很惨。告别仪式结束后，索恩拿出笛子拍打手心，嘶哑着嗓子唱起告别曲：

> 这是我们的开始，
> 也是我们的重生。
> 把自己交给大地母亲，
> 她会回应你的求助。

"如果你的请求令她满意的话。"他拍了拍隆的肩膀补充道。这句话引来一阵笑声。当大家把隆的衣服、腰带和鞋子一一脱掉时，有的人脸上不由得流露出嘲笑的神情，当然，也有充满鼓励的眼神。他们把东西递给索恩，他正紧紧地盯着隆，似乎又想要抽打他。当隆脱到全身一丝不挂时，他用手背轻轻地拍了一下他的胸口。"去吧，出发吧，等月圆时候再见！"

如果适逢晴天，这时就可以看到一弯新月悬在西方的空中。十三天的漫游生活，从一无所有开始，这是所有通灵师都要经历的第一次。只是这一次暴风雨即将来临。还有，虽然已经是四月，但地上仍然积着厚厚一层雪。

隆看着西面的地平线，一脸茫然。去乞求推迟一个月有损面子，而且也没用。因此，隆只是冷冷地瞥了索恩一眼，便开始规划自己的路线。他要走到洛厄山谷下面的河床里，河道两旁有不少小树林。不过他现在是光着脚，而从皮卡巨石下去的斜坡上全是石头——所以他可能需要另找一条路。一般第一个决定都是正确的。"天上的乌鸦朋友，"他大声喊道，"快来给我带路，不许耍花样！"

"但愿乌鸦能够帮助你。"索恩说。隆属于乌鸦部族，索恩不是。隆没有理会他，只是盯着脚下的斜坡，希望能找出一条路来。索恩又拍了他一下，然后带着其他人向山下走去。隆一个人孤零零地站着，任凭刺骨的寒风朝身上扑来。他的漫游生活正式开始了。

可是，眼前根本看不到能走下去的路。好长一段时间，他似乎僵在那里，也许永远无法开始自己的新征程。

所以，该我出场了。我钻到他的身体里，轻轻地拎了他一下。

我是第三道风。

隆从巨石上走下来，回头望了望，本想对索恩龇龇牙，可惜他们已经消失在山脊上。他向下跳着，决定不再去想索恩。脚下是沾着雪的粗砂岩，一小窝一小窝地堆积在一起，正好能让他看清如何落脚。他在岩石上跳来跳去，像猫一般敏捷，双手做好抓握的姿势，这样可以帮助他做一些缓冲。他的脚趾冻得发硬，但现在顾不得它们，他要把全部能量集中在手上。因为等到了树林里，他需要用手的地方很多。开始下雪了。最初只是零星小雪。斜坡上还有成片的积雪，这比直接踩在岩石上好受一些。

隆收紧肋骨，将热量传导到四肢和皮肤上，他不停地咕哝着，直到身体开始发热，连飘落在身上的雪花都瞬间融化了。有时候，忙碌是获取热量的唯一办法。

隆从斜坡下来，跨过洛厄山谷底部的岩石堆，穿过溪流，走到对岸。他踩着被薄薄一层落叶覆盖的地面向前走，由于雨水和融化的积雪，脚下湿软黏腻。这个时候必须避开脚下成片的残雪。今天是四月的第一天：这样的地方想生出火来可没那么容易。如果有火的话，晚上会好过很多。

洛厄山谷顶部是一个陡峭的凹形峡谷。一簇簇云杉和赤杨树环绕着中间的一汪泉水，那是山谷间小溪的源头。他应该能在那里找到一个避风的地方，还有可以包裹身体的树枝，而且树下的积雪也不会太多。他加快速度朝树林走去，同时提防失去知觉的脚趾踢到东西。

终于到了杂树林，他从树上扯下几根云杉的枝条，一一掰断，上面全湿漉漉的，他咒骂了几句。即便这样，那潮湿的叶尖也能帮他保留点热量。他把两根枝条编起来套到身上，露出头，就像一个简陋的斗篷。

接下来，他把干枯的矮松根折断做取火底座，又在泉水旁找到了一块非常适合做斧头的石块。他拿着石块砍下了一根笔直的赤杨木树枝做生火棒。他的手指没怎么冻僵，还能握住石头。这时他没有觉得特别冷，除了双脚以外——它们似乎已经不存在了。落在树下的云杉针叶像是给地面铺了一块垫子，上面没什么积雪。他蜷缩在最大的一棵云杉树下，把脚伸进厚厚的针叶垫子里，拼命地扭动着。等它们稍有知觉后就立刻抽出双脚去找火绒。再好的取火装备都需要火绒。

他把手伸进一根枯死的云杉树桩里，慢慢摸索着有没有木渣或火绒，最后找到了一些比较干的碎木屑。他把较大的树枝叠着垒起来，然后把小的枯枝折断塞到下面。虽然那些小枯枝摸起来有些潮湿，但里面却是干的，肯定能燃烧。他还可以找到更大的枯树枝。这片小树林里有足够多的柴火供他使用。但问题还是没有火绒。无论是云杉还是赤杨树都没有腐烂到可以做火绒，看来只能靠运气了，或者找一些被蚂蚁蛀空的木头。他在倒在地上的树中选了几棵最大的，然后跪在地上，避开积雪，埋头挖着，他不时地把大树枝翻过来，在地上搜寻着。虽然从脚到胳膊肘都弄得肮脏不堪，但这样也能让他暖和起来。

现在最重要的是要找到干燥的朽木或火绒。他用力地把水从一段腐烂的木头里挤出，可惜最后只剩下黏糊糊的一堆，就像是枯萎的苔藓或毛蕊花，而且还是湿漉漉的。那根生火棒粗糙的尖头绝对点不着这坨屎一般的东西。

"求求你了。"隆对着树林祈祷，恳请它原谅自己之前的咒骂，"赐予我一点火绒，拜托了，上帝。"

什么都没有。太冷了！他不能再跪在潮湿的地上挖木头。他必须得站起来跳舞以获得热量。这样他的手能暖和一些，不会像双脚那样失去知觉。哦，要是有火的话今晚会好过很多！这里一定有可以生火的东西。

他手里什么都没有。原本他的腰袋里有装着打火石、干苔藓、点火棒和底座的小鸡皮袋。如果允许穿衣服和携带物品的话，他肯定能熬过今晚以及接下来的两个星期。当然，这也是把他扒光送出来的原因：漫游的核心在于你要证明自己一个人可以从零开始，不仅要活下来，还要活得很好。等到了月圆之夜，他必须像模像样地回到营地。

可眼下第一个难题就是如何度过今夜。他开始拼命地跳舞，甩动胳膊，两只手画着大大的圆圈。他一边唱歌一边扭动身体。没过多久，除了脚之外其他地方都渐渐暖和起来。但这也让他累得不行。他努力在寒冷和体力之间寻找平衡点。他在原地兜着圈，眼睛却一刻不离地盯着地面，希望能找到类似木渣或火绒的东西。还是什么都没有。

每片树林里都会有可以点燃的木头！

这是说到火时希瑟重复最多的一句话，虽然他们很少谈到火。隆重重地、恳切地大声喊道："每片树林里都会有可以点燃的木头！"可是在这样的夜晚，他自己都不相信。这样想只会让他发疯。

继续挖！

他看到一根倒地许久的木头，正好压在另一根木头上，他走过去，翻开木头，下面是两堆几乎烂得像土堆的木屑，说不定可以找到火绒；只是，此时此刻，那堆东西湿透透的，而且特别冷。

看清楚之后，他一拳打到那堆软塌塌的木头上，然后继续原地兜圈子。

随后，他又对着另一根木头挖了一阵，可惜只拿到一块硬邦邦的木结，两边还长着尖刺，那角度看起来很适合做投矛器。他用这块木结换掉刚才的那个生火底座，这个明显更合适。那根赤杨木生火棒看起来依然不错。万事俱备，只欠点火的干木绒。

要是雨能小点就好了。由于太冷，狂风中还不时夹带点雪花。寒风吹到身上，就像是被冷沙击中一般。他只好先找个地方躲避一下。他爬到一棵云杉树下，粗大的树枝一直垂到地面。他紧紧依偎着树干，却沾了满身的雨滴，还有树缝里钻进来的一缕缕寒风。云杉的针叶很扎人，地面也非常冷，他上下抖动着肩膀，一边唱歌一边诅咒索恩，坏通灵师！

不过男孩总要成长为男人。漫游就是对他们能力和耐力的考验。猎人们的漫游也一样悲惨。据说有的部落的通灵师还要经受更为残酷的考验。

隆再次把索恩逐出脑海。他把云杉下面的树枝试了一遍。如果找到一根可以折断的枯树枝，即便外皮挂着树脂，但内里干燥，也许他就能用石头尖把它慢慢磨碎，磨成细木屑，然后用点火棒引燃。值得一试。再说了，那样的劳作还能让他暖和一点。

可实际上，那些挨着树根的树枝根本掰不断。

雨停了，他扭着身子从树下钻出来，然后爬到其他树下去寻找干树枝。他的手快要冻僵了，几乎抓不住那些树枝。

过了一会，他掰到了几根看起来合适的树枝。如果其中一根能点着火，剩下的那些也会是很好的柴火。

他找到一块适合做底座的岩石，还有一块更合适的石槌，他把那根最干的树枝放到底座上，用力地敲打。虽然树枝总是滑到一边，而且肯定需要很久，但总算是有希望。他敲啊，敲啊，敲啊，手指因为冻僵而变得笨拙，他必须小心翼翼地避免砸到它们。两年前，他曾砸伤过一个指头，到现在指尖处还有一个凹痕，和其他手指相比明显肿胀一些，而且总会发麻。他给那根手指起名为肥指。所以现在他十分谨慎，偶尔会击空，直接砸到底座上。敲击时偶然迸发出的小火花让他对点火棒愈加渴望了。不过在这样的夜晚，一两点零星的火花还远远不够。

最后，那根树枝的一部分被他砸成碎屑，而且非常干燥。他盘好腿，弯下腰，那堆木屑看样子应该能点着。他气喘吁吁地带着新装备爬回之前避风的那棵树下。除了两只脚以外，他已经不觉得冷了。接下来就是生火：双脚夹住放着碎木屑的底座，双手在正上方紧握点火棒。一切就绪：现在开始旋转点火棒。

点火棒在他的手里上上下下地戳向木屑堆，轻轻地，来来回回，反反复复。先是手掌顺着点火棒向下用力，就在将要到达底端时，一只手握住底端，另一只手迅速上移到顶端，抓住，然后再重新开始，停顿时间越短越好。外面还在下雨，树下则是顺着树干流进来的雨滴。看样子是点不着了。但他不愿意承认这一点，一旦承认，他只会更冷。

过了许久，大概有一两个时辰，他不得不放弃，至少要放弃这根树枝了。那堆木屑太厚，而且一段时间之后也变得有些潮湿。点火棒对准的那个点开始发烫，摸的时候还差点烫到他的指尖。四周的木屑也有些变黑，但就是着不起来。

隆呆呆地坐着。即便他能渡过这个劫，以后也很难把这一切讲给索恩听。老通灵师一定又会对着他的耳朵来一下。不管在任何时候，任何地方，你都必须生火，条件越糟糕，火就越重要。和大多数通灵师一样，索恩特别擅长取火。他经常教授给隆和其他孩子各种生火的技巧。他把点火棒放到他们的额头上，然后旋转，以便让他们了解旋转的速度和温度的关系。到最后，无论老家伙给的任务有多难，隆都能够成功取到火。但不管怎样，那时候总能弄到干火绒。

隆又一次从树下爬出来，站起身，沮丧极了，他忍不住啜泣起来，接着又开始跳舞，一直跳到完全不冷，身上蒙了一层薄薄的汗珠才肯停下来。当雨水渐停时，他的身上冒出一阵阵热气。他很饿，可什么吃的都没有。看样子只能嚼嚼石子，想点其他事情了。嚼着石子，雨中跳舞，管它冷不冷，这就是他的漫游。等天亮之后，他要找一处更好的栖身之地，要么是岩洞，或者是其他上面有遮挡的小窝。还有干燥的木絮。他要开始为满月之夜的回归做准备。到时候他要穿着衣服，手握长矛，吃得饱饱的回到营地！身上穿着狮子皮！脖子上挂着熊牙项链！他已经在自己的眼中看到了这一切。夜色中，他大声喊出了自己的目标。

过了一会儿，他又爬回那棵最大的云杉树下，头靠着膝盖，胳膊紧紧抱着双腿。不一会儿他又站在树林里，跳舞，寻找栖身地，捡拾起一根又一根树枝仔细检查。如果是可用的，他就把它们堆成一小堆一小堆，每一堆都不一样。他嘴里一直唱个不停，还时不时地诅咒索恩几句。诅咒他命根子断掉，被狮子吃掉……有时隆还会大喊一声——太冷了！索恩经常会把自己的想法用通灵师语中的旧词喊出来，那声音听起来就像是词语本身：依稀瓦卡塔！依稀瓦卡卡卡卡卡替替替……

突然间隆的大脚趾踢到了什么东西，骨头很疼，不过那里的肉却没什么感觉，他气得又一阵诅咒。诅咒乌鸦在你头顶拉屎，诅咒你断子绝孙……他趴在地上，膝盖、脚趾、手掌、额头着地，僵硬地做了几个俯卧撑。也许他可以想想那个来自狮子部落的女孩，和隆一样也属于乌鸦族。虽然这是不被允许的，但他们还是眉目传情了许久。这个时候想着她或者他们部落的萨杰意淫一番能让他暖和不少。

这个念头纠缠了他许久：他的眼皮里尽是一幕幕裸露的画面。这让他暂时忘记了冰冷的雨滴。他的小腹下面开始燃烧，可还是太冷了，他只能让下面那一小块保持温暖，以免被冻伤，否则就真糟糕了。

又过了一会儿，雨小了不少。黑压压的乌云似乎变亮了一些。没有月亮，没有星星，他无从判断何时天会亮。感觉应该快了，也必须快了。真是漫长而难熬的一夜。

他站起来，甩了甩身子。头顶的灰色渐渐转淡。他又开始唱起欢快的歌曲，这次是唱给太阳听的。他呼唤着伟大的温暖和欢乐之神——太阳。他又累又冷，但还没到冻死的地步。他知道自己能撑到天亮。这是对他的历练，也是成为通灵师的必经之路。他不停地吼唱直到嗓子喊不出声来。

黎明终于到来。天空依旧阴灰暗淡，空气潮湿寒冷。虽然暴风雨笼罩下的万物还没有回归本来面貌，但也能依稀看到一些。低矮的乌云从西方席卷而来，遮住了山脊，飘荡在黑乎乎的山峰之间。雨水落到洛厄山谷后顺流而下，仿佛在云层和树林之间矗立着一把巨大的黑色扫帚。由于地面上还有不少积雪，所以看起来反而比天空还要亮一些。

一眨眼的工夫，四周又明亮了不少。东边山脊上方的云朵中有一个白点，是太阳！伟大的温暖之神，终于肯露面了。不管有没有云层，空气肯定会变暖。只有最猛烈的暴风雪才会让白天比头一天晚上更冷。此刻的天空看起来不像是还有狂风的样子；灰色山峰上翻腾的乌云渐渐露出一道道亮白的缝隙。不过，风还没停，雨也一直在下。

不过，不管今天会不会变暖，他都要不停歇地活动以保持温暖。除非有火，否则他一刻也不能松懈。他把昨晚没能成功取火的工具收起来放好，然后左手抓着两根木片，右手握着一块适合投掷的石头，顺着溪流出发了。他想找一片更大的杂树林，最好有云杉、松树、雪松和赤杨树。这附近的山脊、山腰、斜坡上以及高地后面和上面大多是光秃秃的石头，其间只有零星几棵小草，现在又覆盖了一层积雪。不过小溪流经的谷底却长着不少树木，断断续续地向前延伸。没走多远，洛厄山谷溪流的东岸分出了一股细小的支流，旁边生长着一片更广阔的树林，一块椭圆形的草地被环绕其中，沿着斜坡两侧向上蔓延。

他绕过最潮湿的那片草地，朝树林中最茂密的地方走去。还好有树叶的遮挡，他可以蹒跚着向前滑步。风更大了，雨水也密集地打下来，这和他离开昨晚那片小树林时预想的完全不同。在这片更大的树林里，情况好了很多。稠密的树叶阻挡了不少寒意。而且现在是白天，他能看清自己在做什么。树林中间有一棵折断的雪松，一大截内层树皮敞露在外，他可以不费劲地拉下来给自己做身粗糙的衣服。一根腐烂的雪松树干尽头耸起两堆蚁丘，上面还有几圈残雪，这又让他看到了希望。木头的尾端还有一个洞，他拿起石块猛地砸了几下，洞变得更深了，他伸进去掏了一把：坚实的木壁下面竟然有一撮火绒，而且非常干燥。"哎呀妈妈！"他大叫起来，"谢谢！"

他迅速掏出一大把放到一棵歪歪扭扭的老松树的背风处。"所有足够大的树林里都有可以燃烧的木头。"他改口大喊道，他一定要明确地告诉希瑟。他知道希瑟一定会笑话自己，但他还是要这样做。把事情做对至关重要，尤其是要打造出一句属于自己的名言。

他把所有的干火绒都放到那棵倒地的老松树下面的裂缝里，好好保护起来。他又迅速收集一堆树枝，还从树上折下来不少，一块儿藏到松树下。接着又从树上掰下来一二十根略小的树枝放在老松树的四周，下面和上面做防风墙。这种矮小的老松树枝叶茂密，非常适合藏身，再加上他搭的树枝墙，风雨都很难钻进来。

他把那些柴火堆在旁边，背靠树干坐下来，蜷着身子作为最后一道防风墙。他盘着腿，把没有知觉的双脚放在底座两边。

他拿起点火棒敲了几下，以便让尖头更干净更尖锐一些，然后放到底座的凹槽内，紧挨着那堆火绒。一切准备完毕，他开始旋转，上上下下，一遍又一遍。他的手顺着点火棒慢慢向下滑动，他能感觉到旋转的火棒靠近底座时的压力。他竭力去控制速度和压力以获得最大热量。这种感觉很像跳舞，他的手每一次从点火棒下端回到顶端都需要快速而微小的移动。几个回合之后，他已经做得相当熟练，于是用脚趾将火绒推着靠向黑点，那是木结上的一个小浅坑，就像用石片在平坦的底座上刻出来的一样。这也是隆第一时间选择它的原因。

隆屏住呼吸，一动不动地看着火绒慢慢变黑，然后那些黑色斑点的边缘呈现黄色和白色的微光，他弯下腰，对着白光轻轻地吹了口气，一张脸几乎挨到那点亮光前，他轻轻地吹着，希望白光能从凹槽慢慢向外蔓延，直至整堆火绒。他环护着火绒趴在地上，小心翼翼、一丝一丝地吹着，唯恐一不小心把它吹灭。隆耐心地等着它变大，接着再对着它慢慢呼气，迎合着它的需求，噗，噗，噗。这是他能做的，也是他必须做的，噗，噗，噗，噗。

火绒突然冒出了火焰。火！虽然很微弱，但升腾起的热量却直冲他的面庞。这次他深吸一口气，比之前更大口地吹出来，虽然还是很轻柔，但明显快了许多，就好像对着笛子吹出狼嚎声一般。他边吹边移动膝盖和手肘，让自己的脸成为这簇漂亮的火焰的最后一道避风墙。他希望火焰变大，哦，他多么希望它能开心、舒服地越来越大！他愿意把自己的呼吸、灵魂和所有的爱都给它，只要它能迸发：成功了！

当那团小火焰开始迸发之后，他把几根小小的干树枝盖到上面，这样既能点着又不会把下面的火苗压灭，这种平衡非常微妙，但他了然于心，这是他擅长的，过去索恩曾逼着他练习过无数次。哦，没错，火，火，火！虽然几乎每个人都会生火，但隆觉得自己做得最好，所以昨晚的失败让他感到格外气恼。等以后讲述第一个晚上的经历时他一定会很尴尬。当然，他会强调暴风雨有多可怕，但话说回来，他的族人们就住在山谷外面，他们肯定不会相信他的夸大之词。到时候还是老老实实地承认自己的失败吧。

但现在已经到了早晨，火也生起来了，他把小树枝都丢进了火里，还可以再添一些，包括更大一点的树枝。不一会儿，大概有一二十根小树枝开始燃烧，腾起黄色的火苗。马上就可以添加些更大的干树枝，它们几乎是挨火就着。他边添边叫："哈！哈！"接着又放上更大的树枝。从手指头粗细的，到最后是和腰差不多粗的了。看着越来越旺的火焰把大大小小的树枝吞噬成黑色，他真是高兴坏了。只要有火，就没有什么可怕的。

浓烟冲向半空。熊熊燃烧的火堆里不时传来木头燃烧的嘶嘶声和爆裂声。热浪扑向他裸露的胸膛、小腹和下体，他的下体随着热气变得灼烫，一阵痛苦的刺疼。他用一只手把它紧紧握住，他喜欢这种疼痛带来的快感；啊，麻木的肉体再次复活，那种熟悉的感觉又回来了，皮肤开始发痒，全身开始刺痛！现在连脚都变暖了!估计等它们全部复苏的时候他会疼疯掉。啊,火,熊熊燃烧的火焰,那么友善,那么温暖,真是太美了!

"上天的恩赐,我的朋友!上天的恩赐,我的朋友!"这是希瑟自创的一首关于火的短曲。

目前一切看起来都很好。昨晚只是个意外,是黑暗的前奏。虽然暴风雪还在头顶咆哮,但只要有火,其他一切都没什么大不了。如果可以的话,他能让这堆火连续燃烧十四天,或者离开时把它带着,换个地方再生起来。这样他就可以把精力放到其他地方,比如食物、藏身处、衣服。不管怎样,他已经拥有最重要的东西。而这才是他漫游的第一天!

他坐在火堆的迎风的一侧,双腿圈着火堆,胳膊架在上面,双手被烘得滚热。哦,这是身体复苏的刺痛:啊哦——这是一声和昨夜完全不同的号叫。像狼,像和他名字一样的潜鸟,他拖着长音,兴奋而得意:啊——哦——哦——哦——

当暖意传送到脚趾时,他又朝红通通的火堆里添了几根大木头,然后站起身,先是沿树林四周走了一圈,再从中间绕行穿过,边走边仔细探寻着。这片小草地边上有一株断裂的雪松,他还在小溪的浅滩上发现了一块长形燧石,一端十分尖利,边缘粗糙,很像是一把笨重的大刻刀,正好适合砍东西。他把它拿到断裂的雪松旁,对着树干上的裂缝一通劈砍,不一会儿,树皮就被剥落下来,他尽可能地剥得大一些,不少长条比他还要长。

等剥完内层树皮,弯曲的树枝也轻松地被扯了下来。他把树皮带回火堆旁,又朝火堆里加了几根树杈。他伴着热气坐下来,把雪松的树皮撕成条状。这是一项需要耐力和细致力的任务,不过,看着长条越堆越高,他内心觉得十分满足。

到了中午,他已经撕了很多,多到远远超出预期。他又向火里添了几根木头，然后在一块靠近老松树，没有雪的平地上把一条条树皮铺好，大概有八十到一百条。他先把六条排成一列，然后在上面交叉铺上更多的树皮，这种叠排式编法简单而有效，他很喜欢。他把长的放上面，短的放四周，然后用每一圈的起点抵消下一圈缺少的部分，这样一来就不会出现短板。最后他把手伸到树皮下面，把编好的部分朝中间往上拉，又绕着后面多编了几圈，让上面离得远的地方靠在一起，最后得到了一个筒状的东西——一条绑腿。

接着，他又重复了一遍——又一条绑腿。然后用三角形的绑带把两条绑腿系起来，一条简单的裆带把他那冷冰冰的命根子盖住。他穿上绑腿，系好，立刻暖和了不少——哈！

接下来再做一件背心、帽子，最后，用剩下的做一件简易的短斗篷。虽然这些衣服在下雨的时候会被淋湿，也容易被撕坏。但话说回来，在栖身的小窝里，它们能帮他保暖，也能在雨停的时候给予一些保护。其实，他真正需要的是毛皮衣服，当然，那肯定要费些周折。就目前而言，这套树皮装已经是他所能做的最好的了，和赤裸着身体相比，这已经好太多了。

解决了穿的问题，他感到了阵阵饿意。之前他看到草地上有好几片浆果丛。朝火里扔了几根树枝之后，他穿着树皮装开始自己的草地探险之旅。

风还很大，但雨已经停了。厚厚的云层也渐渐散开。草地边缘有一些黑莓，他小心翼翼地拨开叶子，从里面拣起几颗去年的干果，虽然又黑又瘪，但也能填一下肚子。

他继续向前走，来到了溪流离开草地的拐弯处。如他所料，那里有鲑鱼，就藏在河岸的拐弯处下面。这里离刚才的小树林很近，透过树丛就能看到欢快燃烧的火焰。

他沿着小溪向下游走去，直到看到一块合意的小浅坑。他先把石头一块块地从岸边推到河里,垒成一道小小的水坝。溪水从水坝的缝隙中倾泻而下,水坝后面的水平面一点儿也没有上升。不过小鱼可没这么幸运了,它们被挡在了外面。接着,他匆匆地跑回上游的草地上。

他脱掉新衣服,光着身子踩进水流向下游走。经过最后一个拐弯处时,他从岸边拣了一块大石头扔到溪流正中间,同时又蹦又跳,大喊大叫。没有鱼儿从上游游过。他又在水里搅了搅,大喊大叫,还是没有小鱼从拐弯处的河床里出来。也许它们早就朝下游逃去了。

他一手拿着石头,一手拿着树枝蹚着水朝水坝走去,边走边用手里的石块敲打着水里的石头,嘴巴不停地叫着。

眼看着快到水坝,就在前方,就在他和水坝中间,游着三条鲑鱼。他迅速丢下石块,冲到岸上,扒拉下几块石头筑成另一道水坝。完成之后,他还要挡住其中一条鱼激起的几道急流,不过那条鱼已经被惊到不再躲闪,剩下的两条更是连躲都没躲。第二道水坝远远高出水面,三条鱼都被围住了。"啊哈!"他大喊道,"谢谢!"

他又回到上游快速看了一下自己的小营地,火还在燃烧。他蹚出小溪,顺着岸边走回鱼塘那里。他追着刚才那条冲向自己的小鱼,把它赶到可以用双手捉住的地方,然后慢慢地,慢慢地接近,小鱼一动不动地躲在角落里。他单手向上一舀,连鱼带水冲上了岸。小鱼扑腾了一会就不动了。他压抑住想要大叫一声的冲动,生怕把剩下的两条鱼吓跑,然后再慢慢地靠近藏在河床下的第二条鱼,他悄悄地放下手,一个反舀,水花四溅,第二条鱼也重重地摔到岸上,死了。

剩下的那条鱼开始四处逃闪,连续几次躲开了他的包抄,不过最后还是落在了他的手里。被甩到岸上后,鱼还扑腾了好一会儿。就这样，他抓到了三条可口的鲑鱼，每一条都比手掌还要长一些。他吟唱了几句渔夫的感谢词，然后离开小溪穿好衣服，把鱼带到火堆旁。

他把一根老赤杨木树枝掰断，掰出一个尖利的端头来划破鲑鱼，剖开鱼腹。然后又找到一根长一点的松树枝，把处理好的鱼块穿到上面放到火上烤。不一会儿，小鱼边缘就发出嗞嗞的声音。太好吃了，虽然没有调料，但透着鲑鱼的香味。下次他要摘些迷迭香和薄荷加到食物里。吃着吃着，他突然想到刚刚离开之前应该把上面那个水坝放开。

算了，那是明天的事情了。靠在暖和的火堆旁，吃饱穿暖的隆开始昏昏欲睡。

他又起身到树林里找了一些云杉树枝当作床和毯子。他把床铺在火堆旁，厚度差不多了，他又去岸边采了不少苔藓放在一旁烘干，接着再去寻找更多的柴火供晚上使用。最后他把烘干的苔藓铺在树枝上，终于可以躺下了，他把披着厚厚针叶的云杉枝条拉过来盖到身上，那身树皮装也没有脱掉。他会让火堆一直烧得旺旺的，今晚一定很舒服。时间才到傍晚，他已然惬意地躺在火堆旁，欣赏着摇曳的火焰。虽然才第二个晚上，但他已经解决了温饱问题，还有一张火堆旁的床！这个值得好好炫耀一番。

他躺在那里，又暖和又舒服。第二个晚上的月牙会比前一晚那道细细的月线明显粗不少。他们说，两个星期很快就会过去。用不了多久，月牙就会落下，四下一片漆黑，只有几点星光在残留的云朵上闪烁。头顶的树叶在火光中摇曳舞动。第四个月的第二天，温暖的火光外依然是湿冷的寒气。他很快就睡着了。

午夜时分，从遥远山脊里传来的狼嚎声把他吵醒。他又朝火堆里扔了几根树枝，红色的火焰瞬间从飞舞的白灰中蹿上来，火花四溅，他看着树枝渐渐变黑，开始燃烧，突然间金黄色的焰火向上腾起,仿佛一首催眠的舞曲,他又睡着了。

他做了一个梦,梦到自己沿着山脊下面的小道向上走,突然看到三只野山羊正站在山脊的最高处。他走到山羊面前,它们也直愣愣地盯着他,完全不害怕。那对光洁弯曲的羊角高高耸立着。它们是岩石上的舞者,是母亲最喜欢的动物。突然间,母亲出现了,就在自己的旁边,还有父亲。他们注视着那群舞者,就在这时,远处传来驯鹿低沉的奔跑声,如同隆隆的雷鸣一般。虽然母亲来自乌鸦一族,父亲属于鹰族,但他们都很喜欢野山羊。隆记住的就这么多。他知道正常情况下自己是不可能和父母在一起的,正是这个常识把他唤醒了。

星光在头顶盘旋,黎明快来了。隆试图再一次回到刚才的梦里,可惜失败了。他只好在彻底遗忘前竭力去抓住所有的记忆。回忆一下子都冲到了眼前,从最模糊的到最清楚的,从开始到结束。有些梦希望被记住,而有些只想被忘记,所以只能一点点去追寻。这就是其中之一。

父亲和母亲来看他了。他们已经很久没见面了。隆想从自己的眼睛里找出他们的样子,或者,他想知道为什么在梦里会很清晰地知道他们是谁,即便他们只是静静地站在他身旁。有时候他能回忆起梦境中的对话,有时候记不清。这一次,虽然什么话都没说,但他却明白他们的感受。他们心中充满了对他的爱和关心,还有对这些岩石舞者的喜爱。一想到他们的离世,隆忍不住啜泣起来。灵魂世界到底是什么样子?他们是怎么生活的,为什么不能回来看看他?为什么要他们死掉,为什么万物都要死掉?一切都是那么神秘,世界那么大,而自己却如此渺小。如果没有火,他将彻底地孤寂无助。而此刻,躺在火堆旁的他愿意看着这些事情,让悲伤在无穷无尽的世界中席卷自己。

黎明的天空又一次布满阴云,不过这次的云层不厚,也没有雨滴集聚。风断断续续地吹来，不时地掀起余烬中的烟灰。不过这个避难所还算完好无损。虽然远离火的那侧身体会感到阵阵寒意，不过轻松地翻个身，就可以把冰凉的皮肤烤热。这是他漫游的第二天；虽然身体很舒服，可他却感到悲伤和孤独。他叹了口气，毕竟这是他作为通灵师的首航。从此，他要步入一个新的世界，一种与过去完全不同的生活，而不仅仅意味着一个人独处。父母曾经告诉他：必须要学会面对，不断学习，只有这样才能成功，成为一名男通灵师，一个真正的男人。当然，他的父母已经去世了。

隆走到小溪边喝了点水，然后继续寻找柴火，没多久就搬回了一大捆老木头，这样的话就不怕火堆熄灭。经过一天的燃烧，木头变成黑色的炭灰，层层堆积，越堆越高。

接下来要去寻找食物。他朝草地走去，希望能找到动物的脚印或排泄物，说不定还有适合布置陷阱的地方。最好的陷阱是隐藏起来的绳子。树皮编织的绳子总归不太结实。在穿过草地的途中，他走到刚才的小鱼塘旁，挪开靠近上游的那道水坝，仔细检查了一番，周围一条鱼也没有。他又继续穿过草地，避开地上的积雪。河岸两边有不少湿嗒嗒的水印，应该是动物的脚印。不过这个地方过于开阔，不适合布置陷阱。他需要那种两侧都是灌木丛的狭窄通道，这样一来，喝水时受惊的动物会看也不看地钻进灌木丛中间的通道里。最后，他终于找到了合适的地方。不过用什么做陷阱还是个问题。他带上石块走到一棵赤杨树前，砍下不少长长的软枝条，既柔韧又结实，然后从一端劈开，分成三股编成绳子，然后系在比地面稍高的地方，说不定能绊倒一只小鹿或山羊。这是他整个早上能做的最好的事了，因此，他一直忙活着把绳子布在灌木丛间。如果绊倒了小动物，他在一旁也有时间跳过去抓住它们。不过整个过程他必须在那里等着，否则即使有动物上钩也可能会挣扎逃脱。想了一下之后，他打算等太阳落山的时候再过来，到时候可以把来河边饮水的小鹿轰到这里。

  陷阱布置完毕，他又回到火堆旁寻找适合投掷的石块。要是能抓到雪兔或松鸡就更好了。找到了两个石块后，他又去西面的山坡上搜寻去年残留的浆果。他看到一棵光秃秃的树上长了不少槲寄生，于是寻思着爬上去吃那些白色的浆果；它们的枝杈间会分泌出一种黏糊糊的东西，能够粘住幼鸟。不过现在还没有鸟。最后他找到了一颗黑莓，吃着干浆果，还把一些可以吃的白色小蘑菇塞到嘴里，然后匆匆地回去看看火堆的情况。

  火烧得依然很旺，他朝里面加了根木头之后向相反的方向出发。这次是顺流而下，洛厄山谷越来越深，但依旧很狭窄，东边的山脊在与厄伯山谷交会的地方裂了一条缝，形成一道向东北延伸的高耸峡谷。越过裂缝之后，东边的山脊再次向上隆起，那就是斯凯特之角，一块高大的岩石，下面是又矮又宽的悬崖。悬崖再向下便是陡峭的林坡，一直蔓延到洛厄山谷的小溪，那里依旧被白雪覆盖着。

  隆向下朝着洛厄溪流和洛厄山谷交会处走去，那里的水面结了一层冰，下面还有一棵赤杨树挡着，说不定能发现些有意思的东西，肯定会有动物的足迹。

  突然，斜坡上的树林里传来轰隆一声，他立刻停住脚步。这时一只小母鹿从上面的树丛里跳出来，后面紧跟着两头棕熊。小母鹿左后腿折了，只能靠剩下的三条腿向下跳，速度比平时慢了不少。而领头的那头棕熊却以惊人的速度向山下冲来，很快就赶上了母鹿，然后瞬间把它扑倒在地，像头饿狼般撕开了它的喉咙。隆曾见过熊觅食，它们像猫一样先咬住猎物的脖子后面。不过话说回来，熊可能做出任何事情。这方面，它们和人类相似，而且现在看起来和人类像极了：穿着毛皮大衣的大块头危险人物。

隆依旧一动不动，眼睁睁地看着第一头熊撕咬开母鹿的喉咙，舔舐着喷出来的鲜血。隆忍不住流下了口水。小鹿的身体还在战栗。棕熊可顾不得那么多礼节，只顾着享受。

这个时候，第二头棕熊赶到了，它从背后袭击第一头熊。于是两个年轻的雄性动物开始搏斗，凶狠的咆哮声伴随着互相击打，却没有造成实质性的伤害，看样子是一场持久战。就在它们打到忘记周围一切的时候，隆朝它们掷出石头，全部击中。它们被突如其来的疼痛吓了一大跳，立刻头也不回地朝树林深处逃去。在逃跑的过程中似乎还在不停地厮打。

隆立刻冲到母鹿旁边，不住地看着四周，他知道时间不多，棕熊很快就会回来，即使它们不来也会有其他猛兽。周围没有能割开鹿皮的石块，第一头熊也刚刚开始啃食。他把母鹿四肢摊开，然后从中间折弯，念叨一句"感谢"之后就开始用刚才丢过来的石块猛捶它的后腿，不一会儿大腿骨就断了。接着隆把它的腿骨和脊椎分开，切掉皮和韧带，敲碎关节，他想带只鹿腿走。空气里弥漫着浓浓的血腥味，被风夹带着吹向峡谷。

鹿腿还没有完全脱离开身体，他只能继续猛敲着母鹿的臀部。就在这时，他抬头看到上面的树林里有动静。糟糕，树丛中有三只母狮子正摇摇晃晃地朝着这边走来。

隆立刻一跃而起，飞速穿过树林朝峡谷另一边逃去。他跨过岩石，躺倒在地，竭力屏住呼吸。

狮子在小鹿旁边停住了脚步，它们边低头嗅闻边朝四周张望。它们知道这是只刚被杀死的小鹿。隆捡了两块石头放在身下。如果能逃回到火堆旁，也许能阻挡住这些狮子。不过如果它们特别饥饿，再加上看到他孤身一人就很难说了；它们非常善于评估捕猎的成功率,它们知道只要不去理会最开始扔出来的石头,它们就能把他吃掉。那些信念坚定的母狮子都敢迎着石头雨前进。现在只希望那只死去的小鹿能吸引它们的全部注意力,填饱它们的肚子。

他像蜥蜴一般依靠攥着石块的双手和脚趾向前爬了一段,直到完全离开它们的视线后他才敢站起来,迅速又悄无声息地朝火堆跑去。

火还在燃烧,虽然没有之前那么旺盛,但也能瞬间把扔进来的木头点燃。他把大大小小的树枝投到火里,又准备了几个用作防御的火把。

一切准备完毕,他又回到刚才的地方——不是杀戮现场,而是它上面的斜坡。那里有一块被雪覆盖的平地,向下可以看到那几头狮子。

那只小鹿基本被吃光了,不过剩下的残渣也够隆饱餐一顿。皮和骨头也能派上用场。如果可以的话,他会像乌鸦那样在它们头上拉屎,直到把它们赶走,当然,要确保不会从天上掉下来。于是,他调整好姿势沿着斜坡向下滑去,皮肤被磨得刺痛不已。整个山谷都在眼前,一切都变得有棱有角,和平时完全不同,他就像真的变成了一只鹰。一块块岩石由内而外散发出光芒,树木在风中发出嗡嗡的颤动声,在隆的眼里,它们都在齐刷刷地飞向峡谷上方。

那几头母狮子正懒洋洋地躺在鹿的残骸旁,它们和一头小熊差不多大。和其他猫科动物一样,它们用爪子清理沾满血迹的嘴巴。吃饱肚子的狮子可能会被一阵石头雨赶走,但通常赶走它们的是一群拿着长矛的人类。而如果只有一个人的话情况就不一样了。即便没有被激怒,狮子们也可能把这个自以为是的傻瓜当作一顿可口的餐后甜点。所以,判断它们的情绪和肚子的饥饱程度十分重要。此刻，那些肚子就像浅褐色的水袋一般摊在旁边。隆躲在一棵倒下的树后面观察了好一会儿。那几头母狮子又大又漂亮，那种与生俱来的神采洋溢——大猫，和那些在营地周围游荡的小猫没什么两样，只是它们更大，像狼一般在野外成群地奔跑。真是一种奇妙的结合体，它的样子让其他一切动物生畏，但漫步的时候美丽无比，捕猎时无所畏惧。

用一块大小合适的石头猛然一击，直中头部，肯定会吓到它们——尤其是来自高处的袭击。不过如果真出手的话，更可能会打中它们的身体。它们是受伤逃跑还是找出肇事者杀死他？这一点绝对不能搞错。

他只好静静地等待，看着那几只母狮慢悠悠地整理自己的毛发。它们确实是世界上最美丽的动物之一，也是九种神兽之一。不然呢？还有哪种动物比它们更像上帝，可以将懒洋洋的优雅与可怕的致命力结合得如此完美，既有狼性又有猫性？它们四处张望，眼睛上黑色的泪痕像节日里流淌的颜料一般。它们的目光可能会落在你身上，你恐惧颤抖；不，这是绝无仅有的。它们可以杀死任何想要的东西。

就在这个时候，一头狮子慢慢起身朝小溪走去，其他两头紧随其后。这样一来，他们之间就有一段距离了。隆估算了一下，这个距离应该足够。他迅速冲下去，把刚才没有敲掉的残腿彻底扭断，然后两手重重一击，狮子啃了一半的脑袋也被捶了下来。他两只手牢牢地抓着鹿肉，沿着峡谷一直向上跑，直到回到火堆旁。他跑得汗流浃背，气喘吁吁，甚至都能听到自己怦怦的心跳声。

他整理了一下火堆，又一天过去了，很快就到了黄昏。他一边敲鹿腿，把皮和韧带剥下来，一边把碎肉放在火上，边烤边吃。鹿腿分解结束之后，他开始处理鹿头，舌头和大脑还剩下一些，眼睛后面有几块肉，还有下巴。吃完之后，借着朦胧的月光，他把鹿腿上的皮、骨头和韧带拿到小溪边清洗。已经是这个月的第三夜。洗完之后他把东西带回到火堆旁烘干，他希望这些残留物的味道能淡些，不要再吸引来体格庞大的夜间拾荒者挑战自己。

他又放了些树枝在火堆里，这样一来烧到半夜肯定没问题。他钻到枝条编的毯子下面，小鹿的残骸放在一旁，鹿皮当枕头，短短的绒毛贴在脸上，柔软极了。他就这样睡下了，既充实又疲惫。今天还算不错；不过想到自己一旦睡着就没人能在一旁值守时，他又感到十分不安。那些狮子还在某个地方，它们会夜间狩猎。一旦让它们看到或闻到味道，它们就会知道这堆火意味着什么。但他实在太累了，根本没力气再熬夜。很快睡意伴着摇曳的火焰向他袭来。他无法抗拒，只能告诉自己必须睁开内眼坚守，然后就握着一块石头睡着了。

这天晚上，他一直在做梦，全都是狮子在追赶自己。他呻吟着醒来几次，觉得害怕极了。黎明终于到来，天边渐渐变成灰色，他觉得自己根本没有睡着过。眼睛发涩，肚子更饿了。

西方的天空又堆满了厚厚的乌云，只是暂时被初升的太阳染成了粉色。一阵阵寒风吹起，也许还有一场暴风雨。这是他漫游的第三天，第二场暴风雨。不过这次他可以待在温暖的火堆旁，把那些鹿皮碎片改造成衣服和工具。

不过，还是要到寒冷的外面去。他在小溪边的岩石堆里找到了一块方形燧石，可以改成刀片、尖刀或斧头。他又找了一块又大又长的黑硅石做石槌。他把石头送回火堆旁，然后又走到草地上的小溪口。溪流拐弯处的水底有几条鲑鱼，他脱掉绑腿走下河，拍打着水花把它们朝下游赶，然后再把上面的水坝垒好。他跨过水坝走到小鱼塘里，耐心地把四条鲑鱼一一舀到岸上，看到它们在岸上不停地扑腾着,他高兴地发出狼一般的号叫。烤鲑鱼,这次可以加点洋葱,那是他在斜坡上面的草地上看到的,一棵棵从融雪中冒出来。一口鲑鱼一口洋葱。想到这里,他的口水止不住流下来,肚子也咕噜噜响个不停。他走到那片长着洋葱的草地上,用鹿腿骨挖了好几株,然后回到火堆旁,洋葱搭配鲑鱼。清空鱼内脏,架在火上,烤到发黑就可以开始吃了。虽然有些粗糙和焦煳,但依然很美味。

解决了饥饿问题,他拿出捡来的那两块石头,又找了一块平坦的岩石做底座;他把燧石放在底座上,小心翼翼地用石槌敲打。这十四天内他万万不能让任何一个手指受伤,所以只能一点点地敲,雪花般的碎片落了一地,由于太过谨慎,效果并不理想。不过最后他还是敲出了几个粗糙的刀片,其中一个正适合握在手里割开鹿皮。虽然还没经过处理,但那些鹿皮却十分结实,也很有弹性。他想做一条腰带来系住绑腿和裆带,目前身上的这条带子估计很快就要断掉,绑腿也会跟着掉下去。除此之外,这身树皮衣还是不错的。一条好腰带还要有一个折叠起来的夹层,那是用来装工具的,虽然现在他还没有太多工具。

他慢慢地将鹿皮割成一条一条。腰带做完后,他把身上的两根树皮带换下来,又把两条多余的带子拧在一起做成项链,用燧石锋利的尖头在上面钻三个洞,这样就可以把小鹿的牙齿塞进去作为装饰。虽然不够漂亮,但已经是他现在能做出的最好的了。如果以后有可能,他肯定会做一条更好的。但万一没有机会,他至少还有这一条。他希望回营地的时候自己呈现出最好的状态。

第四个早晨,天还没亮他就醒来,他在思考那群狮子寻觅到自己的可能性有多大,也许它们会嗅到自己的气味或者小鹿残骸的血腥味。还有一个必须面对的事实:这片树林里越来越难找到做柴火的树枝，更安全可靠的办法就是迁移。目前来看暴风雨似乎已经过去，西边的天空只有几片淡淡的云朵。于是他爬起来跑到陷阱旁看看是否有动物去小溪边喝水。

一只年轻的野山羊正站在浅滩边。隆爬到陷阱对面的草地边，猛地跳起来大叫一声。野山羊被他的声音吓了一跳，迅速抬腿向树丛中间逃去，正好被陷阱绊倒在地，挣扎一会儿之后就挣脱绳子，一跃而起，跳到山谷陡峭的岩石上，一直向前奔，直到站在岩石顶端。然后它高高跃起，从一块石头跳到另一块石头上，这种动作只有野山羊敢做。它远远地回头看了看隆，目光充满愤怒；然后摇了摇头，似乎在耻笑隆的计划；最后继续向前跃起，消失在山脊中。不愧是岩石上的舞者。

隆发现自己手里还紧紧地攥着石头，他还没来得及把它扔出去。假如在野山羊被绳子绊倒的时候扔出石头，它也许会摔倒在地。当然，也可能会让它挣脱得更快。没有皮绳子的陷阱算不上好陷阱，这条绳子充其量只是一条长线。

隆只能用新的尝试来摆脱失望。

现在他要出去寻找新营地。他对这片地方相当熟悉，过去打猎的时候他们总会在这里来回穿梭。溪流流经洛厄厄伯上方的一片平地，流入一块叫中央山的高盆地后分成两条小溪，绕着一座和盆地脊部一样高的圆形小山的两边。这条高峡谷的东脊就是高地的边缘，西边回落到浅谷，然后再向西升高，直至冰冠山。从安扎营地的角度来看，河床周围有树，但也有狩猎的动物。最好能在峡谷的峭壁上找到一处隐蔽的地方，甚至在能俯瞰到溪流交汇处的山脊上也可以。除非找到一处完美的洞穴，否则很难将火堆隐藏起来。这片地方的崖壁上有不少洞穴，但大部分都被人和动物占据了。想找到一处空洞穴并非易事。当然，大火堆也是最好的防御武器。所以，最好还是在溪流交汇处的上方，或者直接去溪流发源地的顶部，越陡峭越好。索性把营地扎在最高处的树林里，那里最不容易进入。

朝火堆扔了一大块干木头后，隆开始疾步出发，同时努力思考要走的每一步。他正在狩猎，皮肤被旁边的树枝扎得刺痛不已，眼睛里看到的全是又大又尖的东西，这种感觉似乎许久都没有了。流经洛厄厄伯山上的溪流已经结冰，形成了一处不大的冰瀑布，他避开瀑布两边的荆棘，试着像鄙视自己的野山羊那般自由跳跃。帮我上去吧，姐妹，让我也变成岩石上的舞者。溪流蜿蜒向后，一小排树木向前方延伸，直至悬崖边的杂树林，最浓密的枝叶间环绕着一汪清泉，还有一块可以俯瞰泉水的平地。那里有许多倒在地上的木头，没沾到多少雪，一点也不潮湿。林子里大部分是黑云杉和灌木松，风干过后都是非常好的柴火。他立刻在树林里搜寻了一番，不一会儿就在泉水上方平坦的岩石上堆积了不少柴火和树枝。他还把石块和树枝围成一圈，只留了一个小洞，以便胳膊伸进去把炭火摆在中间。一切都很顺利。

接下来他跑回到原来的火堆旁，索恩曾戏称他的步伐为慢走。他把要带走的东西一股脑地塞进鹿皮腰袋里。他最后一次挑了挑火堆，又吃了几棵洋葱，然后找出一根已经烧透但整根还是完好的松木，从火堆拨出放到一边。他用手里的石块把松木劈出一片，长度大概是直径的两倍，然后用两块石头夹住，放在一把现摘的云杉针上面，裹成球状，塞进一个空心的树瘤里。其实，最适合携带火种的是大海里的贝壳，可惜那东西很少见，即便有也在女人手里。她们不但精于取火，更擅长携带火种。不过他这种把火种放在树瘤里的办法也很不错；一只手捧着树瘤，另一只手握紧石块，腰袋里还装着一堆工具和小鹿的残骸。

他朝新营地跑去，这一次他的步伐更有力，每一步都踩准位置。东方的天空飘着几朵巨大的白云，轻扬的微风吹拂着面庞。

在阳光下感觉很凉爽，一旦到了树荫下又开始发冷。今天真是适合搬家的好日子。

* * * * * *

在爬向洛厄厄伯上面的营地时隆觉得开心极了。不过走近时他才发现自己精心搭好的炉灶里的木头被洗劫一空。

隆立刻僵住了，当想到最有可能的情况时，一阵恐惧紧紧攫住了他。他立刻悄悄地躲到一块岩石下面，心脏扑通扑通跳个不停。这时整个峡谷似乎都在眼前颤抖。周围非常安静，没有四处蹦跶的松鼠，只听得到泉水汩汩流出的声音。风顺着峡谷中向下吹，隆学着熊的样子使劲嗅了嗅，试图通过气味来辨别和确定到底是什么在等着自己——假如有什么东西的话。说实话，只拿走木头确实是个奇怪的举动。

就在这时，隆嗅到了一股最害怕的气味。烟雾和油脂，很像自己身上的味道，但绝对不同。原人。他们和人类的味道不一样。索恩曾给他灌输过有关原人的知识，当时他们在峡谷下游一个浅浅的崖洞里遇到一个已经死去的原人，索恩把原人穿的熊皮斗篷的领子拉到隆的鼻子前。"蠢人就是这个味道。"说这话时，索恩又用力拉了一下隆的耳朵。

隆的脸上和掌心里全是汗珠。今天突然变成了他的噩梦：万籁俱静的世界充斥着恐惧，还有看不见的东西想要杀死他。他一直觉得那些关于男孩漫游时被原人吃掉的传说仅仅只是故事而已；他认识的所有人都能平安归来。假如不小心遇到原人，他们总是和树人一样不会伤人的。

但事实上，树人可能非常危险。原人体格彪悍，像熊和狼獾一般强壮。索恩曾经说过一个故事，一个原人阴错阳差地娶了一只熊,结果他俩竟然都没有意识到这个错误;还是很多年之后他们的女儿一气之下告诉了他们。

他们极其擅长狩猎。他们从不用投矛器或标枪,只用石头做尖头,也不用鹿角、骨头和象牙。他们的长矛非常结实,适合刺插和短距离投掷。他们善于伏击,这是他们的狩猎方式:三两成群,一人负责伏击,其他人负责放风。他们比任何动物——包括人类——都擅于隐藏。

现在看来他不应该把柴火堆起来,那样也只是节省了一点点时间而已。假如这次能幸免于难的话,以后一定要记住这个教训。

隆盯着手中的火种,还在云杉针叶里闪烁着红光。他突然意识到,它会散发出气味。正如谚语说的那样,火的气味独一无二!

隆把树瘤敞口那面朝下放在地上,也许火会慢慢熄灭,说不定还能当作诱饵。

隆蹑手蹑脚地朝下游爬去,尽量不发出一丁点儿声音,就好像孩提时玩躲猫猫一样,不同的是此刻充满了噩梦般的恐惧。

隆沿着洛厄厄伯的西坡向上攀爬,那里正好有一片树林和巨大的岩石可以藏身。然后是一段低矮的悬崖直接伸到洛厄山,那里的瀑布被称为"老小便"。也许那些原人也知道那个悬崖;但假如他们不知道,下到河床追踪他,就会被暂时阻挡住,他可以趁机逃走。

可等隆爬到高处才发现那些树都太矮了,即使蹲下也无法藏身。隆只好躺在两棵歪歪扭扭的矮松树之间的空地上,上面长满了苔藓。他终于可以回头看一下泉水旁的那片树林。

他们就在那里:一共三个人。危险的到来总是毫无预兆的。他们头很大,体毛浓密,雄壮的肩膀上披着毛皮斗篷。他们手拿长矛,长矛的手柄粗短,矛尖是锋利的红硅石:它们甚至能刺伤猛犸象。隆立刻吓得缩成一团。噩梦终于来了。接着，就像梦中发生的一样，突然有个原人朝隆这边指来，像只愤怒的鹰一般号叫着。

隆立刻蹦起来冲向上面的山脊。三个原人一边追一边像乌鸦一般相互呱呱叫着。由于拿着长矛，他们的速度稍微慢了一些。隆跳得很快，马上就能爬上山脊，而他们还远远在下面。爬到山脊后，隆故意朝南跑去，让他们以为那是他的逃跑方向；如果他们想抄近道拦截他，就会撞到山脊另一侧的悬崖，就是"老小便"瀑布落下的那个悬崖。

不过这几个原人的速度比想象中快得多，眼看就快追上惊慌失措的隆。等他们看到隆翻过山脊，消失在视线中时，他们掷出长矛，长矛嗖嗖地朝隆飞来。人们都说他们从不投掷长矛，可此刻长矛已经来了！两支没打中，落在了隆的下方。还有一支朝隆直直地飞来，为了躲开隆只得朝山脊另一侧跳去，这一跳把他自己都吓了一跳，整个人向长长的峭壁上的第一个小坡滚落下去。

摔到地上之后，隆感到左边的脚踝扭伤了，为了防止扭伤加重，他只好向前翻滚，不料受伤的脚踝又撞到树上。新伤旧伤加在一起痛到无法动弹，但隆又不得不跑起来，他顺着山坡下到洛厄山谷，每次左脚着地都像针刺一般，但他只能全速奔跑，还不能发出一点儿声音。隆只好张开嘴巴，大口地呼气吸气以让自己不叫出来。这样剧烈的奔跑需要大量空气，隆给自己设定了一个可以承受的速度，一个要比原人快的速度，这个速度考虑到了他们的突然加速。人们都觉得原人反应比人类慢，但现在隆已经不再相信任何传言了。他们那么强壮，爬起山来一定不会比人类慢。隆已经一瘸一拐地下到了洛厄山谷，他希望自己的左腿还能撑得住。过去他总以为自己的速度够快，可现在他绝不会这样想了。

当三个原人爬上山脊时，隆已经回到原来的营地，火堆还没有熄灭。原人们到了山脊下面，站在悬崖上向下看了半天，最后悻悻地爬回山脊。看到他们折返，隆回到火堆旁朝四周看了看。他们很容易就能找到这里，并在他毫无察觉的情况下把他杀死：这里不适合一个人扎营。隆拿起一根棍子捣了捣火堆，希望浓烟能掩盖住自己的气味，同时扰乱他们的思路，让他们不知道到底发生了什么。他们很可能要停下来想一想他为什么要这样做，据说他们的思维比较迟钝。想到这里，隆先拿起一根燃烧的树枝扔到小溪对岸，然后又朝不同的方向扔了四五根。做完这些之后他重新回到峡谷，穿过"老小便"下面的溪流交汇处，沿着溪流向前走，他感到全身的肌肉和左脚踝一样痛到发烫。虽然没有流血，不会留下血迹，但隆右脚的大脚趾已经磨破，开始有血慢慢滴出来。隆沮丧地龇着牙坐下来，对着伤口猛吸一口血，再用舌头来回舔了几遍，最后抓起一把河沙按在伤口上，接着又单腿蹦着出发了。那些原人在速度和耐力上都不是他的对手。他们应该也很清楚，所以知趣地放弃了。但隆必须要确保这一点。现在需要转换方式。隆得恢复体力，穿越洛厄山谷，然后沿着山坡向上去东边或西边。想从峡谷爬到山脊上不是一件容易的事情。事实上，这个峡谷的两侧都是低矮连绵的悬崖，这就更增加了难度。不过隆知道东边的悬崖有一处缺口，于是朝那里进发。隆心里期盼那些原人能下到山谷里。一旦翻过东部山脊，他就到了沟壑遍布的高原，那里可以俯瞰整个山谷和峡谷，还能找到可供藏身的地方。

隆一瘸一拐地向前奔跑，累到上气不接下气，他不断地张大嘴巴呼吸，似乎空气都不够用。过了一会儿，他突然觉得浑身充满能量：太好了。隆不时地回头看——没有原人的身影。不知道他们有没有继续追过来。他们还要找回长矛。为什么在山谷里使用那种投掷猛犸象的长矛？他们很可能只有这一种武器，而且还没有投矛器。这些和人类接近、噩梦般的人来到了白日世界，或者说是隆跨进了他们的世界。

隆攀爬的那个山坡很干净，可以清楚地看到悬崖上的缺口，他顺着缺口爬到山脊上。悬崖上的岩石大多是白色的，上面点缀着片片青苔。隆的右脚趾又开始流血，他只好停下来抓了把泥土糊到伤口上。可能是用力过重，虽然伤口不深，但鲜血却猛地一下喷了出来。

山坡从一片小悬崖中穿过后回转了方向，隆可以直接跑上山脊，那里有一片约一人高、枝叶茂密的树林。隆飞速地翻过山脊，这里的山脊也变得开阔起来。现在肯定是彻底摆脱了那几个原人。他们不会跟到这里来的。

但隆并没有停下脚步，眼前还闪着刚才长矛像鸟一般飞来的那一幕，就像不停旋转的点火棒，长长的尖头差一点儿就刺中他。想想那会是什么情形！隆见过很多次小动物被刺中的场景，是他亲手刺中的，它们翻滚扭动，垂死哀嚎。所以最好还是继续奔跑。像狩猎时一般奔跑，稳健有力，还要持久。说实话，考虑到危险所在，这要比狩猎时的奔跑还要持久才行。歇一口气之后继续狂奔，直到第三道风再次降临，然后再继续奔跑。

持续了整整一个下午的奔跑终于到了尾声，因为夜晚即将到来。湛蓝的天空逐渐昏暗。但隆还在薄暮中奔跑，直到天色完全暗淡。几近半圆的月亮正挂在头顶，还有一半多的时间才能回营地！在目前的情况下，隆不敢想象如何再生起一堆火，虽然附近没有原人。他的脚踝依旧很疼，每动一下都痛得厉害。

但他还活着！实在不行的话，他可以一个星期不吃东西。一个星期没有火也没关系，只要不再有暴风雨。即便暴风雨真的来了也不怕，最重要的是他还活着！这是他的漫游，注定充满艰辛。如果没错的话，他成功摆脱了三个原人！如果能成功回到营地，他也有故事可说了。

隆收集了一些干树叶和树枝，然后把它们铺到一棵低矮繁茂的云杉树下面的岩石角落里。由于常年吹下坡风，这些树茂密的枝叶都笼罩在岩石上。钻到岩石角落里之前，他撕掉身上的树皮背心，腿上的绑腿也早已破烂不堪。不过他可以做一张粗糙的床。隆觉得自己隐藏得很好。他在胸口上涂抹了云杉树胶，虽然身上黏黏糊糊，而且皮肤被云杉针刺得不舒服，但这可以掩盖住他的气味。一会儿就会冷下来，每一次心跳都会带动脚踝抽痛一次。这个时候他需要喝点艾草茶，吸上几口槲寄生花粉。不过现在的他只能紧紧地咬住牙齿。正如索恩一直要求的那样，他开始给自己的伤口起名字。他称脚趾上的擦伤为斯皮特，脚踝上的伤叫克劳奇。斯皮特和克劳奇唱着小二重奏，他不予理会，仔细听着松林间的风声，稍有点异动他都会紧张不已。有时会有窸窸窣窣的声音，他的心脏也随之怦怦直跳；他在想假如长矛飞过来自己能不能在被刺中前跳出这里。大概不行。他自己就曾刺中过这种躲起来的雪兔。他知道结果会怎样。也许那些窸窣声只是野兔、松鸡，或者是松鼠或老鼠。可是当年雪兔喉咙被刺穿的情形让他迟迟不敢睡去。

隆睡得很轻，翻了个身后蜷缩成一团以抵抗寒冷，他紧紧搂住冷冰冰的部位，已经焐热的地方又暴露在寒风中。他竖起耳朵听着外面的动静，嗅着空气中的气味，心里有些担心。不多久他又睡着了，但依然不敢睡得太沉。索恩声称这是可以做到的，只是不能随心所欲地做梦，只有断断续续、不连贯的梦境。等隆完全醒过来时，双脚冰冷，虽然睡着时胳膊一直抱着头，但耳朵还是冻僵了，命根子也冻到不行。隆开始瑟瑟发抖，他知道自己很难再睡着，甚至连躺都躺不了，整个身体都在剧烈地颤抖。

隆惶恐不安地从角落里钻出来，朝四周望了望。近乎半圆的月亮已经转到了西方，看来今夜已过了一半。沮丧之下他开始上下蹦跳，主要还是靠右脚；同时握着拳头，来回扭动。最开始可能是因为太累，他有些跳不动，所以暖和不起来；后来身体的颤抖渐渐停止，他彻底清醒过来，感觉也没那么疲惫，这时的他饶有兴致地打量起还未仔细查看的岩石缝隙。这里算是一块高地，月光下，地面上散落着一块块又宽又黑的影子。什么动静都没有，四下静悄悄的。他尽可能把那套树皮衣服重新整理好，然后系到身上。过了一会，他又钻回那个角落里。这里再不好也比没有强。隆告诉自己，这是属于他的漫游，他将成为一名通灵师，一切都需要尝试。他不仅要活下来，还要活得像模像样。现在因为克劳奇，还有那帮游荡的原人，他的处境更艰难了。但时间已近一半，最多还有八天，也可能是九天。他对数数不太在行，但月亮是不会错的。

如何像模像样那都是以后的事情，是白天要做的事情。在夜晚，隆需要考虑的是如何躲避能发现火堆的原人和夜间狩猎的动物，而后者恰恰怕火。目前的栖身之处很冷，没什么遮挡，很容易被发现，他必须另觅一个更好的栖身地。最好是那种凹陷的小窝，类似猫洞或土拨鼠窝，里面能稍微暖和一点，一旦有人接近也能及时发现。最好在大的岩石下面，再拖些大树枝进来取暖，像土拨鼠一样生活一个星期。

克劳奇还在狂吠不已，隆疼到忍不住呻吟起来。他想起之前那堆厚厚的余烬，滚烫的热浪让他不得不离它远一点儿，现在回想起就像是一份不可思议的礼物。奢侈是愚蠢的：这也是希瑟最爱说的话。她的解释是不要太过分了，要知足常乐。但今天晚上他拥有的远远不够。

隆一直觉得那座坐落在高地边界的峡谷里空无一人，理由是没有人在其中安营扎寨。但他的存在似乎又说明他错了。原人，树人，云游者，狮子，任何一个都可能在火堆旁把他扑倒杀死。暴风雪似乎冻结了隆的智慧，其实他从一开始就错了。在风暴中，我们可以认为所有人都被困住了，但风暴过后却不会，总会有陌生人经过，你必须时刻保持警惕。而当时的他一门心思只想着怎样点火，其他什么都忘记了。火是上帝给的赠品，这是不可否认的。也许可以钻到某个深坑深处，点着一簇小小的火苗，就着黄昏的余光，保持一点点亮光，等到黎明前再放树枝：这样应该没问题了吧？

不，不见得。还是在这里继续单脚跳吧，继续反反复复唱那首小曲，右边右边左边，左边左边右边，一直这样吧。左脚并没有真正承载他的身体。隆一直紧盯着月亮，恨不得用眼睛把它望得再圆一些。他确实记不清已经在外面待多少天了，只能靠回忆所有的细节来确认过去的天数。隆像数着索恩的年鉴一般掰着一根根手指来计算。出来五天了，没错，是五天。第二天的时候他成功点着了火，第三天看到熊杀死了小鹿，第四天用鹿皮做了身衣服，第五天转移营地。马上就到第六天了。隆几乎要大叫起来，算了，还是让克劳奇叫唤吧。他要想办法在没有火的情况下让自己暖和起来，还要找点吃的东西。这需要好好搜寻一下，但最好靠捕杀，最好是有毛皮的动物。

月亮缓缓地落下去，最好不要盯着它看，因为它的落幕很慢很慢。但隆偏要紧盯着。闪烁的星星也渐渐消失在地平线下。他依旧不时地跳着舞，似睡非睡，似醒非醒。一切都融入他的呼吸里，只有克劳奇还在呻吟着。

不知过了多久，隆睁开眼睛，东边地平线上的天空已经变成了灰色。太阳很快就要出来了。这通常是黎明前最冷的时候。但他可以忍受。隆感觉到身体里的能量在复苏，像克劳奇一般狂吠不已。

天色渐渐发亮，隆开始一瘸一拐地穿过高地，沿着山坡向下来到一条小溪旁，溪水缓缓向下，一直流进峡谷的河流里。他把高秆草编成一条长绳，然后在长满草的河岸边布置了一个陷阱，那里有不少动物的蹄印和爪迹。一切妥当之后，隆躲到一棵倒地的大树后面，手握石块，耐心等待。

太阳升起来了。苍白潮湿的光芒洒满整个高原。当阳光落在皮肤上时，隆感受到了久违的温暖，就像燃烧的火焰。闪光的神啊，再炙热一点，快回到夏天吧。

隆静静地坐在那里沐浴着阳光，浅浅地睡着了。许久之后，一声剧烈的撞击声把他惊醒，他立刻站起来，一只小鹿落入了陷阱。隆使出浑身力气扔出石块，正好砸到小鹿后腿的膝盖上，小鹿应声摔倒在地，隆飞快地跨过木头冲上前。他从后面一把抓住短小的鹿角，用尽全力拧在一起，他想掰断它的脖子或掐死它。小鹿不停地翻滚，隆也随之翻滚，同时抓起刚才扔过来的石块对着晃动着的小鹿脑袋猛击。隆希望一击致命。可惜没砸中，于是再来一次。受到重创的小鹿挣扎扭动，隆一次又一次快速猛击，但都是从侧面击打，没中要害。这时他的大腿被狠踢了一脚，石块也掉了。最后只能靠肉搏：隆对着小鹿的脑袋狠狠击出一掌，小鹿倒在了地上，保险起见，他又对着鹿头砸了几拳。只剩最后一口气的小鹿浑身战栗，鲜血从眼睛里流出来，额头上也裂开一个大口子。

"谢谢你了！"隆兴高采烈地欢呼着，"真是一只好鹿！"

隆立即开始动手分解。这是一头年轻的母鹿。他没有办法守住整头鹿，实际上他必须尽快离开这里，而且一路上不能留下血迹。隆想要的后腿和脊椎牢牢地连在一起，他只好把它们都背到肩上；还有鹿皮、小鹿的心脏和肾脏。他边大口吃着鹿脑边用那块不太顺手的石头猛敲，要是有一块锋利的石片就好了，那样的话会容易许多。而现在他只能靠猛烈的捶击，可怜的小鹿已经被砸得不成样子。真的很抱歉，但没办法，他必须抓紧时间。他攥着那块粗笨的石头尖不停地敲打，拉扯，切开，他打算把鹿皮带走，不管它散发什么气味。他会找到一个合适的地方躲起来。这鹿皮虽然未经鞣制，但至少能让他暖和不少。

即便速度很快，但剥皮和肢解还是耗费了不少时间。等到全部完成，隆已经满身是血，热得大汗淋漓，累得气喘吁吁，不过肚子也吃得饱饱的。他要把整张皮分割成两大块，然后把心脏肾脏裹到鹿皮里，交叉系好，最后和鹿腿一起扛到肩膀上。这时隆的身上沾满了血迹。为了减轻脚踝的疼痛，他在干枯的松树旁找到一根树枝当作拐杖。他的另一只手里仍紧握着那块石头，大小合适，既可以敲击又可以投掷，又不是很重。一阵石头雨就可以让独行的人变成危险侠。只要有武器，任何动物都不是人类的对手！他的内心充斥着杀戮后的兴奋。

背起鹿腿和装着内脏的鹿皮包袱，隆一瘸一拐地向下游走去。有时候他会直接蹚着溪水向前走。他还给那支拐杖起了个名字叫尖头。走了许久之后，隆停下来开始清洗鹿皮、鹿腿。当然，还有他自己。

隆把鹿皮割成了两块。这是因为考虑到手里的石块比较钝，很难把皮从脊椎上剥下来，而分成两块之后就会好剥很多。他可以把腿上的皮一块块剥下来当补丁。隆咬了一口小鹿的心脏慢慢咀嚼着。虽然一般情况下心脏煮熟了比较好吃，但这样也不赖。只是生肉需要咀嚼很长时间，所以只能一小块一小块地吃。隆很喜欢这个味道，也很享受慢慢咀嚼的过程。

溪水很凉，他坐在岸边把腿擦干，然后继续分割鹿皮。由于未经处理，所以很难把它裁得笔直。不过无所谓，他把其中的一块裁成背心和裙子，另一块当作斗篷和毯子。

一天很快就要结束了。太阳像只小鸟一般朝西方落去。隆必须找一个藏身处以躲避夜晚的狩猎者，这也不是件容易的事。最好是那种有入口的山洞，等他进去后再用石头把门堵住；或者是棵大树，他可以爬到上面。但这两种都不好找。不过在高原与峡谷的交界处往往会有低矮的石壁和被风吹得扭曲的大树。如果能在夜幕降临前找到合适的栖身地，今天算是相当不错了；可此时太阳已经西斜，一轮半月在东边的头顶上隐约可见。

最后隆在垂落到河谷的小断崖下面找了一处悬檐，虽然后面没有洞穴，但能遮住一半，露在外面的一半正好在峡谷的另一边，算是一个小岩洞。悬檐底部的背墙上画着野牛和马。隆很高兴，仔细研究起这些画来。画师把野牛和马涂成漂亮的红黑色，或者说黑红色。索恩喜欢把这两种颜色分开用。隆很开心曾有个人也来过这里。

朝峡谷方向俯瞰，只能看到最高处和下一个高原之间的一条线。就在这时，隆看到正下方有一株粗壮的矮松，曾折断过，新的枝叶围绕着断口呈螺旋状重新生长出来。中间凹陷的树芯里落满了树叶。虽然避不开会爬树的猫科动物，但他有足够的能力保护自己；而且从树下向上看是看不到他的。隆拄着拐棍走到树根处，抬头仔细观察了一番。他必须试一下能否爬上去。他知道克劳奇肯定不喜欢他这样做。

隆只能尽量避免让左脚踝受力，左腿只负责支住身体，右腿承重，虽然有些吃力，但还算顺利。终于哼哧哼哧地爬到树上，他一屁股坐进了树窝里。干枯的树叶被压得咔嚓咔嚓地响，他觉得开心极了。说实话，这个小床真是太舒服了，视野也非常好。

隆笨拙地在窝里挪了一圈，用手里的石块敲下一根大树枝做防御。这个栖身地绝对安全！他对着乌鸦感谢了一番。最后像只小猫一般蜷缩着，找了一个最舒服的姿势。

那个晚上，狼群对着半月嚎叫了许久。隆听得浑身发麻，四下一片寂静，似乎所有的动物都在安静地听着。这样的夜晚，原人不会出来走动，附近也没有狼。裹着鹿皮的隆觉得暖和多了，这是他不得不放弃火堆之后最舒服的一夜。他沉沉地睡着了，接下来的几夜也同样睡得香甜。

接下来要做什么呢？

没有答案也是一个答案。

第二天隆就待在小窝里，要么睡觉，要么啃几口鹿腿。第三天也是如此。凸月！哦，耶！整个黑夜笼罩在这位怀孕的女神苍白的光芒之下。鹿腿已经开始发硬发臭，隆琢磨还能再吃上一天。目前他还没有理由挪动。再说，从树上下去肯定加剧脚踝的疼痛。于是，他依旧惬意地躺着，等待伤口痊愈。

就这样四天过去了。月亮一天比一天丰盈。那皎白的肚子已经很大了，很快就要生了。一个新通灵师就要诞生了。

然而，到了第五个晚上，树下一阵窸窣声，接着是一个大猫的身影。他站在窝里，对着树下阴影中一双巨大的眼睛使劲地摇晃树枝，那眼睛闪闪发光，可怕极了。硕大的脑袋，硕大的身体，可能是狮子，或者是更可怕的豹子。月光下隐约可以看到斑驳的毛皮，估计是豹子。不管是哪个，对他来说都是灾难。他的心又一次怦怦直跳。隆必须把自己伪装得更强大，于是披着鹿皮站在最高的一根树枝上。当能看清楚对方时，他就把存储的粗树枝扔下去，对方不停地躲闪，不过还是被击中了一下。他边挥舞着拐棍边恶狠狠地咒骂着，几乎把知道的所有恶毒的话都喷了出来，虽然不可怕，但充满了愤怒和渴求。他不停地骂着，直到嗓子哑得说不出话来。

当黎明到来时，那只大猫似乎已经离开，直到中午也没有再看到它。隆慢慢地爬下树，左腿悬着避免着力。他有些恍惚，觉得自己好像刚刚来到这里，又似乎已经在树上待了好几年。不管怎样，终于结束了。克劳奇也不疼了，但他仍不敢用左脚踩地。他知道痊愈还要很长一段时间。

刚要出发隆又停了下来，他得大便。刚排空之后他觉得有点难受，过了一会舒服了不少。今天白天他打算四处走走。隆要在阳光下寻找浆果，有多少吃多少，反正它们也快枯死了。隆知道那也是冬眠后刚刚苏醒的熊的食物。不过熊总比大猫好对付一些。而且有熊的地方一般就不会有大猫。吃完浆果之后隆继续向前走。

一道低矮的山脊横跨在高地上，一块光秃秃的岩石从上面伸出来。隆蹒跚着走到旁边，发现石头背面有一道裂缝，正好可以借此爬到上面。石头上面非常开阔，可以俯瞰到流入峡谷的河流拐弯处，另一侧能看到几道峡谷直落入河里。两道水流形成环形最后都汇入河道，滋养了高地上的树木；他们部落的营地就在不远处，也就是野牛石的另一边，但从这里是看不到部落的。隆身后便是白雪皑皑的沼泽，坑坑洼洼的边缘一直延伸到谷底的河流里。那些危险的动物很少会爬上沼泽地，因为那里散落着一块块巨大的岩石。隆肯定能在那里找到合适的石头，石头下的缝隙又窄又矮，他可以钻到那些缝隙里，狼和猫科动物都无法进入。他还可以穿过沼泽继续向西，一直爬到冰雀山，那里有一对特别的冰冠，然后下到厄伯山谷的西头，再从那里向下走，一直走到营地，那个时候时间也刚刚好。

最终隆向北朝沼泽高原走去。脚下的积雪冻得硬邦邦的，即使午后温暖的阳光也无法把它们融化。到达之后他向南回望那些山谷和山脊，就像是灰色的手掌环握着河流峡谷。周围是排排绿树和片片白雪。克劳奇又开始作痛，每迈一步都疼痛难忍。隆把鹿皮斗篷卷成一团系在腰间，一手拿着拐杖，另一只手握着一把带着针叶的树枝。他就这样一瘸一拐地向前走着，边走边查看经过的每一块巨石下的凹洞。

太阳快要下山时，隆终于找到一个自己中意的岩洞，他慢慢地爬到石头下面，钻过一个仅容他通过的缝隙。岩石下的空间非常狭小，只比他俯卧时高一点。这块石头靠四个凸出的棱角支撑在岩石地面上，就像一个巨大的牙齿。隆把树枝拖进来铺开当床。这里海拔高，夜晚一定很冷。而拐杖则变成防卫武器。此时的月亮已接近满月，在灰蒙蒙的天空中发出耀眼的光芒。荒野上尽是它投下的阴影。

那天晚上又传来了狼的长嚎。隆被吵醒了好几次；不过当他醒来侧耳倾听时，很高兴地发现那声音离自己很遥远。而且它们的嚎叫还会吓退其他的捕猎者，比如原人。人们常说，他们一般都对沼泽高原敬而远之。这话他相信，因为这里没有避风之地。总而言之，今天晚上他算是找对了地方。

在狼嚎的间隙，隆努力扭动全身的肌肉，先是麻木的脚趾，然后慢慢向上一直到下巴。不过经常还没扭到臀部他就在嚎叫声中再次睡着了。

然而，一次被吵醒之后，他困惑地看到父亲默默地坐在洞外，轻声呼唤。"出来，我的孩子，"他说，"快出来，让我指给你看哪颗星星是我。"

"哦，可外面太冷了，"隆不愿意，"而且我好累。我不想离开这个温暖的小窝。"

"没关系，我会让你暖和的。"父亲向他保证。隆想起父亲曾经和他说过这样的话。当时隆掉进野牛石下面结了薄冰的河里，他害怕极了，不停地挣扎，父亲把他救了出来。父亲抓住他的脚踝让他倒立，然后拍拍他的背，就好像他刚出生时一样。隆吓得大哭起来，父亲笑了，他说："没事了，小家伙，我会让你暖和的。"所以眼前的这个人确实是他。

于是隆慢慢从岩石下爬出来，用鹿皮把身体裹好。星星在月光的映衬下显得暗淡无光。整个天空泛白。父亲站在他的旁边，有些透明，他的头碰到了天，脸庞紧挨着那轮微笑的凸月。

"跟我走。"父亲说。

"我要把东西带着吗？"隆问道。

"不用，天亮前我会把你送回来的。"

"你能带我去见母亲吗？"

"可以。她就在我们要去的地方。"

他们飞过沼泽高原，沿着坑坑洼洼的土地落到一个深邃的山谷里，那儿有一条和月光一般明亮的河流，河水流经峡谷中狭窄的一处后就汇入一个拱形的石头下面；这就是野牛石，也是隆小时候掉进的那条河旁边的石桥。

"这是你当初救我的地方。"隆说。

"是的。"父亲说。

"我必须在满月那晚回到营地，"隆解释道，"我在漫游。我还剩三——"他抬头看了看月亮，"差不多三四天。"

"我知道。这就是我带你到这里的原因。很快你还会来这里。我希望你知道我一直在这里陪你，还有你的母亲。"

"让我见见她。"

然后隆就见到了母亲。她就站在石拱上，河水顺着拱桥的黑影缓缓流淌，在月光下泛起层层波纹。她没有穿衣服，张开双臂要拥抱隆。

"妈妈!"隆大喊一声。

然后他就醒了过来,他惊奇地发现父亲已经把他送回岩石下面了,他忍不住哭出来。他的喊叫声把他们的灵魂吓跑了。索恩常说假如有机会和灵魂对话的话一定要保持平静。他们不喜欢喧闹和慌张。他们不喜欢那样,那是一种冒犯。

——哦哦哦,隆懊恼不已。不过就在这时他听到岩石周围有抽鼻子的声音。像是大型动物,要搞清楚。可能是熊,不过没关系,肯定钻不到岩石下面。不管它。他又一次沉沉睡去。

再次醒来时隆发现自己手里攥着一段扭曲的树结,看起来应该是耗费了许久才从树上拽下来的。树结的一端很像狮子头,他甚至能看到肩膀之间的凹痕和干净的脖颈;是头公狮,身体下面有一个小小的凸起;不过它像人一般直立站着。虽然只是寥寥几笔,但雕刻得有模有样。这是父亲在梦境之外送给他的礼物。狮子是无所畏惧的。隆从腰间的鹿皮兜里掏出之前做劈石时剩下的燧石片。虽然最好的办法是把石片绑到棍子上,但现在他只能直接用石片在木结上雕刻。天空已微露曙光,手指也稍微暖和一些,能够活动开来,正好可以开始工作。隆侧躺着,树结和石片举在眼前。石片的边缘参差不齐,很像一把小刻刀。隆一边刮一边看着毫无血色的指尖,紧攥的石片在指头上留下了深深的凹痕。克劳奇似乎好些了,但斯皮特却随着心脏的跳动悸动不已,不过也只是表皮疼。这些家伙都不省心,还是不管它们为好。我们必须忘记伤痛。这时,一个完美的狮面人呈现在眼前。

太阳升起之后,隆从岩石下爬出来继续向西前行,脚下是硬邦邦的积雪。他来到一道低矮的山脊上眺望更远的西方。他的族人就住在南边厄伯山谷的谷口,在那里,巨大的野牛石横跨在乌尔德查上面。再过三个晚上他就要回营地了。他可以一直靠干浆果为生。他还有鹿皮背心，裙子和斗篷，里面穿着树皮内衣。所以现在需要做的事是让自己更有范儿一些。隆先把故事给自己讲了一遍：暴风雨之夜，他没能点着火；第二天风雨依旧，他成功地生起火来；熊熊燃烧的火堆；味道鲜美的鲑鱼和洋葱；目睹一只小鹿被几头熊杀死，然后它们为了争食而搏斗；追捕他的狮子；死去的父母出现在梦境中；遭遇原人，脚踝和脚趾受伤，他成功逃脱；待在树巢里、沼泽高原的岩石下面。

现在隆需要给故事增添点高潮：幻想。一眼望去，高原的洼地里有不少细小的艾草，还有一堆堆的野牛粪，不算新鲜也不是太干，上面冒出一种叫女巫睡帽的灰色蘑菇。隆四处走了走，收集了不少装进腰间的皮兜里。他打算把它们留作回归那一天的早餐。索恩一定很感动。它们吃起来有些苦，最好用水好好冲洗一番。吃完之后还要嚼一根茴香，同时做好不久之后就要呕吐的准备。隆用舌头舔了一口蘑菇，喉咙立刻一阵激灵，然后顺着身体传到他的命根子和肛门。他有些动摇了。这次漫游已经够艰难的了，他真的要这样吗？会不会把事情变得太困难？他根本不想当通灵师，一切都是索恩的主意。索恩的徒弟本该是隆的父亲。希瑟不喜欢他这样做。如果他的父母没有死，索恩一定不会收他为徒。他本来是一个普通男孩，经常离开营地自由自在地在山谷中玩耍，喜欢各种动物，帮希瑟寻找草药。父母去世后，他几乎变成了一个狼孩，就像被树人偷走一般，独自在森林中成长。每次看到马群他都会跟在后面，他喜欢它们美丽的身影。希瑟不得不把他引诱回营地，就像之前引诱她的猫一般。索恩从没有注意过火堆旁的他。隆也从未记住过一句索恩唱的歌词。如果父亲没有死，现在的一切都不会发生。

但一切还是发生了。索恩和希瑟把他抚养成人，教授他各种技能。他最喜欢的是木雕和壁画，最讨厌那些没完没了的诗句，这些都是索恩教给他的，也是成为一名通灵师必须学习的东西。隆并不想当通灵师，对他来说，那太严酷，太孤独，太可怕，太艰难。索恩的通灵师师父很坏，因为所有的通灵师都是坏人。

然而，隆还是接受了挑战，迎接自己的漫游。如果在漫游的过程中放弃那将是一件羞耻的事情，是对恐惧的妥协。假如不愿意的话应该在出发前阐明，虽然那样会显得很冷血，但他没有那样做。隆没有遵从自己的意愿，而是勉强做了自己不喜欢的事情，现在的他深陷其中，处境尴尬。但无论怎样，他还是在这里了。

在最后一个白天的早晨，他面向太阳坐着，嘴里嚼着女巫睡帽和艾草秆，回味和过去一样苦，苦到全身起满鸡皮疙瘩。他的胃部开始抽搐燃烧。这次的混合物似乎比以往更刺激，没过多久他就浑身难受，开始呕吐。他并不希望这么快，但现在他的身体替他接管了一切，宣布放弃他的决定，他也无可奈何；他跪在地上，弓着身子像猫一般对着草地狂吐不已。他的整个身体缩成一团，努力地把那些东西吐尽，于是到处是飞溅的碎蘑菇和艾草叶。吐出来的时候和之前咽下去一样苦涩；难闻的气味让他看起来更狼狈，嘴巴、鼻子、眼睛都在朝外喷洒着液体。他不住地咳嗽，直到胃里全部排空，小腹阵阵发痛。看来把这些疯狂的通灵师把戏用到自己身上并不是一个好主意。

我是第三道风，
我来找你了。

隆躺了一会儿，感觉整个身体都在随着心脏而跳动。克劳奇还在折磨着他，斯皮特倒平静许多。由于刚才的呕吐，他的嘴巴和喉咙像火燎一般。不过索恩吃了这种混合物之后也是这样。通灵师吃下这种毒物是希望灵魂从身体里抽脱出去。所以身体的难受是必然的。隆感到自己的头在不停地颤动,那是灵魂在拼命地挣脱身体的束缚。没过多久,他似乎从上面看到自己正躺在高原边缘,几乎要把肠子吐出来。他的双脚依旧冻得发麻。他试图把体内的热量转移一下。浑身酸痛的他强忍痛苦唱了一首歌曲,他觉得自己就像一个装满血的袋子,而且血已多到身体没有地方容纳——每个生命都是如此,当你碰撞到特定的静脉时,鲜血会喷出,它们终于摆脱了重压的束缚。这也是他经常觉得自己快要崩溃的原因。此刻他感觉到血液在身体里沸腾,几乎快要冲出来了。斯皮特竟然没有流血,这一点着实反常。考虑到目前身体所承受的挤压,按说任何伤口都会流血。我们时常会看到被长矛刺中的动物的眼睛、嘴巴或肛门都会流出血来。对此隆很纳闷。不过他还是紧闭双眼,不停地用力摩擦着以防血从脑袋上流出来。眼前全是闪烁的红点和曲线。啊,没错——他以前在山洞里见过那些红色的星星和曲线。红点,还有黄色和黑色,啊,对的。弯弯曲曲的线条在他眼前左右晃动。他在脚下的泥土里描画着它们,就像通灵师在潮湿的山洞岩壁上一样。他想起自己第一次进山洞的时候,那时父母刚过世,索恩带他看了那些潮湿的岩壁,还让他用手在上面画了画,留下一些印记。索恩让他仔细观察自己第一次画的曲线,每根手指都在上面留下一道细细的凹痕,中间像一道道平行的小山脊。岩壁上的黏土坚固而有韧性,那些画印大概有指尖那么深,一直在墙上留着。

不过他脚下的泥土却是另一番状态,不仅容易碎开,还落满了树根和枯叶。他突然觉得有些饿,这一次肠子没有拧在一起,但全身都没有力气。他想知道这片泥土和枯叶中有没有什么可吃的。枯叶里肯定会有食物。这可不是想当然,而是他们确实会吃一些肉质树叶,还有各种各样的根、块茎、芽、花和果实。所以这些枯叶中一定藏着好东西，至少是可以填饱肚子的东西。当他硬着头皮吃的时候，肚子似乎十分抗拒，但周围已经没有其他吃的了。现在他必须在没有食物帮助的情况下把皮肤上的热量传递给双脚。最好还是继续站起来唱歌。脑子里想着萨杰。萨杰的肋骨和男人一般粗犷，结实的后背上净是肌肉，那对垂下来的黝黑的乳房好像不是她的，只是身上挂的两袋奶。哦，可以了。隆的身体已经发热。热气在他体内游荡。可他的双手依然冰冷，只有想象着萨杰赤裸的身体才能让他克服眼前的寒冷。他开始跳舞，他把之前的歌曲与萨杰和自己交合的场景糅合在一起吟唱；隆从没有和她在一起过，当然，也从未和其他女孩在一起过。索恩和希瑟跟他说得很清楚，部落的其他女性也是同样的态度，那就是最好和其他部落的女孩上床。夏季的节日是最好的时机。本部落的女孩都太亲近了，就像自己的姐妹一样。除非她们确实不是，或者来自其他家族。隆是独生子，和母亲一样，来自乌鸦族。部族的女孩们来自鹰族和鲑鱼族，所以，他们之间是纯粹的男孩女孩关系。现在在他们都已长大成人。实际上，只有萨杰是各方面都最完美的，这是所有人看到她之后的评价。不过其他女孩看起来都很不错。隆爱她们每一个人。对了，萨杰是鹰族的。成为通灵师就意味着要和女人保持距离，当然也有某种程度上的亲密；但他不是作为一个普通男人——比如猎人——和一个女人结婚，而是用另一种方式接触她们的身体。但没有妻子！好吧，到时候再看吧。

啊，兴奋的余烬还没有消退。隆觉得整个人舒畅极了，可是暖流到了双腿末端后无法再向下渗透。因为下面太过冰冷。最好继续跳起来，边唱边跳，暂时先把萨杰抛到脑后，把注意力集聚起来。太阳已经高高升起，早晨的空气渐渐温暖。该出发了。

隆把斗篷卷起系在腰间，重新整理了一下腰带和裙子，沿着高原边缘朝营地所在的山谷走去。厄伯山谷先是落到河道，然后经过洞穴山延伸至环形草原，最后变成了一条环绕环形山和野牛石的干涸河道，野牛石正好横跨在河道上。此刻他离家已经不远了；如果不是克劳奇，沿着厄伯与洛厄山谷之间的山脊小道只需走上一天，但下山需要更长的时间；而且为了避免遇到危险，最好避开山脊小道。于是他决定从厄伯山谷的侧面，即山脊小道的下面前行。

　　隆一边一瘸一拐地走着，一边低头寻找最好走的路径。山坡上有一些浅浅的脚印。应该也是某些动物希望避开捕猎者，又不愿意在谷底溪流两边的灌木丛中穿行而选择这里。从这里还能看到远在厄伯山谷西面之外的地平线。一层白色的薄雾笼罩着时隐时现的冰冠山。厄伯山谷周围的很多小山顶部都被蒙了一层白雪，所以一眼望过去，这片土地像是一个巨大的坟场。隆脚下踩的仿佛是一个活物的背部，随着呼吸一起一伏。他不得不放慢脚步以保持平衡，手里的拐杖更是不敢放下。

　　隆开始激动起来。之前的兴奋变成一种令人舒服的刺痛在他体内游荡，从胃部和内脏朝四周发散。他发现自己可以脚不沾地向前走，克劳奇终于可以松口气了。周围的一切似乎冲到他面前，可转眼又消散了，就好像靠得太近一样。这也是他走起来左右乱晃的原因之一——如果所有的东西都在朝他跳过来，他确实很难保持平衡。天空被染成了不同的蓝色，颜色越来越淡。扇形的云朵像浮木一般弯弯曲曲，又如玩耍的水獭在周围爬来爬去。隆一眼就能看到一切。他的灵魂一直在头顶拉着他，这样一来他只能专心于保持平衡。隆忍不住笑起来。世界是如此伟大，如此美好，就像一头狮子：虽然它会杀死你，但你又不得不承认它真的很美。隆差点为它的魅力流下眼泪，只是他笑得太厉害，对他来说这样的前行真是太幸福了。没错,这是他过去所不知道的:索恩吃下那些毒药就是为了获得这种感觉。一旦进入状态,你会觉得之前的呕吐都是值得的。哦,没错,绝对值得。你甚至愿意为之去死。隆摇摇晃晃着想转过身子,把这一切都吸收进来。就在这个时候,克劳奇又开始作痛。他只得拖着疲惫的身体,缓缓地沿着山脊小路下面蜿蜒狭窄的岩壁蹒跚前行。

不一会儿,山脊上传来一阵声音,他想都不想就趴倒在一根倒地的木头下面,一动不动。这时一股带着麝香的烟味飘来,是原人。

恐惧紧紧将他攫住。他悄悄把身体蜷缩成蘑菇般大小,慢慢地朝木头下面依偎。一旦被发现,他们巨大的长矛会刺穿他的身体,他会像只兔子一样在痛苦挣扎中死去。想到这里,他的两脚又开始阵阵发冷,木头下面的落叶碎裂成一片片斑驳的色块,像极了湍流河水底部的鹅卵石。眼前只剩下破碎和嘈乱。

上面的声音正在朝山脊下方移动,正是他刚才行走的方向。接着他们用嘶哑的声音相互哇哇叫了一番,稍远一点就用口哨联通。两个原人正快速地朝山脊下面奔来。如果他跟在后面,保持一定的距离,应该能摸清他们的老巢。等到天黑之后,他可以远远避开那里。只要没有其他人,他就能安全了。这个计划听起来不错。

隆穿过山脊下面的树丛和岩石堆,这里天时地利正合适:他从没有也不会再遇到更适合的了。他不时地盯着走在下面的原人,又用一只眼睛瞄着树丛周围。生长在这片开阔的山脊上的小树沙沙作响,摇曳的枝条吸引了他的注意。不知从哪里冒出来的云雾在头顶盘旋,希望不要下雨。虽然雨水只会嘶嘶作响,让他浑身向外冒着蒸汽。隆发现自己很想杀了那帮原人,那会让他更安全,他还能看清楚他们到底拥有哪些东西。不过这绝不是一个好主意，说实话，他自己也被这个念头吓了一跳。没人杀过原人，他们也是人，只是比较独特，而且从不会对营地内的人构成危险。不过现在隆独自一人，还没有完全恢复健康。所以这绝对不是个好主意。

一条浅浅的小溪顺着山脊向下流至厄伯山谷底部，原人纷纷跳进小溪流经的山涧里。隆很想知道如果他们闯进大本营会做些什么，他们会不会停下来，会不会去拜访他的同伴。人们很少在营地见到原人，即使他们经过也不会发生矛盾。他们一般只在八八节快结束的时候成群出现，略显防备而好奇，他们吹着口哨，叽叽喳喳个不停，还会和懂他们语言的通灵师聊天。所以，不管这两个原人要做什么，他的营地都一定没事。他可以待在他们上方的山脊上，然后沿着山脊向下到峡谷悬崖边的一个角上，那里有一道碎石堆成的瀑布，直到河里。在那里可以看到任何可能靠近的人或动物，这样他就能安心地继续神游。假如他的灵魂离开了身体——虽然现在还在尝试中、还在和头骨搏斗以挣脱束缚——他必须要确保肉体的安全，才能安心自由地在空中翱翔。这比杀死几个路过的原人要好得多——即使他们想杀死他。不过他不觉得他们有过这个念头。现在那里有三个原人。隆有些毛骨悚然。他对着上面的山脊仔细观察了一番，边看边听，还不时地嗅几下。没人，确定没人。

隆待在山脊上，沿着小径悄悄地向下走，眼睛紧盯着通往厄伯山谷的山坡。他清楚地看到那几个原人还在向下走。附近有不少开阔的岩石，地面上还覆盖着白雪，小溪沿岸和山坡上有孤零零的杂树林点缀其中，周围还散落着星星点点的草地和灌木丛。

山脊的另一侧靠近山顶的地方有一处短崖，郁郁葱葱的斜坡一直延伸到洛厄山谷。由于在山脊上视野不好，而且容易暴露自己，隆决定再次改变计划——他要顺着第一个斜道穿越悬崖，这样可以一直落到洛厄谷底，然后再下到环绕野牛石的河里，最后沿着河道回到大本营。反正今晚不是满月，昨晚好像是的，除非是他记错了。他必须再找一处藏身之地。他知道河流上方有一个小小的洞穴。他可以在那里过夜。原人在厄伯山谷，他在洛厄山谷。这样最好。

随着太阳的落去，空中多了不少云朵，像蕨尖一般旋入蓝天之中，于是，白色渐渐变成了粉色。与此同时，一轮巨大的月亮挂在了东方的天空，在夕阳的映衬下微微发红。月亮的左半边似乎没有右半边明亮，至少隆这样觉得。这正是他的担心之处：之前有些男孩在漫游结束的当晚回来得很早，这使得他们看起来非常想回来似的，以至于招致大家的嘲笑。不过话说回来，当年莫斯回来得很晚，看起来又太刻意。问题在于满月并不都是一模一样的，它们会变得大一些或小一些，光芒也有所不同。有时候直到午夜，明亮的光圈才会环绕在满月周围，太阳刚落下时是看不出来的。还有更糟糕的，有时候月亮还没完全升上来，完美的光环就出现了。所以难免出错，他必须仔仔细细地观察才行。

今天晚上，头顶这轮圆月随着他每一次的心跳和眨眼而不停地膨胀和收缩，不变的是它的巨大和耀眼。借着它的光芒，隆可以清晰地从洛厄山谷一直看到峡谷深处，不过所有的一切都被月光覆盖上了一层灰影。它们躺在他的脚下，躺在温柔的土地母亲怀里，如同白日世界的幽灵版。隆俯视着峡谷，月光洒在河面上，波光粼粼。峡谷的峭壁透着微光，仿佛有光从内而外发散。不过影子下面依旧漆黑一片，整片土地看起来层层叠叠，就像是峡谷被锋利的刀刃砍成了一座座丘陵。

隆来到山脊一角，在这里能看到流经营地的河流到下游后变成了一个巨大的圆环。这个圆环很像是他们住的大本营，只不过中间不是草，而是水。河道转过圆环的上游拐弯处继续前行，前方就是野牛石。圆环渐渐干枯形成草地。弯弯曲曲的河水环绕着冰雪覆盖的石拱，从黑暗处倾泻而下。水声不大，但在这里也能听得到。虽然河面大部分都结了冰，但依然能听到河水缓缓流淌的声音。在闪闪发光的白色水面映衬下，向前延伸的两条黑黑的河道就像是狭长的池塘，有时候比冰面高，有时候又像是一片白色中深不见底的黑洞。

这时，在河道拐角处的阴影中好像有什么东西在动。看上去像个人，不过当它走到月光下，站在白雪覆盖的河岸边时，隆才看清它长着动物的脑袋，又黑又圆：猫一般的口鼻上面瞪着一双猫头鹰似的大眼，头顶一对野山羊角，不过角尖对外……隆从未见过这种动物，身子不禁晃了几下。那双眼睛绝对是猫头鹰的眼睛：又圆又大，似乎可以洞察一切。隆浑身僵直，紧靠在身后的树上，恨不得整个人都融进无尽的黑夜里。那双眼睛紧紧盯着他，它沿着河边朝上游走去，但目光却一直没有离开过他。当它抬起右爪时，隆注意到那是猫科动物的爪子；这时他看清楚了，它有着狮子的头，猫头鹰的眼睛，猫型耳朵上方还有一对犄角，两只耳朵朝着隆的方向竖起，似乎可以听到他悬到嗓子眼里的心脏跳动声。最后，它消失在峭壁的阴影中。

这时隆才发现自己不知不觉地沿着山脊向回走着。恐惧如同长矛一般刺穿了他的喉咙；他几乎透不过气来，浑身发烫；他甚至像那些逃命的草原动物一般，屎都要出来了。他只得收缩肠道，夹紧屁股。

叹了一口气之后，他转过身开始没命地奔跑，没有目的地，没有想法，双腿也没有了任何感觉。

在夜晚这样逃跑是非常危险的，可我没办法帮他；在那一刻，他身上没有任何地方可以让我进去。

隆突然发现自己又回到了山脊上。由于喘得厉害，他不得不停了下来。隆环顾四周，害怕自己可能会看到什么东西。他的恐惧是对的：那个长着猫头鹰眼睛的狮人又出现了，就在他上方的山道上，就像是特意飞到那里等着他似的。一声低吟之后，隆立刻转身，一瘸一拐地沿着山脊向下奔跑，虽然害怕但依旧清醒，可以感受到奔跑时左腿阵阵刺痛。

此刻隆只能沿着山脊小道朝峡谷跑去，那里可以俯瞰到它的下端。不一会儿，他来到了与环形草地和二环之间的峡谷北侧小道交会的十字路口。因为这两条路都容易暴露自己，所以他不想走。隆知道峡谷的峭壁上有一道裂缝，可以顺着缝隙下去。裂缝中间生长了不少低矮的灌木丛，他只好跪着用手慢慢向下爬，整个身子都藏在树丛中。没多久，隆爬到一个悬在峡谷峭壁上的岩架上。他慢慢地匍匐前行，岩架逐渐变窄，最后消失在峭壁中。不过还有一个狭窄的斜坡，他可以压低身子爬到下面的另一个岩架上。他曾经来过这里。

第二个岩架的尽头是一个小山洞的入口，那是白色石壁上的一个垂直切口。没错，隆认识这里，父亲曾带他来看过。切口深入进石壁有一段长度，正好形成了一个稍有凹陷的小平台。除此以外，这个小山洞深不见底，里面漆黑一片。越过山洞，在后面的缝隙间有一股细细的水流慢慢向下滴落。

父亲带他来这里时提醒过他，里面的黑洞一直延伸到下面的河里。父亲说他是通过把一块刻有标记的胡桃木扔到洞里发现这个秘密的，那块胡桃木最后落到了下面河里的漩涡中。

隆坐到石头后面的小平台上，周围一片漆黑。他从门洞朝外望去，远远地可以看到峡谷的南墙。一道道青苔和岩架把朦胧的白墙映衬得斑驳迷离。乳白色的月光下几颗暗淡的星星点缀着黑色的天空。夜还未深。

就在这时，他听到身后上方的壁架上传来一阵嘈杂声。隆感觉自己像被蜜蜂叮过一般，颤颤巍巍地朝平台尽头的小洞爬去，然后慢慢下到里面。洞的四壁很潮湿，到处都是裂缝，还有一个个小凸起可以落脚。谁也不知道下面通到哪里，但外面传来的声音逼得他只能踩着洞壁向下逃。他先是用脚尖慢慢向下触碰，直至感觉到小凸起。这时候斯皮特变成了一名优秀的侦察兵，即使双脚冰冷那里也会十分敏感。上面的声音越来越大，他只好加快速度。这时又摸到一个凸起，他用力抓紧，整个身子又向下深入了一步。他必须要记住这些凸起的位置，他闭上眼睛把它们画在脑子里。然后继续用右脚趾向下探索，寻找下一个落脚点。找到了，不过有点远，他曲着左腿，踮起右脚尖使劲向下探，最后左边的膝盖都弯到了臀部上面。糟糕，脚踝疼得更厉害了，但他只能选择不理会，继续寻找下一个凸起。如果能再找到一处合适的踩点，他的左腿就可以放下来轻松轻松。突然间他的手摸到一道裂缝，宽度刚好够塞下一个拳头，而且无论他怎么拽，拳头都拉不出来。这样的话他可以好好活动活动双手。他放下左腿，让它垂到已经找到的凸起旁边再探究一番。最后，两条腿都踩到了一起，就像踩到搁板上一般。

现在隆已经完全藏身于洞中，即便站在小平台上也根本看不到他，除非对方的眼睛有穿透黑暗的能力，或者是能嗅到他的气味。不知道那个有着狮头人身、猫头鹰眼睛和鹿角的怪物嗅觉如何。他想起它抬头盯着自己时的模样，恐惧又一次让他战栗不已。不过，即使那怪物嗅到，或者是穿透黑暗看到他，它怎么下到洞里来呢？它没有手指，前腿只有爪子，难道要靠爪子爬下来？应该不会。希望如此。隆抬眼看了看自己回去的路径，左右，左右。他不想再向下了。如果真有个东西在洞口嗅来嗅去，他可能会再下去一些。可现在，四周一片安静，只能听到他自己的呼吸和心脏跳动的声音。谁也不知道那头怪物此刻在做什么。假如它的鼻子没有熊那么灵敏，那肯定是找不到他了。狮子一般是靠眼睛狩猎，猫头鹰也一样。

　　隆就这样悬在洞壁上。天很冷，他的腿越来越僵硬。他几乎感觉不到自己的双脚，除了斯皮特不时疼上几下。隆松开右手，小心翼翼地解开斗篷，把它罩在头和肩膀上。他上上下下地放松身体，左右手轮换着放在缝隙里，尽可能多支撑一会。他开始召唤身体里的第三道风来帮助自己。可即便它真的回来，也总是要迟很久。隆用身体在黑漆漆的粗糙石壁上来回磨蹭。他在洞里，洞虽然不大，但也是大地的子宫，一条通往精神世界的通道。在他们的洞穴画上，可以看到一个人把自己的手紧紧抵穿墙壁以到达地下世界，还能看到动物的灵魂在舞蹈。所以隆试着让自己去相信。可它只是一个小小的白色岩石山洞后面的一个小洞，而且冰冷无比。父亲曾警告他不要踏入。这里冷得根本不像子宫，冷到根本无法孕育他通往另一个世界。可他只能悬在这里默默忍受。

　　眼前黑暗中的长方形红点渐渐弯曲成了波浪形，变成一团一团，似乎幻化成了野牛、猛犸、马和野山羊的侧影，它们清晰无比，好像刚被从阳光下的山脊上掳掠进来一般。还有他的兄弟姐妹。也许他已经穿越了洞壁。只是他仍紧抓的三个点依然真实存在着。那种感觉就好似握着三只冰冷的手，在他悬在没有星星的精神时空时抱着他。它们悬浮在他面前，它们的体内也有血液在激荡。

　　他越来越虚弱了。我抱着他在洞壁上休息了一会。

　　我是第三道风。

当你一无所有时，我来找你了。

不知道过了有多久，上面的天空似乎亮了一些，好似有一滴白色的东西在黑暗中慢慢扩散，就像一滴血滴进河水里一般。越来越浓的灰色紧随其后，那是一种难以言喻的灰，类似于隆用力紧闭双眼时眼睑里的血色。隆转了转头，似乎看到了自己身后墙壁流下来的一股股细流。

啊，没错，隆记起了上去的路。那个是他不得不使劲把膝盖抬到比屁股还高才踩到的凸点；那个是把手；还有上面的落脚点；然后他就能够到靠近洞口边缘的凸起，然后用手指紧紧钩住洞穴地面的裂缝，赶在黎明到来之前爬上去。重新回到外面的岩架上，重新俯瞰脚下的峡谷。此刻，那里什么都没有，只剩下一条冰封的小河从峡谷中蜿蜒穿过。在这寂静的清晨，可以听到河水在冰面下缓缓流淌着。除此之外，什么动静都没有。对了，还有一只自言自语的松鼠。听不到任何可怕或庞然大物的声音。浓浓的黑暗也一下子消散了。星星渐渐隐退，灰蒙蒙的天空看不出是阴是晴，不过很快就能见分晓了。

峡谷深处透出几抹粉红色，看来太阳很快就要升起。突然间天空一片晴朗，没有一丝云彩。隆攥了攥右手，大部分时间都是靠它来支撑，所以有些疼痛。他又摊开手掌扭了扭手指，再让两只手相互扭着活动一番。多亏了这只右手他才撑过这个难熬的黑夜。天空越来越亮，那个猫头鹰眼的狮面人应该不太可能再四处走动，甚至已经不存在了。不过昨晚，它肯定是真实的。

现在他才看到，自己之前爬的那些岩架都窄得吓人。虽然腿脚不便，但他像只红色的水蜥蜴一般，四肢紧贴着爬过一个个岩架，然后穿过长满灌木丛的裂缝，向上一直攀到峡谷边沿。现在他可以回到山脊小道上，最后下到厄伯山谷。他需要花上一整天的时间回到营地，到时候正好天黑，空中一轮满月。现在时间还早得很，他知道自己所在的位置。

白昼驱散了黑夜的恐惧。凉爽清新的空气让他从上而下都感受到从未有过的舒爽。眼前万物生长，天色渐亮。微风轻轻拂过，这时，隆的身体里有股力量在慢慢张开。他终于成长为男人，这片广阔美丽土地上的真正的男人。虽然依然有恐惧，但白昼的力量更大。他的胸膛里如积雨云在翻滚。旁边的小松鼠也在啾啾叫着庆祝白天的降临。远处山谷里的河水在冰封的河面下欢快地流淌着。岸边的苔藓也用明媚的绿色装点着冰雪覆盖的大地。

隆走到一道融化的雪水前，蹲下来喝了几口。这一蹲让克劳奇疼得更厉害了，真是糟糕。他又找了一根树枝当拐杖，现在每走一步都离不开它们的支撑。现在他也变成了四条腿的动物，不同的是他有一条加长的双重前腿。

冰冷的雪水缓缓流进空荡荡的肚子里，灌满了整个胃。但隆依然没什么力气，除非能再次飘起来，像只懒散的美洲豹一般，把坑坑洼洼的岩石踩在脚下。实际上他走得很慢，慢到像没有动一样。湛蓝的天空上，云朵在头顶飘荡。天空越来越高，越来越蓝。原本在天上的云似乎都堵在了他心里。

这是属于动物的一天。四月的第十四个白天。白天越来越长，太阳越来越高，春天的温暖终于席卷了整个世界。残雪渐渐融化。这是万物热爱的季节，每种生命都会出来觅食，四处走走。萌动的内心似乎要从皮毛的束缚中挣脱出来。

山谷的四周似乎有些浮动。厄伯山谷底部有条狭窄的岩石小路，就在河道的上方，不过被赤杨木挡住了去路。小路上还残留着不少积雪。隆一瘸一拐走到下面，打算抄这条小道。他有些疲惫，于是坐下来休息一会儿。这时，他感觉大地在脚下旋转，随着他的呼吸不断上下起伏。窄道上大部分是野草，和小溪的交汇处，一簇簇深绿色的苔草和苔藓装扮成一道道条纹。大家都会从这里上山或下山。隆在泥泞的地面上看到了各种动物的足印或爪印。

　　大概中午时分，隆来到一片开阔的平地。这是一片草地，小溪缓缓流淌，蜿蜒穿过草绿色的芦苇丛。隆继续靠着山谷东壁向前走，这里有成片成片的断崖，每个岩架上都生长着树木。他觉得这儿很安全。这时前方出现一小群野牛沿着小溪顺流而下，他躲在树后偷偷地看着它们。它们看起来很不安，似乎在被追赶着。不一会儿它们就在下游消失不见了。野牛是索恩最喜欢的动物，真是没错，他们都有着大脑袋，一样地自以为是。

　　此时山谷又恢复了平静。松鼠们欢快地叫着，四处蹦跶。一只鹰在头顶慢吞吞地盘旋，它们应该是春天里第一批飞回来的鸟类。它飞得非常高，看起来不像是在狩猎，其实不然。它们有时候会俯冲而下，瞬间就飞到你眼前。这是一个平静而温暖的午后，天空不像早晨那般明朗，但也没什么云朵。隆的胃还在抽搐，他感到有些虚弱。眩晕的感觉好了不少，但依然浑身无力。眼前的树木似乎随着心跳而前后移动。一大群蜜蜂绕着蜂巢嗡嗡叫个不停，似乎告诉他不要打蜂蜜的主意。不过，蜂蜜……如果他一块接一块地扔石头，把它们轰走，把空心的树干敲开，再用水泼开它们，用烟熏……算了，只有烟熏有用。否则它们会被惹怒，然后围攻过来，他之前就遭遇过一次。此刻他的身体已经够弱的了，假如再受到蜜蜂叮咬，一定会爆炸的。

　　隆只能满怀遗憾地离开蜂巢继续向下游走去，只是走得比水流的速度还要慢。小溪离开草地顺着长满树木的斜坡继续向前，隆也在树丛之间游走，不时地像倚靠着朋友一般靠在树上休息一会，它们也像朋友一样支撑他前行。

下午的影子慢慢拉长了许多。距离营地已经很近了，隆停下来爬到一根木头下面。由于昨晚一夜没睡，越来越浓的困意让他不得不小憩一会。希望在睡着的时候不要有饿肚子的猛兽爬到这里来。在长途跋涉中，你很可能倒在最后一步上。没错，但此刻什么都没有，他也没办法抵御任何对手。看来得睁一只眼睛睡觉了。

一觉醒来，太阳马上就要下山了。隆慢慢站起身，拍了拍身上的土，然后走到河边洗了把脸。就在这时，他看到河里漂着一大块地血[1]，他立刻兴奋地捞起来。只要用稍微硬点的石块刮一刮，就足够用来涂在脸上。他还有鹿牙项链和那块雕刻成狮面人的木结，不过一想到这儿，他又不禁打了个寒战。鹿皮做的衣服和斗篷都还在。他可以像装扮额头和两颊一样，用地血在斗篷上画画，两边都画上豹子图案，然后有模有样地走回营地。虽然他看起来瘦弱无力，浑身是伤，但至少衣着光鲜。最重要的是他还活着。他本想把两根拐棍都扔掉，但每走一步克劳奇都疼得厉害，没有拐棍他只能一瘸一拐地向前走。如果可以的话，他想等到最后一步再扔开拐杖，这样就避免了瘸着走进去的尴尬。

在最后一抹暮光中，隆穿过环形草地，慢慢爬上环形山。从山顶上可以清晰地看到他们居住的盆地，河水流经的峡谷和环绕在四周的山脊，还有正在落下的太阳和升起的月亮。他的营地就在那里，山洞山的岩洞之下。等到夜晚降临他就可以直接下去了。一切都和他在无眠的夜里幻想的一样。营地上升腾的烟气穿过树林，萦绕在空中。啊，没错。

---

[1] 地血，应为一种类似"天然红土"的矿物，富含氧化铁，是史前洞穴绘画至19世纪中叶绘画的常用颜料。

这一天就快结束了，夕阳斜照在河水流过的峡谷间。这时，西边的山脊上传来一阵响声。一匹黑马立在那里环顾四周。它是美丽无比的神兽。

和隆一样，那匹马孤零零地站在那里，看着太阳渐渐落下。隆从腰袋里掏出那块地血，先把表面的碎屑刮去，最后刮出一小块放在掌心里。隆吐了口唾液在上面，不停地揉搓直到变成一小团，然后拿它在前额和眼睛下面画了几道条纹。隆对着马鞠了个躬，马也向他回礼。点头，仰头，点头，仰头。这只神兽像被夕阳点燃了一般，自下而上都发着光芒，长长的脑袋黝黑黝黑，细腻而带着沧桑感。它见证了隆漫游的最后时刻，扬着前蹄，然后低头，仰头，继而左右摇晃着脑袋，乌黑的双眼紧紧盯在隆的身上，又黑又短的鬃毛直直地竖立着，黑亮的身体浑圆强健。

突然间，那匹马毫无征兆地向上对着太阳的方向猛地一甩头。这个动作一下子冲到隆的眼前，隆又惊又叹，即便闭上眼睛，眼前依然回荡着这一幕。隆激动得热泪盈眶，泪水顺着脸颊不住地向下流。他的喉咙有些哽咽，胸膛阵阵发紧，不住地颤抖。他把手放在心脏的位置。那匹马转过身朝着远处的山脊奔去，和最后一抹余晖一起消失不见。隆扭过头，眼中依然眨着泪光，好一会儿他都不敢再向西望去。他闭上眼睛，刚才的一幕似乎还在眼前浮动。头部带着身体转动，优雅而流畅。在峡谷中最后一缕日光的映衬下，黑色的骏马仿佛长出了一对翅膀，浑圆的肩膀，修长的四肢。

夕阳终于触到地平线，开始缓缓下落。就在同一瞬间，东方地平线上出现一个闪烁着白光的亮点，慢慢向四周扩散：月亮升起来了。日落，月升。隆来回地看着，感觉自己的身心似乎在它们之间不断舒展，天空在大地之上翻滚。日落，月升。伟大的轮回。所以，今晚一定是月圆之夜。

月亮离开地平线，悬在湛蓝的天空。雪白明亮的光芒照亮了整个大地，再次印证这是一轮满月。今晚的月亮非常大，比地平线上的太阳还要大上许多。这是漫游期间最后一次日落。隆突然感到一阵痛楚，这个世界远比他了解的还要广阔。哦，不得不结束了！他还会不会像今天这般有生命力？这个世界还会不会像此刻这般美好？

不，再也不会了。不可能了。这是属于他的时刻，独属于他一个人的时刻，漫游即将结束，这是他的巅峰时刻。以后不会再有了。现在他已经成为一个真正的男人，那匹马也在为他祝福。明天他就要回到营地，成为索恩的学生。这种全新的感觉能持续多久？他能记住吗？

似乎不太可能，过不了多久就会知道。隆不得不回家了。他真的很饿。

隆借着暮光整理好东西，重新涂画好脸庞和手掌，然后拄着拐杖沿着山坡一步步向下走去。圆圆的月亮把眼前的一切都照得透亮。最后时刻他决定只丢弃第二根拐杖。对他而言，尖头结实可靠，身上沾满了他的汗水，已然是他的亲密战友。由于经常和地上的石头碰擦，尖头下端被磨得光滑浑圆。他会向大家展示自己在被克劳奇折磨的情况下艰难前行、任何困难都阻挡不了的漫游之路。

下山的时候隆看到了火堆，比平时大很多，那是为迎接他归来而特意准备的。他的头脑再次嗡地一下炸开，下山的路上浑身灼热。他又整了整衣服，希望脸上的装扮依然完好。假如颜料乱了，看起来很可能像刚被杀死一般。不过也没关系，他的确已经死了，回来的是重获新生的他，这种感觉非常强烈，隆确信他们一定能看出来。

黑色的大树绕着环形草地而生长，它们的枝叶摇曳挥舞，上下跳跃，仿佛要挣脱根部的束缚。隆拄着尖头支撑身体平衡，似走非走，似飞非飞，似乎非常轻快。克劳奇跟他说，我没事了，现在你要我做什么都可以，我今晚不会在这里，再见。隆很高兴，现在他可以把全部注意力都集中到两只脚和拐杖上。他要保持平稳的步伐，以舞蹈一般的姿势回到营地。火苗在树林间闪烁，仿佛也想要飞起来。挂在枝头的月亮依然很大，周围一圈白光：一定找不出比这更圆的月亮了。四月的满月之夜，他们又回到这里了。饥饿的季节就要结束，夏天即将到来。月亮上的兔子正全神贯注地搅动着碗里的地血来描画黎明。尽管只是侧影，他依旧能看到它转向左边，目视着他一步步走下山坡。它是特意为他描画即将来临的黎明，因为他们会彻夜狂欢庆祝。

　　隆走进营地，直到最后一刻他才意识到还没有宣告归来。为了不吓到他们，隆轻轻地发出"如普如普"的声音，就像潜鸟每次冲出水面时呼唤队友的声音。

　　听到隆的呼唤，所有人都欢呼起来。男人们发出狼嚎一般的声音，走出来迎接他。他们大笑着呼喊他的名字。隆丢掉拐杖。人们托起他的双腿和后背，用肩膀把他抬到火堆旁。隆激动得快要哭出来，此时的他既充实又空虚，他看到每个人脸上都挂着平静的微笑。今晚的篝火也无比旺盛。所有的女人、男孩和女孩都在叫着他的名字，一个接一个地拥抱他。无数只手在触摸他。过了一会，女人们把最好的皮毛长袍披在了他的身上。

　　连希瑟都咧着那张牙齿掉光的嘴巴笑了好一阵子，之后便转过头走开了。等她回来时手里多了一碗热腾腾的云杉茶和几块小小的蜂蜜油饼。

　　"不要吃得太多太快，"她用惯用的语气提醒隆，"你是怎么做到的？现在还好吗？"

"我的脚踝扭伤了，"他坦诚地回答道，"现在还是很疼。"

"啊。"希瑟狠狠地瞪了一眼索恩。她不喜欢什么漫游，在她看来，那是完全没必要的冒险。

索恩装作没看到，他在用自己的方式仔细查看着隆的情况。隆猜不透这个老人到底在想些什么，于是转向其他人；隆不喜欢这种感觉，这和之前没什么两样。他不愿意重新回到过去的生活，最不想的就是回到索恩身边。不过回到大家中间他觉得无比放松。树人和云游者的生活简直无法想象，没日没夜、时时刻刻都要提高警惕，提防各种危险，而且连一个说话的人都没有！

"快来和我们说说！"大家都嚷嚷着，"告诉我们你都做了些什么，发生了哪些事情！"

"等一下。"隆说。他不得不再次回望过去的这段日子，最后回到眼前熊熊燃烧的火堆旁。这并不容易。他要恢复一下精神。他望着眼前的一张张面庞，对他们就像对自己的掌心一般熟悉。

"好吧，暴风雨的第一个夜晚我怎么都点不着火。"

一阵嘘声，大家都笑了起来。

"所以我不得不靠跳舞来取暖，我跳了一整夜。"

"太糟糕了。"有些人在嘲笑他，有些人则是和他一起笑。"我讨厌这样！"

"到了第二天，我点着火了。"说到这，隆深吸了一口气，人们全神贯注地盯着他，一片安静：

> 我在火堆旁待了三天。
> 我吃了鱼、干浆果和草甸洋葱。
> 后来看到两只熊在攻击一只鹿。
> 然后为了争夺食物，它们又相互攻击。

等它们结束后,我也拿到了一点点鹿肉。

然后就开始分解切割。

一只野山羊碰到了我设置的第一个陷阱。

但我什么都没捉到。

等我第三次布置陷阱后抓到了一只鹿。

我杀死了它。用它的皮做衣服。

后来也挺顺利。

但又遇到了原人。

山上有不少原人,你们知道的。

一些人在点头,希瑟也是,他们都瞪大了眼睛望着他。隆的眼睛却一直在萨杰身上,这些故事主要是说给萨杰听的,萨杰和希瑟。当然,还有索恩。

他们对我穷追不舍,我拼命逃跑,

最后来到一条流向洛厄厄伯的小溪里,

虽然成功逃脱,但脚踝受了伤,

我不得不寻找一处藏身之地,还好找到了。

我爬到一棵折断的树上。

脚伤好些之后就离开了那里,

开始回程之旅。

不过我发现还有两个晚上,

于是吞下了女巫睡帽和艾叶。

这话是说给索恩听的,但索恩却摇了摇头。"告诉我接下来发生了什么,"他说,"有关通灵师的那部分。"

"好的。"隆说。接下来要说的是整个漫游过程中最重要的时刻，也是最精彩的地方，随后他会告诉大家的。但此刻，他想的是现在是不是拒绝眼前这个老人的最好时机。

隆思考了好一会儿。他明白这个老人的意思。隆不愿意说出遇到河岸上那个怪物时自己有多恐惧，他也不知道该如何表达。他只能说谎，随便哪种方式。到目前为止他还没有说过谎。

隆看到索恩正在密切注视着自己，看他是否明白为什么要对那个晚上发生的一切，包括他的恐惧闭口不提，看他是否真的改变，以及如果改变了，该怎样处理。不过他们俩看起来都面无表情。隆收回目光，开心地享受着火焰的温暖，还有篝火旁的萨杰。其实，他眼前的一切依旧在跳跃和绽放，试图冲到天空中。还有这些狼族的人也在兴奋地跳上跳下，脸上挂着每个人特有的神情，迸发出自己独特的魅力，他也是其中一员。尽管这意味着麻烦，但也是世界上最好的麻烦。

隆看得出来，自己的回归让爱发脾气的希瑟高兴不已，她永远都是忙个不停，在她经过篝火旁时，他伸出胳膊拦住她，给了她一个拥抱。她是刚才唯一一个没有过来和他拥抱的人，只是轻轻地碰了碰他的手臂。"我成功了。"他低声说。

"没错，没错，你成功了。"她说，临走之前她轻轻拧了他一把，"现在你已经十二岁了。"

第二章
狼族部落

隆在冷飕飕的清晨醒来，身上蒙了一层烟灰，口干头疼。漫游结束了，他回来了。索恩又在哼哼着要水喝。隆故意跟在后面学了几句。灰白的辫子垂在索恩年迈黝黑的脸上，碎发散落下来，到处都是。一双眼睛又红又肿，此时正充满疑惑地盯着隆；他似乎还在想隆在漫游时到底遇到了什么。隆决定永远都不告诉他，那是属于他自己的漫游。他终于读懂了希瑟常说的一句话：没有人能替你活着。隆现在理解了其中蕴含的孤独和寂寞。这是他从漫游中得到的另一个经验。

索恩开始咆哮起来，他似乎看穿了隆的秘密，于是愤怒地抗议。他像犀牛一般咕哝着穿过营地，慢慢地朝着营地最西面走去，那里是希瑟的住处。希瑟床铺周围是一圈木头架子，她把所有的东西都收在木架上，形成了一个小小的避风港。索恩走近的时候她正好在那里，看到索恩后她立刻走出来堵在门口。索恩把手伸向她双腿之间去拿水葫芦。她对着他的额头踢了一脚。

"我不想和坏蛋说话，"希瑟说，"大家都知道不能靠近我这里。"

"我只是想喝口水。"他嘟哝了一句。

"谁都不能碰我的东西。他们都离我的小窝远远的。我这里洒了让人生病的毒药,这一点所有人都很清楚。"

索恩只好躺在那里。"隆,"他喊道,"给我拿桶水来,求你了。你可以从希瑟这里拿。"

"听好了,"隆说,"我不再是你的徒弟了。"

"你刚刚才成为我的徒弟,难道你不知道吗?照我说的做,不许无礼。"那双通红的眼睛注视着隆,"你应该从漫游中学到这个。"

隆从网袋里掏出自己真正的衣服,这是希瑟专门为他保管的。"漫游教会我以后不再是你的徒弟了。"

但他还是原来的他。除非他完全放弃通灵师的生活,但那也意味着他可能要离开这个营地。索恩那双通红而充满蔑视的双眼说明了一切。

隆穿好衣服,一瘸一拐地绕着营地为老通灵师做事,他觉得自己在这个明知要避开的陷阱里越陷越深。这让他无比沮丧。以后每一个早晨都会如此,到处是乌鸦粪便的杀戮之地,刺眼的阳光,灰突突脏兮兮的营地,还有各种讨厌的人。如果想离开这里,摆脱这样的早晨,最好是走到河边跳进去。

隆就是这样做的。已经化冻的河水在夜间结了一层冰。不过冰面很薄,很容易就打碎了,露出下面黑乎乎的水面。他一头扎进沙底浅滩里,不停地摩擦全身,直到冻得浑身发抖。但他知道营地的篝火,还有岸边的衣服会温暖自己。这就是家的好处!

除了那些人。尽管昨晚见到他们时隆是发自内心地高兴,但他们比狼獾更有狼性,比猎豹更凶猛。他们过着群居生活。看着火光中他们的脸:热情而令人欣慰。他要记住这种感觉。而现在那种感觉去哪里了？漫游中有太多值得铭记的东西。肯定会有人要求隆说出剩下的故事。他不会说，但他会记住它们。这是他的故事，独属于他自己。他从中学会了很多。他希望能永远记住它们，但现在它们已经变得像梦一般。

　　隆沿着环形山的一侧向上攀爬，一直爬到一处被岩壁包围的平台，平台和野牛石的尾部连在一起。这是一个不错的观景台，可以看到峡谷河流的上游和下游，越过环形草原有一块灰色的山丘，后面就是他的营地，藏身于一处不大的岩洞底部。

　　从这里看过去，整个营地就像孩童的玩具一般大小。营地的房屋是圆形的，由云杉树干和兽皮拼搭而成，干净整齐。炊烟从屋顶的高处冒出来。人们陆陆续续从里面走出来，似乎还没睡醒。像往常一样，沙木瓦和布鲁杰坐在女眷居所门口。隆的朋友霍克和莫斯还在睡梦中，他们裹着兽皮睡在岩洞下面的斜坡上。还有索恩和希瑟，营地对面的西斯特和艾拜克斯正把木头放进熊熊燃烧的火堆里。隆对那里的每个人都无比熟悉，不管离得多远，他都能知道那些小小的身影是谁，在做什么，假如和他们说话，对方会回答什么。这足以让人抓狂了。

　　希瑟正举起吹镖管对准索恩。她的镖尖上有毒药，只需几秒就能把人杀死。索恩举起双手，但嘴巴显然还在骂骂咧咧。他的话和飞镖一样恶毒。他曾诅咒过人们在过节的时候死掉。

　　隆就这样低头望着，仿佛看到的不是自己的营地。升腾的浓烟，寒冷的清晨中忙碌的人们。漫游时他很想回家，可现在他又希望能重回漫游时光。当然，如果他把这些话告诉希瑟，她一定会说，人们总是怀念自己得不到的东西。一旦拥有，就会忘记。所有人都一样蠢。

他们的营地和隆见过的大多数岩洞营地没什么区别。有的营地上面的飞檐比他们的还要好。他们中有一些住在上游，沿着乌尔德查的峡谷峭壁搭建。还有一些分布在东边、西边和南边的其他河谷里。和他们一样，那些营地后面的岩壁上也都有壁画。从野牛石望过去，那些壁画看起来都很小，只能看到一团团黑点和红点。隆依稀能辨认出那幅长长的壁画上是一群捕猎中的狼，似乎有几十头相互叠加着朝营地方向奔跑。这就是狼部落。这个春天一共有四十二个人。

西斯特正站在火堆旁和艾拜克斯说着什么。西斯特有着宽阔的肩膀和厚实的胸膛，虽然不高但非常健壮，虽然体形就像一块河石，但脚步却十分轻盈。他是一个聪明的猎人，投矛技术极佳。他长得十分友善，举止也很随和，总是悉心照顾营地的每个人。虽然爱开玩笑，但内心却十分严肃。因为他觉得自己有责任确保大家有足够的食物度过漫长的冬天和春天。西斯特就像首领一般，虽然这通常是女人的工作。他会加入她们当中，对每个人的任务提出建议。每当鸟儿归来，夏季来临，大家都没有饿死，西斯特就会获得短暂的快乐。不过夏至之后他又要重回忙碌中。

现在鸟儿还没有回来，他们的食物越来越少。所以西斯特急切地想和艾拜克斯谈谈，话题总是离不开食物：和桑达及其他女人一起做饭、捕鱼，和男人们一起去布置陷阱，狩猎。西斯特自己挖了一个储藏食物的地窖，不停地补充新东西。他还会和其他部落的人聊天，询问他们的情况。他和索恩设计了一个计数工具，类似于索恩之前的年鉴：在干净的浮木棒上刻上印记，以记录还剩多少动物油脂，多少袋坚果、干鲑鱼排和烟熏驯鹿肉排；所有过冬的食物都要储存和记录下来。基于前一年冬天的记录，西斯特知道营地里每个人的食量，同时还会根据他们夏季的身体状况，积累的脂肪多少进行调整。他比你更清楚你到底有多饿。

最让人费解的是他竟然和桑达结婚。桑达此刻正坐在女眷居所旁边。她和姐姐布鲁杰是这个部落的女首领。她们和西斯特一起管理部落的日常事务。桑达长得十分彪悍。她和西斯特从小就生活在狼部落中，然后很早就成了亲，这就解释了一切。西斯特一直比较随和，也很讨人喜欢。而桑达却总是表现得十分紧张和傲慢。据说是她妈妈在怀她的时候吃了很多水獭肉导致的。她姐姐布鲁杰脾气更糟糕，不过她俩关系倒是很亲密。人们总开玩笑说西斯特娶了她们姐妹俩，不过两个人都不如他。如果他在床上都做不了主，如何能当部落首领？不过不管怎样，最重要的事情已经完成。再说，他们部落并不真的需要一位首领，西斯特总会以自己的方式来暗示这一点。现在他们这样就很好。除了涉及食物的时候。一旦谈到食物，西斯特就变成一块无法撼动的磐石。这时为了避免发生自己无法取胜的争执，桑达和布鲁杰会主动退出，西斯特则开始一天又一天的劳作，他会在需要的时候寻求帮助，人们也愿意帮忙。看来他正在寻求艾拜克斯的帮助，此刻的他看起来比往常还要焦虑。人们说，当年隆的父亲塔里克因为结婚而加入部落时受到了他的友好相待。

俯瞰着下面一个个小小的人影，隆意识到即使自己闭上眼睛，也能看到每一个人。大家相互之间太熟悉了。大人们都结了婚，孩子们还没有，而年轻人则介于他们之间，正在寻觅中。他们的身体已经开始流血或射精，年长者则给予他们启蒙。一切就是如此，无处可逃。

饥饿迫使他再次回到部落。他很难过。

* * * * * *

霍克和莫斯正坐在太阳下，用骨针矫直棒矫正象牙长矛头。

霍克把白色尖头插到洞里，然后手柄轻轻一扭，枪头就回到原来的位置。猛犸象牙轻便坚韧，但容易弯曲。矫正长矛头总是能带来很多乐趣，同时也意味着他们又要开始狩猎了。可惜这一次隆因为受伤无法参加。

知人知面不知心。不要去帮助一个自私自利的人。付出就有回报。

在隆看来，这些谚语似乎在告诫大家应该把大部分时间花在帮助女人上。希瑟经常说：找到合适的女人，照她说的去做。女人为你做饭，你才能外出打猎。隆非常想和朋友们一起出去打猎。

但希瑟说打猎只会让他的腿伤更严重。"真正的朋友是不会让你去的。"她说。她不喜欢部落里的这帮男人。她一直唠叨个不停，虽然能听清她的话，但隆却不是很明白她的意思。"一群醉醺醺的老家伙，什么通灵师，什么猎人，只会逮野猪，有什么了不起的，滑稽可笑的浑蛋，还要搞什么确证、漫游，以为自己是个男人。有本事就带回来肉！还有坚果！柴火！干好你的活！不要一天到晚骗人、吹牛、编故事，真是蠢到家了！把活干完后再吹牛，不然等我给你好看，好吃懒做的家伙！"

族人们很久以前就不再听希瑟的唠叨了。这一点希瑟自己也知道。有时候她的大吼大叫只会让对方转身离开。但隆却只能留下来。父母过世之后，是希瑟和索恩把他抚养长大，现在，他们又把他困在这里。"这帮寡妇和孤儿，我真是受够了！"每次他抱怨时希瑟都会这样说，"停止杀戮就没有这一切了！"希瑟是部落里的接生婆，也是药师。在其他人眼里，她总是喋喋不休，忙忙碌碌，专横霸道，是个会用毒药的可怕老巫婆。她驼着背，身子缩成小小的一团，嘴巴里只剩下三颗牙齿，她总是以此为傲。她是蜘蛛族，据说她偶尔也会变成蜘蛛的模样。

此刻她挥着手让隆离开，一双眼睛紧盯着外面的铁杉树。一只在营地外游荡的小猫被希瑟引诱了过来，爬到上面的树枝上，优雅地吃着刚长出的嫩树叶和嫩枝。这可不像是猫的行径。

"出去吧，我要和西斯特谈谈。"

隆还是不能出去打猎，接下来很长一段时间都不行。心中的郁闷日复一日积累着，似乎整个天空的重量都压在了他的身上。

如果把部落里的人全部杀死，他就能自己一个人出去。晚上找一高处睡觉，旁边生着火，把必需的东西带好，再找一个山洞画画，需要的时候再寻找新的伙伴；来来去去不受限制，可以在节日的时候相互拜访一下，什么部落义务，统统都不要。做一个云游者、树人或者绿人。他可以在天亮前、希瑟还没有起床前干这件事。必须先杀死希瑟，因为她不容易受到惊吓，肯定会知道他的计划。趁她睡着时用斧头对着脑袋后面或太阳穴猛然一击。接着是那些喜欢早起的，睡得沉的，最后才是那些夜猫子，他们也将是最后一拨赴死的人。等到太阳出来，他们全死了，他就踏上永不会结束的漫游之路。每个月都要过上一辈子。

运气比善良更重要。这只猫曾目睹过很多次。突然脑袋里发出雷鸣般的声响，它这才发现自己已经爬到营地上方的树枝高处。它还不知道那个声音是人踩在干树枝上发出的。安全比遗憾更重要。人类可以杀死一切。他们不仅吃掉猎物，还要剥掉它们的皮，拔掉它们的牙齿，然后穿戴在身上当作自己的战利品。所以，人类真的很可怕，他们的气味，还有他们通过投掷石块或棍棒来实现远距离杀人的能力。其他任何动物都做不到这一点。猫不喜欢其他动物，包括自己的同类。猫科动物喜欢独处，但对其他同类保持基本的礼貌。除了狮子。狮子总是表现得像狼一般，真是令人作呕。每一类动物中个头最大的那种都是群居动物，这让猫觉得很神秘。小型狼类都是独居者：狐狸，郊狼，貂，黄鼠狼。小型的猫科动物也是如此。但这两类中个头最大的狼和狮子却喜欢成群结队地生活，毕竟人多力量大。所以它们选择聚集在一起。它们的猎物，那些大型群居动物也喜欢聚集在一起。狮子对此应该更了解。

熊不会打扰自己的小姐妹，狼也一样。但那些大猫会吃掉小猫，一旦抓到就毫不留情地塞进嘴巴，所以小猫们才学会爬树。看到大猫们成群结队地聚在一起，举止却像狼一般狡猾——真是既恶心又尴尬，同时也很可怕。它们看起来和猫别无二致，但又能像狼那般四处游荡。它们是怎么做到的呢？

所有的动物在最开始的时候都是一样的，后来随着环境和时间的变化而逐渐演变成太阳、月亮、北极光和雷暴，还有各种各样其他的动物。虽然外表各异，但内里是相同的，而且看待万物的角度也一样。只是有的变成猎者，有的变成猎物，或者两者都有，比如猫科动物。所以小心为妙。如果讨厌暴风雨，那它们就可能会离开。

又一根树枝折断的声音，小猫的毛发立刻竖了起来，尾巴也因为不安而高高翘起。这时树下又出现了两个人。这两个男人算是那个药女部落的首领，他们手里经常拿着石头或棍棒，非常可怕。小猫透过树缝仔细观察着，那两个人正和另外两个人交谈着什么，那两个人来自于一个奇怪的部落，他们总是切掉自己的小指头丢给猫吃。猫肯定更喜欢这样的人类。但他们那里没有药女。所以大部分时候它都会待在这个老妇人旁边。部落里有不少老鼠，老妇人总会特意把食物碎屑撒在地上，她喜欢用稀奇古怪的东西来吸引猫。

那几个男人还在争论不休，对着峡谷上面和下面指个不停。

应该是领地问题,他们都气鼓鼓的,几乎都要胸贴胸了。这种情况下他们一定不会注意到一只猫。它这才敢把头伸出来以便看得更清楚。说不定他们在战斗中会掉落一些东西,或者清理后残留点什么,血滴啊,尸体啊,什么都可以。

不过那两个切掉小指的人在退后。他们不想打架。他们不停比画着,应该是在说他们的领地延伸到太阳落山的地方。老妇人部落的首领接受了这个意见,两个切掉手指的人朝着峡谷的方向离开了。

剩下的两个男人还在继续争吵,好像是会面后的意见相左。他们朝着火堆走去,猫在树上一蹦一跳地紧跟在后。还是小心为妙。好奇害死猫。所以它选择远远地看着他们走进帐篷,走到那个首领男人的妻子旁边。那大块头女人边听边对他们紧蹙眉头。等他们说完,女人便开始咒骂,两个男人只得灰溜溜地走开了。

当他们还是小男孩时,隆和霍克、莫斯曾在外出打猎途中遭遇到一群穴狮,它们正在草地上撕咬一匹大马。孩子们在上面岩石山脊的庇护下偷偷地观察着。这时,一群乌鸦顺着西风盘旋而来,它们弓着身子把屎拉到狮子身上,甚至还拉到了被咬开的碎尸上。狮子们咆哮不已,但还是慢慢退出了这片恶心的地方。乌鸦继续朝死马身上撒尿拉屎,直到最后尸体上盖了一层厚厚的白色粪便。狮子只好悻悻地离开。乌鸦这才纷纷落下来,尖利的嘴巴穿透粪便啄出一块块肉来。

孩子们觉得这是个好机会。他们立刻兴冲冲地跑下去把乌鸦轰走。当它们飞回来反击时,孩子们开始投掷石块。对于乌鸦来说,这帮男孩比狮子更危险。短暂的交火和相互叫骂之后,翅膀受到重创的乌鸦嘶哑着嗓子气冲冲地离开了。

三个男孩对自己的表现很满意。他们迅速把马肉砍下来,扛着马脑袋和两条前腿朝河边走去。他们在乌尔德查上游冰冷的河水里用沙子把马肉刷洗了好久,然后高高兴兴地扛回家。霍克迫不及待地告诉大家他们亲手杀死了一匹母马,现在把肉带回来了。索恩拿起前腿上的一块肉,放在鼻子前闻了闻,又像希瑟的猫咪一般细细咬了一小口,然后一把甩到霍克身上。霍克猝不及防,一下子摔倒在地。霍克痛得大喊起来,人们立刻围了过来,索恩把前腿递给希瑟。希瑟咬了一口后立刻皱起眉头。"一旦乌鸦在尸体上拉过屎,这块肉就变质了,"她告诉男孩,"你们是洗不掉那个味道的。"

"哦。"霍克恍然大悟。

索恩突然大笑起来,其他人也跟着狂笑不已。三个男孩看起来傻极了。不过随后男孩们还是被狠批了一顿。

* * * * * *

"今天你负责搅拌颜料。"一天早上,索恩哑着嗓子命令道。

"总是让我搅拌颜料。"

"然后再把我这里打扫干净。"

"不!"隆皱着眉头喊道。

索恩竟然笑了,看来他是故意让隆生气的。"好好搅拌。到时候我会教你如何让它在下雨天也不会流下来。"

这正是隆想知道的。他有些不相信地望着索恩,索恩大笑起来。

希瑟板着脸看着眼前这两个人。

"你的脚好些了吗?"她问道。

隆耸了耸肩:"还好。"

其实隆心里很担心。下个月他们就要去北方狩猎驯鹿,到那时他的腿必须好起来。

隆一瘸一拐地跟在老头子后面，先去他的住所取装着地血和木炭的皮袋子，然后再去悬崖边涂画。

索恩站在清晨的阳光下，眯着眼睛盯着那面已经被画过无数次的崖壁。崖壁上画了许多勃起的阴茎和敞开的阴道，还有一个很棒的连环画，描绘的是一个男人长了一根特别长的阴茎，长到都能弯到嘴巴里。索恩对这种画不感兴趣。他凝望着一群赤褐色的洞穴熊，共有十只。他非常喜欢这些熊：它们共同生活在一个部落里，不过实际上它们从没有在这片土地群居过。它们有的站着，有的蹒跚挪步，有的在用那异常灵敏的鼻子嗅来嗅去。你可以根据洞穴熊们敏锐的眼睛、耳朵以及前额上的皱纹看出它们的情绪或意图。有几只熊只勾勒出了轮廓，不过大部分都完完整整地呈现了出来。红色的底色上面涂了一层又一层黑木炭，所以披着夏末皮毛的它们看起来是赤褐色的。每一只都胖乎乎的，所以画的确实是夏天。从脸上的表情来看，它们好像被河边的某个东西吸引住了。坑坑洼洼的岩壁表面顺势画成肩膀、臀部和前额。整幅画栩栩如生，就好像当时的绘画者正好看到那群熊出现在悬崖上，然后就手画下来一般。这些壁画表面渐渐被风化侵蚀，索恩一直说要给它们重新上色。此刻，他指着最后面的一只熊。

"你今天的工作就是把它修补好。"隆先发制人地喊道。

索恩朝他扔了一块石子："安静点。我还是你的主人。尽管你现在强壮到可以打过我，但依然只能是我打你，你乖乖接受。虽然你痛恨这一点，但要想待在部落里，你必须接受。所以赶紧闭上嘴巴，让我教你一些你不知道的东西。"

"就这一次。"隆边说边躲开又一块石子。

索恩拿出来几块地血、一排燧石片和刻刀。隆开始坐下来整理刀尖。这是他梦寐以求的，而现在这个老头子终于满足他的心愿了。

地血很容易碎开，就像浸在血里的沙子，慢慢变干变硬成石头一般。你可以用指甲刮去表面一层，但再向下就硬得多。这时就要拿出燧石刻刀，用锋利的刀尖刮掉外面的碎片和颗粒，直到露出内芯，然后放到花岗岩的研磨杯或石板上用捣槌捣碎。所以，要用最大的刻刀刮去表面，刀尖和刀刃必须能灵活转动。在红色最淡的地方向前推，那块地血像血痂一般凝固在岩石的沙层里，虽然发红，但掺杂着黑色和棕色。岩石裂开的地方正是血痂和沙子连接之处。一旦裂开，那些痂就变得比沙子更柔软，更像是泥浆。

"这差不多就是你需要的，"索恩指着细细的粉末说，"沙质的这部分会让画变得很模糊。可以有点沙，但不能太多。浓度必须正合适，就像浓汤，或者是比较稀薄的糊糊。要薄到可以推开，但又不能太稀，否则容易流下来。"

"所以你要加水？"

"当然，不要问这样愚蠢的问题。不过除了水和粉末之外，你还要加点其他东西，这是你不知道的。它会让它们黏合在一起而不结块。很多黏合剂都能做到这一点。有的用来画身体，有的用在壁画上。今天我们需要一点点唾液和鹿的骨髓脂肪，这些我也带过来了。"

他从腰包里掏出来一个鹅皮袋，小心翼翼地解开，然后把半流质状的脂肪倒进一个木碗里。

隆紧盯着袋子，他不知道原来这就是黏合剂。

"如果粉末能再细一些就更好了。你做得还不够好。来，我们来试一下，你好好看看。"

他捡起隆的磨板，把已经磨碎的地血倒入碗里。"端起来转几圈，等个大约半小时，这段时间里那些大的沙粒会沉到碗底。然后把颜料倒进另一个碗里，记住要适时停止，把沉淀物留在第一个碗里。就像这样。"

他示范了一下。"看到没？最粗糙的红色颗粒留在第一个碗里，现在我们要让更细小的粉末沉到第二个碗里。这需要一段时间。大部分红色都会漂在上面。那么，当这个搞好的时候，就要小心翼翼地把水倒出来。然后，等碗底的沉淀物晾干，我们就得到两种不同的地血粉，一种粗糙，一种细腻。你可以把粗糙的地血块切成长条，用来勾勒，就跟用木炭条一样，只不过是红色的。你也可以掰下来一块放进水里，等它化开，然后再加一些骨髓脂肪，或者是口水、尿、动物胶，甚至精液。这样你又可以涂色了。你还可以把它捣碎后和蜂蜡混在一起，这就是人们用的蜡笔。"

隆点点头。希瑟做的胶非常好。他经常看她把动物残骸放进桶里，慢慢地炼成黏糊糊的白色胶体，里面有软骨、脂肪、肌腱和韧带，还有小块的骨头和肉，再加上一些只有她自己知道的晒干的植物和粉末。

索恩赞同他的说法。"她一定在里面加了某种很特别的东西，所以干了之后才会这么硬。我加了几滴在涂料里，这样的话，下雨也不会流下来。来，把脂肪搅进去，然后再多磨几块地血石。"

清晨温暖的阳光下，隆继续用刻刀刮着地血，一直刮呀刮呀刮呀。他喜欢这样：红红的石块，轻轻一碰便碎开。他抓起一块放到鼻子边：闻起来也很像血。太阳照在脖子后面，暖洋洋的。

一上午就这样过去了。沐浴在温暖的阳光下，呼吸着暖暖的空气，他觉得惬意极了。连克劳奇和斯皮特都舒服许多。他迷迷糊糊地打起了瞌睡。在梦里，他还没有忘记刮石头。连他自己都不知道到底是清醒还是睡着，不过这也无所谓。哦，感谢太阳赐给我们的温暖！

在他忙活的时候，索恩一个人四处走动，自言自语。虽然总是吵架，但这方面他和希瑟确实是一对。他们就像一对关系恶劣的夫妻，听说他们过去确实有过一段糟糕的婚姻，不过在部落里的大部分人出生之前他们就分道扬镳了。不管是真是假，反正隆是近距离看到过他们的斗争的。实际上他会帮助他们攻击对方，以便给自己多争取一点空间。

两个老人的嘴巴都没有停过。假如听不到索恩的声音，多半是因为他睡着了。今天早上他又在讲述那个漫长的冬天，这是他最喜欢的故事之一。他喜欢的故事都是那种很可怕的，而且总是选择他自以为合适的时间来讲。隆边刮边听，不过他宁愿耳朵里全是松鼠在树上吱吱叫的声音。

索恩沙哑低沉的嗓音很像乌鸦的叫声：

很久很久以前，我们像小鸟一样生活，
我们用嘴巴啄食，打哆嗦，做我们会做的一切，
每个季节都是如此，无论雨雪还是晴天。
但是曾有一段时间，他们说，
那时我们住在遥远的南方，
而太阳伫立在北边的天空上。
有一年，夏天未能回来，
春天没有到来，夏天也是如此，
虽然白天变长，但还是非常冷。
寒冷和暴风雨席卷了整个春天、夏天和秋天，
一直持续到下一个冬天，
根本没有机会采集食物。
第二年也是如此，
接下来的一年，没错，依然没有夏天，
无休无止的冬天，整整持续了十年。
如果没有伟大的盐海，

这里的所有人都活不下去，
这片土地上不会再有人的存在。

每次吟诵这一段时，索恩总是直起身子面向太阳，嘶哑的嗓音透露着残酷，听起来很有意境。

然后他又继续边溜达边细数那些可怜的人被饿成什么样子，无尽的折磨和痛苦，为了活命他们不得不吃下各种稀奇古怪的东西。索恩喜欢说那些东西，各种名称像石头一般不停地从嘴巴里蹦出来，仿佛只有这样才能过瘾。他详述着那些饥饿故事，给每一种食物都起了名字，当然它们最后都进了那些饿到前胸贴后背的人的嘴巴里。白天他们外出查看空陷阱，捕捉野兔和松鸡。他们不忘望着南方的天空，希望能看到鸭子的身影。如果鸭子回来，说明饥饿的日子即将结束，一般是在第五个月的晚些时候，有时候会推迟到六月。只有那个时候他们才敢敞开发放食物，然后每个人都会撑到胃痛。

"你就喜欢吓唬我们。"隆说道。

"没错！这就是通灵师应该做的！当他们饿的时候你要把饥饿的故事告诉他们。只有这样你才能把他们抓在手心里。人们濒临崩溃的时候最容易哭泣。我已经见识过很多次。好了，现在你告诉我他们靠吃什么度过的那十年？"

这个问题只有在听到索恩吟诵的那一刻他才能回答出来。虽然不一定能找到，但他觉得自己一定认识它们。而现在他只能深深地叹口气以表达抗议：

在长达十年的冬天，我们只能有什么吃什么，
海螺，蛤蚌，贻贝，海蜗牛，
海带，沙蟹，帽贝，鳗鱼，

假如能抓到鱼，我们就吃鱼，
抓不到的话我们只能吃屎。

索恩点点头，他的心思已经飞到了别处。这样最好，毕竟隆说的和索恩的清单相差甚远。隆继续刮着地血，不时地伸伸懒腰。他感觉阳光直直地射入双腿，克劳奇已经恢复得差不多了。

隆看着自己的双手不停地刮着，这就是他的人生，他的命运。生活也在不断将他打磨，正如他对待手中的地血一般。这样的生活会一直持续到索恩离开这个世界。然后他将取代索恩，做索恩曾做过的一切，包括折磨自己的徒弟；再然后他死掉，他的徒弟接替他，就这样无休无止地重复下去。就这样，他们的血和地血一起在阳光下被一点点碾碎，化成粉末。

这个念头和十四天漫游时的记忆交织起来，慢慢涌上胸口，堵在那里一动不动。突然间整个胸膛都刺痛了！怎么能这样呢？十四天的漫游和未来经年累月的重复生活直冲入隆的心脏，他快要喘不过气来！没错，这里的每个人都是这样活的。当然，如果能把每一个十四天都变成漫游更好。然后就这样度过一年又一年。

而他只能在阳光下，继续刮着地血。

虽然旁边就是温暖的火堆，但隆却躺在床上彻夜难眠。他不停地回忆自己的漫游，很想再回到那个时候。他还记得被自己杀死的那只小鹿临死前震惊害怕的眼神。有没有那么一刻，它们不用再恐惧，不再为绝望的生存而战栗？其实，他很喜欢鹿，就像喜欢马一样。他把那只小鹿的牙齿挂在脖子上，把它那还没有彻底干燥的皮铺在床上。

小伙子们总喜欢把自己猎杀到的动物的牙齿做成项链挂在脖子上。希瑟说等到不小心戳到脸或脖子的那天，这些牙齿就会被扔得远远的。的确，部落里找不到一个戴牙齿项链的老人。

一天早上，隆从梦中醒来，梦里他和那只小鹿一起躺在它的小窝里。他的胸膛和肚皮紧贴着小鹿后背，硬邦邦的阴茎顶在小鹿软软的毛皮上，一只手搂着它的小腹。小鹿醒了，它扭过头来看了看，然后一跃而起，抽搐着身体离开了。它回过头望着隆，一双巨大的棕色眼睛里充满了惊恐和怀疑，它说："你太贪心了。"说完就消失在森林深处，白色的臀部一闪而过。

清醒之后的隆回想起刚才的梦境，还有小鹿的身体，感觉糟透了。他不知道假如自己真的成功和它交合，它会不会怀孕，然后生下来一个鹿头人。索恩曾带他去冰冠山另一侧的岩壁上看过类似的壁画。可能确实发生过这种事。他竟然要和一头被自己杀死的小鹿交配。

太阳快要升起来了，隆醒过来看着天空渐渐变灰，东方的地平线上暗红色的圆点上方笼罩着一圈黄色光环。天快亮了，隆又倒头睡去，心里觉得很温暖。他能记起的梦大部分都来自于黎明时分。整个晚上都在做梦，他知道这一点是因为每次都是从繁忙的梦境中惊醒。有各种春梦，还有噩梦，从要吃掉自己的猫或者女孩手中逃脱，有时候甚至是马或鹿。

如果早晨索恩把他叫醒，一般都会带着无声的问题。——你梦到什么了？这时隆会努力让自己回到清醒的世界，他回望这梦境，然后告诉索恩那里发生过什么。这是他和索恩在一起最快乐的时刻，也是索恩最为放松的时刻。他会坐在那里，边看着隆的脸庞边点头，不管那梦境多么琐碎或稀奇古怪，他都会提出几个有趣的问题。

"梦中的世界是完全不同的。"每当隆说完，索恩总会这样评论道，"那是我们的欲望和恐惧在挣扎。在那个世界，我们缺乏良好的判断力，所以才会发生那么多稀奇古怪的事情。如果可以的话，尝试着不带任何欲望去做梦，只是在一旁旁观。不过有一种情况除外，假如梦给了你一个飞翔的机会，一定要抓住。这应该是你想要做的第一件事情。那些春梦没有任何意义，因为梦里的人从来没有真正触碰过你。在梦里你应当专注于飞起来，因为现实中你是做不到的，但可以在梦中实现。梦中的飞翔给了你练习的机会，为你以后在灵魂世界飞翔做准备。灵魂世界和梦境是不同的，但它们在天上有交集。梦境来自于这个世界的内部，灵魂世界则是外部。相同点是都可以飞。它们在天空之外交会，你可以飞着穿梭其中。灵魂世界是所有不同世界的交会之处，所以通灵师要去那里。一旦到了那里，你就可以同时附身于所有人身上。"

他佯装在听的样子点点头，其实还在纠结于刚才的梦境，或者又一次倒头睡着了。不过索恩的问题倒是让他更加清晰地记起梦中的情节。每次半夜醒来，他总能清楚地知道梦中的一切，甚至还能继续之前的梦境。他还记得飞在空中的感受，真是棒极了，所以他想飞得更高，尽情享受这一切，所以即使在梦中，他也拼尽全力去飞，似乎经常如此一般。

* * * * * *

下午画完之后，他们总会从壁画下面的斜坡上拣拾成抱的柴火带回营地。希瑟会为隆留几颗坚果当午饭。它们散发出的冬天气味总是让隆不由得想到夏天马上就要到来。留给那条伤腿的时间不多了。

他在莫斯和萨杰后面，一瘸一拐地绕过河岸，来到野牛石下面的沙滩上。三个人散开在浅滩上，寻找用来编织篮子的莎草。双脚踩在柔软的白色沙子和泥土里，不时发出啪啪的声音。母草一般用来编篮子，而公草则用来做鞭子。

他们坐在巨大的石拱下面处理叶子，这样可以减轻回家的负重。先摘去靠外的叶子，剥出里面的叶子，然后用大拇指指甲纵向劈成两半直到中脉。那些劈不到中间的只能丢掉。然后用手指捏住劈好的半片叶子，以让它们变得柔韧平整。在这个过程中特别要当心锋利的边缘，以免把手指割破。最后把处理好的叶子捆好，带回去给部落里的织工。他们会把这些叶子摊开晒干，染色，编织。部落里的女人们编得一手好篮子，每年的八八节上都能得到很高的评价。希瑟也要忙于其中，她最擅长的是染色。

其实，希瑟的灵兽并不是蜘蛛而是狼獾，这个确实最适合她。狼獾非常独立，它的智慧和积怨是所有动物中最强的。希瑟也是如此。她并非没有心情好的时候，狼獾可能也一样。但对他们来说，那是独为自己知道的感受，而周围的人们把这种感觉驱散了。

不过希瑟并非总是喜怒无常。有时候她也会抽几口索恩的烟斗，像只猫一般坐在地上烤着火，和旁边的人聊聊天。尤其是下雨的时候，天空从早到晚都是灰蒙蒙的，这时她会唱一些欢快的歌曲，明亮的音调和周围的环境形成鲜明的对比。她唱的歌都是嘲笑大家的，所以听起来颇为讽刺。不过他们都坐在岩洞下面看着大雨倾盆而下，最终也都大笑起来。

隆的灵兽自然是潜鸟。当他还是小宝宝时，一天晚上听到潜鸟在外面的河边歌唱，他高兴极了，挥舞着小手，脸涨得通红，似乎在努力和它们一起发出那奇怪的声音。就是那天晚上，他们给他取了隆这个名字。现在每到夜晚，潜鸟们就会用它们奇怪的语言交谈，那怪异的声音甚至压过了狼嚎。每次听到，隆总会觉得脊柱一阵酥麻，滚烫的泪水立刻涌入眼眶。他会从床上起来，走到营地边缘回喊过去,不断地循环往复,希望那些黑白色的长着红色眼睛的美丽大鸟能听到他的呼唤。虽然不懂它们的语言,但他希望它们知道他爱着它们。夜晚听到灵兽对着自己歌唱,整个灵魂如同飞向璀璨的星空,这是何等幸运啊!

克劳奇还在隐隐作痛,所以现在最好还是留在营地里,每天向太阳祈祷早日痊愈。隆只能在阳光下一次次地活动脚趾,请求希瑟帮自己多按摩一会。"让它好好休息,"希瑟总是这样回复他,"轻轻地按摩,找到疼痛的确切位置,还有程度。先从舒服的地方开始按压,然后慢慢推到受伤的地方。还有,尽可能地多晒太阳。"

所以隆总是去河边。那里阳光强烈,再加上水面反射的热量使得脚下的沙子温暖极了,就好像太阳在亲吻他一般。

萨杰独自一人走到岸边,坐到隆身旁。隆试着去亲吻她。隆靠着她,她正看着自己到底想做什么,他看到萨杰眼里的渴望,于是情不自禁地爱上她——又一次。这种情形发生过很多次,甚至在他们很小的时候就有过。

但是萨杰在这方面很保守,而且最近才在女眷居所那里点过痧。所以她不会让他进入自己的身体。因此两个人只能不停地亲吻,然后在太阳下高高兴兴地聊聊天。波光粼粼的河水倒映在隆眼中,闪闪发亮,他感受到自己还沉浸在刚才的兴奋中。他知道自己恢复得很快,连克劳奇也快痊愈了。

"你有没有听说西斯特把我们的一部分食物分给了狮族人?"

"不会吧!"

"他确实给了。布鲁杰对此很生气。他说我们的食物足够了,但他并没有征求大家的意见,然后就给了。"

"可是现在我们每天只能吃十个坚果!"

"我知道。所以布鲁杰和桑达非常非常生气。他妹妹莫妮嫁到了狮子部落,她们说正是因为她。他一点儿也不关心我们的死活。"

"鸭子们最好能准时回来。"

"没错。假如不能准时来,大家一定会把他放到火上烤掉的。"

说完,两个人都笑了。鸭子一定会来的。

一切都很好。不过,隆的伙伴们都外出打猎了,他却不能参加,至少现在还不行。以后一定要补上。

隆看到霍克成长得非常快。每次归来他都能带回一些猎物,虽然现在还在饥饿月份里。他做得越来越好。小时候,在狩猎的各种技能上,隆都比他强。他们赛跑,追逐,游戏,搏斗,投掷石块和小长矛,隆知道自己做得更好,霍克也知道。可现在却不一定了。现在的霍克瘦了许多,一副宽阔的肩膀,紧实的腰身;他个头很高,一头漂亮的卷发,两排碎碎的牙齿,非常英俊,既结实又优雅。

一天晚上,隆透过火堆看到萨杰和霍克悄悄地溜了出去,他顿时感到喉咙发紧,双脚发冷。没错,萨杰也不会让霍克更进一步,但是,他知道会发生些什么。他要和唐琪出去鬼混,瞥上几眼,说几个糟糕的笑话,分点食物给她或帮她编辫子,让萨杰也尝尝妒忌的滋味。

现在的他只能待在营地帮希瑟和布鲁杰做鞋子。这个任务需要极其细致才行。隆小心翼翼地弯着骨针,跟在希瑟的锥子后面,把上面的熊皮和下面的鹿皮缝起来,每一针的角度和距离都要相同。

一天,趁布鲁杰不在旁边,隆把萨杰和霍克的事情咕哝了一番。

"那你怎么了？"希瑟问道。

"我想我是嫉妒。"

"嫉妒是你不希望别人拥有你拥有的东西。妒忌是别人拥有你本想得到的东西。所以你应该是妒忌而不是嫉妒。因为萨杰不属于你。"

"随你怎么称呼它吧。"隆闷闷不乐地嘟哝着。

"我说的没错。你最好了解每一个词的意思，否则脑子里一团糨糊。"

希瑟的注意力重新回到鞋子上。她在考虑用土拨鼠皮毛做冬天的靴子。她喜欢尝试新事物。她有时会故意把东西弄得不好用，尤其是和索恩有关的东西。希瑟很少直接跟索恩说话，看索恩的眼神和看一只鬣狗或其他毫无价值的动物别无两样。

索恩也会用像看到狼獾一般的目光回瞪希瑟。

这时索恩正好从身旁经过，希瑟皮笑肉不笑地看着他说："过来，老坏蛋，给你一个礼物！"

那是一双豪猪皮做的鞋子。母豪猪生育过程特别容易，所以很多怀孕的女性喜欢把小豪猪玩具放在裙子前面滑下来以图个吉利。希瑟用豪猪皮做了几双鞋子，光滑的一面朝外，针脚向里走。鞋子全部完工，估计费了不少功夫，可惜完全不能穿，只是用来此刻的消遣，她乐得尖声大笑。

"全是你的！"她朝索恩喊道，"但愿它们能借给你一双翅膀！"

索恩狠狠地瞪着她，然后又是怒目相视，最后索恩昂着头扬长而去。

* * * * * *

又一个阳光灿烂的早晨，隆又在研磨地血。索恩就坐在附近，缝着一堆东西。缝针的时候，他的脸几乎都要贴到毛皮上。他依然边干活边叨叨，不时地让隆背诵他本应记住的故事。

"从四季开始，让你的脑子动起来。在你还没名字的时候就知道这个故事了。"

"也可能不知道。"隆叹了口气努力回忆起来：

> 秋天，我们吃到鸟儿离开，
> 我们在月光下舞蹈。
> 冬天，我们睡觉，等待春天的到来，
> 注意着星辰的转动。
> 春天我们忍饥挨饿直到鸟儿归来，
> 我们祈祷阳光普照。
> 夏天，我们在节日里跳舞，
> 两两躺在地上。

"不，不对，"索恩纠正道，"应该是：

> 夏天，我们在节日里跳舞，
> 瘫着躺在地上。

"你怎么偏偏把这部分记错？还有，应该是：

> 冬天我们睡觉，在夜晚星辰的转换中，
> 等待春天。

"再来一次。"

隆又重复了一遍，和他第一次背的一样。

"夏天就是两两躺在地上的时候,"他说,"我更喜欢这个。"

"但并不是这样的。"

"但我听说过很多次。"

索恩不理他,转过身自言自语。"啊,我身上的这件衬衫还是前年做的,那时是九月,我们回家了,我当时就坐在这个地方,所以知道过去做过的事情。现在我在这里。等下一个夏天回来,这件衬衫还在这里。所以现在虽然是现在,但此刻的现在存在过去和未来的交会点,存在于某种东西中,左右我们的思想。万物都在变化,明年的今天,此时此刻,是明年的现在,五月十九日,这个是我们知道的。所以每一天都是一年中所有日子的生日。"

"我不明白你的意思,"隆说,"你看我磨的粉够不够?"

"不够,"索恩看都没看就回答,"你当然明白我的意思。因为我现在正在和你说话,而现在的你是未来无数个你的其中之一。所以,如果以后你能明白我的意思,那现在你也会明白。到那时我已经死掉,变成星空中的一点。我会一直盯着你的,孩子,就像愚弄狼紧盯着点火石一样。"

"那么说我要成为点火石了?我还以为点火石只是点火石。"

"我不和现在的你说话,现在的你太无礼了。"

"你只要告诉我怎样才能刻出野牛脖子那样的曲线。当你用石头敲打石头时,怎么才能让线条弯得那么顺滑?"

"不是用石头敲打石头,要用燧石凿白石。就是这样。你要一点一点把它凿出来。眼睛盯着你想要的那条曲线,然后慢慢凿出来。"

"那么说在成功前你要看到它,是不是?难怪需要什么未来的生日了。"

"说得没错。看到没?你明白我的意思。"

"不，完全没有。让我看看怎么凿，怎么开始。"

"让未来的你告诉你。"

"这就是你做年鉴的原因？告诉未来的你，你到底做过哪些事情？"

"是的，没错。"

"可这真是太蠢了，又笨又不好。"

"这就是为什么我是通灵师而你不是。"

索恩对年鉴的重要性异常执着。每天早上他都要拿出一把用黑曜石片粘在棍子上做成的精致刻刀，在他的年鉴上郑重刻下几笔，那年鉴通常是一块被河流侵蚀过的橡树浮木。每一个新月到来时，他会在这一天的上面刻一个圆圈。每年的八八节，他都和其他通灵师聚在一起，他们的举止总是疯狂又令人讨厌，整个节日里都在相互做确证。索恩让隆自己做一个年鉴，特意和索恩的分开。不过索恩从不会忘记记录，隆却时常忘记，所以这个安排算是失败。索恩觉得希瑟应该也参与进来，最好再做一个年鉴以便在部落里互相确证。不过她明确拒绝了。这在隆的预料之中，因为希瑟的想法就是坚决不做任何让索恩高兴的事情。隆总是犯错，即使偶尔有一两次没错，在最后确证的时候也会出现问题。

"我不觉得点火石能真的点火，"隆说，"我觉得它的角向下刺向我们。它仰面躺着是想和大地母亲交配，但总是够不着，然后精液就不停地流出来。"

"但那精液只存在于夏天的天空上，托尔恩指出来。"

"没错，他兴奋得太厉害，所以那精液飞到了夏天那边。"

听到这话，索恩大笑起来，他从没有在隆面前这样笑过，看来是真被逗乐了。

"我不这样认为，"最后他摇了摇头，说，"点火棒的角度正好，还有，那里还有底座。那些星星形状的东西不可能是它的内脏，它们相距太远了。"

"那是它屁股上的骨头。"隆解释说。

索恩又一次笑起来。"好，很好，"他说，"一个新故事。"

*　*　*　*　*　*

眼睛会表达嘴巴没有说出来的意思。重压之下必有反抗。老鼠也有愤怒的时候。每到天黑，猫都会变成狮子。春天是大地母亲孕育的季节，到了夏天她诞下万物。孩子是真正的人类。那些长得漂亮的男孩可能只是徒有其表。突如其来的危险会让人措手不及。每个火堆开始的时候大小都是一样的。

隆渴望各种不同的事情发生，他希望重新回到漫游的路上。鸭子们一直没有出现。因为把食物送给外族的事情，桑达和布鲁杰每天都要对西斯特进行各种声讨。西斯特板着脸孔不予理会，然后转身离开。虽然大家已经饥肠辘辘，但再也没有人向他抱怨食物的事情。

终于，隆也要出去狩猎了，这个时候已经顾不得克劳奇了。

"我觉得不会有事的，"希瑟虽然这样说，但听起来却不那么肯定，"假如不行的话就赶紧回来。但你不能去推河。冰面一旦裂开就会引发洪水，所以一定要当心。用那条好腿承重。如果能做到这一点，肯定对你有好处。必须要等它完全好才行。"

就这样他和霍克、莫斯一起出发了。他们顺流而上，翻越环形草原和乌尔德查与奥尔德查交会处之间的低矮山脊。

隆的加入让霍克和莫斯很高兴。最开始的时候他们询问过一两次他的腿伤，他似乎不太高兴，他们便不再提及。这是男人们打猎时的基本礼仪。他们走路也和平常一样，没有刻意过慢或过快。他们来到奥尔德查上面的麝鼠母亲草地，然后一声不吭地朝环绕草地的西边山脊下面走去，这时他们开始单独行动。隆负责地面，好腿带着伤腿像跳舞一般向前走着，手里的长矛当作拐杖，不过尖头被磨得不像样，希望需要时它还能正常地装到投矛器上。最好是不要直接在石头上敲，而是用底部的边缘在地面上磕一磕。啊，好了，可以了。朋友们很高兴，他也很高兴。

走到草地上方，他们遇到了几只小麝鼠，它们正在入口的拐弯处戏水。几只黑色的脑袋在水里游来游去，鼻子下面卷卷的胡须也随之摆动。如果它们感受到他们三个人的威胁，就会潜到水下或躲回到自己的小窝里，麝鼠窝就在离对岸不远的水面附近。人们可以藏在距离它们最近的树后面投掷长矛，但即便如此，也有一段不短的距离。最好的办法是记住它们出没的地方，回头再过来在水下布置一个陷阱。再说了，他们还是想要大一点的猎物。

更大！他们边向奥尔德查顶端的高地攀登边互相打气。更大，更大，更大！今天的运气确实不错，饥饿的季节即将结束，看来大地母亲的不少生物都要有麻烦了。一只马鹿站在高地边缘，硕大的鹿角下面是一副瘦弱的躯体，它正站在辽阔的沼泽平原上四处张望，从那里甚至可以越过西边的地平线看到远处的冰雀山。

看到马鹿后，三个猎人立刻一动不动，然后像蛇一般悄悄躲到洼地里的赤杨木树丛中。他们必须小心翼翼地翻过树枝，同时不能让树枝发出一丁点声音，甚至连颤动都不行。虽然马鹿体形巨大，但它们很擅长对付这种复杂的情况，所以只能想办法智取。还有，如何把它们的肉和皮毛带回去也是个伤脑筋的事。说实话，他们可能需要分两次才能带得完，同时还要祈祷留下的东西不会被其他动物拖走。

不过现在考虑这些还为时过早。现在他们要做的是如何在不被马鹿发觉的情况下穿过树丛。母鹿的嗅觉不太灵敏，而且他们在下风处。他们在树丛里爬了许久，还要确保长矛不会露出来。很多时候给长矛找路比单纯地爬行困难多了。赤杨木丛里还长着不少繁茂的荆棘藤，密密麻麻的尖刺浓密到像一块完整的平面，没有特别突出的尖刺，如果有人穿过去不会被刮到……可惜他们总是被刮到，但又不得不忍受着继续前行，像水獭一般不屈不挠。

　　隆终于爬到树丛边缘，透过最后几根树杈可以看到那头马鹿还站在原地。虽然看起来很枯瘦憔悴，但它的皮毛依旧完好无损，背上没有溃烂和斑点。可能是病了，或老了，但依然是一顿值得带回的大餐。这时霍克和莫斯也在他的左右两边出现。他们交换了一下眼神。眼前的问题很明确：把长矛装到投矛器上，然后在不惊动马鹿的情况下把长矛扔出去并刺中要害。但除非它背对着他们，否则这一切很难做到。因为如果仅仅是扎到身上，它就会逃跑，这样一来连长矛也拿不回来。所以最好的方法是，两个人先投掷，最好能让它受伤，然后第三个人紧追其后，同时迅速来一个更直接的投掷或者直接插上去。霍克想做第三个人，于是隆和莫斯摸索着把长矛装好，瞄准出击。隆用眼睛测算了一下投掷距离，准备就绪；莫斯虽然紧张到发抖，但也不得不做好准备。他们最后一次相互对视，彼此的眼神都充满了焦灼的渴望，然后轻轻张开嘴唇数道："一，二，三，扔！"

　　霍克立刻冲出去朝已经逃开的马鹿奔去，两支长矛都挂在他的右腰上，不停地碰撞着他的身体，此刻他把它们紧紧抓在手里。隆和莫斯也从树丛里跳出来紧跟其后。霍克一边追赶一边用右手举起长矛，准备随时投掷。只有刺到内脏才能把马鹿打倒在地，所以霍克必须超过它才行。让隆惊奇的是霍克真的做到了，他跑的速度之快超过了隆见过的所有人。

　　就在这时，马鹿突然停下脚步，回过身来向霍克踢了一脚。

霍克立刻一个弯腰，就势翻滚一圈，然后单膝着地，把长矛尖一下刺进马鹿暴露的腹部，接着迅速躲开马鹿前蹄，翻滚着离开。马鹿又一次踢空，长矛深深地扎进它的内脏。它呼哧呼哧地大口喘着粗气，站在那里一动不动，鲜血从伤口慢慢向下滴。伤口离肋骨很近，估计刺到肺了。

"死掉，哥们，快死掉。"他们不停地祈祷，同时四处找寻大小合适的石块，想再给它的脑袋以致命一击。当然他们也可以从右腰上再取下一支长矛，不过这要冒着被踢到的风险。还有，后腿的后踢最危险，尤其是临死前的最后一下。

地上到处都是石头，三个人很快就拣到了合适的，然后匆忙投出六块。隆投出去的第一块石头砸中了马鹿右边的耳朵，它痛得一声嘶吼，转过身来，仿佛要向他冲过来。可惜此时的它负担不了这样的动作，只能站在那里浑身颤抖，伤口的血比之前流得更快更多，插在内脏上的长矛也拖到了地上。莫斯像水貂一般绕着它奔跑，然后从右腰上取下一支长矛。马鹿果然踢了一脚，只是没什么力气。莫斯故意用长矛戳弄它，引诱它再踢一脚，然后迅速弯腰躲开，随后直起身子，把长矛深深地插进马鹿腰前面的内脏里，手握着端头用力一扭，紧接着再向后跳着避开马蹄。就像小时候打仗一样：莫斯负责反击。

这时血开始从马鹿的嘴巴和鼻子里流出来，看来霍克确实刺中了它的肺部。马鹿慢慢跪下，发出最后的喘息，三个人高兴地欢呼起来。"哈！"他们激动得相互击掌。"谢谢你，兄弟！"他们对着垂死的马鹿喊道。

马鹿倒向一旁，吐出了最后一口气。他们知道这次它是真的死了；当灵魂离开肉体时会有非常明显的不同，身体会立刻变得和石头一样毫无生气。有时候灵魂会在附近停留，为了表示对这些灵魂的尊重，人们在食用刚刚死去的猎物时要遵从一定的礼仪和禁忌。不过肉体已经是空的了，他们要赶在食腐动物到来之前把它处理好带回营地，这时候没什么禁忌了。说实话，时间很紧张。

他们必须使尽全力才能把这个大块头分解开。长矛尖可以当作切刀，虽然没有真正的切肉刀好用，但比隆之前用来分割小鹿的石片好多了。即便如此，三个人还是忙到汗流浃背，尤其在切开关节和韧带时更是累得喘不上气来。

终于把腰腿部切开，然后是清理内脏，把脑袋和脖子从前腿上切下来。脑袋算是他们要带回去的三大件中最棘手的。

一片忙碌中，太阳落下山，四周很快暗了下来。他们三个人身上溅满了鹿血，这个时候经常会有狼群经过，所以他们颇为不安。离部落最近的狼群正在绕着领地进行十天的巡游，近两个星期都没怎么见到它们，所以它们随时都可能回来。

当一弯半月升到空中时，他们已经扛着分成块的鹿肉朝奥尔德查顶部跑去。中间休息的时候，三个人会相互交换鹿肉，轮换着每个人的负重。这一天一夜真是太漫长了。隆不时会感到大腿和小腿传来的一阵阵疲惫，然后是全身。他不得不瘸着脚走路，以让那条受伤的腿轻松一些。他急促地喘息着，奋力召唤自己的第二道风。不过从召唤到真正来临还需要一段时间，这时你会觉得自己就像狗屎一样，只能强忍痛苦艰难前行，当然，这种忍耐本身也是一种召唤，同时也是风快要到来的征兆。不过等风真正到来时，他总会忘记之前的辛苦和劳累，到时候他已经不在乎黑夜会持续多久。"那是在吃自己的身体，"希瑟说，"所以足够撑很长时间。"

不过，隆不得不承认的是，当黑夜来临时，他的伤腿变得更糟糕。当然，他还有一条好腿，一条可随意使用的好腿；现在对伤腿偏心一些，随着时间的推移，它总会好的。所以，今晚就看他和那条好腿的配合了。关键点在于不能让旧伤进一步恶化。所以他只能尽力去偏袒伤腿。

他们终于赶在黎明前回到了营地。大多数人都起床为他们欢呼，然后架起火堆分吃烤肉，同时还要把剩下的鹿肉切成小块，这样便于保管和存放。小英雄们讲述狩猎的故事，其他人不停地祝贺和夸赞。隆只字未提他的伤腿，只是在火堆旁默默地保护着它。希瑟和索恩相互对视了一下，那眼神似乎都在埋怨对方。隆忍不住想笑，但他实在担心那条伤腿，所以最后还是没有笑出来。

第二天，隆低头看了看自己的身体，又捏了捏髋骨上的皮。整个冬天堆积起来的脂肪不见了。皮肤颜色也变成和马鬃一样的棕色，那是一种特殊的棕色，和部落里其他人的比要浅很多。人们都说他的身体里住了一个呆子，所以才会那么笨。他的肚脐周围一圈也没有了脂肪。去年秋天他胖了不少，不然肯定撑不过这个冬天。还有些男人胖得像怀孕一样，当然他们不可能真怀孕，他们胖的位置也靠下，看起来很像河里的坠石，笨拙可笑。而怀孕的女性肚子在肋骨下方，看起来漂亮极了。两者正好形成了鲜明的对比。有时候隆会被那种大肚子老男人刺到眼睛都不忍直视；这种情况不多见，因为一般情况下，隆的眼睛只会落在女性身上。他对男人的评价如同对自己的评价一样客观冷静：他怎么做的呢，那副身体在日常生活中不会难受吗？对于男人他尊崇的从来都不是身体，而是动作。就好像跳出意想不到的高度和距离时，他也会钦佩自己，可惜转瞬即逝，只能留在记忆中。事情总是发生得很快，他只能记住它们。每次看到别的男人做出类似的动作，他都会觉得美极了。和其他动物相比，他们有能力，有韧性，在长时间的追逐中，他们会坚持到最后。这方面的故事很多很多。

而女性——女性是美丽的。她们和马一样漂亮。那些绑成辫子或散落下的长发像极了马的鬃毛。她们甩头发的姿势也很像马，她们干活时喜欢成群结队，像松鼠一般叽叽喳喳说个不停，还不时地望你几眼。她们的目光总是十分犀利。她们是这个世界上最好奇的动物，甚至远超过雌狐狸和猫。仅凭一眼，她们就能看穿你。

在高山峡谷顶部的山口有一片云杉树树林，里面散落着几株皂角树，北边峡谷里的人们称之为利尔树。打猎归来后的一段日子里，隆经常慢慢地走到那里，砍一些笔直的皂角树树枝带回去。这种树非常硬，但新长出来的枝条中间都是软浆，可以掏空。这些空心的枝条可以做成吹镖管，或者长笛。其他树枝劈成四段，先打磨，然后把末端削尖，火烧硬化，再打磨，最后做出两对编织针，一对送给希瑟，一对送给萨杰。

那几天隆一直坐在太阳下，背靠着温暖的大石头，一边干活一边和孩子们聊天，啃着鹿排，喝着鹿头炖成的汤。月亮快落下了，他们还在就着火光为八八节做准备。隆把带回来的皂角树叶放在木槽里捣碎，然后选一个阳光最充足的早晨一起洗衣服。洗完之后，空气里弥漫着春季大扫除的味道。人们知道马上就要开始夏季的长途迁徙，八八节也即将到来。饥饿的季节就要结束，鸭子随时可能出现。剩下的坚果残留的过冬味道比以往浓很多，但毕竟还有。西斯特本可以以此来回应人们的抱怨，但那不是他的风格。再说，夏天还没有真正到来。不过即使鸭子们从南方回来，他也不会对任何人说出"我早说过"这样的话。只有鸭子回来，他那张一直紧绷的脸庞才能彻底放松，取而代之的是满足的眼神和微笑。

索恩告诉隆在哪里钻洞可以让长笛发出优美的声音，还有，如何才能吹出好听的旋律。不过隆的吹奏要么像小猫头鹰的叫声一般柔弱，用力起来又像松鸡一般嘎嘎直叫。他想尝试着吹出潜鸟的叫声，但出来的声音却完全不同。每天睡觉前他都会躺在床上练习几曲。大概两个星期之后，他吹得有些像模像样了。他希望能在山洞里演奏一次。

　　他们再次外出狩猎，希望能捉到更多备受饥饿折磨的动物。这一次出动的人很多，包括投矛手、无所谓和索恩。索恩虽然总是走在最后，但他对动物相当了解，一路上给大家增添了不少乐趣。隆觉得索恩可能会拖队伍的后腿，这样的话自己的伤腿就不会那么明显。当然，他绝不会承认这一点，也没有表现出任何疑虑。

　　他们杀死了一头藏身于灌木丛中的老野牛，然后进行拆分肢解，最后把骨头和内脏埋在河流最深处。全部完成之后，他们跳到河流上游洗了个澡。大家边洗边打趣最近刚结婚的无所谓，他的新娘叫萝丝，是一位来自狮部落的鹰族女孩，长得很漂亮。莫斯开玩笑说结婚后反而没有结婚前睡的次数多，无所谓却反驳道自己婚后更多。听到这话，大家都不相信地大笑起来，无所谓有些气恼，他争辩道只要自己愿意就可以，她真的不介意。

　　一阵沉默。"那你是怎么知道这样可以的？"索恩问道。

　　索恩的问题让无所谓颇为紧张，只是旁边早已围了一圈要听故事的人，他只好回答道："因为我就是这么做的！一天晚上我说要的时候她说不行，我说，哦，不，你不会的，她就同意了。过了一会她就喜欢上了。"

　　又一阵沉默。

　　最后索恩开了口："你怎么这么愚蠢？现在你把所有权力都给了她，你自己看不出来吗？"

"你这话什么意思？"无所谓很是恼火。

"现在你只能按照她说的去做，"索恩解释说，"否则她就会告诉别的女人你做了什么。假如她真这么做了，她们会杀死你的。所以现在她掌控着一切。"

"女人杀不死我。"

"她们当然可以！"索恩的眼睛紧盯着无所谓，下巴向后缩着，摆出一副夸张的惊讶模样。所有人的眼睛都看着他。"你怎么能说出这么无知的话？她们负责做饭，想放什么进去都可以。她们可以给你生命，也可以送你去死。她们流血，也会让你流血。说到她们的月经，她们可以让我们每天都流血，鲜血从你的屁眼、耳朵、鼻子，甚至眼睛里流出来。可能是你食物里的毒药，也可能只是她们看你的眼神。那种眼神会让你觉得自己还不如不生出来的好。为了摆脱那种痛苦，你宁愿从悬崖跳进峡谷里。这就是她们拥有的力量。她们的眼睛后面有天空，你能从她的眼睛里看到。所以现在你必须按照萝丝说的去做，否则她就会告诉她们，然后你就完了。就为了爽一下，你竟然愿意把这种权力拱手让给别人，真是太让我惊讶了。你本该保持礼貌，然后静心等待。即便是丈夫也只能等着。"

"你怎么能知道的？"无所谓还在试图给这个老头子以还击。

索恩对此不屑一顾。"我结过婚，就像做梦一样，那时候你们这帮小子都还没出生。现在我没有这种负担或阴影了。当你拥有它的时候，尽情享受它，并且心怀感恩。大地母亲就是通过这些女孩来表达她的意思。真是奇怪，你在这个部落里长大，竟然没人教你这些。妈妈咪呀，假如希瑟听到这些话！狗屁。好了，已经这样了，我们中的任何一个人都可能透露给那个老太婆，所以现在你是整个部落里最没用的笨蛋了。"

说完，索恩举起手里的大块的野牛肉朝营地走去，其他人紧随其后。一开始大家都没怎么说话，不过没过多久又开始为丰硕的打猎成果欢呼雀跃，连无所谓都兴奋不已；他的确是人如其名。不管是否喜欢杀戮，留在家中的女人一定很高兴看到这么多肉，然后开始烹煮，烧火，熏干，一直要忙碌到深夜。一些年轻的猎手会把肉送给那些没有分到肉的年轻姑娘，对方以身体作为报答。一直都是这样。于是，夕阳下的猎人们变得更加兴奋，他们故意唱着粗俗的歌曲挑衅索恩，一路跑回营地，地上细长的影子随之舞动。高谈阔论之后的索恩又回到了队伍最后，眉头紧锁，面无表情，一声不吭。当他们翻过最后一个矮山口下到营地时，女人们正在吟唱夕阳之歌，这让他们既高兴又害怕。

* * * * *

狼獾的家就在附近，那是一堵俯瞰着河流、向南的石墙，狼獾就住在其中一块岩石下面。那里温暖干燥，经过多年修整，已然变成了一处舒适的小窝，共有四个入口，分别位于上坡、下坡、上游和下游。

平日里没有人敢去打扰它。人们忌惮的不是它的体形而是它的凶猛。再说，即使你有幸杀死它，它的肉也没有一点脂肪，咬到嘴里像树根一样干硬，所以不值得大费周折。只有饿极了的狼或狮子才会考虑吃掉它。

白天和月圆的晚上，它都会在峡谷里四处走动寻找食物。这个时候的浆果还没有熟，但它还是吃了几个尝尝味道，就这样开始新的一天。早晨吃浆果，晚上吃肉，这就是狼獾的生活，非常有规律。熊虽然块头大，但是很傻，它们总是毫无计划地找到什么吃什么。狼獾却不同，它们总是有明确的计划。眼下这头狼獾打算进行一次长途跋涉。先沿着河谷向下走，顺着第二条环形溪流向上，然后从左边的支流一直向上，翻过支流顶部的山口，最后再顺着第一条环形河流回到河谷，那里离它的小窝只有几步之遥。

这次跋涉不仅会猎取到食物，还能对自己的领地好好探究一番。这片领地为它和其他动物所共享，比如所有的猫类动物，还有浣熊、黄鼠狼、狐狸、熊、马、豪猪、海狸、麝鼠、野山羊、岩羚羊、马鹿、驼鹿、犀牛、鬣狗、狮子、猛犸、松鼠等等。在狼獾和其他动物看来，所有的动物中，那些住在营地的人类最危险，同时也最有意思，但还没有趣到它愿意去靠近。虽然知道人类布下的所有陷阱和圈套，但它还是要不断地嗅闻以找寻出新的，因为每次抓到落网的动物之后他们就会重新布置。所以它总是与人类保持着距离。不过它会定期走到峡谷壁上俯瞰一下整个营地。有时候还会在人们离开营地后在后面跟踪一会。和所有的群居动物一样，他们单个人远没有一群人危险。假如只是单独一个人，对方会避开狼獾的视线，除非是携带长矛的年轻男子。当然，在这种情况下，狼獾也会离对方远远的。其他人则会庆幸自己和它保持距离。还是那句话，没人敢打扰狼獾。

这天早上，在第二条环形河流西部支流顶端的山脊上，狼獾听到一声低低的呻吟，这让它颇为吃惊。它停下来四处嗅了嗅，是长脑袋人的气味。他们比那些住在营地的人类个头大，但动作却迟缓不少。除了少数几个独居者以外，其他大部分人都住在迎着日落的地方。这个人的胳膊从灌木丛中冒出来，好像要来抓它一般。狼獾立刻跳上山坡，四爪着地，准备张口咬人。但已经没有这个必要了。眼前这个雄性人类长长的手指抓了一圈桦树树皮，那双迟钝扁平的手掌根本无法和狼獾的爪子相提并论。那只胳膊无助地悬在灌木丛中。透过树缝，狼獾看到对方正一动不动地盯着自己，眼睛里充满了泪水和悲伤，看起来很痛苦。再过一两天，他就会变成一顿美餐。他企图用桦树皮来诱捕狼獾：看来他真是绝望到极点了。他的伤口闻起来很臭。

对方学着母狼的声音向狼獾打了个招呼，狼獾最初吓了一跳，但很快就反应过来，它向前走了几步试探对方会不会再叫。果然又一声嚎叫：和母狼一模一样。这些长脑袋人的确很擅长模仿声音，狼獾之前就听说过。现在这个人又开始模仿百灵鸟，流畅而婉转，真是不可思议。于是狼獾像土拨鼠一样蹲坐下来，打算好好听一听。

长脑袋人只好继续发出各种声音，模仿着不同的鸟类和动物——甚至还有海狸尾巴拍打在水面上的声音。

最后他累得停了下来。

狼獾站起来继续向前走去，它边走边想这个人会变成什么样，值不值得自己在长途跋涉前再回来一次。人类的肉味道怪怪的，但也不失为一种有趣的改变。这些长脑袋人的肉尤为结实紧密。算了，还是明天早上再决定吧，到时候要根据天气情况、饥饿程度，还有右前爪的扭伤情况再定。当然，也可能会心血来潮。

不过没多久它遇到一个认识的老妇人。还没看到她之前，狼獾就嗅出了她的气味，它对此十分确定。这个老妇人总是独自一人在外面。此刻她正挎着篮子走在山坡上。她就是那个药女，整个森林里没有人的味道和她一样。

今天她似乎对那些新长出来的蘑菇颇感兴趣。刚冒出头的蘑菇非常细小，看起来毫无生气。她跪在地上，慢慢地把它们挖出来，放到鼻子前闻一闻，有的扔到篮子里，有的则直接丢掉。她只需一只手撑在草地上就可以让自己站起来，就像有三条腿一样。没有其他人或动物能做到这一点。

她直起身子之后看到了狼獾，于是把篮子举过头顶，拉开衣服，露出下身。她每次都是这样打招呼的。狼獾则会停下脚步，仰起头，用力嗅几下，她总是忍不住大笑起来。她会放下衣服，向上面的山坡环顾一圈，她深信狼獾会继续向前走。通常情况下狼獾都是如此。它曾目睹老妇人杀死一只扑向她的山猫，她只是拿一根空心的管子放在嘴里，把某种东西射到山猫脸上，山猫立刻惨叫一声仓皇逃走，然后倒在下一座山的山脚处，临死前嘴角全是泡沫，痛到在地上不停地翻滚。狼獾吓到不敢吃它的肉。

所以它绝不会去招惹这个妇人。每次在森林中碰到，他们总是用自己的方式简短地打招呼，然后她总会笑起来，就是这样。不过今天它一直在想着那个可以模仿很多动物声音的男人，它觉得药女肯定会对他感兴趣。于是它像土拨鼠一般用后爪站立起来吸引她的注意，然后歪着头指向上面不远处的山口。

看到它的样子，妇人又笑了起来并表示同意。狼獾带着她朝斜坡上的山口走去。她走着之字形小道，狼獾不时停下来确保她能看到自己。到了山口之后，它用哨声示意她继续下到西边的斜坡，那里树丛茂密，长脑袋人就在其中的一个小灌木丛里。它看到妇人已经看到了长脑袋人，对方被它的折返吓到眼睛瞪得老大。狼獾转身走向斜坡，绕过妇人继续向前走。不过它还是耽搁了一会儿，它想看看这两个人类是如何相处的。他们你一言我一语十分友好。狼獾回到山口继续自己的跋涉。

回到营地后，希瑟向索恩、隆、霍克以及莫斯请求帮助，她告诉他们自己在洛厄厄伯山口救治了一个受伤的原人。

她表示自己并不想让那个原人搬到他们的营地里。听到这，大家都松了一口气。因为她总喜欢把各种各样受伤的生物带回来，这也是她要住在远离火堆的营地边缘的原因。这次她只是希望他们帮忙把原人搬到一处有遮挡的地方。

这就意味着她希望他们能直接给原人搭一个栖身的棚子。因为他已经伤到无法动弹。于是他们用云杉树枝和树叶在他头顶和周围搭了一个棚子。他们忙活的时候原人一直盯着地面，偶尔抬头看看他们，嘴巴里不时发出温柔的哨音。

"我们的话是，谢谢你。"希瑟说。

"谢谢你。"他说。

搭棚子花费了好长一段时间。这个时候希瑟一直坐在地上，隆挨在她旁边帮着一起照顾原人。

这个原人身材矮小，肩膀很宽，也许过去曾经很强壮，但现在却瘦到只剩一把骨头。如此近距离地靠近让隆觉得有点恶心。他身上散发着原人独特的气味，还有一张原人独有的面孔，像高鼻羚羊一般鼓鼓的，看起来很蠢。他的皮肤苍白，那种白比正常的白还要淡上很多，接近于半透明。隆都能看到皮肤下蓝色的血管。真的好恶心。他的腿受伤了，可能是一条，也可能两条都受了伤。身上的外套缝得很粗糙，皮裙是某种隆不认识的动物的皮毛做成的，脚上只是简单地用熊皮裹了几圈。

原人没有直视他们的眼睛，不过盯着地下的时候会不时抬头瞥上几眼。他的鼻子非常大，眉毛又长又浓，前额渐渐变秃。某些地方和索恩很像，但脑袋比索恩长得多，也白得多。如果不是那个大鼻子，这张丑陋的面庞和海狸也有几分相似。这时他的表情看起来很感动，还带着理解和关切。虽然没有说话，但那双眼睛表达了一切，从眼睛里可以清楚地看出：虽然受伤又遇到了麻烦，但他依然对他们的帮助满怀希望。

棚子终于搭好了。原人对着他们吹着口哨，嘴巴里不停地发出咔哒、哼哼的声音。希瑟也如此回应他，甚至还吹了几句他能听懂的哨音，好像正是他们的语言。他也立即回应希瑟。但希瑟摇了摇头，重复了几句鸟叫般的声音，然后又用自己的语言说："吃，喝。"

"谢谢你们。"他说。

之后，希瑟又安排了几个男孩守护他，并送去已经变味的坚果。而她自己则继续制作治疗他腿伤的草药。"主要问题就是要休息，"她这样告诉隆，"受伤需要休息，不能急于求成。伤口最后会痊愈的，但那需要时间。所以你必须给它时间。你的伤需要一个月加两个星期，他的也是。"

原人躺在那里将近一个月了。一天，他正吃着希瑟和隆带过去的食物时，她也这样告诫他。这段时间她还教了原人一些单词，不过希瑟说的最多的一个词是——慢一点，慢一点，她必须手脚并用比画着。原人会弯腰点头表示赞同，然后无比努力地发出"慢——一点，慢——一点"的声音。

最后，原人终于能稳稳地走路了。他特意在一个清晨赶到营地来看希瑟，并用双手紧紧握住她的手，嘴巴发出几声短暂的哨音，然后朝洛厄厄伯山口走去。在那之后，人们会不时地远远看到他，就像偶尔看到当地其他的树人一样，虽然那些树人大部分时候会刻意避免被看到，但总是有不小心的时候。还有，希瑟的门口经常冒出来几只雪兔、小山羊或者花。她也会放些东西在原人的破棚子里，就像她对待小猫一样。

由于睡觉的地方挨着希瑟，再加上经常给她帮忙，所以隆比其他人见到那个原人的次数更多；由于经常和索恩一起外出，或者替索恩去北部一个叫巨人山的山脊上搜集地血，他更是经常见到那个原人。现在看来他更像是一个树人：如果他曾属于某个部落，那可能是被赶出来的。他像头熊一般在自己的领地间来回穿梭，布置陷阱抓鸟类和小动物，同时也以沿途的浆果和野草为食。他的长相很奇怪，浑身散发着发酵似的酸臭味。下巴上散乱的胡子和羚羊一模一样，正好和浓密的眉毛呼应。巨大的鹰钩鼻好像被撞了，有点朝一边歪，头发全部向后扎在皮绳里，正好垂在肩膀上。他一直穿着毛皮斗篷，赤着脚，可能是那双熊皮鞋坏掉了，他没办法再做双新的出来。

　　索恩坚信，要想成为好的雕刻师必须要学会制作工具。一把尖利的直雕刻刀，几块好用的刀片，或者一把锋利的刮刀，都会对作品产生重要影响。因为那是石头与石头之间的打磨，工具肯定越坚硬锋利越好。
　　于是他们坐在太阳下用花岗岩和片岩在燧石上慢慢敲打着。
　　索恩像只猫一般在阳光下摊开四肢，突然，他说道："等一下，我看到了什么东西。"
　　"这不会是你的又一个谜题吧。"
　　"它们不是我的谜题，而是这个世界的谜题。你听着：

　　　　当我走在路上，待在家里，或者穿过溪流时，
　　　　我的衣服却悄无声息。
　　　　有时候我的生命和风的升力，
　　　　让我飘浮在人们走路的地方，
　　　　然后云的力量把我带到了更远的地方，
　　　　在人类世界和我的衣服之上。
　　　　那里回声响亮你可以纵情歌唱。
　　　　我没有到那里，没有触碰到土地或水，
　　　　但我那飞翔的灵魂，
　　　　已听到他们的歌声清亮。

　　"现在请你猜我是谁。"
　　"你是第二道风。"隆说，他想到最后一次和霍克、莫斯打猎回来时的情景，很高兴自己可以轻松回答出来。

索恩笑了。

"怎么了,我说得不对吗?"

索恩把头偏歪到左边,然后右边。这代表着也对也不对。"很像第二道风,"他说,"但是你想的格局太小了。"

"第二道风才不小呢。"隆反驳道。

人们都说索恩年轻时是个非常优秀的猎手,但隆没有见过。现在的索恩就像一头暮年的公狮,动作呆板迟缓,只想着被别人伺候。也许他已经忘记第二道风到来时的感受。

诚然,索恩不否认这一点:"第二道风确实很大,但这个比它还要大。"

"那我想一想。"

"也更小,别忘了。大多数男孩觉得这个谜底是蚱蜢。"说完,他看着隆的表情大笑不已。

早晨的时候,索恩经常在营地东边的平地上照顾孩子,那里有阳光有树荫。他对待孩子和对待大人的态度完全不一样。他会坐在他们中间,和他们一起玩玩具消磨时间,有时候也会带着大家温习功课。"他们比你们简单多了。"他总是这样对希瑟和隆说。

"孩子是真正的人。"希瑟总是这样回答。隆不知道这话是不是在讽刺索恩。

"是的,没错。在他们还没有遇到麻烦的时候。我已经被你们这些人还有你们带来的麻烦搞得筋疲力尽。无论男人还是女人都是大麻烦包。"

"你应该知道。"希瑟说。

"我确实应该知道,只要看看你和那帮人就知道了。"

和孩子们在一起的时候索恩像换了一个人。

"等一下,我看到了:远处有几个小点点。"

"小鸟回来了！"孩子们大喊道。

"没错。它们是我们夏天的朋友。我们很快就能见到它们了。等一等，我又看到了：有碎木屑从树上掉下来。"

"松鸡在树上吃东西。"其中一个小朋友回答道。假如只有一个孩子回答的话，一般都是桑达的女儿斯塔利。

"对的。因为它们奔跑时会发出呼呼的声音，所以有人称它们为石杵子。你们听到过这种声音。在冬天最冷的那几个晚上，它们会睡在雪下面。你们可以在下雪的早晨走过去吓吓它们，然后抓一只回来当早餐，但动作一定要快。"

孩子们纷纷保证自己一定很快，他同意了。

"等一下，我看到了：雪地上散落了很多细碎的木炭粉。"

没人吭声。

"没人知道？雪天特有的，是雷鸟的喙。它们羽毛雪白，你们只能看到它的喙。看起来非常有趣。再等一下，我看到了：它们在灌木丛里又圆又大。"

又一阵沉默。

"这也是雪天特有的！是雪兔的眼睛。当它们藏起来的时候会用眼睛看着你，你只能看到它们的眼睛。这个怎么样？我看到了：一片烧焦的木头在空中飞舞。"

"我知道！"斯塔利得意地喊道，"黄鼠狼的尾巴。"

"非常好！再等一下，我又看到了什么？远处有一团火在向下跑。"

"夏天的狐狸。"还是斯塔利。

索恩揉了揉她的头发："孩子，你将来一定很棒。好了，最后一题，等一下，我看到河水把我周围的东西都扯掉了。"

"是你？"斯塔利眼睛瞪得圆圆地问道。

索恩大笑起来："没错，你这个小坏蛋。不过也可能是一座小岛。不过我们都是岛屿。"

他们打算在水坑岛上建造一个玩具村,然后再用水桶中的水把它们全部淹没。大家都很喜欢这个游戏,索恩更是如此。

* * * * * *

一天,隆和萨杰一起到艾迪奇与乌尔德查交会处旁边的沼泽地收集苔藓。

萨杰有些心不在焉,所以速度有些慢,篮子久久都没有被填满。她有一双大长腿,上面覆盖了一层细细的黑色汗毛,不过由于皮肤比较黑,所以几乎看不出来。她穿了一件宽松的衬衫,每次弯腰捡苔藓时一对乳房都会露出来,像牛的乳房一样荡来荡去。隆开心地哼着小曲,请求她给自己一个吻。不过此刻的她完全没有心情。苔藓是给两个新生儿当尿布用的,还有,下一个满月之夜也要用。到时候,月经小屋里会挤得满满当当,这让月圆之夜变得怪异起来。因为很多女性都会回到小屋里做自己的事情,而小伙子们则灌下很多麦芽浆,走到外面去欣赏那苍白而透亮的月光。其他营地并不是这样的;有的营地,大部分女性会在新月那天流血,她们在繁星满天的篝火边紧紧挤在一起等待着血的降临。无论怎样都需要大量干苔藓。

萨杰看了看隆的筐子,把其中的红色苔藓丢了出去。

"必须是绿色的。红色的容易生疮,你不知道吗?"

"我知道。"

他们看到一只母豪猪领着四只圆溜溜的小猪仔穿过一片空旷的平地。熊和豪猪是表亲。它们的生活方式很相似,也会相互帮助。水獭没有亲戚,它们什么都吃,总是很紧张。远处的下游岸边,水獭一家正在泥滩上四处滑动,即便在玩的时候它们也是紧张不安的。所以女人不能吃水獭，否则她的孩子就会变得焦虑且不可控。有一次，隆曾经过海狸的池塘，它们的圆房子就搭建在砍倒的木头坝后面。一切看起来没什么异样，但却有种不同寻常的安静。这时，一只水獭从海狸窝旁边的水下冒出，圆圆的眼睛四下张望了一番，嘴角上还残留着血迹。想到刚刚发生在那个圆房子里的屠杀事件，隆不禁打了个寒战。想想吧，本来一家人舒舒服服地待在家里，突然出现了一个黑乎乎的恶魔，张开大嘴吃掉了它们。

不过万物都要靠吃东西才能生存。

在大山洞上方的山脊上，隆看到有东西在树丛间一闪而过。不是红色的，所以不是狐狸。可能是树人。每隔一段时间他们就会在远处出现，通常是在树林里，这也是称他们为树人的原因。他们中的大部分人都失去了运气，索恩说，所以最后连部落也没有了。因为运气是实实在在的东西。

索恩总是说自己没有了运气，也没有了灵魂力量。但他已经学会请求灵魂力量来拜访并带走自己。这看起来可不是件舒服的事。有时候，当他醒来意识到今天是自己灵魂之旅的日子时，就会重重地叹一口气。他会喝上一整天的麦芽浆，等拜访的时间一到他就浑身战栗。他会毫无理由地打隆耳光。那些来拜访他灵魂的有野牛人、桦树女精、夜色，还有其他一些他没有提及的。有时候，把自己的能力告诉别人会导致力量的丧失，所以索恩很少跟别人提及这方面。不过隆是他的徒弟，虽然索恩对他不是很看重，但也不得不训练他，否则只能另找他人。隆倒是希望自己被换掉，这样的话就他可以随心所欲地生活了。他不断地做着尝试，只是希望渺茫。鸭子一直都没有出现，每个人都变得越来越干瘦。隆对索恩的态度也越来越恶劣，或者整天不待在营地里，天天如此。但索恩似乎下定决心要留住他。隆喜欢凿刻石块，雕琢木头、鹿角和象牙，还有画画。他希望到时候可以在山洞里绘出一个又一个庞然大物。从这方面来说他很想当一名通灵师。索恩深知这一点，于是利用它来牵制隆。同时他还提醒隆，做通灵师可以更多地了解女性，虽然了解的过程中她们是在生病。隆觉得这个想法糟透了。通灵师必须做的很多事都让他觉得很可怕。

鸭子依旧没有出现。一天早上空气变得异常寒冷，连太阳都露出了大耳朵（日珥，由非常稀薄透明的物质构成，发出微弱的红光，爆发前是一团"冷气团"——译者注）。大家纷纷回到营地为寒流到来做准备。这是一年中最糟糕的时候，最后一场雪已经融化，小动物们在雪与土地之间的地道都会被淹没。其实，对于所有动物来说，现在都是一年中最危险的时候，甚至比冬天更可怕；如果再结冰就更难熬了。天空像结了一层霜，太阳的大耳朵被光环围绕，发出光芒。肯定要变冷。这个时候，木柴比食物更重要。

天气冷到可以冻坏你的脸，还有那命根子。所有人都挤到大房子里，甚至连希瑟也不例外。

两天之后，满地都是冻僵的小生命。天气重新回暖，在这之后天气会越来越暖和。河水要融化的日子就要来了。

大家聚集在野牛石上，那里可以看到乌尔德查峡谷上面和下面很远的地方。漂浮着残冰的溪流从他们脚下流过。索恩戴上野牛面具，带领大家向河流祈祷，祈求它顺利融化，不要堵塞造成洪水泛滥，淹没环形草原和他们的营地。这种情况过去曾发生过。为了以防万一，每个人都把自己最好的衣服穿在身上，把最值钱的东西放在腰包里。这么热的天穿如此多的衣服实在是吃不消，不过用不了多久他们就可以在宽敞的河水中尽情畅游，洗去身上的汗水和颜料。这是一年中最重要的日子之一。还有，当河水融化之后，鸭子们自然就会出现。

此时，无论是上游还是下游的河水都在呻吟不止。等到秋天，河水慢慢结冰发出隐隐声响，那是它在呼唤白雪的到来。现在的它希望的是自由流淌，再次看到太阳。巨大而低沉的水流声中夹杂着冰块开裂的声音，隆从中听出了那种对自由的渴望，和漫游之后自己内心的蠢蠢欲动如出一辙。他坐在野牛石后面，像其他人一样，跟随着河水一同吼叫。

一块块巨大的锯齿状碎冰浮到水面上，就好像水下有什么东西在推着它们挣脱束缚。一些冲在前面的渐渐卷进了漩涡，后面的小冰块还在下游杂乱地挤成一团。由于河底的淤泥，不少冰块都变成了半黑色。水流声和冰块裂开的声音愈发频繁和响亮。

索恩走到隆身边。在野牛面具的衬托下，他看起来出奇地矮小。他大声说道——让我们边看边一起来讲述融化的故事。

"不要。"隆想都没想就拒绝了。他知道那首诗。

索恩立刻伸出右手打了一下隆的耳朵。这是自隆漫游回来之后索恩第一次打他。隆怒气冲冲地站起来转身离开。

"不行，"索恩堵在隆前面，指着脚下的土地大声喊道，一双眼睛像太阳一般紧紧盯着隆，"必须现在说，必须在一切发生在你眼前时说。切记！切记！"

过了一会，隆垂下了头。他揉了揉还在隐隐作痛的耳朵，看了看野牛石后面的岩石地面。好吧，恐怕以后每次想起这首诗时他的耳朵都会发疼。他长长地叹了口气，开始背起：

霜冻来临，冰面筑成桥，
水可以支撑你，把种子藏起。

只有一个人能挣脱霜冻,
驱走漫长的冬天。
美好的季节再次到来,
那就是阳光炙热的夏日。

伟大的大盐海掩盖了死亡的痕迹,
我们为你燃烧冬青以让冰雪融化。
请把它收回去吧,我们已经不需要它,
把太阳撬起来烘干大地,
让融雪填满草地,
充盈河流,
在沟壑中尽情流淌,
冲下阳光下的黑色悬崖,
跌落在瀑布中。

"不,不对,"索恩打断他,"是填满水流。"

填满水流,
陈旧的冰和雪,
从下面推起,
像手套中的手指,
像婴儿的诞生,
依靠内部的推力,
从上面填满,
到了需要不停推动的时刻,
大地母亲明白,大地母亲用力挤压,
抽搐痉挛纠缠推动,

冰破了！

冰破了！

　　隆努力回忆接下来的内容。脚下峡谷最深处传来阵阵巨大的呻吟声，仿佛一个大块头的女人正在阵痛中分娩。

　　索恩突然开了口，隆对此很是感激，因为他根本记不得接下来的内容。碰巧的是索恩转到了另外一个隆熟悉的故事上。

那是一个春天，
大风暴从西方刮来，
摧毁了人们在河边的家园。
为了安全他们把皮船绑在一起，
在河水涌上山谷时他们依旧坐在里面，
最后所有的陆地都被淹没。
人们四处漂流，无法拯救自己，
在一个痛苦的夜晚很多人被冻死，
他们的尸体滚落进大海。
后来大风和海浪渐渐平息，太阳高高升起。
阳光异常炙热，很多人被晒死。
最后一个通灵师用长矛猛击水面，
他大声喊道，够了！我们受够了！
接着一个男人把耳环扔进海里，
再次大声喊道，够了！
没多久海水开始退去，
又过了一段时间，河流小溪重现，
洪水退回到最初的西方。

"肯定是每年这个时候都会这样。"索恩讲完之后,隆开玩笑地说。

"什么意思?"

"我的意思是,通灵师说了什么或做了什么都不重要,洪水本来就要退去了,因为时间到了。"

索恩瞪了他一眼:"把我刚才讲的重复一遍。"

隆站起身扯着嗓子背诵起来:

> 那是一个春天,
> 大风暴从西方刮来,
> 摧毁了人们在河边的家园。
> 为了安全他们把皮船绑在一起,
> 在河水涌上山谷时他们依旧坐在里面,
> 最后所有的陆地都被淹没。
> 人们四处漂流,无法拯救自己,
> 在一个痛苦的夜晚很多人被冻死,
> 他们的尸体滚落进大海。
> 后来大风和海浪渐渐平息,太阳高高升起。
> 阳光异常炙热,很多人被晒死。
> 最后一个通灵师用长矛猛击水面,
> 他大声喊道,够了!我们受够了!
> 接着一个男人把耳环扔进海里,
> 他也不知道那是礼物还是武器。
> 因为洪水正在渐渐后退,
> 所以那已经不重要了。
> 陆地重新露出水面,
> 河流和小溪重现,

大盐海回到它原本在的地方。

听到隆的改动，索恩气得攥起了拳头，不过此时水流正在脚下的峡谷间咆哮破裂，那声音就像雷声在头顶轰鸣。隆希望有一天这样的场景会真的发生，冰块在巨大的雷雨中裂开，他甚至还为此作了一首诗。

头顶是万里无云的天空，脚下是轰鸣的河水，如果这时还执拗于讲故事或教导其他人就太过严肃，所有人，只需静静地看着，见证眼前的壮观一幕。白色的冰面裂开后，交杂在一起向下游流去，最先从河流的外侧开始，然后顺流而下，直到大部分冰面裂开，下面的黑色河水逐渐显现。大片大片的冰块或挣脱河岸，或互相脱离，向下游漂去。它们像一个个白色的木筏碰撞在一起，形成巨大的冰阵驶向下游，直到撞到河岸，或相互碰撞，有的从彼此旁边滑过，或碎成更小的冰块，或奔向遥远的天际。有时候巨大的冰坝横跨整个河面，河水迅速在后面聚集起来，然后更多的冰块加入进来，河水也跟着越涨越高，继而给冰块更大的压力，直到伴随着比雷声更为响亮的咆哮，白色的冰块最终都搅入了黑色的水流中。然后又一轮翻腾，滚动，被拦截，又一轮的拥挤和碰撞。

所有人都站在野牛石的下游一侧，凝望着下面壮观的景象，伸出手臂大声呼喊，不过他们的声音都被脚下巨大的咆哮声遮住了。连希瑟都涨红了脸，张开嘴巴，笑意盈盈地呐喊着。当巨大的冰坝逆流而上，流到野牛石下方时，大家兴高采烈地跳舞，旋转，相互拥抱，最后他们转向上游那一侧，站在距离边缘远远的地方，因为这个时候千万不能掉下去。当巨大的破冰群出现，然后慢慢离开他们向上游漂去时，每个人的叫声都更加响亮，可惜依旧淹没在咆哮的世界里。

这时有人看到天边出现了一群鸭子。

夏天来了。

* * * * * *

他们不用再挨饿了。不过剩下的食物不多了，由于不能抓第一批出现的鸭子，所以他们的食物有些紧张，只能靠最后一点坚果果腹，然后外出布置陷阱，希望能抓住接下来几天回来的鸭子。不过这种紧张感和之前的完全不同，因为你知道这种情况不会持续太久，所以虽然很紧急，但不会那么可怕。

顺利度过了四个冬天，整个部落也壮大起来。四十二人，这样的规模算是正好：不多不少，不用担心防卫问题，也不会为收集不到足够的食物而忧虑。

还有，大家都相互认识。关系、习惯、喜恶、能力、弱点、性情，所有的一切，气味、消化习惯、口才等，他们已经熟悉到对彼此失去兴趣。所以即将到来的夏天还有一个让人兴奋的地方，那就是对见到其他人的期待。

隆把捕捉鸭子的陷阱布置在比较平静的河面上，然后随希瑟一起外出寻找草药。有些草药只生长在底部潮湿的山谷里，这种地方希瑟根本下不去，所以需要隆的帮助。

希瑟的猫跟在后面，小心地和他们保持着距离。当初发现它时，它还是一只小孤儿，后来被希瑟抚养长大，到了一定的年纪，它就自己走了。现在只会在冬天悄悄地回来寻找食物。部落周围有不少像它这样的小强盗，大多是松鸦和松鼠，除此以外还有一个疯女孩，几只狐狸，甚至住在附近的海狸也会来个突然袭击。

希瑟总是让猫试吃草药。她把一小枝新药草放到猫爱吃的肉里，然后观察猫吃完后的反应。她认为任何植物都不会把猫毒死，因为一旦有问题，猫会立刻把药草咳出来。

每当这种情况发生时，希瑟就会把猫赶走，然后走到呕吐物旁仔细查看，有时候甚至还会用拇指和食指捏一点放到舌头上尝一尝。

此刻她又在这样做了，隆忍不住说："希瑟，你在吃猫的呕吐物。"

"那又怎样？如果我能尝出来它的味道和我知道的哪些味道一样，我就可以知道这种花的用途了。"

"如果你被毒死怎么办？"

"猫的胃非常敏锐，所以它不会毒死我。"

隆说："昨晚我梦到了狮子，一群狮子在追逐野牛。"

希瑟对此毫无兴趣："我对梦不了解。也许那是我们看不清楚的世界中的一个。我们只能看到其中的片段，我不知道它们是什么。我只了解眼前的世界。好吧，也谈不上了解，只能说我看到这个世界。"

"所以你吃猫的呕吐物。"

"总比吃屎强。"

"那肯定。但谁会那样做呢？"

希瑟阴沉地摇了摇头："我们总会有一天要吃屎。"

隆不知道该如何接下去。

希瑟瞥了他一眼，发出女巫似的笑声："你要是饿极了，什么都会吃的。食物第一次通过你的身体，并非所有的东西都会被吸收掉，那些没被吸收掉的东西就会被拉出来。所以屎里面有可以吃的东西。我承认，第二次吃进去的感觉相当糟糕，但是你能获得一些东西。你知道那是真的，而且你还会继续这样做。"

"还要？"

"不是同一堆屎了,我指的是以后。第三次吃的话是毫无用处的。你的身体很清楚这一点,所以绝对不会让它进口的。"

"所以你们真的没有其他食物了?"

"没错。有些冬天非常难熬,"希瑟紧皱眉头望着西边的天空,"艰难到你无法想象。"

她又采摘了很多刚才猫吐出来的药草枝叶,仔细查找没有受损的花朵。"很可能比你看到的更难。"她补充道,"而且它们似乎每隔一段时间就会出现一次。"

眼看七月初七快到了,人们开始整理工具,考虑夏季之旅哪些要带走,哪些要埋起来。他们将大房子和月经小屋都拆为平地,然后用大石头盖上;如果让它们原封不动地留在那里,总是会被洗劫一空。即便拆平了盖上,有时候也像被其他人或动物挖过一番似的,或者是几头熊把石头扒走,四下翻找,显然是闻到了什么感兴趣的味道。由于营地已经被清理得非常干净,掠夺者们只能找到一些陈年的兽皮来填肚子。不过饥饿的熊能吃得下兽皮,它们什么都吃——只要是活着的,甚至曾经活着的都可以。不过更多时候,这些夷为平地的营地无人问津,等他们回来之后可以轻松地重建起来。

隆的衣服一直都很合体,而且干干净净的。隆自己缝衣服,不过大部分时候都是希瑟一块一块裁好,她有自己独特的风格。隆喜欢自己衣服的感觉和样式。当和自己漫游时的临时装备对比时,他就会感到现在穿的真是无比舒适和讲究。

隆戴着一顶芦苇编成的帽子,前面的帽檐可以遮挡阳光,还有两根系在下巴下面的带子,防止帽子被风刮走。这是他自己做的,他会一直戴着直到坏了,到时候就重新做一顶。

隆的背上披了一件披肩，不过已经被雨水和阳光侵蚀得破败不堪。每年夏天他都需要一件新的。每当用不到的时候，他就会把披肩折起来塞进包里，可惜这对它来说也算一种折磨。

披肩下面是一件驯鹿皮大衣，帽边、下摆和袖口围了一圈貂毛和旱獭皮。中间裹了一件鹿皮裙，皮面朝内，裆部加了一块兔毛衬里，以在天冷的时候保护他的小鸡鸡。

隆还有驯鹿皮做的裹腿，不过他很少穿，除非天特别冷，或者要穿过荆棘遍布的草丛。他不喜欢双腿被束缚住。

隆经常赤着脚，但是他的鞋子都是希瑟做出来的最好的鞋子。由于经常在粗糙的路面走路，所以鞋子很容易磨坏。熊皮鞋底，鹿皮鞋帮，鞋里的空间大到可以铺上一层细细的稻草来保暖。

隆的胳膊上背着背包带，包里装着取火工具、面团、火绒、苔藓绒、放余烬的树干，还有几块熊皮垫。腰袋里则塞着燧石、矛尖、针、刻刀、石片、一束缠在骨戒上的皮线、修石刀片、一把幸运的鹅卵石和牙齿，其中就有他亲手杀死的那头鹿的牙齿。

这些东西差不多就是隆需要的全部了，当然还要有一把长矛和投矛器。带上这些就可以直接上路。他们把这些东西从将要漫游的男孩手里收走，以此来证明他有能力独立生存；不过在现在的隆看来，假如漫游时允许带上这些东西，估计大部分男孩都不会回来了。

隆给自己编了一个谜语：

> 等一下，我看到了什么：
> 我的脑袋被芦苇盖住，
> 我的皮毛是貂皮和旱獭皮，
> 驯鹿和羚羊包裹着我的腿。
> 我踩在熊背上，鹿踩在我脚上。

我能够碎石，砍木，生火，
还会在骨头上雕刻，在岩壁上绘画，在伤口上涂胶，
能杀死一切动物除了一种，
像小鸟一样歌唱，像雷声一般响亮。
我是谁？
我是漫游者隆。

第三章
遇见埃尔加

到了七月的第七天,他们开始了夏天的长途跋涉。先登上厄伯山谷,越过山顶后继续向北边的平原行进,然后穿过三道低矮的分水岭进入利尔山谷。每个人的肩上都背着背包,有的把背包捆在木制的架子上,然后绑到肩上,这样可以背负更多东西,包括那些刚出生不久的小宝宝。

河谷及它们的峡谷分支经常为茂密的灌木丛所覆盖,同时还有无数的巨石阵和短崖。所以他们只能沿着山脊小道向前走。那些标记明显的小道显然一直有人在走。经过岔路时,如果找到一条最好走的路,你会发现其实已经有人走过了,有些地方的脚印深及脚踝。如果经过岩石,一般会看到一个石堆来做标记。石堆大小不等,有两三块的,也有超过一人高的,其中还有不少精心堆叠的各种石像。有时候还能看到系着彩色纱线的树枝,代表过去这里生长过树木。

大家来到通往利尔山顶的最后一个山口。在山口最开阔的地方有一眼喷泉。大多数夏天他们都会来到这里,倾泻而出的水流进两边的山谷里。泉眼周围的草地上有不少蹄印和爪印。喝完水之后他们继续向利尔山谷深处走去,这里太危险,不适合搭建营地。

这一天就要结束,漫长的夏昼很快就要过去。这时他们才停下脚步,来到第一个夜晚的栖息处,也是过去他们一直搭建营地的地方。每年都是如此,除非遇到麻烦的事情而拖慢了速度。这个地方面向西边和北边,视野开阔。放眼望去,西边的山脊隐约可见,远处的夕阳顺着冰冠山徐徐而下。乌尔德查西边高地的最高处共有四座冰冠山,那座冰冠山位于最东侧。即便在夏天,它们依旧耸立在那里,白雪皑皑的山头散落着乳蓝色的裸冰。他们称两座离家最近的小山为冰雀山,只有西边的两座大山才叫冰冠山。只要看到冰冠山,狼族人就知道自己在通往捕鲑鱼和驯鹿的路上了,所有人都会为之一振。他们知道,每年到了这个时候,就像夏季其他所有的动物一样,他们要长途跋涉穿越广阔无垠的世界,为了生存而迁徙。

到了旅程的第三天,一阵冷风吹过,黑压压的乌云从西边的地平线上倾泻而下。这个时候山脊上的小道大部分是下坡,主要朝北而去。一旦走到山脊北端就能看到辽阔的大草原。不过现在他们还在没有遮掩的山道上,而夏天的暴风雨即将伴着潮湿阴冷的大风到来。所以那天下午他们早早地停了下来,向下走到一处向东延伸的高峡谷内,那里比较安全。他们砍下树枝,在铁树、橡树、紫杉和白云杉树丛间搭建了一个栖身的棚子。夏天的暴风雨都很猛烈,而且时常出现。

大家全躲进棚子里,用前一天晚上留存的余烬点燃火堆,所有人挤作一团,吃着最后剩下的坚果和今年刚捕到的鸭子,烤熟的鸭子的香味从火堆上升起,美味极了。西斯特、艾拜克斯和其他几个人出去布置陷阱,寻找洞穴。索恩和希瑟负责看管火堆。由于黑夜即将到来,他们要把火堆烧得够大够热,还要能持久,这样才好睡觉。乌云越积越厚,直到下午的天空变得漆黑一片,仿佛到了晚上。当真正的夜晚来临时,一片片小雪花夹杂在狂风中,飞过树枝和升腾起的烟雾。看来将是一个暴风雨之夜。

"坏东西,来讲一下动物们如果得到夏天的故事,"希瑟对索恩说,"就是这条路上你经常讲的那个故事。"

"你来讲。"索恩闷闷不乐地说。突如其来的寒冷让他的骨头痛得难受。

"最开始,天空落到了水面上——"希瑟的声音清脆而生硬,就好像在讲述一个自己根本不认可的故事。

> 那时,一直都是冬天。
> 松鼠妈妈哭着从树上蹦下来,
> 她跳到森林的地上寻找一个又一个冻僵的松鼠宝宝。
> 这样的惨剧不停地在她身上发生。
> 冬天真是太冷了,她对其他动物说。
> 每隔一段时间,我所有的孩子都会被冻僵。
>
> 乌鸦说,我们应该去夏天的人们那里偷走夏天。
> 夏天在天空的另一边,
> 我们只要冲破天空,
> 带上一个袋子,
> 把夏天装进去带回来。
> 于是他们决定这样做。
> 在天空钻一个洞,
> 他们把一只水蛭放到上面,咬出第一个洞。

接着狼獾从小洞钻过去,
等进去之后再把海豹皮拉进去当袋子。
到了夏天那一边,狼獾发现,
所有的人都不在家,
他开始把夏天塞进袋子里,
把它带回到动物这边。
但那里有一个老人在照看火堆,
那个老人可不像我认识的某些人那么愚蠢,
他跟狼獾说,不要全部都拿走,
否则这里只剩下冬天了,
所有人都会冻死。
带走一部分吧,这样它就可以在我们之间来回穿梭。
于是狼獾拿了一部分夏天回到动物这边,
他打开袋子,夏天的一切都出来了,
冰雪立刻消融,他们也拥有了夏天。
所以当动物过夏天的时候,
人们过冬天。
当人们过夏天的时候,
动物们则过冬天。
它来来回回,一边冬天,一边夏天。
每次动物们打开袋子,
夏天就会到来。

"这样对它们也好,"索恩评论道,"不过今晚我们会很冷。"
"你还是得讲故事,"希瑟坚持道,"不然还算什么通灵师?"
索恩没有搭理她。

他们休息了一天，等待暴风雨过去。隆又一次看到萨杰和霍克聊得火热，他甚至能看出他们对彼此的兴趣甚浓。休整之后，大部队继续沿着利尔山谷的东岭向下，朝北部和西部走去，而他的脑子里一直在想着他们，还有希瑟那段有关嫉妒和妒忌的话。当他们又一次要渡河时，他主动上前帮助唐琪。她应该是除了萨杰之外最漂亮的女孩，因为她丰满的身材，很多人都称她为美人，其实她的身材有一点点像鸭子。虽然现在长起来了，但还是有点像。他断定萨杰不会在乎这个；他可以让唐琪把莫斯的投矛器拿回来，毕竟他已经把马头刻在上面了。莫斯总是睡在霍克旁边，如果唐琪过去拿投矛器，霍克一定会看到她，接着他们就会聊起来。事实果然如此，这让隆很高兴。他觉得还会有事情发生。

山脊比之前低矮了不少，山脊上的小路也落在山谷沼泽间，上面经常覆盖着一层苔藓。女人们采摘了不少带在身边。

没多久暴风雨再次来袭。虽然风雨交加，但这次要暖和很多。在长途跋涉过程中，天气的影响的确不可小视。他们不想再耽误下去，于是把斗篷盖在背包和孩子身上，冒着狂风和不时袭来的冰雹，艰难地走在又高又黑的雷雨云下面。当隆隆的雷声在西边的天空响起时，他们迅速扎好营地，躲在里面。在这种情况下，很难让火堆保持不灭，床铺也很难不受潮。所以在很多时候，雨比雪要难对付得多。

也许是被希瑟之前的话语刺到了，索恩把手伸到还没有熄灭的火堆前，开始吟诵道：

黑夜的阴影散发着沉闷的暮气，
它从北方吹来，
大地潮湿阴冷，

> 冰雹,这寒冷的种子,
> 落在地上,
> 让可怜弱小的人们苦不堪言。

第二天,他们继续向西向北前行。不久便来到山脊之上的一座土丘上面,那里可以俯瞰到波澜壮阔的大盐海。海面辽阔无垠,碧蓝碧蓝的,既不像天空,也不是其他任何一种蓝色。真是美极了。

山道向右转去,接着便一路向北。山道沿着绵延的小山向前延伸,小山的另一侧则是一直蔓延到大盐海的海岸平原。这条山路很好走,不时出现几座适合扎营和眺望的土丘。他们眼下面临的最大问题是要不停地穿过一道道向西流向大盐海的山间河流。不过这些年他们制作了不少木筏,每次用完之后就把木筏拖上岸,竖立在最容易渡河的地方。所以通常都可以划筏子过去。

今年,当他们赶到第一条大河的渡河处时,那里已经被一个巨大的木头堆堵住了。几十根木头横卧在水面上,大多是粗壮的树干,彼此交错在一起,就像海狸搭建的水坝,只不过这个要大得多。

"肯定是大海狸干的。"索恩说。

一直流传着很多关于大麝鼠的故事。它是所有麝鼠的母亲,居住在通往冰冠山的湖里。眼前这座木头坝如果真是海狸所为,那这只海狸至少要比普通海狸大上二十倍,所以大家都对索恩的笑话嗤之以鼻。不管它是怎么形成的,现在这座水坝还在不停地变大,顺流而下的浮木越来越多地聚集在上游一侧。除非木头自己腐烂,否则没什么东西能动得了它们。然而新木到达的速度远大于旧木腐烂的速度,所以看起来它们似乎会永远浮在那里,就像他们家乡那块横跨在河流上的野牛石一样。

他们小心翼翼地踩着一根根木头走过这座新水坝：上，下，跨，搀着孩子们的手，遇到堵路的木头时就把孩子抱过去。西斯特走在最前面，手里举着一个红纱带，其他人紧随其后。每一根木头都纹丝不动，踩上去很稳，就像走在森林里倒地的树木上一般，不过从脚下的小洞里可以看到河水在慢慢地向西冒着水泡。这样的场景真是既神奇又壮观，那天晚上他们在火堆旁谈论了很久。

他们沿着海岸平原继续向北前行，周围找不到用来定位的东西，所以只好用过去辨别风的方式来确定路线：他们还在向北走，现在正在大盐海东面的低地上。

头顶上不断变换队形的雁群也在给他们指路，它们也在向北走。现在已经是七月十二了，似乎所有的动物都在迁徙，包括他们。你能感觉到全身上下都在振奋着。夏天来了！他们在黎明时分醒来，靠着火堆吃东西，整理打包，去下游大小便，把小家伙们集合起来，然后继续一路向北。早上出发的那一刻就像白鹅拍打着翅膀从湖面飞向空中那般，费力而喧闹。每次上路时西斯特都会冒出很多愤怒的话语，不过其中也少不了鼓励，同时他还会直接帮助那些落在后面的人。

西斯特的性格使得他的鼓励比其他任何人的更有激励性。他非常擅长鼓动你去做原本不想做的事情。

剩下的时间依旧是向北走。这时要选几个年轻的男子走在队伍最后。隆很乐意到后面。他那条伤腿好了许多，这样在沿海平原上徒步也能跟得上大家的步伐。这片平坦的土地上到处是草丛和沼泽，还有不少低浅的沟壑，里面长满了矮小的灌木丛和歪歪扭扭的小树。地面上还残留着一些积雪，到了下午被太阳晒得稀稀软软的，走在上面十分费力。他们走的路比沼泽地稍高一些，有时候在可以俯瞰大海的低崖上,有时候在初次抬高的内陆上,穿过一个又一个浅滩。由于冬天下了不少雪,有些浅滩里的水位高到无法通过,他们不得不去寻找一些旧木筏。不过,木筏似乎都被河水冲走了。他们不得不做几条新的出来。大家开始分工,一部分人用浮木做木筏,另外几个年轻人去上游寻找食物;不过成功率很低,这时他们才明白,在营地里自己是多么依赖陷阱和圈套。于是他们每晚都布置陷阱,如果时间够多的话,陷阱也会更有效果。白天狩猎时,他们尽量带回来一些禽蛋和蘑菇。然而,每个人都在挨饿。那些鸭子虽然美味,但远远不够。

越向北走,陆地越少。他们不得不依靠河流提供补给。可是这些河流中还没有太多的鲑鱼和海鳟,它们将为产卵和死亡而归来。其中的一个浅滩起到鱼梁的作用,岸边留下的痕迹显示这里曾经相当热闹过,只是这次他们一条鱼也没有看到。

当第七个满月到来的时候,他们来到了一条被称为鹿滩的河流边。这次月圆代表驯鹿将要到达附近,这是它们长途迁徙的最西边。驯鹿和狼部落的人们从不同的地方出发,然后在这里交会。

然而今年的驯鹿到现在都还没有出现。索恩提醒大家,由于冬天雪大,它们可能需要更长的时间,所以务必耐心一些,同时要花时间做一个深一点的陡沟,以便把驯鹿们驱赶下去。这番话很振奋人心,大家精神饱满地开始动手。不过他们的食物再一次见底。坚果也是如此。他们要接受的不仅是那些过冬发酵的东西,还包括真正腐烂恶心的食物。装在海豹皮袋子里的脂肪油原本味道刺鼻,现在却散发着海豹皮的气味了。他们需要新鲜的肉类,比如鸭子,而且要更多才行。希望它们能尽早回来。

一天晚上,索恩开始进入灵魂出壳状态。他先是吃了一些蘑菇和艾叶,然后像希瑟的猫那般呕吐,最后躺在那里开始出神,他呼哧呼哧地喘着粗气，嘴巴不停地嘟哝着。这个时候没有人会去打扰他。

第二天早上索恩回来了。他说驯鹿大概还有不到一周的时间就能赶到。不过从那么高的空中向下看，很难判断得完全准确。不管怎样，他们只需再熬几天。

接着，几头狼出现在小山上游一侧的山脊上。"你们看，"索恩喊道，"它们是来告诉我们驯鹿快到了。"

"它们是满怀希望来到这里的，"希瑟反驳道，"它们是告诉自己，人类到这里了，驯鹿一定快来了。"

"当然了，"索恩说，"这很正常。"

狼和人类是表亲，就像熊和豪猪，或者是海狸和麝鼠。狼教会人们狩猎和交谈。到目前为止，它们依然是最好的歌者，当然也是最好的猎手。人们教会了狼什么到现在还存在争议，这取决于故事的内容。如何成为朋友？怎样去欺骗和出卖别人？在这一点上，不同的故事有不同的意见。

某一天的黄昏时分，天色暗淡，只有旁边的河流透出一道亮光，索恩突然站起来大叫道——是它们在那里！我能感觉得到！

其他人都没有听到或者感觉到什么，周围依然是漆黑一片，河水的光带从黑暗中穿梭而过，似乎是这里唯一的动静，耳边也只有水流声。索恩坐回去咕哝着："你们等着看，你们等着看。"

到了早晨，它们真的来了。第一批到达的驯鹿跑上来冲到河里，游到对岸。有些在河湾内的大草地上停下了脚步，它们用鼻子去磨蹭积雪消退后露出地面的旧草和新草。驯鹿在冬天吃得比夏天好，所以一个个肥嘟嘟的，身上还披着长长的冬毛。

不过在夏季漫长的跋涉路途中，驯鹿总是匆匆忙忙的。它们排着松散的队伍前行，有时候会因为突如其来的恐慌而加速，如果前方被其他队伍挡住，它们会犹豫不决，继而变得不耐烦，或者直接冲到对方队伍中，迫使它们继续前行。它们的队伍十分庞大，遍布在草地和四周低矮的小山上，每一头都急匆匆的样子，似乎摆脱了所有的束缚，只能拼命往前冲。当它们最后停下来觅食，环顾四周时，似乎对自己不着急的样子既吃惊又不安。不过这里就是它们夏天的家。它们东西迁徙，不像鸟儿那般南北迁移。每年夏天都有很多动物在这里和它们碰面，比如蚊子、鹿虻、狼，还有人类。对于驯鹿来说，这些种群都非常危险，总会让它们痛苦万分。所以，它们只能选择甩开、躲避或面对，它们就是一群拥有粗壮胸围的公牛，低垂着头，佩戴着尖利的鹿角。没人知道它们为什么来这里，但看起来吸引它们的是那些早早冒头的绿草。

对于狼族人来说，每年捕捉和猎杀驯鹿的地点和方式都没什么变化。索恩常说自古以来人们都是这样做的，但有时他又会声称这都是自己的主意，当时他还是个孩子，看着人们在大草原上跑来跑去地追逐一头又一头野兽时想出来的这个办法。

这个地区的草原非常平坦。不过四周分布着向北延伸的低矮山脉，草地上也散落着不少巨石。有一些大到无法移动，更多的是一排排小一些的石头，这些成排的小石头总是成对出现。

人们再一次寻找这种两排紧挨着的石头，把它们砌成膝盖高的矮墙，做成一条长长的通道。

当成群结队的驯鹿到达时，它们不再挤在一起，而是二十只左右一群，像鹅队似的穿过陆地。它们会根据路况，不时地分开或加入到别的队伍中。它们都在急匆匆地奔向某个地方，不过谁都不知道尽头在哪里。这些天来它们一直在向北向东前行，走了很远很远的路。到目前为止，没有人知道它们到底在哪里度过的冬天。在人类看来，它们一直以最快的速度奔走，甚至超出它们的可承受程度。它们和犀牛、鬣狗或野牛一样，属于强壮而迅猛的四肢动物。它们拥有厚实的肩膀，又长又重的脖子和脑袋，雄性驯鹿还有一对结实的鹿角。从某种程度上来说，它们这样匆忙至少可以防止脑袋太过倾斜而倒在地上。

不同于平时的谨慎小心，这种迁徙中的慌张匆忙似乎是被某种外界灵魂所附，所以这个时候很容易把一群鹿吓到狼族人挖好的带有两堵矮墙的陡沟里。陡沟的西端在一个小陡坡下面，一般情况下，驯鹿毫不费力就能跳下去，所以它们不会害怕，于是人们在里面放置了不少从岩石堆里捡来的石柱，或者鹿角，最后再是一道绳索，当里面的动物试图逃脱时就会被绊倒。

陷阱挖好之后，男人们头顶着狼皮，三人一组地出去干活。他们四处奔跑恐吓驯鹿，把它们赶到陡坡东端。有的人蹲着跑，有的边跳边叫，顶着狼皮的脑袋着实让驯鹿震惊不已。像其他动物一样，它们只能做出简单的判断。这个时候，剩下的人躲在低矮的石墙后面，竖着耳朵倾听草地上的脚步声，那意味着猎物们的到来。因为伤腿还有点疼，所以隆只能和第二组人待在一起。那些奔跑的人必须像发疯一般吓唬驯鹿，因此他选择和其他人一起坐在这里等待伏击。当听到作为信号的哨声和草地上的脚步声时，他忍不住流下了口水。

没多久就传来了砰砰的脚步声，还有每年都会忘记的沙哑的呼吸声，那是第一拨竭力想停下脚步，不愿贸然跳到立柱上的驯鹿，然而紧随其后的队伍直接把它们推进陡坑里，它们只能发出尖厉的嘶吼。这时隆和其他伏击的人迅速站起来，他的长矛头已经紧紧卡在投矛器上，然后抬起手臂。

惊慌失措的驯鹿不断摔进陡坑，后面的把前面的紧紧压在下面。隆选了一只在坑边摇摇欲坠的驯鹿，使出全身力气掷出长矛，虽然离得很近，但方向向下，所以必须找准角度。他确实做到了：长矛深深地扎在鹿的肋骨右后方。隆兴奋得大叫起来。很快，所有的男人都把长矛投进挣扎的鹿群中，女人和孩子则将石块丢到它们身上，这些大块头不停地翻滚、流血和尖叫。空气中弥漫着它们的血液、粪便和尿的气味。人们的尖叫声和驯鹿的嘶吼声一样响亮。

几十个回合之后，大约有二十头驯鹿躺在了他们的脚下，这算是他们一次性捕到的最多的了。眼前的景象奇特而刺激，既让人震惊，又令人兴奋。所有人都被裹入对血腥的欲望之中；他们口水直流，眼睛瞪得大大的，脸涨得通红。这时他们又安排几个孩子到陡坑最东边去驱赶其他可能落入陷阱的野兽。索恩也跟了过去，帮助他们搭建障碍。隆一瘸一拐地爬到小山顶俯瞰他们的陷阱，他看到远处有几道浓烟向上升腾，那是其他部落的火堆。他们都在做同样的事情：驯鹿的脂肪让烟雾变成了黑色。

他们用余烬点燃火堆，由于草原上木头很少，孩子们被派出去寻找干驯鹿粪便当柴火。其余的人则负责分解猎物。任务开始前，西斯特带领隆、无所谓和艾拜克斯举行驯鹿献祭仪式，索恩紧随在后。惯常做法是不食用第一个猎物，所以他们把最西边的驯鹿尸体内脏掏出来，放一块石头进去，然后把它抬到附近河流的下游，扔到最深处，嘴巴里吟唱着感谢圣歌。接着，索恩把几块涂上颜料的石头扔进去，祈求驯鹿明年的归来，同时感谢它们今年的礼物。最后大家回到杀戮场继续肢解猎物。

人们一直忙到天完全黑下来，最后所有人都满身鲜血。不过他们可以在一直燃烧的火堆上烹煮自己最爱的肉块，烧掉那些不需要的部分，虽然这部分很少，但可以让火苗烧得更旺。处理掉它们也会降低夜间食腐动物的袭击风险。夜幕已完全降临，快要到半夜了，但大家还在火堆前忙碌着。

他们首先要剥开鹿皮，切掉韧带、肌腱等有用的东西，人们边吃边干，每个人都进入到一种近似疯狂的状态。为了避免衣服上沾染血腥，大家都脱掉衣服光着身子干活。于是，女人们看起来像是在参加成年舞会，男人们像是在捕猎，每个人的身上都沾满了油脂和鲜血，刚刚吃下去的脂肪和肌肉让他们兴奋不已。结束之后，他们来到旁边的河流下游洗澡，河道很窄，但河水很深，人们把自己浸泡在冰雪消融的河水中，虽然很冷，但他们知道等会儿回到火堆旁就能重新暖和起来。然后再暖暖和和地继续宰杀。为了看护好这些肉，他们安排了夜间值守。为了减轻负重和便于携带，他们剔除掉鹿腿骨，把腿肉切成一块一块。刚过去的这一天一夜真是辛苦。不过第二天也将如此。从献祭仪式回来之后，西斯特和艾拜克斯继续哀号着，索恩在一旁忍不住咧着嘴笑起来。这时，隆突然意识到索恩希望部落仪式不再需要自己的牵头；而这些，以前的隆并不理解。隆把这个想法先放到一边，继续去敲打驯鹿臀部关节。他选择坐着干活，这样可以让伤腿得到休息。由于越来越疲劳，他努力让自己保持谨慎。他把每一次敲打当成测试或比赛，而考官则比索恩更严格：一旦错误就会很疼。由于到处都有血的润滑，所以切的时候很容易打滑，他现在浑身酸痛，一不小心就会切到自己。这种情况在大猎杀的第一个晚上经常出现。在长途跋涉中，最后一步都是很危险的。而在今天这样漫长的夜晚，很容易感受到它的存在。

终于不用再挨饿了。说实话，现在不仅不会饿，而且每个人都撑得饱饱的。熊熊燃烧的火堆不时发出嘶嘶声、噼里啪啦的爆裂声，还有轻微的咆哮声。人们边干活边吃边跳舞，还有人溜进黑夜中偷偷做着一些事情。不管怎样，所有人都很高兴，歌声欢笑声不绝于耳。接着，他们成群结队地走到溪边脱光衣服，尖叫着跳进水中。他们洗去身上的血迹和污渍,互相溅水嬉戏,洗完后小心翼翼地回到火堆旁取暖。年年都是如此;终于又到了这一天,一般都是在七月的满月前后;漫长的冬天和饥饿的春天终于结束了,他们等到了一年中最能吃饱的时候,而且在接下来的几个月都会吃得很好。没有哪一天能像今天这般令人兴奋激动,身心放松。他们又平安度过了一个春天。

隆在篝火旁跳舞,他尽量不去动那条伤腿,就像漫游时使用那根拐杖一般。他面对着火堆,感受它的温度,然后笑着旋转一圈,这个时候一旦离开火堆就会变得很冷,只有全身上下都暖和起来才能真正感到温暖。

火堆中不时传来油脂滴落引起的爆裂声。隆目不转睛地看着所有的女人,她们赤裸着上身,只穿了短裙或腰围,戴着项链。虽然熟悉那里的每一个身体、肌肉和动作,但看到她们在火光中舞动依然很刺激。她们甩动着腹部的脂肪,一对乳房也随之摆来摆去。此刻他的眼前只剩下一道道优美的曲线。他的目光总是被那些最初不太自在的身体所吸引,不过随着时间的推移,她们扭得越来越好,越来越自由,完全沉浸在自我中。当然有些人完美到没有任何缺点或瑕疵,比如萨杰、沙穆瓦、桑达,她们的比例都恰到好处。

隆跳一会就停下坐一坐,好让那条伤腿能得到休息。坐下的时候他会扭动脚趾,和其他男孩一起敲鼓奏乐。谁也不知道到底过了多久,因为大家都希望这样的时刻能永远持续下去。不过天上的月亮会告诉你时辰。敲鼓的时候隆的眼睛一直盯着萨杰,她看起来真是美极了,他的小弟弟忍不住兴奋起来。他只好站起来跟着节拍左右摇摆,热血膨胀的他不禁向萨杰靠过去,此时她的那对乳房远没有秋天时丰满,不过即便如此,也依然浑圆诱人地在肋骨上跳动。她挥舞着手臂,扭动着屁股,两坨肉像山羊臀部一般紧实上翘，那是他熟悉的地方。这个时候那里只有肌肉，还没什么脂肪，应该是最好看的时候；修长的双腿，苗条的身材，皮肤光滑，神态优雅。哦，老天，隆恨不得马上和她一起冲进黑暗中，沿着小河顺流而下，让流水声掩盖住他们的亲吻、抚摸还有放肆的叫喊声。去年这个时候他们就是这样度过的，这也是现在他会忍不住兴奋的原因。

不过今天晚上萨杰完全沉浸在舞蹈中，没有和任何人进行过眼神交流。也许这就是对霍克和隆的回应。实际上几乎所有男人的眼睛都落在了她身上。她既是一个人跳着，又像是和所有人一起舞蹈。这样最好，大家都满意。毫无疑问，其他女人也是如此。像马什、沙穆瓦、达吉、罗宾和桑达，每个人都吸引着不同的男性。萨杰绝不是部落中唯一的美女，只是众多姐妹花中的一个。哦，没错，他们部落里的姐妹真不错。所以他们必须强悍起来，保护她们免受外来的欺辱。虽然有这样的担心，但是又一想，其他部落里的人也是如此，于是一颗紧绷的心又放松了下来。这是属于漂亮女人的世界，其他万物都在为她们而奔波。很快就要到八八节了，到时候二十个部落聚在一起，所有人混在一起，每个人都穿上最好的衣服，像今晚一样，大家围着火堆跳舞；来自不同部落的年轻男子女子，还有小男孩小女孩，他们第一次遇到对方，也许以后就会生活在一起。来自草原、高地、南部峡谷的部落相互交往，彼此越来越紧密。节日上流传一种说法——来自寒冷北方的部落会偷抢他们的女人。不过那些驯鹿草原南部的部落，从大盐海的西边到南边，还有每个人都去过的最东边，他们的联系非常紧密，所以很少发生偷窃行为。

隆又一次坐下来，趴在小鼓上打起了瞌睡，眼前的篝火和舞者渐渐模糊，他打算爬起来去睡觉，或者索性就在这里躺倒睡下。就在这时，萨杰拽着他的胳膊，把他拖进山那边的黑暗中。

还好他坐的地方离火堆有些距离，所以走的时候没人看到。萨杰把皮裙铺在冰冷的地面上，两个人拥着躺下去，疯狂地吻在一起。他们边接吻边相互抚摸，萨杰依旧不让他进去。当然，假如她同意的话他会非常震惊的。隆在她耳边悄声说着"我爱你"。快乐过后的他们感到无比满足，又笑了好一会儿。最后，萨杰捏了他一把，又抚了抚他的脸，然后把裙子从他身下抽出，转身离开。隆也朝自己的床铺走去，他看到萨杰又回到篝火旁兴致勃勃地跳着舞，说不定不久之后还会再拖一个男生到黑暗中缠绵一番。这个念头让隆既高兴又生气，还有一点点好奇，不过他实在是太疲惫了，不愿再继续看下去。他内心感到从未有过的充实和空虚，躺下去不一会儿就睡着了。

他们又花了好多天才把驯鹿肉切好熏好。每个人都忙个不停，因为八八节马上就要到了。他们必须赶在节日前结束工作，然后继续向东行进到节日场地。所以现在只能没日没夜地熏烤鹿肉。

> 他们边干活边在火上烤着最喜欢的驯鹿脑袋：
> 下巴、鼻子、耳朵、舌头、嘴唇、下颌。
> 除了老人，其他人都不能吃下嘴唇，
> 因为老人的下嘴唇也已经很松了。
> 脑子可以吃，也可以鞣制鹿皮。
> 脖子也可以吃，除了第一关节。
> 只有老人才能吃，
> 因为驯鹿的头转得很慢。
> 肩胛骨晒干后做号角。
> 肩上的肉，腿上的肉都能吃。

胫骨用来刮皮上的脂肪，

煮熟鹿腿，那些组织只给老人吃。

腿上的关节磨成粉末做油脂。

腿骨髓用来吃，关节用来做油脂。

脊椎上的肉和骨髓都能吃。

背部的肌腱晒干后用于缝纫。

如果需要增强力气的话，

那就吃煮熟或熏干的骨盆肉。

真正的美味；尾巴也是，不过只给老人吃。

后腿上方的肉最好，下方的肉太结实。

最好的是肋骨肉，无论煮着吃还是熏干都非常棒。

鲜嫩的鹿胸肉可以烹煮。

肚子上的肉无论是煮还是熏干都需要很久。

算是另外一种最受欢迎的美味。

肝和肺配着肉一起煮着吃。

百叶煮着吃。

小肠翻出来，

里面的油脂煮熟，美美地吃一顿。

肾脏和心脏烤着吃。

裹着心脏的那层组织晒干后做袋子。

血和肉一起煮着吃。

母鹿乳房里的奶当场喝掉。

珍贵的体脂要么晒干，要么烹熟，要么熬煮，

抹在肉上当调味料。

吃不完的保存在海豹皮袋子里。

皮肤溃疡中的苍蝇幼虫，吃掉。

鹿角可以做锥子、针、勺子、盘子、

手柄、珠子、掷矛器、纽扣、拉环、
钩子以及各种各样的东西。
鞣制好的鹿皮做衣服、冬天的靴子、
雪地鞋绑带、陷阱、网还有绳子。

  熏干对于肉的保存来说至关重要。他们把火堆堆得长长的，这样一来，滚烫的灰烬可以把绿色的木头和潮湿的粪便烘干，热气渐渐向上升腾。他们把肋骨肉和腰腿肉用厚实的皮线穿起来，由于皮线完全被肉包裹住，所以不会被点着。他们一边可着劲吃，一边尽可能多地把肉熏干带走。同时，必须注意不能一下子吃太多，否则容易生病。几乎每个人都被撑到不得不去下游拉出来，回来的路上还在不停地哼哼唧唧。一下子吃这么多肉，肠胃实在受不了；接着又拉这么多大便，肛门也不好受。尽管如此，他们依然全心全意地吃着。俗话说得好，饿里裹着饿。那种内心深处的饥饿感让他们吃下了远远超出肚子能承受的东西。严酷的春天还会到来，那种痛苦他们记得清清楚楚，所以希望现在多增加些脂肪。他们打发孩子们到周围采摘浆果，既可以配着肉一起吃，也可以在炖烂之后做果浆，在节日上开怀畅饮。

  八月的新月很快就到了。每个人都迫不及待地盼望节日的到来。节日的狂欢地在驯鹿草原南部边缘一块辽阔的草地上，周围一圈低矮的小山形成一个天然的屏障。他们距离那里还有几天的路程。和过去一样，现在的他们拥有大条大条的熏肉、筋条、韧带、鹿皮，还有一袋袋油脂和液体脂肪：东西多到根本带不下。但他们还是打算全部拖走。

  他们在大草原的浅河峡谷里找到很多长长的赤杨木幼苗，于是把它们绑在一起做成雪橇，搬运那些背不完的美食。雪橇杆用的是三年的树苗，又长又直还很有弹性。

做完雪橇，装好食物，年轻的男男女女套上绳具在前面牵引，老人们则慢腾腾地走在后面，他们笑着说当要奔向八月八时，让这些孩子出苦力真是太容易了；还有，要不是雪橇拖慢了速度，他们根本跟不上这些年轻人的脚步。每一年都是同样的说笑，一切都没有变，真是无比无比地惬意。

* * * * * *

他们从西边向节日场地赶去。从很远的地方就能看到环绕在四周的低矮山丘，每个山丘顶部都矗立着几株高大的云杉树，树冠向下，树枝和树皮已经被剥去，长长的根部在上面挥舞，就像头发或鹿角一般。每一株树上都挂了不少动物头骨。索恩声称自己到现在都还记得小时候那些树干的摆放位置。看到它们出现在地平线上时，所有人都激动万分。随着距离的靠近，眼前的景象变得奇特起来。那是一种会面标志，说明除他们之外还有其他部落的存在。他们还听到了鼓声，最初是敲打空树干发出的低沉声响，仿佛来自地面一般。接着是敲打各种大小的皮鼓的声音，猛烈而令人振奋。八八节！

他们总是在同一个地方扎营，那里正好在山丘南侧，紧挨着鹰族部落，鹰族的大本营在他们下游的乌尔德查山上，外出布置陷阱的狼族人经常会碰到四处巡逻的鹰族人。没多久，几个鹰族人走过来帮助他们搭建营地。也是和往常一样，营地围绕在火堆周围。小虫子在温暖的空气中飞舞，四周弥漫着粪便和脂肪燃烧的气味。相邻部落的人正在吹奏骨笛，为了和草地上的鼓声比赛，一群人尽可能大声地演奏着，于是耳边尽是不同的节奏，从最初的和谐到杂乱无章，就像狼嚎或潜鸟的号哭声一般。这声音让隆激动万分,他脸颊涨得通红,血液涌上指尖。从他们所在的山顶向下看,草地上到处是篝火,到处是人。估计有四百人,或者有两个四百人。总之,比以往任何时候看到的人都多得多,真是既震惊又兴奋。所有人都穿上自己最好的衣服,其中有不少羽毛披肩和裙子。他们脸上涂着色彩,头发编好挽起来,脖子上挂着牙齿和贝壳项链。火堆旁已经有不少人在跳舞,还有些人在来回扭着,好像也在舞动一般。看到这样的场景,隆和同伴们忍不住喊叫起来,接着一波又一波的喊叫声在草地上响起。八八节来啦!

他们安排一部分人留下来完成扎营工作,同时负责照看东西。其他人可以出去四处逛逛。有的去看音乐表演,有的去拜访一直在寻找的同族人,还有的走到手艺人圈子中,分享新技巧,谈谈刚过去的冬天。通灵师们也会围在一起比对年鉴,吟唱歌曲,讲述故事。虽然八八节和通灵师没什么关系,但他们显然都很喜欢这个节日,正好给自己一个喝醉酒和出洋相的机会。交易者则聚在最大的那棵倒立树下相互交换东西,寻找自己想要的物品。物物交换树下之外的人们大多是相互赠送礼物,每年都是如此。燧石部落来自冰冠高原盆地,那里被称为巨人山。他们送出的礼物是一块块干净坚硬的燧石,形状接近立方体,棕色的石块散发着漂亮的暗红色光芒。作为回报,燧石族人会接受对方的礼物——大多是一勺勺麦芽浆,他们总是微笑着点点头,表示虽然这些东西不是必需品,但他们依然很感谢。这里充满了友好、爱、人类的智慧和天分。又一年顺利过去了,孩子们都很好,没有人饿到撑不下去。再来一勺!美好的八八节!

索恩告诉隆:"作为年轻的通灵师,你必须来这里见一见所有的通灵师,还要讲个故事给他们听。"

隆立刻摇了摇头:"我还没准备好。"

"真糟糕,无论如何你都要讲一个。你已经漫游过了,是时候了。"

"不要。"隆边说边快速逃开了。他知道八八节上没有通灵师希望因为惩罚学徒陷入尴尬,所以他觉得自己可以避开。八八节就是这样。

隆在一个个火堆之间闲逛。这是他一年中最喜欢的活动之一:在八八节上游荡。盛装打扮的人们,高高挽起的头发,涂着颜料或者因兴奋而变得通红的脸颊,真是赏心悦目。他边走边摇晃着身体,他看到旁边也有人和自己一样,于是努力舞动起来,算是成功了一半。年轻的姑娘们穿得比较少,有的身上涂上了红色的颜料,有些还是原本的棕色。虽然都很纤瘦,但他依旧看得眼花缭乱,兴奋不已。

他又来到举行大多数游戏的场地,这也是他最喜爱观看的项目之一。来自当地几个部落的老人家为年轻人设置了很多游戏项目,从最简单的扔石头比赛到广受欢迎的投长矛,长矛必须穿过一个个从小山上滚下来的圆环,这是每个部落都会经常玩的游戏。因此,参赛人员非常多,一支又一支轻型长矛穿过滚来滚去的圆环,现场爆发出阵阵呐喊声。

另一个受欢迎的项目是男人们用投矛器投掷长矛。这是年轻猎人们最基本的技能。每一个男孩都投掷过无数次,以便让自己习惯手臂在抛出的瞬间被拉长的感觉。这种力量非常强大,你甚至可以看到长矛在投矛器的压力下明显弯曲,颤抖的长矛向远处肚子里塞着草的麝牛皮飞去,场面漂亮极了。当来自四面八方的长矛齐刷刷地插中目标时,隆和所有人都欢呼起来。这种麝香牛比长毛象小得多,相对来说容易缝制一些。当其中一头被最远的一支长矛刺穿时，人群中又是一阵欢呼声，射手也兴奋地跳起舞来。

投掷比赛草地的另一边是一座举办登山比赛的陡峭小山。这个游戏颇受那些动作敏捷体格强壮的青年男女的欢迎。每一年，老人们都会设置新的起点，从起点开始，你可以自由选择登山路线。山上沟壑纵横，所以必须开动脑筋才能赢得比赛。因为伤腿，隆不能参加今年的比赛。不过作为一个男孩，他很喜欢这个活动，而且十分擅长。只是此时心有不甘的他只能转过身朝其他地方走去。

穿过草地则是一群制作鸟瞰图的参赛者，他们正在制作和堆砌节日场地及周边地形的沙盘，隆对自己家乡之外的地方不太了解，所以对这个比赛没什么兴趣。参加比赛的大都是云游者和通灵师，或者那些因各种原因而在外游荡的老人。

不远处便是阳光明媚的河岸，那里是通灵师们进行确证的地方。像往常一样，他们挥舞着手里的年鉴，大声争论不休。只要让两个以上的通灵师凑在一块儿，他们很快就会醉醺醺地乱成一团。所以，大家都说，按照惯例，他们正竭力在失去理智前把一年发生的所有事情都捋顺了。

节日庆典上有很多像索恩一样没有耳朵的老通灵师。他们要么是索恩的老师皮卡的学徒，要么是使用同样手段的其他老师的学徒。看到希瑟和其他女人坐在那群老家伙中间时，隆的心情有些低落；他们有的是部落的通灵师，有的是对确认感兴趣的女药师，或者是女通灵师的朋友。

"任何人都可能成为通灵师！"索恩曾对隆说过，"当它落在你头上时，你别无选择。问题在于，谁能逃避？结果只有一个，没有人能逃开。无论男人女人，年老年幼，人还是动物，成为通灵师是命中注定的。你也一样。"

看着眼前这群老家伙一边大笑一边用年鉴互相击打，再想起刚才的那些话还有索恩那一脸怒容，隆立刻转身离开了，他实在受不了这些老怪物。由于已经经历过漫游，所以在今年节日的某个时候，他会加入进来，成为索恩的学徒，接受各方恭贺。然后按照索恩的要求，背诵一个古老的故事，可能是《天鹅的妻子》。但他脑子里一片空白。所以最好还是在被索恩看到前离开。

现在的他不能爬山，不会做鸟瞰图，不知道每一年有多少个月，不会背诵故事。看来还是回到投掷场地，用自己的新投矛器投个几把试试。隆把投矛器雕刻成野山羊头的形状，力量非常强；他觉得自己也许可以参加最远距离的比赛，说不定能射中那头麝香牛。

再或者，他可以安心坐下来和鼓手们一起喝着麦芽浆敲着鼓。这是他能做到的，而且这种乐趣无需动脑子，算是整个节日里最精彩的地方之一。他们喝啊，敲啊，在烟雾缭绕的夕阳下尽情大笑。当夜幕降临时，回到篝火旁继续舞蹈。

第一个狂欢夜，很多人聚在篝火旁比赛，看谁能打出最漂亮的火花。围观的人们坐成一圈，参赛者举着加长的雪橇杆，把碎布或兽皮裹在较细的一端，然后将自己的香囊高高举起，凑到火焰的最高处，这个时候很多人都会转过头，静静等待着，直到香囊点着，迸发出蓝色、绿色或粉红色的光芒，有时候会有一团转瞬即逝的焰火，或者是如打雷一般的爆裂声。整个晚上，所有人都目不转睛地盯着火苗，只要火焰中闪烁出新奇的或意想不到的东西，人们就会惊喜地大笑起来，齐声欢呼。这样的场面真是令人振奋。所有的参赛者都把最大的那支留到最后，然后共同插到火堆里，火堆立刻迸发出五彩缤纷的色彩和响亮的爆炸声，足以震聋耳朵。于是又引来一阵巨大的欢呼声。

接下来便是吃、喝、敲鼓和跳舞。隆走到一个被舞者们团团围住的篝火旁。因为那条坏腿——这是他在之前跋涉的时候给那条伤腿起的名字,他不得不和鼓手们坐在一起,把小木棒和兽皮鼓放在两膝之间,击起鼓来。来参加八八节的人们,离得越远,带的鼓越小。小鼓们敲得最快。隆很快跟上了五拍的行列,然后又在五、四、三之间来回转换,这首乐曲的核心是将人们带到不同的重点上。没有人指挥这些鼓手,但他们却能步调一致地进行节奏转换。就像天上那些成群的鸟儿转换队形一般。这样的时刻值得每个人参与其中,你能清晰地感觉到一种团队的力量紧紧抓着自己,带着你朝新的方向前进。每一次都是如此。从我们的手、耳朵和身体就能感觉到,真是神奇。他们的鼓声也在演绎着这种惊讶和振奋。于是,他们就这样一直演奏着,不眠不休。

快到午夜的时候,隆从鼓声的恍惚中苏醒过来。这时的他像猫头鹰一样,可以看到周围的一切。虽然有些距离,但看到的东西远比平时清楚得多。跳舞的人也比之前多得多——燃烧的焰火,升腾的火花和浓烟,打扮得像小鸟一般的舞者——这些场景都随着他的脉搏而跳动,火花绽放般地一个接着一个。他的内心仿佛住着一只母猫头鹰,他用一种从未有过的方式来观看着眼前的摇曳闪烁,不仅仅是这个八八节,还有他的人生。

还有不少年轻的女孩在跳舞。她们穿着兽皮和羽毛,戴着项链、手镯和脚镯,光着脚,和着鼓声上下跳动,围着闪烁的火堆拍手绕圈。她们身上都涂上了红色和白色的图形,或点状,或波浪形,或相互交织。鸟羽做成的帽子或斗篷一般都是取自鸟身上最美丽的地方,比如绿头鸭的头部或啄木鸟胸部的羽毛,许许多多的羽毛缝合在一起就变成了漂亮的斗篷和帽子。一件啄木鸟羽毛斗篷在不停地旋转,它的胸部上方涂成白色,还画着红色的乳头,像极了扇动着翅膀的啄木鸟。还有一个女孩穿着潜鸟后背和颈部羽毛做成的斗篷，黑色和白色相互交织，真是光彩夺目，异常美丽。隆都不愿意把眼睛挪开了。

他从未见过这个女孩。她身材高大魁梧，应该属于马鹿族。她的舞步相对慢一些，简单一些。那些苗条敏捷的女孩把她围在中间，更衬得她有些笨拙。不过这恰恰吸引了隆的注意，也成为她最美丽的特性。他忍不住在一旁细细看着。她知道自己能做什么，而且确实做到了。她很喜欢跳舞。虽然个头大动作慢，但她身材比例非常好，双腿修长，臀部紧实，胸部饱满，肩膀宽阔，和巨人山燧石一样颜色的头发在火光的照耀下闪闪发亮，浓密的长发编成三股垂在后背，顶端插着一根潜鸟颈部的羽毛：看来她的朋友很擅长编头发。她在人群中舞动，十分随意地轻轻拍打着经过的女孩。她的笑容看起来轻松自在，无忧无虑。似乎什么都不在乎，全世界只剩下了她，而她什么都不想要。这个世界似乎也在看着她。

隆把鼓挂在外套后面的圆环上，然后站了起来。该去跳舞了。他走到她旁边。他想着让坏腿也跟着动一下，这样就可以围着她跳了，他做到了。

"嗨，这里，"他自我介绍道，"我叫隆，我喜欢你的斗篷，你叫什么名字？"

"我叫埃尔加。"她回答说。

"啊，不错，"隆说，"很好。"

"是不错。"说完，埃尔加模仿马鹿骄傲的样子挺了挺胸，做了一个完整的转圈。"那，隆，你可以模仿潜鸟吗？"

虽然没有人能真正模仿潜鸟冲向太阳时拱起的翅膀，但隆还是不遗余力地伸出手臂，用力向前延伸，延伸。埃尔加看得大笑起来。这个舞蹈姿势确实很有趣，很契合周围一闪一闪的亮光。跳了一会之后，隆又开始盘算小鸟是如何求爱的，伸长脖子，俯冲。没错,潜鸟也一样,就这样表演!隆放松下来,用人类的方式绕着她。埃尔加在圈子里旋转,脸上挂着梦幻般的笑容,就像一头在阳光下咀嚼食物的马鹿。她比隆高,也比他重,身上那件潜鸟羽毛斗篷十分耀眼,不过斗篷下面的肩膀、锁骨、乳房、肋骨、小腹、臀部、手臂、后背还有双腿更加耀眼,隆用自己如同猫头鹰一般锐利的眼睛清晰地看到她,那张脸完全是她性格的完美写照,就像部落里的其他人一样。人类的面孔是性格的立体表现,全部都是;他们的本质会被印刻在前额上,就好像渡鸦把所有的孩子放在母亲肚子里等待它们出生一样。它们的本性显而易见。此刻,隆正用猫头鹰般的眼睛看着一切,眼前的这个女孩冷静率真,也许还带有一点点梦幻和孤僻——这些都可以从她整张椭圆形的脸庞、大大的眼睛以及嘴巴看出来。埃尔加的嘴巴很小,在不说话或忍着笑时会嘟起来,变得又厚又圆。不过现在她还在笑,所以隆只能趁她思考舞步或看着外面想着其他东西、嘴巴不再动的时候瞥上几下。她的牙齿又小又整齐,这一点很像拥有一口漂亮牙齿的水獭。不过,她就是她。隆喜欢她的样子,喜欢她在自己的环绕下缓缓舞动。她似乎也很乐意待在那里,她面向隆,配合着他那笨拙的步伐慢慢绕着火堆扭动。

"你来自什么地方?"隆问。

"这里的北边。"她回答道。说话时她的眉头微微皱起。这时隆看得更清楚了,她思考的时候嘴巴嘟得像一朵花。

"北边?"隆继续问,"难道你是冰人?"

"不是。"她把目光移开,似乎还有很多未说的故事。她又补充道:"再也不是了。我们部落冬天在东边,但我们要把驯鹿带到北方,驯鹿和羚羊。你呢?"

"我们在两条河之外的西边,冬天我们住在冰冠山南部的山脚下。"

"你属于哪一族?"

"乌鸦,"隆骄傲地说,"你呢?"

"鹰。"埃尔加面带微笑地说。如果夫妻两人来自不同的家族,这是最好不过的了。看到她的笑容,隆高兴地走过来在她脸上亲了一口。

"见到你很高兴,鹰女孩。"看到她眼睛里闪烁的快乐的光芒,隆发自内心地笑了,他可以感受到自己脸上的变化。

"我们跳舞吧。"埃尔加这样说,就好像之前他们没有在跳舞一样。她把手臂举过头顶,全身扭动起来。她比马鹿更优雅,身上那件潜鸟斗篷在火光中跳跃闪烁。隆不时低下头,望着斗篷下的那双长腿、浑圆的臀部还有手臂,尽量避免和她目光相对,她也在回避着隆的注视。不过他们总会时不时地被彼此的动作逗得哈哈大笑或猛然撞在一起。虽然当时两个人不能看到对方,但偶尔还是会抬头相互注视。你也在这里?是的,我在这里。这是彼此目光的对答。我们在这里,在属于我们的小世界里,谁也不知道它是什么时候突然冒出来的。是不是很开心?是的,开心极了。接着他们又会垂下目光,继续跳舞。似乎有些害羞,或者说是有些震惊,需要一点时间来适应。

不用着急。时间还早,还没到午夜。篝火还在熊熊燃烧,周围还有一堆堆干粪等着投进去。大部分人都打算通宵跳舞,然后在清晨时坐下来迎接太阳的升起。这就是八八节,一年中最快乐的日子,就应该尽情享受。隆觉得自己从中得到了慰藉,整个人突然有一种从未有过的全新感觉。这里正是发生这种奇迹的地方。隆再次抬起头看着她的脸,她正朝着火堆望去。隆知道自己还不了解她,但她的面孔似乎诉说了有关她的一切——他需要知道的一切。一个北方女孩,坚韧、顽强而热情。她一定喜欢南方,还有那里温和的空气。

这时，来自东部部落的人们排成一条长长的队伍，每个人都握着两根粗棍子，鼓手们以鼓伴奏，敲出厚重的四节拍，舞者们则跟着节奏摆动双腿，左踢，右踢，手中的棍子击打在一起。大部分时候是自己手中的两根棍子相互敲打，但当全体旋转时他们会互相击打，动作灵巧敏捷，这样的场面和声音真是美极了。大家都在尽情欣赏，埃尔加也停下来走到隆身边，两个人的肩膀紧挨在一起，这份触碰对隆来说犹如寒冬清晨一束温暖的阳光。当棍子舞的表演者们停下时，全场发出阵阵喝彩。舞者们则轻轻敲击棍子以表达感谢，然后接过人们送来的一勺勺、一杯杯麦芽汁。鼓手们又切换回原来的四五节拍。舞会又开始了。

隆和埃尔加也重新回到属于他们的小世界里。午夜已过，他们还在继续。隆的脚很累，坏腿也急需休息。当鼓手们演奏起宏大的二三拍时，埃尔加转过身把手臂搭在他的肩膀上。她明显要高出不少。隆的耳朵顿时热得发烫，这股热量顺着脖子后面向下，伴着急促的心跳，他开始兴奋起来。埃尔加俯下身亲吻他的耳朵，刚才的那股热量立刻化成他内心的一道闪电。

"我好累，"埃尔加说，"我要去尿尿，陪我一起到河边，我们找个地方休息一下。"

"好的。"隆回答道，"我也要尿尿。"

"这个星期我吃得太饱了。"埃尔加说。离开火堆之后，两个人跌跌撞撞地穿过草地，向河边走去，缓缓流淌的河水在这片草原逐渐干涸。再向下走就是专门排大便的地方。他们不得不小心翼翼地避开潮湿的地面上挖出的一个个小洞和壕沟。埃尔加独自向河边走去，隆则走到一棵大树后面，努力撒出尿来，他故意朝天上喷洒，一边尿一边忍不住笑起来。

方便完之后他们回到营地里。埃尔加在自己部落前停了一下,然后拿了一块熊皮披在肩上,继续和隆一起向前走。她还披了一件狼皮领子的长毛大衣。两个人沿着河流朝上游的山丘走去。山丘南麓生长了很多低矮的灌木丛,正好可以藏身。他们只需找出一处还未被占用的地方。在前几年的八八节上,隆在清晨时特意来这里看过。当时,他还想自己以后会不会有理由来这里,他不停地告诉自己可能会有。现在他真的来了。他没找到两年前的夏天发现的那个隐蔽处。不过埃尔加很快找到了中意的地方,那是几棵矮小的白云杉簇拥在一起形成的树丛,他们可以爬到里面去。两个人稍顿了一下,因为不确定里面有没有人。还好,里面是空的。

他们钻进树丛里,躺在厚厚的熊皮上,然后接吻,脱去衣服,相互揉摸爱抚。这种感觉太美妙了,他甚至都不知道何时开始和结束,脑子里一片模糊,全身上下只有快乐在涌动。

他们不停地接吻,做爱。东方的天空渐渐变成了灰色,没多久地平线上露出黎明的曙光。

"不,"隆说,"我不想让今晚结束。"

她轻哼了几声表示同意,继而把脸埋在隆的脖子里,似乎睡着了。隆躺在那里,感觉到她的乳房在自己手臂上一起一伏,一条腿还压在自己的腰上。隆毫无困意。他的头枕在地上,看着太阳一点点升起,然后抱着埃尔加的头,感受着她的身体、温暖,还有气息,他用力地嗅着她的气味。这就是他想要的,他从未如此渴望过。

在清晨温暖的阳光沐浴下,隆也睡了一会。等他醒来时,女孩已经把那件潜鸟羽毛斗篷卷起来捆好了。她用一种从未有过的眼神直直地看着他。

"我能跟你一起走吗?"她说。

"你的意思是？"

"去年我才加入现在这个部落。我是从之前的部落里逃出来的，他们把我从我长大的那个部落抢走了。我再也找不到原来的部落了。我像树人一样生活，不停地在寻找我的家，后来无奈之下加入现在这个部落。可我在那里并不适应，很多人都不喜欢我，出了好多问题。反正我也不喜欢它。"

"当然可以，"他说，"你当然可以跟我走。"

回到营地后，隆直接去找了希瑟，并把这件事告诉了她。她长吁一声，说："你最好等一会再和索恩说。"

说完，她冷冷地瞥了埃尔加一眼，然后转过身继续在一堆篮子、碗、葫芦和盒子中翻寻着，显然不太高兴。她背包里的东西比任何人都多，由于太重，整个包都绷得紧紧的，挂包的额头上被勒出一道深深的印痕。她似乎没找到自己想要的东西，于是像林间的松鸡一样不停地摔摔打打。"我就知道早晚会这样。"

醉醺醺的索恩回到营地里，眼睛通红，嘴里还不停地嘶吼着。隆本想另找个时间把事情告诉他。不过当索恩看到埃尔加时，立刻瞪着她问道："这个人是谁？"

"我们要结婚了，"隆说，"她要加入我们部落，她叫埃尔加。"

"不行！"索恩大吼一声冲到隆身旁，举起手臂对着他的耳朵和肚子挥去，隆伸出手臂挡住，将他推开。推推搡搡中，索恩抓住了隆的右手，然后迅速将小指一拧。隆感觉骨头断了，疼痛难忍中，他对着索恩的小腹猛然一踢。摔倒在地的索恩抓起一把刻刀向隆刺去，就在这时，希瑟大喊一声："住手！"

说完她就蹲到索恩的行李上面尿了一泡尿。

"喂！"怒不可遏的索恩转身向她扑来，手里举起那把刻刀。希瑟立刻拿出飞镖管放到嘴边，对准索恩。

他瞬间就软了下来。

她把飞镖管稍稍从嘴边移开："住手，否则我马上杀了你。你不出几下就会死掉。你是见过我的手段的，不要以为我不会对你下手，我会的，这一点你应该很清楚。"

"死老太婆。"

索恩不安地站着，眼睛紧盯着飞镖管。那些飞镖尖上都有希瑟特制的毒药，短时间内就能让动物毙命，包括狻猊和鬣狗，它们也是希瑟的主要目标。大家都目睹过。一旦惹怒她，她什么事都敢做。这一点索恩心里清楚。所以他只能站着，嘴唇嚅动个不停。他侧过身对隆说："你即将成为通灵师，所以不能结婚。你需要做的事情还很多，而这件绝对是个错误。你都还没参加确证！"

"我不想和你一样，"隆说，"我要做得比你好。你的通灵师是坏蛋，但我的不是。所以我比你清楚该怎么做。"

说完，他把右手举到索恩面前，用自己的左手把那根小手指掰直，一阵骨头摩擦的剧痛，整个内脏仿佛都被揪住，他感到头晕目眩。不过很快就只剩下痛感，他再次清醒过来，大滴大滴的汗珠从额头上冒出。看来要做个夹板，找人帮忙系到受伤的手指上。他尽可能让自己的声音听起来沉着冷静："我要和埃尔加结婚，我要做一名结婚的通灵师。没有理由不这样做。很多部落都有这样的通灵师。"

"他们不是真正的通灵师。"

"不，他们是的。"

"至于这个姑娘，"希瑟插了话，"她能不能加入我们部落应该由我们女人来决定。你们两个都跟这个没关系，还有，谁要跟这个部落里的谁结婚和你们也没关系。这是我们女人的地盘。"

索恩愤愤地站在那里。他的盒子上面全是尿，看来必须洗一洗。隆站在一旁照料着那根断掉的小指头，虽然目前非常疼，但他知道并不严重，不至于像坏腿那样糟糕，他可以用夹板把指头固定住，让它自己慢慢长好。现在重要的不是疼，于是他转过头去。他明白最重要的是要希瑟接受埃尔加，现在看来她应该会接受，即使这样做是为了让索恩安分下来。想到这，隆开始高兴起来。

当然目前的情况还是很复杂。希瑟在索恩的东西上撒了一泡尿，还威胁要射死他。他们之间的关系会比过去更糟糕。不过，话说回来，还能糟糕到什么程度？隆并不在意。说实话，他们的关系越不好，两个人就越没有时间来指挥他。他们会把重点都放在对方身上，隆可以趁机躲在一边。还有，他可以拥有埃尔加了。

他看着埃尔加，努力用笑容向她传达一切。埃尔加本来有些不安，看到他的眼神之后，她也放松下来，用乞求的眼神环顾四周的女人们。

就在这时，萨杰回到了营地。"这是谁？"她问道。

所有的目光都落到了隆的身上。"这是埃尔加，"他边说边走到她身边，"如果女人都同意的话，她就可以加入我们部落，还有，如果你们都同意的话，我们就结婚。"

听到这话萨杰吃了一惊，她有些不相信地眨了眨眼睛。而埃尔加却一脸平静地望着天空。这时隆突然明白这就是她的方式，她逃避问题的方式。也许这样的斗争可以把她留在身边。

很快就到了节日的最后几天，也就是八月的满月之日前后几天。由于狂欢了太久，很多人整个白天都躺在地上。能坚持击鼓和跳舞的大多是年轻的孩子们。男人们要么回到营地里摊开四肢，要么和朋友们一起喝着麦芽浆吃着肉排。甚至连准备饭菜的女人们也一脸懵然。他们再一次证明了很多道理,比如凡事需要适可而止,还有,吃得太多比闹饥荒更糟糕,等等。不过很少有人能抗拒这一年一次的彻底放纵。有时候我们需要释放一下自己。

在<u>丝丝缕缕</u>的晨光中,隆给自己做了一个手指夹板,然后在希瑟的帮助下系在伤指上。希瑟说他没有把指关节之间的骨头掰直,他看出来也感觉到了,但因为害怕疼痛,所以不想拉直。希瑟提出帮他弄,但他摇头拒绝了:"慢慢就好了。"

"但它会长歪的。"

"没关系。正好给这个美好时刻留个印记。"他笑着对希瑟说,内心畅想着埃尔加和自己在一起的场景。

精疲力竭的人们横七竖八地躺在地上,偶尔传来几声尖锐的争吵打破了鼓声降到缓慢的四节拍后的沉静。麦芽浆导致的头痛让不少人变得易怒和暴躁。不过即便人们是真的生气,那些争吵也是压抑下的竞赛。虽然充斥着咒骂声和侮辱性的词语,但始终没有打斗。因为打架实在太危险,不可沉溺其中。每个人都见识过发情期鹿角动物的战斗,血淋淋的冲突和踢蹋,虽然这也算是很克制了。受伤时常发生,抵伤,断腿,很多动物最后都会死去。在节日里,很多男人也会做这样的蠢事,尤其是在喝醉之后,最后遍体鳞伤,再次证明打斗的愚蠢性。生活已经够危险的了,无论多么小心谨慎,每个人都免不了受伤。人们常说:条条道路通往的都是不幸。还有:你受伤等于你的部落受伤。所以每个受过伤的人都想躲避伤害。

因此,节日里的斗争就演变成吼叫比赛。这也是索恩让隆的手指受伤会令人震惊的原因之一。就好像索恩一直在试图把整个壁画画完,拿走作为通灵师中隆最喜欢的那部分。不过隆不在乎,喝完希瑟端来的云杉茶,他又把希瑟拿来的药膏涂在手指上，仔细想了一番。

要得到你想要的就必须得到你需要的。火足够热的时候不会有烟。既然到这里了，就不要害怕。不要让愤怒毒害你。每个人都是自己的裁判。单打独斗对任何人来说都不是好事。每个做得好的人一定都有自己的梦想。那些讲故事的人统治着这个世界。被烧过的孩子怕火。人饿到极点能吃掉一头狼。狡猾的老鼠会在猫耳朵里繁殖。不入虎穴焉得虎子。患难见知己。

等一下，我看到了：两只通红的眼睛。一个受到惊吓的老人。

好吧，有太多太多的谚语，而且很多还是相互矛盾的。就像一棵树两边的树叶一样，最后这棵树不是朝这边倒就是朝另一边倒。而你依然不知道该怎么办。

过了一会，隆觉得自己需要向前走一步。于是他慢慢踱到通灵师们经常聚会的小山顶上。

篝火里的灰烬快要熄灭，熔渣中仅露出粉红色的微光，还有通灵师们扔进去的各种稀奇古怪的东西的残渣。此时那里还有十几个老人，看起来比其他人还要疲惫。他们本比一般人拥有更强的忍耐力和更多的锻炼机会，但节日里他们每天都喝得烂醉如泥，不停地抽烟、吃蘑菇、跳舞，通宵不眠，最后伟大的忍耐力统统不见了。现在，他们躺在地上，头上依然戴着面具来遮挡刺眼的阳光，看起来比任何时候更像小丑和傻瓜，他们摊开四肢平躺的样子像极了杀死猎物后的狮子。索恩也在那里，戴着野牛面具平躺着，他板着脸透过面具紧盯着隆。

这群通灵师用颜料在自己的身体上画满了红点、新月、波浪线和篮筐图案，真是难看死了。前一天晚上的灵魂之旅让他们变成了树蛙、桦树女、乌鸦、北极光等等；他们的灵魂脱离了肉体，变成自己所属的动物灵魂或高或低地飞在空中。现在看来，他们还没有完全回来。

隆走到他们中间坐下。他拨了拨火堆,又添了几个粪饼和树枝。

"这是一个关于天鹅妻子的故事。"他站起来,从古老的故事的第一行开始,这是索恩最早教给他的故事之一,所以他记得很牢。尤其是前二十行,几乎占据了他所有的记忆空间。不过他的长笛上刻着剩下内容的图画,它们能帮助他回忆。到时候他可以停下来吹几下,看看自己背到哪里:

> 他是一个无人认识的首领的儿子,
> 没有貂皮可穿。
> 一天,他走出村子,
> 紧随着一只呼唤他的潜鸟,
> 翻过山脊来到一个湖边,
> 河岸边铺着潜鸟的羽毛,
> 湖里有一个正在沐浴的女孩。
>
> 他坐在黑白交织的羽毛上,
> 他说不会把衣服还给女孩,
> 除非她愿意嫁给自己,女孩同意了。
> 他把女孩带回村里,
> 那里没有人知道他的父亲是首领,
> 他把自己的妻子介绍给大家。
> 她很受欢迎,但是什么都不吃,
> 熊的嘴唇,鹿的骨髓,她都吃不下。
> 直到最后一个老奶奶蒸了一些沼泽草,
> 女孩高兴地吃光了。

村民们也非常饿,看到这些,
女孩答应给他们食物,不过每一天,
她带来的都是成堆的沼泽草,
湿漉漉地从湖里拉上来,女孩也浑身湿漉漉的。
于是,大家都说她只喜欢鹅的食物,
听到这话她决定立刻离开。

她披上潜鸟的羽毛飞走了,
难过的声音像潜鸟的哭声一般。
听到这个她的丈夫更伤心了。

他在村里游荡,一直不停地呼喊,
他询问一位住在部落之外的老人,
怎么做才能让我的妻子回来?
老人告诉他,
和你结婚的那个女孩,
她的父母都不属于这个世界,
你应该知道。

  隆继续讲述,老人派了三个助手去协助丈夫,帮助他获得需要的东西以拯救妻子,他重点强调了和鼠女的相遇,这么小的小家伙在落满树叶的森林里跑来跑去,但当你走进她家时,才知道她实际上是一个女头领。她的力量比那个老人还大,比故事里的任何人都厉害。他知道不少通灵师都能从对这个鼠女的描述中听出希瑟的影子,这其中索恩是最清楚不过的:希瑟就是通过自己了解的点点滴滴才变得更强大,比如有关毒药的知识,或者哪些树根可以吃,等等。从很多方面来说,帮助他们活下来的人是希瑟,而不是这帮大白天里邋邋遢遢、浑身臭汗的通灵师。

隆详细地讲述了丈夫和鼠女一起通过的所有的考验。在这个过程中,他们两个对彼此都很重要,最后他来到天空之外的湖边的潜鸟村,和妻子团聚了。隆讲得非常好,几乎不用看笛子上的提示。他三句三句地吟诵,直到最后的大团圆:

> 她很高兴见到他,
> 从此之后他们再也不分开。
>
> 至于他们是否能保持这样的状态,
> 或者丈夫会不会厌倦天空,
> 重新回到地面,
> 或者被一只无所谓的乌鸦拉下来,
> 这是下一个八八节的故事了,
> 或者是再接下来的八八节。

然后,他停下来向大家点头致意,并轻轻地拍手以感谢他们的倾听。

"哈,索恩,"其中一个老头子从地上抬起头,哑着嗓子说,"你把徒弟教得很好嘛,他的声音很像你!沉重的道德说教,带着悬念的结尾!"

其他人都大笑起来。索恩故意瞪了一下眼睛,但他心里很高兴,隆看得出来。"树大招风。"他轻蔑地回应揶揄者,赢得了所有人的赞赏。看样子谁都不想招惹索恩,因为他那条舌头是最毒的。既然他的徒弟刚刚成功迈进了他们的小圈子,也没有人打算和他纠缠下去了。

隆的眼睛一直盯着地面。这样做也许有用。脚下这群睡眼惺忪的听众开心地咧着嘴巴大笑不已。

* * * * * *

满月之夜终于过去了，节日也跟着结束了。人们开始收拾行囊，东西多到把承重的杆子都压弯了。大家陆陆续续地向四面八方出发。狼族人朝东南方向行进，翻越冰冠山后就是他们的营地。

行进中的埃尔加一声不吭，她更多的时间是和希瑟还有其他女人在一起。隆经常看到她和希瑟聊天。每天清晨她和其他人一样早早起来，生火，洗漱，做饭，打扫，照顾孩子，像只母海狸一样忙个不停。她很少去看部落里的其他男人，不过和他们说话时也会微笑回应。她也会与别人轮流充当纤夫，她拖的路程比任何人都长，但看起来并不疲惫，或者是为了证明什么，不过她好像根本不在意身后拖着的雪橇。她真的很强壮，比部落里的大多数人都魁梧，虽然现在还是初夏，没有积累多少脂肪，但她依然很结实。大家都说她就像一头马鹿，看来人们是用她的动物属性来称呼她的。的确很合适。听到这些隆很高兴：至少在某种程度上，他们终于和自己一样看待她了。但是只有他知道夜晚星空下的她是什么样子。所以，现在的情况是：索恩不开心，萨杰不开心，隆非常开心。

回家的路上，他们在约翰-利尔河另一侧的浅滩停了下来，他们发现红鲑鱼已经来了。人们把杆子编起来捆在一起，挖出埋在浅滩附近岩石下面的皮网。第二天，他们捕获了二十多条鲑鱼，这收获可真不小。在熏肉的时候他们还杀死了三头熊，这算是对那些企图靠近这里的人的一个警告。隆帮助艾拜克斯、霍克还有其他几个小伙子一起分解熊肉，其余大多数人还在忙着把鱼切碎晒干。杀死熊的那几个人给了隆一根熊鞭，他们笑着说这个时候隆显然需要补一补。"你现在看起来太憔悴了，她快把你榨干了，你得悠着点。"那条熊鞭非常有嚼劲，味道和肾脏差不多。

  霍克为他感到高兴，他自己也很高兴，隆觉得这是他少了一个竞争对手的缘故。离开约翰－利尔河的时候，他们的行囊更重了。一行人拖着沉重的步伐慢慢向南顺流而上，他们沿着利尔河西边的小路向冰冠山攀登。行李已经重到不能再重，只要超过五岁的人，不管是老人还是孩子都要帮忙。不过夏季迁徙归来历来都是如此。从沼泽向下回到环形营地，人们欢呼着把房子重新搭建好，再一次安顿下来。

第四章
饥饿之春

接下来的秋天,他们的任务就是吃,熏制、烘干驯鹿肉和鲑鱼,收集、腌制干果,采摘种子、浆果和树叶,然后把所有的食物妥善保存起来。还有,当他们围坐在火堆前时,还要赶制新的衣服和工具,给孩子们做新玩具。当然,捕猎也是少不了的,尤其要在鸭子们离开前多抓一些回来。这些都是秋天的工作。

西斯特也再一次摆出了认真的模样。橡树果要摊开在鹿皮上暴晒三天,然后再装进雪松木盒子里。干肉和成袋的油脂要放在铺着松针的坑里,上面还要覆盖好树皮、泥土和石头。索恩帮着西斯特和桑达一起储存食物,然后在类似年鉴的棍子上计数,为即将到来的冬天做准备。西斯特希望储存的食物能够撑到明年春天结束。其实每年冬天他们都能捕获到一些小动物。甚至在有些年份里,雪兔多到只靠吃它们就能活下去。当然并非每年都如此。他们经历过异常难熬的春天,正如西斯特经常提醒的一样。在这一点上,索恩、希瑟和其他老人都非常认可:安全总比后悔好。多储存点总不会错。如果橡树果真的太多,而且在它们变坏前也吃不完，假如这时其他部落的人来讨要，就可以送给他们，或者在春天快结束时留给乌鸦，以感谢平安度过一年。再说了，在明年春天结束前他们很可能要数着坚果吃，就像刚过去的这个春天一样。四十三个人要吃的东西可不是个小数目。

女人们宣布在第十个月的满月之日为隆和埃尔加举办婚礼。到了那天早上，太阳从山上升起，大家聚集到河边的沙滩上，埃尔加穿着部落里其他女人的衣服，头发编成辫子，看起来比隆高了不少，更像一头马鹿了。婚礼由桑达、布鲁杰、希瑟和萨杰主持，先是彼此宣誓，然后是整个部落齐声快速咏唱，其中还有所有女人对新郎的宣誓，大意是如果以后他虐待妻子，她们就会用刀子把他捅死；这句话是萨杰说的，她站在隆的面前，像狼一般紧紧盯着他的眼睛。隆尽量不去看她。同时，隆有种如释重负的感觉，因为索恩没有对这场婚礼多说什么，虽然整个仪式中他都板着一张脸，不过在婚礼结束和舞会期间，他还是戴上了野牛面具，用长笛吹奏了一首又一首乐曲。

那天晚上，隆和埃尔加拿着熊皮，走到希瑟床铺以外靠近营地边缘的地方躺下。整个晚上他们都在交欢，间隙中或打个盹或聊聊天。

从那之后，隆沉溺于晚上和埃尔加在一起的时间。对他来说，这才是最重要的。白天，他几乎不搭理索恩，要么出去打猎，要么查看陷阱。埃尔加经常跟在他后面。只要有机会两个人就会躺下来接吻、脱衣服、交欢。隆迷恋着埃尔加的一切，喜欢她低声呢喃——我想要你。他们之间越来越默契和谐，他至今都不敢相信，当他们相遇时爱情怎么会突然迸发的。而此刻他们紧紧结合在一起，两个人互相望着，眼睛里充满爱意。然后他们抱得更紧了，他们知道彼此都是命中注定的，他们在众多的生物群中找到了对方，以后他们一定会快乐无比。现在他们只担心这样的幸福无法永恒，所以都希望自己先于对方离开这个世界。

这样的甜蜜时刻之后，他们会紧紧拥在一起，有时候还会聊聊天。隆希望把自己所有重要的事情都告诉她，他也想知道埃尔加的事情。虽然埃尔加是那种不爱说话的人，但有时也会说出自己的故事让隆高兴。她出生在遥远的东方的一个部落里，她也不知道到底有多远，月经初潮时嫁到更远的西边的一个部落，还在乌尔德查的东北方。

"部落里发生了一些不好的事情，"她曾提及过一次，当时她把脸转向一边，眉头紧皱，"我不想再谈起这些事情，也没必要再谈。我想忘掉它们。我的人生从你这里重新开始。"说完，带着睡意蒙眬的微笑把隆拉向自己。

隆的故事有点复杂，至少他自己这样认为。

"我的父亲塔里克是索恩真正的徒弟，"他告诉埃尔加，"他本应是下一个通灵师，而不是我。如果他还活着的话，索恩可能已经把位置交给他，自己去当一名树人或其他什么的。但他在一次打猎过程中被马鹿踢死了，第二年春天我妈妈也死了。有人说她是因为太伤心而吃不下东西，所以没撑过那个冬天。不过希瑟跟我说她的死因是发烧。不管怎么说，他们两个走了之后，索恩和希瑟开始照顾我。最后索恩把我当成他的徒弟，虽然我从没有要求过，况且我也不喜欢。所有人都把我当作他的徒弟，虽然他们知道我不喜欢。莫斯比我更适合，但我摆脱不了。不过现在有了你，其他我都不在乎。希望和你在一起之后我会做得更好。"

埃尔加浅浅地笑了笑，吻上了他。

到了十一月，大家每天都忙个不停，仿佛要阻止末日的降临一般。日渐缩短的白天印证了人们的判断。天气越来越冷，落叶在风中向东飞旋。到了夜晚,狂风的嘶吼声在峡谷间回荡。风让世界变得如此之大!

缠绕成网状的刺荨麻、百合、桦树皮、雪松根、松油脂、云杉胶、云杉内皮、槲寄生浆果,所有这些都必须在秋天结束前收集好。

隆和其他人通常会带着孩子们一起外出收集东西。中间休息的时候,他们总是变着法逗孩子们开心。隆会编一个圆环在地上滚圈,孩子们把木棍从中间投过去,或者做一个可以投掷石块的靶子。他还会把木头刻成玩具,藏好之后让他们去寻找。由于经常找不到,他不得不像松鼠或松鸦一样仔细回想才能记起那些宝贝的位置。当然,没必要特意去做一些东西藏到没人知道的地方。他们说,不要把你的礼物藏在森林里,不要把你的故事告诉森林。但是他经常会这样做,只是从来没有提起过。

每年的第十一个月圆日是他们到访山上洞穴的日子。之后他们就会离开,把洞穴留给熊作为冬眠之地。这是一年中规模较小的节日,但由于正好在秋天结束的时候,所以也很重要:他们要向大地母亲表达谢意,感谢她一年以来给予的恩赐。然后大家一起静静地等待漫长寒冬的到来。

这一次,当洞穴内的仪式结束,其他人陆陆续续离开之后,隆就应该和索恩一起留下来,向洞内更深的地方进发,沿着通道走进只有通灵师可以进入的地方。整个秋天隆都在寻思索恩会不会这样做,对于隆的结婚,他似乎依然耿耿于怀。到了十一月,他依旧对此闭口不提。隆很想问问他,但又不想表现出自己的关心,于是忍住不问。

直到十一月月圆日的早晨,索恩才开了口:"你有没有准备好颜料和刷子,还有灯?"

"准备好了。"

"记住这次你到那里什么都不能画，以后几年也是。"

"我知道。"

他只能当索恩的助手。也许索恩会让他凿掉之前的一些线条。没关系，他有埃尔加。他还能走进只有通灵师才能进入的地方。一切都很好，而且越来越好。

在第十一个月圆日的黄昏时分，大部队开始出发，他们从环形草地一路攀到黏土山坡，那里仿佛是被一把巨大的刻刀刻到了悬崖上。最先映入眼帘的是岩洞坡道后墙的壁画，画上的动物们一路把他们领到洞口，那是悬崖上的一个大缺口，大概有一个人踩在长凳上那么高，上面环绕着灌木丛。入口朝内两侧画着各种动物，代表它们回到出生时的世界。左边大多为红色，右边大多为黑色，不过每只动物身上都有红黑两色，而里面的颜色则没有混在一起。

虽然夜幕已经降临，但残存的暮色和冉冉升起的满月照亮了洞内很长一段距离，他们可以清楚地看到第一个岩洞里的岩壁，左边的岩壁上没有绘画，因为人们觉得它还不是洞内，而是外壁的一部分。对大地母亲来说，它不是阴道而是外阴。

所有人都在昏暗的洞内坐下，索恩开始用交谈的语气、而不是惯常用的通灵师口吻吟唱：

> 我们有一个坏通灵师，他掐我们，
> 用棍子鞭打我们直到流血。
> 他用骨针刺穿我们的耳朵，
> 然后从另一边拽出来以让我们长记性。
> 你们看看我脑袋两边，

只有一个又一个直通大脑的洞眼。
这是不对的，但我必须承认，
我确实能记住很多东西。

我能记住第一次他是如何带领我们，
走进这个山洞，
描画各种神兽。
这是他作为通灵师的任务之一。
他让我们在奥尔德查和乌尔德查交会的岩洞下面的崖壁上作画，
用木炭和血石
像他一样画着，
不是那种闹着玩地胡乱涂画，
而是真正用线条和颜料，
还有现在你们在这里看到的所有技巧，
让我们的兄弟姐妹们看起来无比真实，
它们在光下移动，好像要跳到你们的脸上。

我记得他带着我和其他徒弟，
让我们去吃通灵师的毒药，
那种苦涩的混合物让我们不停地呕吐。
但之后我们可以在离地面膝盖高的地方行走，
但也很容易摔下来。
接着他把我们拖到洞穴深处，
向伟大的大地之母吟唱灵魂之歌，
宣告我们的到来。
我们站在她的身上，

> 他说我们在这里面行走是在和她交配。
> 他还说那天晚上我们都是精液。
> 那是一个月圆之夜,通灵师皮卡带着一盏油灯,
> 带着我们走进大地母亲的子宫,
> 正如你们想象的那般温暖而潮湿,
> 它向我们敞开,只是跳动得没那么厉害。

说到这里,索恩停顿了一下,环顾着四周的壁画。

"而现在我们再一次来到这里,"他突然转换了主题,"让我展示给你们看。"

他们点燃带来的松木火把,借着火光向更深处走去。旁边的洞穴很黑,透过暗黄的微光可以看到岩壁上红色的动物,大部分是红狮子,所以这里被称为狮子房或红房子,或者更简单,就是第一个有壁画的洞穴。索恩说每一个前来参观的部落都会给这些洞穴起不同的名字,所以通灵师们对此也无法确定。

人们走进第一个洞穴,把索恩紧紧围在中间。他把点燃的烟斗传给大家,让每个人都吸一口。在烟雾和咳嗽声中,几个男人摇起铃铛,吹着葫芦,女人们则唱起了每年到访都要吟唱的感恩曲。紧接着,索恩把火把拢在一起放在中间,人们围着火堆跳起舞来,身影投射到岩壁上,一个个黑色的影子在红色的动物身上不停地移动。过了一会,动物们也动了起来。于是大家一起舞动,不过人类的动作非常缓慢,以免惊扰到动物的灵魂。人们渐渐向岩壁靠近,轻轻触摸着动物,还有他们自己影子中的双手,从而和洞穴的灵魂连接起来。

之后,人们手牵着手在火堆旁坐下,静静地看着岩壁在他们周围跳动。四周非常安静,人们甚至能听到彼此的呼吸和心跳声。在繁忙的一年中,终于迎来了静默的感恩时刻。这样的静默

持续了很久；就这样静静地看着红色的动物在四周跳动，看起来好像在举行女性成人仪式。感觉这是一年中最长的时刻，就像不停旋转的纺锤和星星。

接下来又是索恩，他开始大声哼唱，然后所有人都和他一起哼唱，哼唱完告别曲，其余人站起来排着纵队离开洞穴，回到上面敞开的洞口，寓意通过大地母亲的阴道再一次重生到环形草原。洞内只剩下通灵师索恩和隆继续祈祷吟唱。

* * * * * *

索恩用火把点燃油灯。当灯芯点着之后，他把火把放在脚下潮湿的泥土里碾灭，四周顿时一片漆黑。过了好一会儿，隆才再次看到周围的一切，不过没有火把点燃时看得清楚。

他们继续向山洞深处走去，隆跟着索恩黑黢黢的后背向前走。手里的火苗随着他们的脚步闪烁不定，他们的影子也随之在岩壁上摇曳舞动，整个山洞似乎都在颤动。

渐渐适应这样的黑暗之后，隆看得更清楚了。白色的岩石泛着潮湿的光芒，有的凸起，有的凹陷，看起来更加耀眼或灰暗。有的石头上面好像盖了一层像冰一般湿漉漉的石片，有的则覆盖着光滑的泥沼；还有的外皮全部剥落了，好像刚被刮过一般。

突然间一头黑色的狮子出现在右边的石壁上，仿佛正向他扑来。他吓得向后一跳。他听到走在前面的索恩笑了一下，应该是看到他影子的跳动了。

这时隆才看到通道两旁的岩壁上画满了黑色的动物。他们慢慢地从它们旁边走过，来到一个巨大的不规则的洞穴里，成群结队的动物占据了从胸部到手臂举起的这一段壁面，环绕着洞穴四周整整一圈。索恩走到中间位置停下来，慢慢地转了一个圈，隆也跟着转了一个圈。

　　脚下的地面非常潮湿,不少地方都泥泞不堪。由于灯光和影子的闪烁,岩壁上的动物似乎也在移动或滑动。其中一堵石壁的角落有个黑洞,里面传来微弱的水流声。除此之外,一切都很安静。

　　他们停下来看了很久。有的动物只勾勒出简单的轮廓,不过大部分都很完整。所有的神兽都在这里,熊、狮子、野牛、马、猛犸,还有犀牛;所有的动物都站在那里一动不动,不过由于一个接一个地叠加在一起,大小各异,所以这份静默中似乎隐藏着激烈的颤动。不过百兽们都守在自己的位置上,只有灯光在微微颤动。

　　索恩笑了笑,继续向前走。隆跟在后面,按照索恩的要求踩在他的脚印上。这显然是出于对神的尊重,也为了避免踩到更深的泥淖里。

　　洞穴之间的通道非常狭窄。相比较来说,洞穴里面的空间要大得多,比任何房子都要宽敞。虽然形状不规则,到处都是黑影,但借着灯光都可以看得到。有的岩壁上画着红色的直线和螺旋线。当隆靠近仔细观察时,它们仿佛在他的注视下缓缓爬行,直到离开岩壁,在黑影中飘然离去,就像一个个彩色的泡泡正好停落在他的眼球上。即使闭上双眼,他也能看到,红色的线条结成网状把它们全部连接在一起,随着他的呼吸上下跳动。等他睁开眼睛,眼前又变成了红黑交织的图案——各种各样,或精细,或粗犷。大地母亲的子宫像篮筐一般被编织起来。

　　他们继续慢慢地向前走,隆感觉已经过了很久很久。蜿蜒的通道缓缓下落。他们踩到了一块方形的大石头,应该是之前来过的人特意放在这里的,以此把幽长的下行通道分成两部分。再向前走,通道变得异常狭窄,只能容一个人侧身挤进去。这似乎在暗示大地母亲希望他们在通过前经受一下湿冷黏腻的挤压。

现在他们真的在大地母亲的子宫里。但是这里又深又黑又冷，这就是大地母亲的子宫，孕育了天空和世间万物，他们正在她的身体里。周围的岩壁有些湿滑，正是那些壁画让大地母亲孕育出那些神兽。索恩用颜料在她的子宫里绘出各种动物，之后它们就分娩而出，就这样周而复始。

这时索恩唱了一首歌，正是隆所想的一切：

> 此刻我们走近你，我们的母亲，姐妹，
> 我们为你吟唱，把你的子民带给你，
> 有太阳最喜欢的野牛和马匹，
> 猎人和猎物，大猫和猛犸，
> 各种各样的兄弟姐妹，
> 你所爱的，我们所爱的，
> 跟我说说话，母亲。我什么都听你的，
> 我也愿意什么都告诉你。不是我，
> 是你，和我说说话，来我这里。

索恩的声音听起来比之前任何时候都要放松，就像换了一个声音。或者说，发出声音的是另外一个人。显然，这个时候他非常高兴，这是隆从未见过的索恩。

"是你让它们来到我们身边，"隆说，"大地母亲就是在这里孕育万物的，我们还在她的子宫里。"

"我在告诉伟大的母亲我们特别喜欢这些动物。——她孕育了太阳下的万物，却不在意我们做什么。但我们可以向她展示我们喜欢什么。所以在这里我们只画神兽。把它们画到墙上，仿佛飘在空中，那种感觉很像是你把它们抛到了天上。这就是皮卡过去经常做的事情。他甚至会把马腿画成悬空，马蹄画成圆形。它们在真实的世界里越是庞大沉重，他就越要这样做。他有很多类似的小把戏，就像是给他自己和其他看到这些画的人开的小玩笑。"

当谈到自己的坏师父时，索恩的声音变得更加放松。他的身影在墙壁上不停地晃动，就像一幅活灵活现的画作，或者说，那是他的灵魂在他面前舞蹈。他的回声表明周围的空间比油灯照亮的地方大得多。周围的岩壁似乎也在不停地跳动，不过和隆的心跳相比慢了不少。这里的声音和景象并不像外面世界那般连贯一致。脚下冰冷的泥泞时而发出吱吱的声音，时而凝固成冰冷潮湿的石块。当它变软时，隆总觉得自己会滑倒，有一次，他胆战心惊地向下看了看，发现自己踩在深及脚踝的泥淖里。他只好绝望地跳着以便从泥巴中拔出双脚。

看到隆的窘相，索恩拉住他的右手，一把将他拽到墙边，让他把手贴到岩壁上。

"摸着它，不要动。"

索恩拿出一小块空心的鸟骨头放到嘴边，很像是希瑟的镖枪，他对着隆的手背吹了一团黑色的粉末，转瞬就变成岩壁上的黑色斑点。隆感觉岩石正在生吞自己的手，整个身体都被拽着向前，几乎要被岩壁吞噬；手腕也被紧紧地向里拉。他开始拼命向后退，整个人吓得喊都喊不出来。

索恩用手臂搂住隆的腰部，用力向外拽，最后终于把隆拖了出来，两个人都累得气喘吁吁。惊魂未定的隆把苍白的手掌举到眼前，紧紧地盯着它，身体还在不住地发抖。这时索恩用一种从未有过的亲切带着他继续向前。他们身后的墙壁上出现了一个隆手掌形状的黑洞，正是刚才差点把他吸进去的地方。

"现在你的一部分将永远留在这里。"索恩告诉他。

现在我是一名真正的通灵师了,隆想着。这个念头中残留着恐惧的余烬,似乎要在他心中燃烧起来。

索恩一直拉着隆的手,带他向更深处走去。

"把头低下来,我们马上就要到黑屋子了。"

通向下面的过道后,很快变得宽敞起来,他们走到一间大洞穴里,顶部很矮,有些地方都能看到岩石,有的则是无底的黑洞。索恩小心翼翼地把油灯放在地上,灯光照亮了岩壁的一部分,在一条大裂缝的左边向前蔓延,那道裂缝可能是通向更深处的通道,但由于太窄,人类根本钻不进去。阵阵冷风从里面吹出来,还有听起来很遥远的声音,穿过其他洞口从下面传来。隆瑟瑟发抖地帮索恩打开他带来的工具,一一摆放在搅拌碗周围。索恩拿起炭棒仔细看了看,那些烧焦的端头非常黑,隆就着灯光也很难看到,不过他觉得它们更像是地面上的一个个小洞。

沿着裂缝右边的岩壁向下走,一条野牛鞭形状的石头从顶部垂下来,在它旁边画着女人的阴部,一个三角形的黑洞,大腿之间黑色的楔形到膝盖之下变成尖尖的。中间一条浓烈的白色缝隙,正好刻在三角形的底部。黑色的阴部和发亮的白色线条形成强烈的对比。裂缝、狭缝、阴部、阴道,通往极乐世界的通道。

右边,在这个裸体女人双腿上面隐约可见一个野牛人,他的左腿钩着女人的左腿,准备分开她的双腿,然后插进来。一切都很清楚。

看到隆瞪着眼睛的样子,索恩笑了。

"这就是皮卡,"他解释说,"他什么都能画出来。"

索恩用油灯点燃一堆干燥的松针,然后站起来点着烟斗,深深地吸上一口,再把烟雾吐到空白的壁面上。他张开双臂拥抱着那堵石壁,隆很担心他被吸进去,把自己一个人留下。不过他很快就回来坐在地上。他们开始在碗里准备颜料,首先把索恩带来的香袋里的黑色粉末和水袋中的水混在一起，索恩解释说，等会这些黑颜料和炭棒都会用到。接着他开始哼唱低沉而带着共鸣音的曲调，听起来像是从石缝中一点点传来的。

索恩再次站起身亲吻了一下岩壁，用手摩挲着一块凸起的地方，他说那是狮子的肩膀。他要用指尖感受每一条裂缝和斜度，接着又用嘴唇来感知。虽然有很多细细的缝隙，但除此之外还算干净。

索恩开始吟唱：啊啊啊啊，啊啊啊啊，啊啊啊啊。声音听起来沉着平稳，洞内传来回音——啊啊啊啊啊啊，隆觉得这声音似乎穿透了自己的皮肤，直入骨髓。他也不由自主地跟着哼唱起来，就像一张共振的鼓皮。这声音很像是颤抖，仿佛洞内的寒气将他穿透，整个人发出阳光下河水结冰的声响。这个时候，洞内的一切都发出同样的嗡鸣声，像水流一般从地面涌上他的双脚，这样的震动还能帮助隆抵抗寒冷。啊啊啊啊，啊啊啊啊啊，啊啊啊啊。

索恩还在石壁旁忙活着，他歪着头，用炭棒画了一条线，然后退后一步，深吸一口气，再大声呼出。"哈，"他说，"不错。我们可以开始了。哦，此刻我们来到你身边，我的母亲，姐妹！仲夏的一天，我看到了打猎的场面。"

索恩选了一根炭棒，用刀把一端削平。削的时候他非常小心，生怕把炭棒弄碎。削完之后，他用它蘸了蘸碗里的颜料，直起身来。

他把炭棒按在空白的墙上，嘴里又开始吟唱——啊啊啊啊。岩壁也给他回音——啊啊啊啊。作画时索恩的头总是偏向左边，全身绷得紧紧的，就像一只捕猎的猫。过了一会，他放松下来，不过很快又缩成一团继续作画。他的手法平稳流畅，每条线都是一个连贯的动作。墙面上鼓出来的圆形部分变成狮子的肩膀，接着勾勒狮头，又黑又圆的耳朵向前竖起：这只大猫正在听着什么。面孔上的两只眼睛清晰可见，眼睛下面的侧边有两道黑色的泪痕，它正在专注地盯着左边。接着在它前方和下面又出现了一个脑袋，长长的，皱着眉头，两只耳朵平耷在头上，一条前腿伸向前方。接着，又一条前腿几乎和前面的平行，似乎是单独的，显然是另一个时间，同一条腿。狮子正在向猎物冲去。

隆在一旁看得目瞪口呆。这时冲锋的狮子前面又出现了一个脑袋，嘴巴张得大大的，眼睛瞪得圆圆的，索恩小心翼翼地画上瞳孔，它们透露出狮子正在盯着什么地方。接着又一个巨大的脑袋，应该是最大的一个，它正在前面领路：紧盯着前方，饿得直流口水。紧接着是一个又一个小一些的脑袋。

完成之后，索恩坐在油灯后面的地上，看着自己的作品。然后一跃而起，抓起一根新准备好的炭棒再次开始。——啊啊啊啊啊。

更多的狮子跃然墙上，索恩用炭棒和手指把脑袋的局部涂黑。他把指头或小块的苔藓在颜料里蘸蘸，然后轻轻地在墙上涂抹。现在冲锋中的狮子们正在向左奔去，六个狮子脑袋，有大有小，有的涂成黑色，有的只是勾勒出线条。索恩用一些自由的弯曲和分离的前腿来表现它们正在奔跑。灯光下的它们似乎齐刷刷地颤抖着。

索恩在上面又画了两头狮子，它们没有参与狩猎，而是像部落里的小猫一般互相触摸着鼻子。再向上还是一头狮子，鼻子被拉得长长的，就像洞穴熊一般，眼睛几乎看不到，口水流了一地。这是最饥饿的狮子。它的右边又出现了一头狮子，但是两幅侧影，面向观察者的方向，都在头顶的位置。

索恩用刻刀在黑色的脑袋周围用力刮了几下，四周的墙壁变得更白了。一个巨大的狮子脑袋，紧闭的嘴角两侧各有三根胡须。它们的样子和外面世界里的差不多；每到狩猎时，它们就变得认真而严肃，噘着嘴巴，就像一个闷闷不乐的老人在思考着什么。索恩给上面那头狮子也添了几根胡须，也是一副若有所思的样子。

"等一下，我看到了什么。"索恩说。

"它们正在追捕猎物。"隆猜测道。

"没错，它们正在追八头野牛。"

在隆看来，狮子左边的壁面上根本没有地方可以画得下八头野牛，那里只有一团褶皱斜着向黑暗中蔓延。隆好奇地看着索恩的一举一动：他取出一块驯鹿的胫骨，把剩余壁面的左下方刮干净，接着画了一头长着犀牛角的野牛。可能是他故意开的玩笑，或者从某种奇怪的角度来画的。野牛上方是一群野牛的脑袋，除了最左边那头，其他都是侧影。最左边那头正用圆圆的眼睛直视着观察者。这群野牛的鼻孔都痛苦地收缩起来。它们都半眯着眼睛，除了那头紧盯着隆的野牛。它的头上长着两根优美弯曲的牛角。通灵师很少把动物画成正面的，但隆很喜欢野牛头上那对弯曲的长角。

这个时候索恩差点要爬到岩壁上去了，他正在用一块块苔藓把野牛头涂黑，他的鼻子几乎要贴在画上，就好像是在用鼻子涂色一般。上面的三个野牛头是整面岩壁上最黑的部分，看起来像是要从上面跑出来，可能是为了躲避狮子，而紧追不舍的狮子们似乎正在向岩壁内跃去。没错，它们是在逃跑：真是再清楚不过了。

索恩拿起一支新的木炭棒，很快把整幅画最左边的弯褶处涂黑，看起来就像是黑色的河岸边。而狩猎的场面悬浮在眼前，和大地母亲既融为一体又凸显出来。隆发现自己正站着，双手环抱在胸前，但他记不清是什么时候站起来的。索恩退到他旁边，看着自己的作品。

"啊,不错,"索恩说,"它们今晚真的会过来。真不错,是不是?捕猎中的狮子。"

"我能看到它们在动。"隆说。

"是的,不错。你看明白我是怎么做的吗?你也能学会。它们必须待在各自的空间里,要是想要它们动就必须进行一点点延伸。大小要不同,还要向前伸长一点点,额外多画几根线条。"

"就像那条前腿?我的意思是,你只画了它们。"

"是的,说得对。"

"那两头互相触摸鼻子的大猫没什么意义。"

"但是猫类就是这样的。"索恩说,"你知道它们是怎样的。一个群落里总会有人不去关心别人在做什么。乌鸦总会把事情搞得一团糟,所以它们不是群居动物。它们很难长时间集中注意力,它们也不在乎别人怎么看待自己。"

"没错。"隆说。他想起之前看到狮子们在草地上扑腾,彼此互不理睬。

"所以,这会让它看起来更加真实。我想到什么就画什么。它不能仅仅是你想要的,不仅仅是你的计划,你必须思考它应该是什么样子的。还有,你看到那头狮子和它左边的野牛是怎么画在同一个凸起上的吗?它们就像两个彼此结合在一起的动物,看起来和两个都很相像。当然,如果狮子抓住了野牛,那就是确定了。在攻击的那一刻,你会同时看到这两种情况,彼此混杂。就像羊群里的双头羊,或者是那个想要骑到女人身上的野牛人,有没有看清那条左腿到底是谁的?重叠画法。"

"它真的在动,"隆说,看到那些狮子还在移动时他越发害怕了,"我觉得我会摔倒。"

"很好。这正是你想要的感觉。这是我们绘画者布下的陷阱,它们会不停地想移动，但永远也动不了。人们会来这里看它们动来动去的样子。我真想看看石英看到这些画时的模样！他总是穿着狮头斗篷，这里的风会把他的狮头吹掉。他会吓到尿裤子，然后哭喊着跑掉，说不定一头撞到那边的牛鞭石上，然后栽到那个女人那里。他肯定不是第一个被女人耻骨撞晕的男人。走吧，我们出去吧，我饿了。"

* * * * * *

接下来的日子里，隆的生活非常单一：

把一堆木炭粉和水混合在一起，然后走到河边的悬崖壁前，勾勒出一只只动物，它们的曲线、比例还有动作。大多数年份里春天的河水会暴涨，把岩壁冲刷得干干净净。

更多的细节他会刻画在特意收集的砂岩上——它们的表面都很平坦，稍有些波纹，还要有裂纹，每一块都有一定的可塑性。他花了很多时间打磨自己中意的石片，然后绑到木棍上进行雕刻，同时还在不停地寻找更好的石尖和薄刃来进行切割。燧石很容易碎掉，这一点真让人恼火。但很难找到更完美的带有刃边的石头。那些棱角并非燧石本身就有的，你可以打磨出锐利的尖头或者薄刃，但你无法在同一块石头上同时得到它们。

不过尝试一下还是很有趣的。秘诀在于耐心。就像把长矛投进铁环里，你必须一次又一次地练习，如果可以的话，一直练到一出手后就知道会得到什么结果为止。

沉默是一种祈祷。

早上坐下来，在石头上敲打着石头，在击中的一瞬间必须小心眯着眼睛，把目光挪开。否则一个崩出来的小碎片就可能把眼睛戳瞎。在阳光下，用手指在碎片和屑渣中拨来拨去，仔细检查一番，有时候最完美的石片会在某次幸运的撞击后落到尘土中。为了得到需要的石片，女孩们会一次次地递上关切和友好的眼神。隆已经磨出了自己非常喜欢的细针。可以看出他的打磨技术非常好。你做的东西越好，它们对你也就越好。

希瑟向他灌输植物方面的知识。她把一根根小枝条放在隆面前，向他讲述它们的故事，还有用途、危险性，一根接着一根，直到他能分辨出每一种之间的细微区别。隆终于懂得这个世界上没有两种植物是完全一样的，每一种都有自己的特点。当然这并不完全准确。当你四处走动时，会发现每一种都有很多样本，通常在它们喜欢的地方按照类别聚集在一起。有的上面只有一层薄薄的土壤，有的藏在暗处，总之依照自己的特性存在。随着知识的增多，隆越来越了解这些植物，也从中得到不少乐趣。这些习惯就是生物赖以生存的方式。它们生长，开花，死亡，滋养着把它们作为土壤和食物的各类衍生物。它们是不能说话的人类，永远被困在一个地方。虽然有的吃起来很美味，有的很难吃，但总会在某个方面对人类有用。

希瑟十分热衷于尝试各种植物。她喜欢在灌木丛、岩石缝、北面或南面的山坡或者悬崖壁中寻找那些平时很少见到的小植物。她希望隆陪着自己探访这些地方，取回各种标本，她还希望隆能帮她品尝这些植物！隆感觉自己就像她豢养的那只强盗小猫，总会吐出很多奇怪的东西。平时索恩也教授了他不少东西，所以现在他觉得自己学得够多了。

不过他更喜欢希瑟教授的东西。和索恩的说教相比，他对这些更感兴趣，当然，除了绘画。希瑟教给他的一切他都能看到、触摸到，然后小心地放到嘴边。而索恩那里总是一堆堆数字、故事、诗歌，所有这些都要记住，甚至还要逐字逐句地背诵，逐字逐句！所以他才觉得自己学得够够的。

不过希瑟也会要求他记很多东西。她会让他边看边背诵三个树枝的不同特质，最开始她先讲述，第二天便让隆自己陈述。他只能紧盯它们努力回想着，但总是很难记起来。

"你不太擅长这方面。"希瑟在某次观察之后评论道。

还有一次："你怎么这么不行呢？"

"我不喜欢！"隆说，"你不能所有事都让我做！"

"每个人都要做各种事情，你没发现吗？"

"不，他们才不是呢。其他人不要学通灵师的东西。还有，好多人都不了解植物，只有大部分女人才了解。"

希瑟狠狠地瞪着他："那好，但你是不是通灵师？"

隆叹了一口气。

"所以，"希瑟说，"你要掌握所有这些知识。如果要照顾病人，你就必须了解植物。这正是通灵师的职责。也许某个坏东西不喜欢我这样说，但相信我，这就是通灵师的职责。假如通灵师们能教授他们如何去尝试，那我能为病人做的会更多更好。所以，你要把它们记在脑子里。像记那些歌或其他东西一样！反复练习！你可以把它们串连在一起记忆，就像曲调一般。找到适合自己的方法，或者多尝试几次。就像河岸一样，把不同的东西放在不同的地方，我就是这样做的。这是一种技巧，也是一种天赋。只要你愿意尝试，一定能做得更好。"

又一声长叹。

"走开，你这个大小孩。你会惹火我的。去河边哭吧。"

事实上，她会放过他的，但索恩不会。

"跟我说一下野牛人的故事。"索恩会这样命令他。

隆咬紧牙关，深吸一口气。索恩是野牛人，皮卡也是。两个人都是浑蛋。让你们的妻子都和野牛交配，诱捕闯进洞穴的男孩，再派女孩去寻找，这不是个好故事，却是索恩的最爱之一。

如果隆讲得不够好，索恩会狠狠地打他耳光。隆真是烦透了。

* * * * * *

"这是不可以的！"

"哦，对不起，我不知道。"

狼族部落里有无数条禁忌，埃尔加快受够了。她生长的那个部落也有各种禁忌，但远没有这么多。不能吃吸盘鱼，它们都是小偷！不能吃梭子鱼，它们太卑鄙了！不过你可以选择闭上嘴巴，咬紧牙齿来忍住不发脾气。不能在月经期间吃现杀的鱼，它们还没死透，吃了之后会让你流更多的血。不能在月经期间杀生。假如生不出孩子就吃熊鞭，这个非常管用。永远都不要去触碰乌鸦！它会把你的好运气带走。

换句话说：心怀畏惧！森林里的每个生物懂的都比你们多！埃尔加在第一个部落里学到的知识告诉自己：这不对！这些女人和那两个女首领桑达和布鲁杰简直一模一样。鱼总是从头开始腐烂的。

如果你真想认识某个人，那就要了解她是什么动物的近亲。最厉害的动物无外乎熊、狼獾、猞猁、狼还有水獭。

当第一块冰开始裂开，发出嘶嘶声时，那是在呼叫雪花。这时不能喝太多的水，否则你会变得动作迟钝，这一点没错。

埃尔加总是边听边点头，再点头听其他人说。即便知道答案她也会问，她向所有的女人询问这样或那样的问题。连那个平时总是说个不停的桑达也要问。请问你是怎么做果酱的？现在是几月了？

太阳是个年轻的女子，和她睡在一起的兄弟月亮变成了石头。如果秋天的北极光很强烈，那明年就会有很多驯鹿。

"你猎过野猪吗？"

"永远都不要说那些坏东西的名字！你是疯了吗？"

于是她们称那些有毒的树叶为邪恶的灌木，没用处的为毒狗草，丑的叫稀大便，野猪也不能说，只能叫黑尾巴猞猁，或四处走动的家伙。水獭是黑家伙，蹑手蹑脚的鬣狗。听到这样的说法埃尔加在心中暗想，蹑手蹑脚也是因为它们太像人类。

"鱼和豪猪不能一起吃！"桑达冲着她喊道，"鱼会生气的。"

"哦，对不起，我不知道。"

冰川乳浆会让人拉肚子。等柳絮漫天飞舞时，鲑鱼就会到来。当你抓到第一条鲑鱼，要用柳枝把它刷一刷，同时祈祷更多鲑鱼的到来。

保存鲑鱼的方法有很多，每一种都很美味。不同的鲑鱼要搭配不同的酱料才好吃。她们告诉她，在鲑鱼河边等待鲑鱼的时候，狼族的女人们会用歌声引着它们从大海里游过来，她们会唱出鲑鱼经过的每一条江河溪流。第一条抓到的鲑鱼要给最年长的女人吃，吃的时候要尽量不去动每一根鱼刺。鱼刺是否被动以及如何动的会告诉他们未来一年的所有事情。

桑达就像梭子鱼或猎豹一样卑鄙。猎豹是速度最快的猎人，它们的攻击速度比你看到的还快。当一只红狐狸在营地附近吠叫时，死亡马上就会降临。

埃尔加不喜欢桑达和布鲁杰，她注意到其他女人也不喜欢她们，只是在默默忍受。她们尽量绕着她俩干活。埃尔加对此已经习惯。她也不喜欢建达人，那里的女人对她非常凶。桑达和布鲁杰比她们要好一些，不过她俩手下有一群担惊受怕、郁郁寡欢的女人。埃尔加尽量不和她们打交道，只是勤勤恳恳地干着活。假如没做错的话，也要花上好几个月的时间才能和那些年长的女眷达成某种沉默的抗衡。每当有其他人被训斥时，她会递上一个同情的眼神,还有,每次只问一个问题。

所以埃尔加每天只是工作,问问题。当别人问她时,她会询问提问者对此事的看法。这样总能扭转局势。她知道桑达和布鲁杰觉得自己很顺从,甚至有些迟钝。不过以后她们会明白风到底是向哪里吹的。

到那时一切都来不及了。

当肉还在火上时,千万不能睡着。

看到埃尔加和萨杰相处得不错,隆觉得有些不安。有一次萨杰独自在河边,他跟过去,试图像过去那样亲吻她。萨杰立刻皱起眉头给了他一巴掌,并把他踢得后退了几步:"不行!"

"我只是想亲一下。"

"你太贪心了!"

听到这,他突然想起梦中那头鹿也说过同样的话,他被巨大的回声吓到了,紧盯着萨杰:"你是那只鹿!"他大喊一声,留下她跑了,心里感到无比失落。

不过和埃尔加在一起时,一切痛苦都没有了。只要看到她,他的目光就难以移开。白天,如果低头看到埃尔加在营地里,他会一直盯着她,看着她走路。她腿那么长,走得却很慢。那是他的妻子,正是那奇特的身体比例吸引了他的注意。不过他会兴致勃勃地注视着所有女人,那些独特的身形吸引着他,让他忍不住多看几眼。在他眼里,没有女人是丑的。如果她们圆滚滚的,比如唐琪,丰满好看。如果她们有些男性化,比如桑达,反而因为男性化变得更有魅力。诸如此类。在这方面他算是没救了。

白天的时候,埃尔加只会偶尔朝他瞥上几眼,眼睛里带着一丝问候,接着又迅速忙活起来。有时候远远望去,隆看到她在和别人说话,大部分时候是女孩子,偶尔也会和索恩、霍克或西斯特说几句。隆不喜欢她和霍克说话,但他看不到任何不对劲的情况。毕竟都是一个部落的,你必须要和所有人交流,否则就会有问题。当问题多到一定程度时部族就会分裂,到时候就真的麻烦了。就像狮族分裂时,他们中的很多年轻人搬去了冰冠山的西边。

到了晚上,他和埃尔加在床上碰面,他们的床铺在希瑟的后面,背靠悬崖。他们钻到毛皮被里,脱掉彼此的衣服,或者先脱掉一个人的衣服,然后那个赤裸的人再剥掉对方的衣服。不管怎样都很好,接着就是亲吻和爱抚,最后彼此交合,共度良宵。

十二月的一天,天气比平时暖和不少,隆看到埃尔加独自一人走到河边,还有几只小鸟在冬日正午的阳光下歌唱,这也代表附近没有猫类动物或熊的踪迹。看到他走过来,埃尔加没说话,只是脱掉斗篷,解开裙子,黝黑的皮肤在阳光下闪闪发亮。埃尔加慢慢向后退到河里,整个人浸下去,然后又站起,一颗颗水珠从身上滴下来,在阳光的照射下晶莹剔透。那诱人的曲线正等着他,他慌忙脱下外套向她冲过来,一把把她拥在怀里,然后抱着举起。看到他急不可耐的样子她忍不住笑起来。两个人就势滚到河岸边的浅滩里,那里正好被一块大礁石挡住了……啊,真是幸福的结合。他吻遍她全身,他要吻到每一寸肌肤,每一个角落……

之后他全身发烫,他想用鼻子蹭蹭她的皮肤,感受她的炙热,嗅着她的气息。他爬到河边,把脸浸到水里,喝下一大口干净清冷的河水,舔嘴唇时他觉得那里还残留着她的味道。有了埃尔加,这个冬天不再那么难熬。

"你真是太好了。"

"那是因为你爱我。"说这话时,她眼神里充满了温柔,"你爱我,我也爱你。"

"是的。我以前不知道这种感觉会是这样。"

"我也是。"

埃尔加带来的快乐让他愿意忍受索恩的折磨：臭烘烘脏兮兮的身体，一次次训斥、责备和命令，挑剔难懂的知识，如何计算月与年的关系，那么多的日子，年鉴棒和统计棒上一道道丑陋的划痕。背诵五首大诗或十首小诗中的一首，通常都是他最不熟悉的一首。一次次低下头躲开索恩扯着自己那对可怜耳朵的敏捷的手指。尽管如此，每一次冗长的教学结束之后他的耳朵都会嗡嗡作响。

"停下吧！"他抱怨道。

"你先停下。开始思考，记住它们。"

"我已经会了。我只想一个人静一静！"

但隆很少会走开，因为那样的话他晚上也过不好，第二天也是，直到他道歉后主动回来。痛苦的教训让他认识到，最好的选择就是坐在这里不动，努力把功课做完。

"等一下，我看到了什么东西。"索恩完全不理会他的痛苦。

"一张脸向左向下，不停地转着头，直到抬起头向右看。"

"月亮上的人，"隆回答，"每个月都会向四处看。"

"没错。满月就是指月亮的脸正对着我们。一个月有多少天？"

"二十九天半，新月到新月。"

"没错。那我们该怎么做呢？"

"我们按月轮换，称它们为空月或满月，代表二十九天或三十天，其中十二天的交替让我们的冬至少了十一或十二天。所以通灵师在确证时会每两年或三年增加一个十三月。"

"是的。但这样还是不行，"索恩皱着眉头补充道，"错误累积得很快，沃尔觉得他的拆分术更好，五十九除以二，但即便这样，每三年也会损失一天。除此以外，那个拆分到底是什么？没有形状，谁也看不到。那就相当于猫的呕吐物。"

"也许希瑟应该尝一下。"

索恩大笑起来："我倒希望她尝尝。我很想听听她对此的看法。但她并不关心天时和季节的匹配。月复一月对她来说就够了。人们思考问题的方式和交配很相似，女人向里，男人向外。由于每个月都要流血，所以女人自然更喜欢按月来算。"

"每个人都喜欢按月来算。"隆指出，他想起那些满月下的夜晚，清澈皎白的月光，那是一个完全不同的世界，像梦境一般，不同的是他们都是清醒的。

索恩摇了摇头："大家更喜欢用年来计算，因为每个月的多少还是个问题。"

"但你可以看到满月的夜晚啊！月亮是那么明亮，你甚至还能看到一些色彩。"

"没错，你这就是向外思考。当满月来临的时候你是在向外思考，而女人们不是。所以这就是区别。我早该想到的，毕竟你现在是个已婚男人了。"

洗澡的时候，松鸟的羽毛越湿就越蓬乱。这样的凌乱只有在鸟类洗澡时才能看到。就好像它们脱外套时粗暴地拆开一根根织线，那漂亮的蓝色不见了。用不了多久，所有的松鸟都要去过冬了。最后只会剩下寥寥几只。

此时，隆正和希瑟坐在一起，他们把雪松根劈成一条条编篮子。和希瑟在一起比跟索恩在一起要轻松许多。每天，希瑟都要出去走一走，在各种角落缝隙中寻找自己需要的小植物。她还参加到收集坚果的队伍里，给大家提供帮助，然后带着隆走到更远的地方，让他当自己的哨兵和助手。每次回到营地时，隆总会拿着一大堆芬芳的枝条或整株整株的植物。她会把树叶按在他的鼻子下面,这样就能学会辨认它们的气味。的确,气味是一种非常独特的东西,很容易记在脑子里,能帮他记住它们的名字。

"当你需要去记住什么东西时,"希瑟说,"嗅一嗅这种迷迭香,它可以帮助你记忆,到时候你就知道了。"

隆接过那支散发着清香的小树枝,上面长着淡绿色的短针。它的香味很特别,似乎带着一种南坡的味道。"谢谢你,我会试试的。"

"熊的嗅觉是最灵敏的。"她告诉隆。

"有人说千万不能吃熊的小胃,是不是真的?"

"谁说的?"

"霍克和莫斯。他们说一旦你吃了,等你走到森林里,即便穿着鞋子也会不停地四处打滑。他们说他们曾尝试过,而无所谓和投矛手没有,后来他们不停地滑倒,其他人却不会。"

希瑟摇了摇头:"我不知道,可能是那个小胃里含有某种让人不舒服的东西,破坏了你的平衡性。"

"那么说是真的了?"

"我觉得有可能。"

他们把所有的好橡子都收集到一棵大橡树下。如果有其他人在,他们就把男孩放到树上,让他们在树枝上跳来跳去,把更多的橡子晃下来。这时隆用自己的取火器生了一堆火,他们用挂在树杈上的雪松木杯烧水,烹煮云杉茶。云杉的味道填满了他的喉咙,他觉得身体里充满了力量,连眼睛也变得水汪汪的。云杉是一种特别强大的植物,在各个方面都能给他们提供帮助。每次走进山洞时,索恩总会穿上一件云杉做成的斗篷,以便给自己带来好运。

不同的取火器需要的木材也不尽相同:红雪松、苦玫瑰、接骨木、赤杨树根。

"你要学会找出哪种效果最好。"希瑟指着自己的几套工具指导他。

"怎么找？"

"每一种都试一下，然后看看哪个生火最快！"希瑟像看个低能儿一般瞪着他。

隆点点头："好吧，我知道了，你是什么时候想到这些的？"

"去年冬天。"

"那你活了多久才想到这些？"

"走开。快去干活吧。"

隆把那些小工具搬到太阳下面一一进行测试，每次都使用同一种木绒，由部落里常用的干木屑和苔藓混合而成。一般情况下，你还没坐稳索恩就能生出火来。不过隆没有那么快。当然他做得也不错，说实话大部分人都做得不错。正因为这一点，所以他至今对漫游第一夜的失败耿耿于怀。那个夜晚真是难熬啊。

在隆看来，这些生火工具的速度都差不多，赤杨木树根几乎变成了黑色，它做成的火棒要轻很多。接骨木火棒是一段新枝晒干做成的。作为底座的火灶必须结实，所以要用有坚硬纹理的木头制作，中间的凹槽要能经得起火棒尖的旋转。当然火棒也要足够结实，这样才能不停地向下旋转，同时还要有一定的软度，否则不容易发热。在凹槽中放一点点沙子有助于起热。但因为是测试，所以希瑟不会同意他这样做。

"它们都差不多。"测试结束之后他这样告诉希瑟。

她皱了皱眉头："再试一次，我会唱歌来记时。"隆又继续点火，双臂转到发烫，而希瑟转过身去，唱起了那首劈芦苇的歌，那首歌很短，而且不断地重复着。每唱五遍她就会伸出自己的手指，然后用石片在计数棒上做记录。结束之后，她看了看自己的计时，满意地点点头："雪松最快，等下次过节时我们可以告诉他们。"

"他们不会相信的。"

"他们不相信也得相信。"希瑟指着那堆工具说，"他们可以自己试一下，然后就知道我们说的是对的。"

想到这里，希瑟忍不住咧嘴笑了。看得出来，她喜欢自己在所有事上都是正确的，没有人可以与她争辩。就像向兔子投掷石块兔子被打死一样，毫无疑问是个好投手。

后来当隆提到这件事时，索恩很是不屑："她做的那些事情都无趣得很，没有什么对错可言。那些东西本身就是如此而已。"

"但那正是她想知道的。"

"当然，每个人都想知道。但是通过那种方式了解到的东西只是重要的事情中极小的一部分。所以这是一种转移视线的方式。你要去探索真正的难题，而希瑟只是转移视线而已。"

"不知道她对此会怎么说。"

"去问她！但我现在就能告诉你她会怎么说，因为她总是那套说辞。她会说，先做重要的事。首先要明白你能知道什么，然后再去看难的事情。"

"不过，这样不对吗？"

"完全不对。这些难题一直压在我们身上，年轻人，不管我们知不知道，你都要勇敢面对纳苏克[1]。如果你真想活下去，这些难题你是逃避不了的。"

柔韧的雪松枝条可以编成结实的绳子。人们在漫长的夜晚围着火堆最常做的事情就是不停地编织、拖曳以确保它们足够结

---

[1] 纳苏克：根据上下文及作品中的人们给万事万物起名字的习惯，纳苏克应为困难、困境的代称。——编者注

实。它们比生牛皮还要坚韧。每一根带回来的枝条都很快就被用上。隆、霍克和莫斯外出检查陷阱的时候，总会随身带上一把刀，尽可能多地把新长出的嫩枝砍下来装到背包里。每个外出的人都希望能多带些东西回来，这样的话到了晚上围着火堆就有事可做了。

到了年底，在艾拜克斯的指导下，隆也会编五股绳了。"你那个手指怎么了？"

艾拜克斯指着"胖子"问道。

"凿石头的时候被砸到了。"

"啊哦，我敢打赌你再也不会干那事了。"

——还好，他撒了谎。

* * * * * *

一天早上他们出去打猎，先是顺流而下，然后穿过洛厄山谷，沿着东边的山脊小道向上攀行。到了山脊之后，他们遇到了一头正在挖掏蜂巢的母熊。他们赶紧停下来撤到一旁。看样子它还需要很长时间才能成功。一边是母熊，一边是愤怒的蜜蜂，他们觉得这样等下去太不值了。投矛手想尝试去杀死母熊，但由于地处山脊，所以并不适合动手。而且其他人已经有足够多的熊掌，所以不想再去冒险。投矛手很不高兴，但大家没理会他，径直下到谷底，选择一条小鹿走过的小道，这条路隆之前未曾留意过。投矛手也戴着一条项圈，上面挂着很多熊掌和狮爪，但第一次摔倒时那些东西割伤了他的脖子，他一气之下把项圈上的很多爪子都拔掉了。不过此时的他身上依旧挂着不少带尖刺的东西。

到了谷底，小溪缓缓向下垂落了不少，他们可以轻松地走到河床上。溪流尽头有一群马，他们停下来鞠了鞠躬，然后站在那里看了好一会儿。

那些马一如既往地漂亮。大约有一半长着斑点，要么是白皮黑点，要么是黑皮白点，其他的都是棕色。它们的颜色像小鸟羽毛一样鲜艳，还带有几分挑剔的气质。比驯鹿、羚羊和麋鹿看起来精致得多。它们的步伐轻巧利落，既像是跳舞的女人，又像那些森林中快速奔走的树人。丰满光滑的腰部，又短又硬的鬃毛。洛厄山谷和一道峡谷的顶部紧紧相连，所以不知道它们是要穿过峡谷还是回到下游的乌尔德查继续游牧。

这时，投矛手又想杀死一头马，这次又遭到了其他人的反对。人类只有在极度饥饿时才会去猎杀马匹。再说了，它们都是很难靠近的。

"既然投矛手这么着急，那咱们就去找一只狼獾，让他去把它杀掉。"

说完，大家都笑起来。投矛手说："那好吧，我们去找只鹿，它应该是你们想要的猎物。"

"没错。"

为了不打扰那群马，他们从上面绕了一圈，穿过山口进入厄伯山谷的山顶。在经过洛厄和厄伯的分界石时，山谷对面的山脊上传来招呼声。

"你们看，那个人的手不全。"投矛手嘀咕道。

隆也看到了。乌鸦部族居住在最高的那座冰冠山南侧，那里的所有男人都没有小指。除了这个小小的缺陷以外，他们其他方面都和其他部族的人别无二致。一个男人在向他们走来，隆认识他，他是一名云游者，叫皮普勒特，这是乌鸦族对红色松鼠的称呼。

皮普勒特挥舞着手走过来，"很高兴见到你们。"他喊道。

"我们也很高兴见到你。"几个人齐声回应。

皮普勒特比松鼠友善得多，但也和它们一样敏捷而好奇。"你们有没有见到一群长着斑点的马？"他的声音像是从喉咙深处发出来的，带着一些鼻音。

"见到了。它们就在第一块草地的山口处。怎么了，你想要一匹？"

皮普勒特笑了笑："没错。我们的大妈妈想要一张带着斑点的皮毛。我正想找到它们的游牧路线，我们可以设个埋伏。"

这是捉到马的唯一办法，它们的速度极快，拥有不同寻常的忍耐力，而且总是聚集在一起，很难分开。它们还能看到那些驯鹿会直接闯上去的陷阱。不行！马非常坚强，又很神圣，只有在特殊情况下才能猎杀它们。

"我们要去捉鹿，"霍克说，"你想和我们一起吗？"

听到这话隆有些吃惊，西斯特不会这样问，希瑟也不会。不过皮普勒特很高兴。

"好的，谢谢。"他欣然答应，"我敢肯定那些马明天还会到那里。"

于是五个人一起出发。他们在讨论上一次鹿出没的地方。皮普勒特说那天早上他在洛厄厄伯小溪顶部的浅滩下面看到过它们。他们在路上制订好了计划。霍克和投矛手先溜到下游准备好埋伏。隆和云游者待在一起，等太阳向下一寸后直接打向谷内。

"你是索恩的徒弟？"皮普勒特问道。

"是的，没错。"

"辛苦啊！"看到了隆的表情，云游者大笑起来，"我们的通灵师很喜欢他。但对其他通灵师来说，他也算是难对付的。"

"你们的通灵师是石英？"

"是的，石英人非常好，是一个很善良的通灵师。去年冬天我生了一场病，他对着我弄了一种雾气，差点把我呛死。但他把那些坏东西弄出来了。我能感觉到它们离开我了，就在这里。"

说完，他指着自己的横膈膜。

"你运气真好，"隆说，"真不错。"

"索恩会吗？将来有一天你也能做到吗？"

"希望如此，"隆说了谎，"我已经漫游过了，还和他一起走进了洞穴最里面。"

对方点点头。他为隆感到高兴，真有意思。他讲了很多关于乌鸦部族和通灵师石英的故事，隆则告诉他自己刚刚结婚，新娘是在八八节认识的女孩。

"哦，真不错，恭喜你。她来自哪里？"

"驯鹿草原北面。"

"驯鹿草原北面？那里的人，好吧，你告诉我，我本不该多说，但我听说他们非常野性。"

"她非常文静，"隆说，"不过'野性'这个词也算准确。"

看着隆的表情，皮普勒特又一次笑起来，隆也忍不住笑了。

到了约定的时间，两个人从河床向下跳，故意用手里的长矛四下乱敲。皮普勒特还惟妙惟肖地学了几声狮吼。灌木丛中的小鹿为了躲避狮子，或者说，为了躲避伴装成狮子的人类，它们一定会冲下山谷。不过万一它们听到了人类的对话就会知道这是个陷阱，它们会选择环绕山谷的小道逃走。

洛厄厄伯狭窄陡峭，上面没什么草地，由于一直向西蜿蜒，所以下午的阳光非常耀眼。风越来越大，挂满了松针的松树在风中摇曳歌唱。皮普勒特也在唱歌，但隆完全听不到：一旦刮起风来，世界顿时变大了许多！

就在这时，他们听到了一阵惊恐的叫声戛然而止，不一会儿，狩猎的弟兄们发出胜利的呐喊，显然是在庆祝猎杀成功。

隆和皮普勒特立刻跑下去寻找他们，果然如此：地上横躺着一头牡鹿，两只长矛刺穿了它的肋骨。猎人们忙着把它的血装进鹅皮袋里。等到血流得差不多，他们就生起一堆火，把牡鹿肢解开以便带回营地。皮普勒特对处理那些不便带回去的部分的仪式相当了解，他先是说了几句话，然后又在焚烧内脏前吟唱死亡颂歌，最后再把那些没什么用处的骨头带到小溪边，放在旋涡底部，这样一来它们就被困在了圆圈内，和小鱼做伴。这是皮普勒特版的水葬，他还向大家保证这头鹿以后一定会给大家带来好运气。于是其他人也跟着一起做，那些骨头围成的圆圈看起来很像海狸的杰作。

结束之后，他们手里还剩下鹿腿、身体和脑袋。由于有五个人，所以完全拿得了。皮普勒特很高兴和他们一起回去："反正我也要从那条路走。我很愿意和你们的族人见面。"

皮普勒特每年都会到访一两次，而平日里主要在云游，就像那头狼獾一样，只不过他的路线更长更远。他喜欢按照一定顺序去拜访每个部落，和他们交换彼此想要的东西，然后带着它们走过一处又一处，最后再带上一些回家。"很寂寞，很危险，但也很有意思。"他这样说，"我到访过很多部落，见过许许多多不同的人。到处都有我们鲑鱼族人，所以我会让他们帮我留心，他们会帮我做交易。在拜访的间隙我会出去走走，就像其他动物一样。"

"一直都是一个人？"隆问道。

"大多数时候都是。"

"但一个人不是很危险吗？"

"是危险，但没那么可怕。当然，最好的办法就是快速生火。我总会设法带上还有火星的余烬，等于把一堆火带来带去。不过如果你很擅长取火，而且很谨慎，那就可以一个人。"

"即便你睡觉的时候？"

"那要看你睡在哪里，不是吗？你不这样认为吗？"

"今年春天我才漫游回来。我觉得想要找个安全的地方睡觉很难，尤其是还有火堆。我还在树上睡过。其他时候我就燃起一个大火堆。我宁愿在白天睡觉，晚上保持清醒。"

"你说的这些我都干过，"皮普勒特说，"你一定要小心。"

"那些树人，还有原人呢？"

"一定要当心。这取决于你觉得谁更可怕，是动物还是树人？在不同的地方情况也会不同。树人很容易受惊，他们几乎只生活在高原上，或者高地的深谷里，都是那种没有其他人生活的地方。那些呆子则不同，他们有固定的营地，一般在科尔比峡谷顶部，或河流中的岛屿上。他们没有狮子和土狼危险。他们不喜欢和人类待在一起，但他们非常有礼貌。树人通常都有些疯狂，大部分人希望和外界保持距离。他们出来是因为他们杀了人，或者是在饥饿或其他情况下吃了死人。有时候我会碰到一两个，但他们似乎忘记了如何交谈。他们之间会说话，但不会和我说。他们有一些看不见的朋友。他们说的话我也从来没有听过。"说到这里，他摇了摇头，"老是一个人肯定不好，我喜欢一个人四处云游，但我喜欢的原因是我知道马上就能找到说话的人。但如果一直这样下去，我就不喜欢了。我觉得在这方面，树人应该也是如此，或者说没我们想象中的那么喜欢孤独。我确实遇到过不少过得很快乐的树人，这些人也是你最有可能遇到的。其他人，你一定不希望遇到。"

皮普勒特跟着他们一道回到营地里，晚上也围坐在火堆旁。大家先把鹿肉切碎，然后女人负责把药草塞进鹿胸肉里，腌制排骨和腰子，在外皮上涂一层香料脂肪。那天晚上每个人都吃得很开心。

当火堆渐渐变暗时，皮普勒特拿出不少从自己部落里带来的礼物，有贝壳、鹿角、象牙和黑木材。部落里那些在八八节交换手工品的人给了他不少礼物，希望能在其他部落里传下去。通过这种方式，人们就会知道在节日里如何寻找自己想要的东西。狼族的人们也送给他不少礼物作为交换，比如篮子、勺子、防水袋、毛皮衬里和帽子。

隆送给他一个雕刻成狮头人身的鹿角，很像之前漫游时雕刻的那个木结。仔细看了上面的图案之后，皮普勒特大笑起来，握着隆的手说："告诉你，我会自己留着它，不过我会展示给大家看，告诉他们是你刻的。"

"谢谢你。"隆说。

几个女孩子簇拥在皮普勒特周围，还有不少女人也围了过去，有的是去紧紧拉住女孩的手，其他的则纯粹是享受快乐，因为这个云游者长得确实不赖，而且还有一肚子的新鲜故事。连希瑟都放松下来。这可是个好迹象，因为通常情况下，她看到这种人总会嘀咕说："脸好看有什么用，你会做些什么？"

皮普勒特会做的事情似乎有很多。而且他对女人的态度友善而不轻佻。虽然有魅力，但也很有分寸。打猎的时候，他也喜欢和男人们聊天。如果气氛有些尴尬，他会拿出笛子吹奏乐曲，虽然每次吹的曲子都一样，但这些曲子只有他会吹。他吹笛子的方式令人难忘，完全不同于索恩。他会用高亢的鼻音和他们一起唱歌，声音动听且有穿透力，音调完美。一个真正懂音乐的人。当他唱歌或演奏时，整个人像是要飞起来似的，就像清晨的小鸟。当高潮来临时他甚至会站起来。

晚上，他同意给大家讲一个故事，人们兴高采烈地围坐在火堆旁。他站在那里，看着大家：

你们知道，我是一名云游者。
我奔走在大地母亲之上，
我的伙伴们也是如此，
每个人都有属于自己的路线。
有些人会重复这些路线，
只要我们还能找到它们。
我们和其他人没什么两样，
我是他们中的一员。
我和我的兄弟共有一个妻子，
他外出的时候我在家，
如果我回去晚了他会很生气。
不过我们总会有耽搁的时候，
这么多年大概有过一两次。
那是因为我去了东方，
到了世界之门，
然后向北走了两个星期，
一直到大冰冠山的边缘，
走到那堵巨大的冰墙前，然后折返。
有时候我也会爬上去，
如果是夏天，消融的冰雪让陆地和冰墙连接在一起，
这时就无路可走。
我向西南返回，
穿过大草原上沿着一条小路回家，
这是一条只有我知道的路线，也是最好的路线。

这就是我的生活，不过在途中，
我会遇到其他人，

有些人没有自己的路线，也没有家。
但流浪本身就是一条路，
这些人，
都是对这个世界充满好奇的人，
他们的言行举止都很怪异，
但也很有趣。
我们一起聊天，
一般是几个人聚在火堆旁聊天。
就像现在一样，
云游者聊的内容只有云游。你去过哪里？
你看到过什么？那些人是什么样子的？
外面的世界是什么样子的？
这些就是我们的问题和我们的故事，
有些人云游是为了寻找答案，
然后把故事讲给他们遇到的人听。

今年夏天我就遇到一个这样的人，
在我去过的所有地方的最东边。
那个男人看起来很像是北方人，
我几乎听不懂他说的话，
但是开始聊天之后我发现我能听懂一些。
因为他只说一件事，
那就是我们生活的世界的形状和大小，
因为亲眼见过，所以几乎所有的云游者的意见都是一致的：
最北边就是那片冰雪世界，
西边是大盐海，

南边也是盐海。

不过那里的海更温暖,更安静,

更曲折,岛屿更多。

我和他都见过,

有些云游者说他们一个人走过了全部这些地方。

好,他们说的可能是实话,

我不好说。但问题来了:

最东边是什么样子?

和我们一样,这个北方人对此充满疑问,

更重要的是,他想知道答案。

但没人知道,

他说,于是他向东走去。

他走了一天又一天,一月又一月,一年又一年,

自从他想到这个问题之后就开始向东走,那时他还年轻,

他走啊走啊直到变成了一个中年人,

他说自己走了十七年,一直向东。

我问他在这趟生命之旅中看到了什么,

他告诉我他看到无边无际的草原,

还有许多山,就像这里西边的那些山,

还有大湖,比我之前见过的都大得多,

就像小盐海,那里的水是咸的,

但大部分都是草原。

你知道那种感觉,

只要不太潮湿,走路还是很舒服的。

还有很多动物可以吃,

所以一路上没有太多阻碍。

然而此时他却坐在这里,坐在火堆对面。

我去过最远的东方，
但那只是世界之门，那是一片辽阔美丽的入口，
坐落在南北两座矮山之间。
他又用了十二年的时间回到这里，
回到我们坐的这个地方，
这就是他告诉我的故事。
最后，我问他：你为什么要回来？
既然走了那么远，为什么还要回来？
为什么不在剩下的日子里继续向前走？

他盯着火堆看了很久很久，
最后他看着我，回答说，
当我走到最远的东方时，
我看到了一座山，于是爬上去看一看。
这时我觉得有些不舒服，脚也很疼，
我已经很多年没有碰到过能听懂我说话的人了。
所有的交易都靠手势，你可以那样做，
而且没什么问题。但不久之后你会想和你见到的人说说话。
我，皮普勒特太同意这一点了！
于是，他站在山顶，面向东方，
那里的一切都是一样的，
看不出会有什么变化。
他说，这个时候，我意识到这个世界真是太大了。
不管你有多想，你也无法拥有全部，
大到你用一生都走不到尽头。
也许前面一直都是这样，

这时，他又说，也许我们的大地母亲是圆的，
就像怀孕的女人一样，
或者像月亮一样，你会发现如果你走得足够远，
你就可以回到最初开始的地方。
当然前提是大盐海阻挡不了你，
但这个谁也不知道，
所以我回来了，因为这个世界太大了。
最重要的是，我想在自己死之前和人再说说话，
说完这些，说完这段传奇之后，
我们站起来拥抱在一起，他哭得很厉害。
我很怕他会窒息。
于是我扶着他，
不管他是成功还是失败。
他不知道，我也不知道，
之后他平静下来，我们都目不转睛地看着火堆，
继续讲述其他的故事，直到夜深。
睡觉前我问他，现在你有什么打算？
既然回来了，你打算干什么？
好吧，他说，我想我可能还会再一次向东走。

"这就是今晚的故事，"皮普勒特说，"原谅我在这个漫长的秋夜唠唠叨叨说了不少。"

之后大家又聊了一会。隆注意到皮普勒特的眼睛一直没有看萨杰，但他总觉得他们之间似乎有点什么。夜深了，火堆已经熄灭，人们都进入了梦乡。隆还在寻思他们俩能不能找到对方。还有，皮普勒特是不是和他到访过的每一个部落里的某个女人都有

着暧昧关系。希瑟曾压低着嗓音暗示过这个问题。

一想到那个场景，隆就很希望自己也能当一名云游者。萨杰是他们部落里最漂亮、最诱人的女人，每走一步，丰满的胸部就抖个不停。皮普勒特和她之间的约会绝非偶然。能和每个部落里最漂亮的女人躺在一起是什么感觉？而且每一个都不同？

不过这些只是他对埃尔加感情的一种流露，他的身体里总是充满了强烈的欲望，然后向四面八方蔓延，多到快要溢出。他喜欢所有的女人，包括他们部落里的，也包括其他部落的。他想要她们全部，甚至包括那些雌性动物。那是一个令人向往的母性世界。有时候他快要被这种欲望淹没，就像春天里决堤的河流。所以每当夜晚降临时，他把所有这些欲望聚集起来倾倒在妻子身上。这个时候他的世界只有埃尔加，他觉得自己就像掉进梦里，在这个梦里没有什么比爱更重要了。

一天晚上，在例行的缠绵之后，埃尔加摩挲着他的耳朵低声说，我要生宝宝了，希瑟说是真的。

隆立刻坐起来盯着她："你——"

"是的。"

"天啊，是我们的宝宝。"

"是的。"她笑了。这时隆才发现自己也一直在笑。两个人又继续亲吻起来。

"我们要好好照顾他。"埃尔加说。

"希瑟有没有说是男孩还是女孩？"

"没有。希瑟说再过几个月她就会知道。"

"那他什么时候出生？"

"七个月之后。也就是明年五月底。正好是春天，那是最好的季节，除非冬天太漫长。"

隆很想去理解这一切，可惜他理解不了，那感觉就像胸口被厚厚的云层笼罩着，或者说像从一个从未见过的瀑布上跌落下来，一直落到深潭里。眼前的埃尔加是他的。自从八八节那天她出现在篝火旁之后，一切都改变了——这改变发生得既迅速也缓慢，更多的是在随后的几个月里，随着其他的事情而改变。每一步最终都通向现在这个全新的世界。

＊　＊　＊　＊　＊　＊

这个冬天，埃尔加的身体越来越臃肿，她在女眷中的影响也越来越大，就像月亮和星星一般。这让萨杰很不高兴，桑达也是。但埃尔加总有办法让人们平静下来，即使和她俩在一起也是如此。她总有一种让人安心的力量。也许她的沉默是一种克制，但实际上并不是；它更像是对其他人和她的故事的一种赞同。在她帮忙干活的时候，人们总会跟她说话，因为她喜欢问问题，还能记住别人给出的答案。所以人们很难不喜欢这样的人。

而现在她又要给部落里增添一个新的生命，这是一件大事。一般情况下，祖父母都会为此举办庆祝活动，到时候会有两个，甚至四个新成员的鼎力拥护者，整个冬天都在讨论孩子将属于哪个家族。这个孩子没有祖父母，但由于隆在父母去世后是被索恩和希瑟抚养长大的，所以应当由他们俩充当祖父母的角色。

然而希瑟对这种事情并不感兴趣，而索恩本就对隆的婚事有意见，所以现在要看埃尔加是否有能力让大家听从自己。她好像没费什么力，自然而然就做到了。所以在她怀孕的最后几个月里，大家像她帮助自己一样帮助着她。在生产前的日子里，孕妇成了所有人关心的焦点。

白天越来越短，天气越来越冷。一轮轮暴风雪从西方滚滚而来。乌云压得低低的,雪花漫天飞舞。冰封的河面上覆盖了一层白雪。整个世界一片白色。太阳也只肯照到峡谷南面的岩壁上。除了雪鸟之外,所有的鸟都飞走了。留下来的动物要么睡觉要么躲在雪下,或者已经掉进陷阱里。大地像盖了一层白色的皮毛。人们窝在营地里睡觉以打发漫长的时间。他们已经习惯了下雪,也喜欢下雪。他们有储存的食物和每天的日常任务,到了晚上则像冬眠的熊一般进入沉沉的梦乡,或者围着火堆讲故事。

和过去一样,希瑟要为新生儿接生。她也和过去一样不停地抱怨着,每次为部落做事,她总是这样,但这次她似乎是真的不高兴。她不喜欢当接生婆。

"不会有事的,"她生硬地告诉埃尔加,"你个子那么大,肯定没问题。我会给你一些茶和药水,等你知道的时候孩子就生出来了。你需要做的就是不停地使劲,把孩子向外挤,当然,我们会帮助你的。不过,大部分工作还要靠你做。你只要忍住就行。"

等到冬天快要结束的时候,他们开始思考和观察。他们躲在房子或岩洞里,吃着东西,看着天空,在没有风的晴朗日子里走出去查看陷阱。温暖的阳光照在身上,似乎可以穿透一切,除了最寒冷的日子。即便有阳光,白天也很短,他们下午就回到房子里窝着,像麝鼠或老鼠一样。

一天早上,隆和莫斯一起去查看他们布下的陷阱,那是在峡谷之外一个深谷环形河流的下游。

他们沿着两个环形山之间的山坡飞快地向上攀爬,等到太阳升起时,他们已经来到山脊上。东方的天空一片橘红色,两个人都觉得过两天可能还要下雪。这时莫斯笑着说:"过去发生过这种事吗?"

隆也笑了。莫斯的笑特别有感染力。他比霍克瘦小，一张瘦削而英俊的面孔，一头乌黑的卷发。他的脸部肌肉很灵活，表情丰富，刚刚还一脸严肃，转瞬又咧着嘴傻笑起来。

　　"我想，等太阳露出耳朵之后雪就会落下来。"隆说。

　　"或者月亮。"莫斯赞同他的说法。是天空中的雪花把天照得那么明亮。光会被雪反射回来，空中的雪也同样。

　　毫无疑问，地上的雪也会反射光。他们只得把帽子拉到眉毛处，低下头侧着身子，顶着冬日的阳光爬上山脊。隆的帽檐是一圈貂毛，莫斯的是狼毛。

　　脚下的积雪在阳光的照射下渐渐变软。他们停下来，套上雪地鞋继续向第一个陷阱爬去，那里正好在陡溪流向下一个环形溪流的山谷入口处。两条小溪交汇处的草地上有一块巨大的石头，他们称之为"罗宾的小巢"。石头很高，当他们从一旁经过时甚至都高出了他们的头顶。雪中洼地里的小溪已经被冻住，四周一片寂静。没有鸟，没有动物，到处都是白雪，除了一块块陡峭的岩壁。这些凹凸不平的灰色岩壁散落在白茫茫的雪毯之间，隆觉得它们是在乞求自己在上面画画。他们经过了几块有壁画的岩壁，上面画着红色或黑色的神兽，在蓝天和白雪的映衬下栩栩如生，他看得十分入神。天很冷，莫斯边走边哼唱着猎人小曲。有些地方的雪像羽毛一般松软，即使穿着雪地鞋也会陷到膝盖深的地方。周围的松树上挂着一团团被雪包裹的松针。

　　"你应该把这些像羽毛一样的雪带一些回去给埃尔加。"莫斯说，"喝下这种雪化成的水会让你们的孩子脚步轻盈。"

　　隆笑着说："好主意。"

　　他们来到第一个陷阱旁，这是夏天的时候莫斯和无所谓在草地上挖的一个坑，一直挖到下面的软土。他们在坑底放了一些尖利的树枝和锋利的石块，然后在洞口铺了几根枝条和树叶。这种陷阱只有被雪覆盖的时候才能捉到动物。刚踏上草地,他们就看到地上露出一个怪异的黑洞,看来是有动物掉进陷阱里去了。他们立刻冲到洞口向下看。一头巨大的红色牡鹿掉在里面,前腿摔断,现在已经被冻死。此时,那双呆滞的眼睛依然向上看着天空,似乎它的灵魂还在附近,正在用那双眼睛确定自己的位置。

"它怎么会在这里!"隆大叫一声。

"它是在帮我们摆脱困境。老家伙,谢谢你!但是你就不能跳出来死到外面吗?"

莫斯拍了拍隆的肩膀,他们的运气真是不错,不过要忙活一下午了。首先要安全地下到坑里去,然后把这具僵硬的尸体拖到一个杆子做成的架子上,举到胸口高的位置,他们站在下面向上推,一直推到坑外。他俩的力气足够把它推上去。第一次尝试时,尸体被撞回到坑里,他们立刻像松鼠一般跳着躲开一块块锋利的碎片,那双阴沉的眼睛还在向上凝望着他们。第二次他们更加小心,一切也顺利不少。整个过程中,那双眼睛一直在盯着他俩。

"你觉得它临死前在想些什么?"隆问道。

莫斯蹙着眉头摇了摇头。隆只有和莫斯单独在一块儿的时候才会问这种话,假如其他人听到会笑话他的问题。莫斯仔细看了看那对怪异的大眼睛,还有那张狰狞的面孔,里面充满了无声的忍耐。看得出来,在这次冒险前它一直在思考。"也许它在想自己应该先迈一条腿踩一下试试。如果是我我会这样想。"

"肯定不止这些。"

"不,不,也许它就是很难过。说不定在想它的妻子。鹿的瞳孔怎么会是长方形的,奇怪不?看起来像是从别的地方来的。"

"索恩说动物的眼睛透露出它们没有人类的灵魂。它们不会震颤,也不会转动,只能朝一个地方看。"

"那么说我们的灵魂就在我们的眼白里面?我不相信。这头鹿看你的方式和你看它的方式是一样的，除了它的瞳孔是长方形的之外，其他没什么两样。即便如此你也能看出它在想什么，我是说，看看它！嗨，兄弟，我们很抱歉，"他对着冻僵的小鹿说，"但我们得吃饭。所以谢谢你帮我们摆脱饥饿。"

说完，他把长矛插到小鹿两根胫骨之间慢慢切割起来。就着下午的阳光，他们不停地切肉，剥皮。这些冻肉虽然很硬，但非常剔透，而且富有弹性。他们把长矛尖插进小鹿的关节里，用力一扭，关节便脱落下来，然后再把肉一点点切下来。鹿血凝固在血管里，对于部落里的女人们来说这可是非常珍贵的。两个人忙乎了大半天才把牡鹿切成块装进袋子里，然后用半张鹿皮当绳子，拖着袋子在雪地上走。

等他们全部准备好上路时，太阳已经西斜，雪地上投下长长的黑影。地面很快又冻得硬邦邦的，他们可以脱掉雪地鞋了。回家的路还很长，太阳落山后温度很快会降下来。不过老话说得好，忙的时候感觉不到冷。两个人不约而同地加快脚步，肩并肩弓着腰向前走。在这样的寒冷中，他们走得再快也不会觉得太热。不一会儿又冷了，他们不得不跑起来。

月亮在他们身后升起。这是月圆后的第一个夜晚，皎白的月光把天空映成了朦胧的暗蓝色，然后洒在脚下的白雪上。一片蓝色的世界：当他们走到环形山道中间宽阔的山脊上时，甚至可以看到远处乌尔德查峡谷的上上下下，还有两边的小山，天空和大地也被蓝色的月光照得明亮无比，他们觉得可以看清所有的一切。这是大地母亲最美丽的时刻，她身上的每一道曲线，每一个角落都闪烁着耀眼的光芒。虽然被白雪覆盖，但在月光映衬下，她就像没穿衣服一般，那赤裸的蓝色腰身光滑而优美。

再下一个坡就要到环形草甸了，他们停下来静静地朝四周看了好一会儿。周围一片寂静，没有风，也没有声音。就像进入了天空之外的灵魂世界一般，平静中带着一丝神秘的战栗。天空中的那些星星变得又大又模糊，随着隆眼睛的眨动不停地四处游动。他们似乎站在一个装满星星的袋子里，脚下一片白茫茫，一切都比现实中大得多。他们经常会在月圆之夜走到外面去看看世界的样子。此时，他们好像回到了孩提时代，趁大部分女人都在月经小屋时偷偷从大房子里溜出来。那个时候，隆和莫斯最喜欢做这样的事情。

他们相互看了一眼，然后笑着点点头：该走了。寒气很快侵袭了他们的身体。他们顺着山坡朝营地跑去，遇到陡峭的坡地便直接滑下去。刚踏上环形草甸，隆就闻到了烟火的味道。这时他突然意识到自己要回到埃尔加身边了，她正在孕育着他们俩的孩子。他和莫斯带回了意想不到的收获，大部分人肯定会待到很晚才睡，享受难得的美味。女人们则忙着处理剩余的那些肉和骨头。寒气在他的胸口蔓延，他忍不住像潜鸟一样大叫起来，莫斯在一旁乐不可支。

* * * * * *

埃尔加的肚子越来越大，终于在某个早晨发动了。女眷们把她送到部落里的产房，那是月经小屋旁边的一个小棚子。她们全部聚在那里，把男人们轰走。索恩把男人们带到火堆旁，虽然还没到中午，但他已经点燃了烟斗。"咱们部落的新生命，"他笑的样子真的很像蛇，"我们要好好迎接他。"

索恩没有像父亲那般恭喜隆，但也没有像过去那样瞪他。隆拿起刻刀和棍子，紧张地雕刻着，他要给小宝宝准备一件小小的玩具。他刻的是野山羊，棍子一端绑两个木结做羚角。他们不时地听到女眷们的歌唱声，过了一会又传来一阵撕心裂肺的哭喊声,应该是埃尔加;隆的心揪成一团,他觉得自己的内脏也一阵阵剧痛,就像感知到埃尔加的痛苦一样。

"头已经出来了,"索恩说,"很快就结束了。"

"那么,属于哪个族群?"霍克问了一句。

索恩站起来:"这孩子属于鹰族。几年之后我们就会有一只雄鹰。我们需要鹰,所以是鹰族。"

"女眷们不一定会同意吧?"霍克问道。

"不管她们,"索恩瞪了他一眼,"我才是这个部落里决定孩子族群的人。前几天晚上我已经看到了他的归属。"

"我也是鹰。"莫斯说。

"没错。不过这个部落里只有你和西斯特两只成年的鹰。我们需要更年轻的。如果是男孩的话,你要和西斯特一起来决定孩子的族名。"

莫斯高兴地笑了,他走到隆旁边给了他一个拥抱:"现在我是你孩子的族叔。希瑟有没有说过是男孩还是女孩?"

"她不确定,但她说可能是个男孩。"

"不管他,反正咱们以后是更亲的兄弟了。"

隆也笑了:"太好了。"

隆停下手里的刻刀,棍子上似乎只刻了一个野山羊的头,木头上的螺纹正好当作羊的眼睛。

这时,萨杰脸上挂着狡黠的微笑,走过来宣布道:"孩子出生了,是个男孩。"

男人们立刻欢呼起来。

后来希瑟告诉隆,生产的过程比她预料的艰难,因为孩子的脑袋太大。"我只好不停地吓唬她,让她用力把孩子向外挤。问题在于,如果孩子老不出来就会出大事。母亲会变得越来越疲急,失去信心,无论孩子是否出来,这都很糟糕。所以在做出更坏的选择之前,我会试着恐吓母亲,让她使出比过去更大的力气。我告诉她一旦采用更极端的办法,她和孩子会出现什么状况,情况会糟糕到什么程度。一般情况下,听到我的话,母亲就会使出全身力气。埃尔加就是如此。"

他们外出打猎的时候经常会碰到附近部落的猎人。猞猁族生活在乌尔德查和大河交汇处的下游,狮族住在冰冠山下面,狐狸族和乌鸦部落则在西面定居。每次相遇,他们都会简单地聊一会,彼此分享食物,抽上几口烟管,坐在溪流边喝上几口,最后告别离开,继续前行。如果追捕的是同一种野兽,有时还会联合起来共同捕猎,但这种情况很少发生。猞猁族人很随和,甚至带着点懒散。他们更像是猎豹而不是猞猁。他们喜欢背着小酒袋四处游荡,有人说可能这就是他们看起来很懒散的原因。

有一次,隆和希瑟一起外出采集植物,正好碰到两个乌鸦部落的人,他们正手拉手走在高原边的小道上。他们离开之后,隆说:"我以前见过他们。"

"他俩总是在一起。"希瑟说。

"你这话什么意思?"

"他俩是一对,就像天鹅一样。"

隆赶紧转向森林看着他们:"真的?"

"这是他们的生活方式,"希瑟瞥了他一眼,"就像霍克和莫斯,是不是?"

"什么?"

"或者桑达和布鲁杰。"

"什么?"

她盯着他,过了一会说:"你和埃尔加是幸运的,不是吗?"

"是的。"

"很多人都是这样觉得。"

"不过……"

隆疑惑地皱着眉头,希瑟没有搭理他,只是摆摆手说:"我们每个人都比外表看起来的更深刻,我们的内心还住着其他人在帮我们做事,我们被他们的所作所为左右,对我来说就是这样。"

"我曾经爱上过一只鹿。"隆承认道。突然间,他有种如释重负的感觉,甚至还有点骄傲。

希瑟点点头:"我曾经爱过一头野牛,那时我还是个小姑娘。但最后没有成功。"

隆盯着她:"索恩?"

希瑟摇了摇头:"不是,是皮卡。"

隆更惊讶了:"那个老头子皮卡?索恩的师父?"

希瑟点点头。

"那他是什么样子的人?"

希瑟想了想:"好吧,他其实有点像索恩,或者更像。"

"我的天啊。那一定是……"

"其实并不好。正如我说的,最后没有成功。而且索恩当时还在,所以很乱。"她看着自己的手,长叹了一口气,"但皮卡第一次在洞穴内绘画的时候我就在场。我们走进洞内,我们交合,然后他跳起来说要画我,把我们所做的一切都画出来,我应该是大地母亲。但后来他又把自己变成了野牛。那头野牛一直在他身体里。对,索恩说得没错,我们的通灵师是个坏蛋。"

* * * * * *

高高的池塘里出水口有一片水面还未结冰,隆踩着排水沟里一块漂亮的燧石，燧石纹丝不动，黑色的河水从两边缓缓向前流淌。他把石头从水里捞出来放到自己的宝库里，宝库就在山脊上的两块巨大的石头之间。

一天，吃完随身带着的袋子里最后一点油脂，隆在阳光下睡了一会儿。醒来之后，他拿起一块从小溪里捡到的石头，还有这几天一直在用的凿石。这块凿头非常坚硬，纹理细腻，看起来坚不可摧。隆右手举着凿石，左手把燧石按在地上，一次次地凿下去。刚开始力度不能很重，一点点凿出裂痕，最后再猛然用力。

几次重击之后，隆发现手里的这块凿石没有想象中的那么结实，于是他开始控制力度，必须恰到好处。

吸气，呼气，砸下去。

吸气，呼气，砸下去。

温暖的冬日早晨，河面上的冰闪闪发亮，溪水轻轻流淌，水面上激起的水泡顺流而下。呼吸两次，砸一次。接着是三次。天刚破晓时是三比二，到了夜晚就变成了四比三。

现在，雕凿难度越来越大，一点点偏差都可能会导致失败。隆能看到未来的走向。就像一片赤杨树叶子，指向茎秆，离茎秆最远的一边有一个小小的圆形凹陷。最后的雕凿必须掌握好力度和平衡。

吸气，呼气，吸气，凿。

吸气，呼气，吸气，凿。

冬日的阳光渐渐变暖。隆身上的皮毛在风中微微扬起，满身的汗水被风吹得渐渐变凉。因为有了对这些石头的爱，所以他感到无比幸福。

两个快跑族的人从旁边经过，看到隆之后便停了下来。他们是一对年老的母亲和儿子。他们不是在打猎，隆也毫不怯懦地看着他们。老妇人对他很和善，她的儿子也没有在猎食。他们用嘶哑的鼻音朝着隆说了好一会，那声音不同于其他任何动物，多种多样，极富表现力，很像小鸟的叫声。隆只能听懂其中的只言片语，比如你怎么样，好，受伤，饥饿，谢谢你。隆仔细听着，希望能听懂更多。他告诉老妇人自己很好。他把刚做好的石刀拿给他们看，他们觉得非常好。刀片十分匀称，保留了原石的纹理切面。

老妇人举着石刀问了隆一个问题，似乎是在问他要用这把刀做什么，或者说这刀有什么用。她就这样一直举着。隆有些不好意思地把刀拿回来，翻过来放在手里，摸了摸刀刃，又看了看边缘。最后又把它放回妇人手里。这就是它的用处。

"它就是用来欣赏的，"他低声回答，"我做它就是为了好看，我们部落里的女人都喜欢这种东西。"

老妇人摇了摇头，似乎不明白他的意思。

"漂亮。"隆用老妇人的语言说。她点点头，依然心存疑惑地瞥了隆一眼。

长矛头也很好做，但他就是喜欢这种刀片。你可以把它投进兽群中，如果有动物被击中，所有动物都会惊得四下逃窜，在慌乱中个头小的动物就可能受伤，这样一来就容易被抓到或猎杀。在学会使用长矛前，男孩们就已经会这样做了。做这个不需要用什么切面或锋利的东西，只要有棱角的石头就可以。

隆知道快跑族的人和这些石刀很相似。他们的衣服上面画满了图案，还装饰着皮革做成的圆环。脖子上系着皮绳，上面挂着牙齿和贝壳。他们用地血和炭棒在皮肤上涂画，当然，他们也在岩壁上作画。即便如此，他们依然不明白他要用这把刀做什么。可惜他们不会吹口哨。

他们的确是人如其名，一天到晚忙个不停，在营地里忙，出来就是打猎。他们会分成不同人数的队伍，朝着不同的方向，捕猎不同的动物。总是一副匆匆忙忙的样子。忙乱中，他的妈妈总是吹着口哨。那是一首妈妈吹给孩子听的老歌。祖母曾给母亲吹过一次，他正好听到了。

老妇人希望隆能和他们一起去河岸边。隆站起来跟在后面，手里握着那把新刀。他们需要隆帮忙把一块巨石从岸边搬到浅滩上，隆不明白他们为什么要这样做。男孩做了几次手势，但隆依旧不太明白。隆和男孩一起走到巨石后面，两个人一起把石头推到河里，瞬间激起了巨大的水花。

"谢谢你。"他们很感激，接着又做了几个从河里捞东西吃的手势。啊，明白了：这块石头可能是用来做捕鱼陷阱的。他们用石头改变河水的流向，以便更容易捕到鱼。也算是一种陷阱。

"谢谢你们！"说完隆又吹了一声口哨，"好主意！"他吃的鱼一般都是自己抓的。大多是那些逆流而上直至死亡的红鱼。它们味道还不错，不过一旦死掉，它们的身体很快就会解体碎开。

总有一天隆会回到西方寻找自己的族人，他们就住在冰冠山西面的红鱼河边。他会给他们带去最好的刀片，把自己从快跑族人那里学到的东西展示给他们。然后他的妻子会再把他带回来。他的父亲有可能会原谅他，如果他们都还活着的话。

看来隆和埃尔加的孩子出生的这个春天并不是个好季节。那些没冻死的蛾子一直没有出现。到了第五个月，他们为过冬储存的食物几乎都没有了，坚果、油脂、冻鸭、熏鱼、可以吃的树根、干鹿肉，所有的东西在最后几个星期都是按照最低量分配的。西斯特又一次担负起重任，霍克和莫斯再也不敢对此进行干涉或质疑。食物短缺已经够西斯特受的，他们也不需要再强调或多说什么。说实话，要是换作他们，做得也不会比现在好：一切都是因为遇到了一个坏春天。

这意味着他们比以往任何时候都需要出去打猎，还要祈祷那些陷阱能抓到点猎物。可是今年大地上一片光秃秃。有些冬天，雪兔多到足以喂饱整个部落的人。逐渐堆高的积雪让那些雪白的小家伙可以够到高高的柳树丛，所以它们越吃越胖。而它们越胖就越容易被抓到。等一下，我看到了什么：树丛里有两只眼睛，落入了陷阱里。

　　但今年冬天一直没看到雪兔。希瑟说，有些年份就是这样。他们可以去找雷鸟和松鸡。等一下，我看到了什么：黑色的棍子在移动。清晨时分，人们可以拿着网四处走动，然后在那些白鸟从雪地里飞出来的瞬间迅速撒开。速度必须要快，不过如果你做好了准备，时间正好够用。但今年，他们也看不到雷鸟和松鸡。

　　隆和同伴们一起外出狩猎，独自一人去检查陷阱，他总会尽可能地走远一些。有时候他会在陷阱里找到一些小猎物，比如雌狐狸、麝鼠。没有了雪兔，所有的小猎物和猎人一样饥饿难耐，所以也更容易被抓到。无论什么猎物对他们来说都是好东西。有一次隆发现一只死老鼠，也把它带回了营地，没有人笑话他。毕竟有四十四个人要吃饭，所以他们每天要考虑的事情就是如何找到食物。现在每个人的胃都收缩得厉害，瘪得紧紧贴在脊椎骨上。饥饿的滋味深深地刻在每个人的脑子里。

　　天气依然很冷。猎人们已经没有力气走那么远，他们不得不为以后更为重要的事情保存体力。其他的男人都很羡慕隆，因为他能时不时地喝上几口埃尔加的乳汁，这样就可以多撑一段时间。的确，这种时候还能喝到几口温暖香甜的乳汁对他来说确实是一种极大的慰藉，不过埃尔加的乳汁也变得越来越少。他们的孩子会吸吮另一个乳房。有一次，闭着眼睛的小宝宝突然伸出手轻轻摸了摸隆的脑袋，好像表示同意他吃几口。"我想这应该就是要有两只乳房的原因。"埃尔加微笑着说。

不过那条伤腿还是拖累了隆的行动。他再也比不过其他的猎手。有一次，他在树丛的陷阱里发现一只死麝鼠，但不知怎么的，那只麝鼠似乎空空的，实际情况是：麝鼠的脑袋碰到了地上，地上的鼩鼱把它的脸、肠子、肉和内脏全吃光了，只剩下一张包着骨头的皮。即便如此，隆还是把那些残渣带了回去，他们还可以吃骨头里的骨髓，那张皮也有用处。

还有一次在检查陷阱的时候，隆遇到了一只狼獾，狼獾正在啃咬陷阱的绳子以放走一只被抓到的貂。当隆赶过去的时候，狼獾已经把它的小兄弟救了出来，一道朝远处跑去。貂就像一只细长的松鼠，狼獾则大步大步向前跳着，它总是四条腿一块儿着地，身后留下了一串串脚印。不一会儿，它们就消失在树林里。隆以前听说过这种事，但还是第一次亲眼看到。狼獾和貂算是一家人。熊和海狸也差不多。大个头的动物不会去欺负自己的小兄弟们。

今天尤其糟糕。现在，除了整修和重新布置陷阱之外无事可做，他只好寄希望于下一次有好运气。目前只能有什么吃什么，千万不要急躁。只有再试一次才能治愈失望。目前最好的办法就是每天都去检查一遍陷阱，但那意味着要走很多路。白天渐渐变长，但走完一圈的时间似乎也越来越长。每天最轻松的时候就是和埃尔加、宝宝躺在一起，对着另一边乳房吸上几口。当然，大部分母乳还是要留给孩子喝。不过当那浓郁的香味流向空荡荡的胃里时，他会暂时忘记痛苦，把不停抽疼的伤腿置于一边。

由于过于饥饿，部落里同时病倒了两个人，唐琪和温蒂。索恩和希瑟把她俩放在营地两端的床上，来来回回地照顾着。索恩让隆跟着一起，说这话时他的眼神特别坚决，隆把到嘴边的话咽了下去，决定还是改天再和他顶嘴。

两个人的病症完全不同。唐琪是发烧，生疮；而温蒂是浑身无力，到了几乎无法动弹的程度，也许是因为她太老了。他们走到岩洞西端唐琪的床前，索恩戴上硕大的野牛面具，隆既害怕又好奇，浑身抖个不停。面具比索恩的头大了很多，看上去很像一条黑蛇正从下面吞噬野牛的脑袋，也像是鼩鼱在吃貂。为了能说话和看清楚东西，索恩不得不把头套向后倾斜，就像是野牛在仰望天空。索恩在唐琪周围扭来扭去，他盯着她的喉咙，手指轻轻触摸她的腋窝，然后再吹奏笛子。一切动作就像缓缓流淌的河水中的漩涡，十分从容。唐琪似乎被迷住了，隆也是。他很想上前帮忙，但最后还是保持了距离。他有些害怕。

他们又来到温蒂的床前，那是在营地东边一个隐蔽角落里。隆觉得很难过。温蒂看起来非常疲惫，完全不是隆记忆中的样子。那个时候她总是在营地里跑来跑去，料理各种小事。悲伤中隆在想，不知道今天要多晚才能和埃尔加在一起，那会有多么开心。同时拥有这两种感觉真是很奇特，就像吃得太饱反而难受时的感觉。

温蒂一直都很活泼，直到这个冬天。隆坐在她的床脚边，头靠着膝盖，脑子里却想着埃尔加和那匹黑马，还有洛厄厄伯山脚下那群野牛。它们都和索恩一样顶着一个大脑袋。为了抗住那些头，它们的身体总是向后倾斜着。狮族也一样。他突然在想狮子和野牛是怎么成为兄弟的，虽然形体相似，却一个是猎人，一个是猎物。要么速度快，要么体形大。他在自己的眼睛里看到了野山羊优美的角和臀部曲线，那是两种完全不同的曲线，但都很精美。他想把它们都雕刻下来。

这些日子以来，希瑟一直待在病人身边，嗅着她们的呼吸，耳朵贴在胸前听她们的心跳，甚至品尝她们的小便，陪她们一起去大便，然后摇着头不停地思考。她煮了很多药茶，然后用一根空心芦苇管滴入温蒂嘴里。这些药茶大部分是艾草,褐色,味道发苦。她在温蒂的茶里加了一些槲寄生花粉和一小撮狼地衣。这种鲜绿色的苔藓把希瑟的手指都染上了颜色,而且会让茶变得特别绿,完全看不到之前的褐色了。狼地衣对狼来说是有毒的,但希瑟经常会给她的病人喂上少量的这种毒药。

她还把自制的药膏涂在唐琪的疮口上,药膏里有熊油、赤杨树皮粉,还有其他一些收集在彩色袋子里的砂砾和干粉。她还把蜂蜜、浆果和草药捣得烂烂的喂给她们吃。虽然味道不好,但似乎可以让病人减轻一些痛苦。

一天晚上,索恩戴上面具在唐琪床边又唱又跳,突然他大叫一声朝唐琪扑去,抓着她的喉咙,好像要掐死她似的。不一会儿,便从她喉咙里掏出一团白乎乎的东西,然后迅速扔到河里。唐琪一脸惊奇地盯着他。

治疗温蒂时,索恩只是坐在她身边不停地吹奏笛子。一天早上当他们再次去看望温蒂时,索恩拍拍隆的肩让他走开。"去打猎吧,"他说,"这里没什么你能做的。"

以前从没有这样过,隆忍着没吭声,高兴地离开了。第二天晚上,温蒂死了。唐琪活了下来。

他们把温蒂的尸体裹好搬到乌鸦天台下,然后爬梯子把她送上去,留在那里供乌鸦啃食。这个时候的乌鸦和其他生物一样饥饿无比,不一会儿,温蒂的肉身就被吃得精光。他们把剩下的骨头收集起来,等到今年夏天迁徙前埋葬在河里。

离开之前,所有人围着温蒂的尸体坐成一圈痛哭不已,索恩在一旁吹奏笛子。他们的痛苦需要宣泄,他们的感情无须掩饰,每个人都很爱温蒂,她曾像母亲一般照顾过所有人,而现在她永远地离开了他们。他们都是大地母亲的一部分,在吹奏间隙索恩这样告诉大家。出生,交配,死亡,它们都是玫瑰上的花瓣。天神最终会摘下所有的花瓣：让他们出生，让他们繁衍，让他们死亡。

那天晚上，隆听到自己心里一直有个声音像潜鸟一样哭泣。这是他内心的歌声，只有他才能听到。

因为温蒂的死亡，几只幸运的乌鸦得到了喘息的机会，但峡谷里的其他人更饿了。直到有一天，一只蛾子从河边的灌木丛中飞出来，六月来了。到了晚上，索恩整夜整夜地吟唱，祈求夏日精灵早日到来，隆觉得这是他唱过的最令人难忘的歌曲。那天晚上，黑色的星空上闪烁着一道道蓝色绿色的微光，真是美极了。索恩把大家喊起来欣赏这壮观的场面，并宣布这是夏日精灵即将从天空另一侧回归的前兆。所有人都目不转睛地看着，那闪烁的亮光穿过星星，像蜻蜓翅膀一般飞向漆黑的夜空。直到最后亮光消失他们才回去睡觉。

"夏天最好赶紧回来，"希瑟迈着沉重的脚步回到床前，嘴里喃喃自语，"等松鸡没有了，总不能去吃松鸡的粪便。"

经过隆旁边时，她又说道："你少喝点你老婆的奶水，你儿子需要营养才能长大。"

"我知道，"隆说，"但如果我能带回来吃的就没问题。"

希瑟点点头："那就快一点。"

他们实在是太饿了。最后，西斯特和索恩只得逆流而上去拜访冰冠山南面的乌鸦部落，恳请他们匀一点吃的。回来之后两个人都不愿多说什么，不过他们的背包里装满了成袋的坚果和油脂，手里还拖着一袋冻鸭子。

"他们的食物也很紧张，"西斯特一脸严肃地说，"但还是帮了我们一个大忙。现在是我们欠他们的了。今年八八节或秋天我们必须还给他们一些好东西才行。"

终于有一天，地平线上出现了鸭子的身影，它们呱呱地宣告着：夏天来了！夏天来了！夏天来了！饥肠辘辘的狼族人立刻抓到了几十只。没多久，鹅也排着长队摇摇摆摆地回来了，嘎吱嘎吱拍着翅膀，到处都是发情的叫声，咯咯声，各种声音嘈杂不休。

饥饿的日子终于告一段落。部落里无论男女都拿起长矛和网外出捕鹅。当然，一定要记住，不要抓最开始的那几只。不过当成百只猎物成群结队地到达时，你也不会着急了。夏天来了。很多人高兴到流着泪去打猎，毕竟刚过去的这个春天把他们折磨坏了。

第五章
冰与雪之地

那是八八节的第二个夜晚,大家正围在篝火旁跳舞,隆在跳舞的人群中没有看到埃尔加的身影。他又逆时针找了一圈,还是没有。最后他回到营地里,那里只有希瑟、小宝宝和其他几个孩子,没有埃尔加。他走过去询问希瑟。

希瑟紧皱着眉头,隆的心不由得一沉。

"怎么了?"他赶紧问道。

"去找她。"希瑟看了看孩子们,"或者去找索恩,让他赶快来找我。"

"怎么了,到底出了什么事?"

"你先去找她,我回头再和你解释。"

隆赶紧跑开,希瑟的态度让他心里慌乱极了。他又绕着大火堆和其他的小火堆找了一遍,然后是整个营地。还是没有埃尔加。这时他看到索恩和那帮通灵师正坐在一个小火堆旁边,他紧张得快要喘不过气来,于是赶紧跑过去把索恩拉到一边。

"我到处都找不到埃尔加,希瑟说我必须找你。"

"你在说什么？"他听起来有点喝醉了。

"埃尔加！我们把孩子留给希瑟照看，然后一起去跳舞，中间她停下来和一个人说话，我绕着圈子继续跳舞，可后来我找不到埃尔加了，我本以为她和其他女人一起在火堆另一边，但她不在。我又回营地找她，可她也不在。还有希瑟，我不知道发生了什么，她好像觉得这很不对劲。"

"我们去看看她到底想干什么。"索恩皱着眉头说。

刚走进营地，希瑟就立刻走上前。"埃尔加来自北方，"她告诉索恩，"她是从那里的某个部落里跑出来的，我估计他们把她带走了。"

"哦，不。"索恩不由得叫了一声，语气里充满了厌恶。他阴沉地瞥了一眼隆："她是哪个部落的？"

"北方的一个部落。他们没有参加今年的八八节。"

"那他们怎么会在这里？"

"我不知道，我怎么会知道？赶紧去找皮普勒特，还有西斯特，看看他们怎么说。"

索恩一把拉住隆的肩膀，用力地拧了一下："去找西斯特和艾拜克斯，还有你的其他朋友，让所有人都回来，告诉他们我说的，我们遇到麻烦了。"

隆立刻朝最大的火堆跑去，他很快就找到了西斯特和艾拜克斯，并把消息告诉了他们。不一会儿所有人都聚集在营地的小火堆前。索恩把皮普勒特带了回来，云游者和他们一起坐在火堆旁，边暖手边听他们的讨论。皮普勒特从萨杰手里接过一袋水，喝了几口之后又冲了冲脸，他用力地摇着头，似乎要把节日的气氛冲走。不过周围火堆旁的喧闹声还是不时地冲到他们耳边。

隆突然明白，不光是西斯特、艾拜克斯，即使连霍克、莫斯和无所谓都不想去找埃尔加。

"我们必须得救她！"看清这一点之后隆大声说道，"我们不能让他们这样做！"

"安静点，"西斯特说，"这不是你能决定得了的。"

"我们必须保护自己的人，"索恩说，"不然消息很快就会传开。"

"她是个出逃者，她不是我们的人，她只是自己过来的。"

"但我们接纳了她，"希瑟说，"你也无权决定。整个冬天她都和我们在一起，她帮助我们熬过寒冬。还有，她和隆结婚了，有了孩子，所以你不能那样说她。"

西斯特注意到希瑟阴沉的面孔，他只好伸出手来："好吧，但正如你们所说，她是从别的部落里逃出来的，我们怎么能知道她现在在哪里呢？"

"你就是想继续跳舞。"希瑟轻蔑地看了他一眼。

西斯特瞪了她一眼。他希望希瑟能闭嘴，但他知道如果强硬着来只会适得其反。没有人比希瑟更会骂人，连索恩都要甘拜下风。现在可不是吵架的时候。如果不能立刻判断出他们需要什么，他也做不了他们的首领。

所以他选择走到皮普勒特旁边坐下："你知道他们是些什么人吗？"

"差不多。但我不确定到底是谁带走了她。不过我听到过关于她来自哪里的传言，如果是那些人的话，那我确实认识他们。"

"他们的部落很大吗？"

"北方的部落一般都比南方的要大一些。"

"你能跟踪到他们吗？"

"也许，这个要取决于他们是直接回家还是去其他地方。"

"他们为什么不回家？"

皮普勒特瞪了他一眼。

西斯特站起来看着火堆，他开始说话，刻意回避了隆的目光。

"我们不能为了一个女人跑到北方去。我们刚刚熬过这个春天，大家都很虚弱，我们需要留在这里捕捉驯鹿，还要按时回到鲑鱼河边，我们要捕获到足够的东西还给乌鸦部落，以感谢春天他们给予我们的帮助。我们没有足够的食物和力气进行这场追逐。情况就是这样。我们不能去。也许明年我们可以把她再偷回来。"

隆离开了火堆。他站到低矮的小山丘上，俯瞰着整个节日场地。篝火周围的鼓声像是在他心头咚咚地敲着。他已经麻木了，什么也看不到。他明白发生了什么事情，也意识到了问题的严重性，只是事情太严重太突然，他还回不过神来。此刻的他似乎呆住了，就像他曾经不停地向前跑，回头看的时候一头撞到树上。后来他再也没有那样过。他原以为可以在众多的谚语中再加上一句：一定要看着自己跑的方向。也许因为这是太明白不过的常识，所以一直没写进谚语里。刚才萦绕在心里的嗡鸣声突然让他感到一阵恶心，他只好把手放在膝盖上，垂着头，一直持续了许久。

> 我是第三道风。
> 当你一无所有，
> 当你无法继续前行的时候，
> 我来找你了。

皮普勒特离开了他们的营地。隆跟在后面追着他。他要确保在远离营地的地方赶上他。

"皮普！我需要你的帮助！"

"你这话是什么意思？"云游者很谨慎地问他。

"你能不能告诉我那些北方人住在什么地方？还有，他们会从哪条路回到那里？"

"我可以告诉你,"皮普勒特同意了,"不过,听我说,年轻人,我可不想和那帮北方人较量。想从他们那里把你的女人偷回来并不是件容易的事,尤其是只有你一个人。当然,多一个人也没什么用。"

"我一定要这样做。"隆说,"只要告诉我他们住在哪里,你就可以走了。"

听到这话,皮普勒特皱了皱眉头。"我会走的,"停了好一会儿,他说,"我很理解你。不过你必须靠自己。我要向东走。"

"好的,我明白,已经很感谢了,我不会再有其他要求的。"

"我也希望没有。"

大草原的夏夜转瞬即逝,等皮普勒特在朋友们中间打探到消息的时候,东方的天空已经微微发亮。隆急匆匆地跑过一堆堆篝火回到营地里。他走到希瑟旁边坐下,她正弓着腰在小家伙旁边打盹。听到声音后她醒过来看了隆一眼。

"我要去找她。"

她朝隆嘘了一声:"我觉得你不能一个人去。"

"我要去。你帮我好好照顾孩子。我会小心的。"

"你最好这样。"她阴沉着脸,"而且光小心还不够,还要有技巧,还有耐心。一旦有机会的话你也要等到晚上再去。"

"我会的。"

她突然伸出手拉住隆的胳膊:"我觉得你不应该去。"

"我必须去。"

于是,隆在灰蒙蒙的黎明之前出发去找皮普勒特。

八八节的节日庆祝地在五大河的南面,这是皮普勒特起的名字,几条河在那里汇入利尔河。皮普告诉隆,那些北方人匆匆忙忙地离开了节日营地,几乎可以肯定他们要去玛雅山谷,那里是利尔河的支流,爬上平缓笔直的山谷向北延伸,流向正好指向纺锤星。玛雅山的山顶有一道宽阔的山口,再向下走就到了平坦的山谷,由东向西倾斜,河水从那里流向大盐海。皮普告诉他,在山谷北边就是那座覆盖了北方的一切的大冰墙,可以说那里就是北方的终点,就像大盐海是西方的尽头一样。北方人就住在这片冰山、陆地和大盐海的交汇处。

"那里还住着什么人?他们都吃些什么?"

"都是普通人。他们也吃鲑鱼和驯鹿,鹅和鸭子,冬天的时候吃冰上的海豹。说实话,他们吃得很好。只不过天气一直很冷。"

"我可受不了这一点。"

"不要说这样的话,"皮普勒特说,"不要把自己不想要的东西大声说出来。你的族人没有教过你吗?"

隆没有吭声。他紧跟着云游者轻快的脚步,但感觉有些吃力。走路的时候他觉得自己的内脏都搅在了一起,难受得很。他想跑,但皮普却一直保持这个速度,确切来说是快走;隆只能咬紧牙关跟在他后面。借着黎明的曙光,他边走边仔细观察着草原的地面,他总觉得跑起来应该会更容易些。

皮普勒特走路的时候总是很用力地呼吸,空气通过牙齿时会发出像小调一般的口哨声。隆见过很多云游者都有自己排解寂寞的方法。有些人会不停地说话,谈论着很多狼族人不会大声谈论的事情;有些人唱歌,还有些人会边走路边击打手里的拐棍。还好皮普和他们不一样,他只有微弱的口哨声。事实证明他走得的确很快,可以说是非常快:隆必须集中注意力才能跟上他的脚步。

他们沿着河边的小路走了很久,然后遇到了一条大的支流,他们不得不逆流而上走到支流的拐弯处,然后走到玛雅河谷西边的山脊上,再向上就是一条变宽的山路,借着晨曦的微光很容易爬上去。

不过此时他们不得不小心行事：四下一片灰蒙蒙，山脊上光秃秃的，一眼就能看到很远。这意味着上面的人很容易被看到。而行路最重要的是不能被发现。再说，那些人偷了一个女人，他们很可能会留下几个人来阻止追击。只要布下一个小埋伏就可以解决后患。天空渐渐变亮，只剩下寥寥几颗星星在灰色的空中闪烁。他们走下山脊，沿着靠玛雅山谷一侧的树丛和岩石边缘前行。这种地方很难走得快，不过他们可以在云杉和白桦树间穿行，避开河床上缠绕的柳枝。逆流而上时还能不时地看几眼前方山脊上的天际线。这样很安全，却也很慢，他们只能在树丛中奋力前行以弥补时间。

那一天他们走得非常辛苦，只休息了两次，饿了就吃点从营地里带来的东西，渴了就在穿过支流时深深地喝上几口水。皮普吃东西非常快。他大步流星的步伐看起来似乎并不快，但他每一步都迈得很大。经过这一天，隆对他有了一些了解。他喜欢抄一些近路，那些路隆根本没注意到，但只要露出一点点踪迹他就能认出来。

当隆问起这一点时，皮普回答说："我是直行侠，我的意思是，我会选择干净的路线。如果没什么意义，我不会直接朝陆地走，不过我也不会浪费精力。有时候起起伏伏的路并不会偏离正确的路线。总之，我会找出最好的路线。如果是某个我曾经去过的地方，我总会看看有没有比之前更好的路可走。假如到了一个新地方，最棒的事情莫过于找出一条最好走的路。"

"你能记住自己去过的所有地方吗？"

"哦，当然记得。"

"那你以前从这里走过吗？"

"走过。不然的话我们不可能走这么快。我们必须要寻找踪迹。目前来说，我知道他们要去什么地方。还有，就在不久之前，我已经找到一些他们经过时留下的痕迹。所以我们有希望赶上他们。如果能在路上追上他们，那你的机会肯定要比他们回到大本营的机会多得多。"

"他们经常干这种事情吗？"

皮普耸了耸肩："他们北方人之间经常发生争斗，所以偷别人老婆的事情时有发生。正如你所看到的那样。有一段时间，他们中的几个部落相当不和。有人说是那堵巨大的冰墙让他们害怕，变得容易愤怒。另一部分人则认为他们是因为太冷而无法冷静思考问题，所以他们的行为很急躁。对此我不太理解。他们很像水獭。"

"啊。"听到这话隆忍不住战栗起来——水獭意味着不屈不挠，凶狠残暴，"对我来说这太奇怪了。"

皮普转过头看了隆一眼，然后回过身继续向前走。

"你来自于一个好部落。好的部落，好的族人。南方的部落都很友好，但有些地方并非如此。北方人都很坚忍，他们在那里为自己的生存而战。"

"但原因是什么啊？"

"为什么要这样问？没有原因。他们就是喜欢这样。他们喜欢争斗是因为那些幸存下来的人觉得这样很好，他们能从中获得一些东西，这一点在那里也许很重要。"

隆叹了口气，试图把北方人的事情先甩到一边。目前最重要的任务是跟紧皮普，不要拖他的后腿。就像外出打猎时说的那样，做他的影子。等他们赶上那帮北方人时就能知道埃尔加的情况了。不过一想到埃尔加，隆的心比想到那帮水獭一般的北方人还要难过，五脏六腑不由得揪成一团，痛得连脊椎都直不起来，走路的样子就像饿狼一般。他尽力让自己只盯着皮普的脚印，一步一步踩在上面。

这个长谷里的土壤非常贫瘠。很多地方都露出光秃秃的岩石地面，石缝和洼地里长满了苔藓和低矮的柳树。岩石表面覆盖着一层地衣，看起来很像是溅出的颜料。在玛雅山顶的入口处，淡绿色的地衣绕成了一个个大圆圈，然后从内向外死去，岩石上的其他地衣被撑开剥落，只剩下粉红色的石头。隆看着这些东西，没多久又陷入了恐惧中，这时的他什么也看不到。

一块块大石头散落在粉红色和绿色之中，他和皮普躲在石块后面弓着腰向前走，他们向更远处的北面观察了一番，什么都没有。接下来的时间里，他们沿着山脊向下走，一直走到一个平坦的大溪谷里，溪谷一直向西延伸。皮普打算从自己认识的那片浅滩处过河。"再向西走一点。"他说。说完就朝着浅滩的方向走去。

太阳快落山的时候皮普停下了脚步："我们吃点东西吧，然后看看能否借着月光继续走。他们肯定会停下来，所以我们能赶上他们。"

他从背包里掏出装着食物的袋子，专注地吃起来。他有一个鹅皮袋子，里面装着土拨鼠的脂肪。他把袋子递给隆，隆用手指蘸了一点放在嘴里。土拨鼠的脂肪特别肥腻，一般情况下不能单吃，否则会不舒服。通常是把它加热做成汤水，用成块的肉蘸着吃。不过外出打猎的时候，可以吞下一小口，一阵恶心之后它会流到内脏，给身体补充能量，可以时不时地吃上一小口。这是某些部落外出狩猎时的主要食物。皮普肯定来自于这样的部落。

现在是八月的第十二天，太阳落山时，一轮明月已经挂在了东方的天空中。当阳光逐渐消失时，月光开始照亮整片大地。皮普带着他沿着一条低矮的山脊向北走，这道山脊一直向下伸到山谷里。这个时候，皮普的速度放慢了一些。当他们爬到山脊上的一个小圆丘时，他蹲到大石头后面，避开地平线，向上仔细查看山脊上的动静，随后又低头看着旁边的山谷。隆跟着他一起观察，心脏怦怦直跳。不过下面什么都没有。大半夜过去了，月亮已经转到了西边。空气越来越冷，两个人走得都很慢。隆觉得自己的脚快撑不住了。月亮落下之后，天空也随之变黑。皮普爬到一个小山丘上坐下来："歇歇吧。"

隆坐了下来。

"你看，"皮普指着前方，"他们的火堆。"

远处北面的山谷里有一个小小的黄点在闪烁。

"啊，是的，"隆说，此时的他既盼望又害怕，"我们现在怎么办？"

皮普沉默了好一阵子，最后他说："他们肯定安排了守夜人。天很快就会亮了。如果今晚行动我们很难不被发现。如果明天晚上我们能早点追上他们，可以借着月光好好观察一下，然后等月亮落下时再行动。所以，我觉得现在最好睡上一觉，等明天继续保持合适的距离，既能跟踪到他们，又不会被发现。"

疲惫不堪的隆接受了他的意见。他们在岩石间找了一块平地，又采了一些苔藓铺在上面当床，两个人的背包里都装着兽皮包裹。隆的是麝鼠皮缝成的，毛皮覆盖住了缝线。皮普用的是熊皮。他们把兽皮紧紧裹在身上，不一会儿就睡着了。

太阳升起的时候隆短暂地醒了一下，皮普还在沉睡中。过了一会，温暖的阳光洒在他的脸上，他再次睡着了。

突然间隆被拎了起来，他猛然醒来，发现自己被两个高大的北方人紧紧抓住，周围还有三个拿着长矛的人。皮普勒特也不见了。

* * * * * *

几个北方人用长矛尖指着他,场面十分可怕,等隆稍稍冷静之后,他们收回长矛,并示意他要么和他们一起向北走,要么当场被刺死。

于是,他们一起出发。山脊渐渐下沉,直至消失在大草原上。在这里,浅浅的溪流在草地和碎石堆成的平原上蜿蜒流淌,时而可以看到扁平的石头上布满横七竖八的裂痕。汇聚起来的溪流形成了一个大大的长方形。

一整天他们都在平坦的岩石平原上向北前行。第一次停下来时,他们让隆把除了衣服之外的所有东西都交给他们。其实,他的大部分东西都在背包里,他们已经拿走了。不过他还是把腰带和口袋里的所有东西给了他们。他们用皮绳之类的东西把他的双手捆在背后。就在这时,隆看到了埃尔加。她站在女眷的队伍里,头和肩膀耷拉着,她转头时看到了隆,随即又把头转了过去。隆也缩了缩身子转过头来,他明白埃尔加的意思,如果这帮掳掠他们的人不知道他们彼此认识,一切就会好办得多。

不过也许他们已经知道他们的关系。他们说的话听起来很清楚,但隆大部分都听不懂。他们的语言和草原上那些部落的很相像,但隆可以听懂草原人的话。隆说话时他们也不回答,隆觉得他们可能也听不懂自己的话。这种情况下就需要皮普勒特这种懂很多语言的人。皮普到底在哪里?难道是他把隆出卖给北方人以换得某种回报?隆觉得不可能。但话说回来,如果皮普感觉到了危险,或者事先知道些什么,他为什么不告诉隆?那样的话他们可以一起离开。难道那样就那么难吗?

最后他只能猜想皮普和他一样被北方人吓到了,但因为醒得及时，所以迅速带着东西溜进黑暗中逃跑了。云游者的反应都是很快的。

不管怎样，目前的情况其实并不需要翻译。那些北方人只会对他吼道：走！快点！他只能老老实实地跟着走。

也许他们会把他祭给他们的天神，或者直接吃了他；听说这种事情在北方时有发生。这是最坏的情况，也是最可怕的情况。

不过埃尔加在那里，而且已经看到他。她知道他是来找她的。不管发生什么，至少他们在一起了。所以隆决定忍耐、屈服，老老实实地当好俘虏。不管他们对埃尔加做什么，他都假装看不到。他看到埃尔加说着他们的语言。那天在八八节上他们说她是逃出来的，那这就是她原本的部落。但她看起来和这些人一点也不像，她比他们高得多，皮肤也黑得多，在四周的白雪的映衬下显得更黑了。而这里的人并不黑，虽然从远处看，和雪相比，所有人都显得很黑。不过他们不是那种马的黑色，而是和土色接近的褐色，这就和乌鸦造人的故事契合上了，乌鸦最先就是用泥土捏成了一个个小球。他们的肤色就像是冬天里野牛鬃毛的那种棕色，应该算是隆见过的最浅的棕色。他们的眼睛四周被厚厚的皮肤褶皱保护着。大多数人都又矮又胖，不过胖的原因部分缘于他们穿着厚厚的衣服。

北方人的队伍里又多了几个人，他们扛着一块块肢解开的驯鹿肉。那天晚上他们先烤了驯鹿脑袋，隆看出来他们喜欢吃的部位和其他人没什么两样，都是舌头和脑子。当然也不止于此，还有下巴和眼睛后面的脂肪垫。接着他们又开始烤鹿胸肉，肋骨，最后是鹿鞭。

除了隆之外，俘虏队伍里还有两个人。隆也完全听不懂他们的语言，不过听起来和北方人的话也不相同。他们几个人的晚餐是肺、心脏和内脏，内脏上光溜溜的，脂肪早已被女眷们刮完了。

她们把脂肪放在长柄的鹿角勺里烧热融化，然后装进袋子里。

　　隆面无表情地咀嚼着干硬的心脏，似乎在想着其他事。和这些人在一起不能表现得过于不好。他必须接受目前的状况，并竭尽所能地演好现在的角色。他知道俘虏应该如何安于本分。为了安全起见，为了等待时机，为了希望。

　　就这样，他们走了一天又一天。大草原开始向下倾斜，一直延伸到一条大河边。大河向西蜿蜒，穿过一片广袤的沼泽和草地，滋养了河岸两边和河圈里成片成片的大落叶松和赤杨树丛。一条兽皮编成的绳子横穿过河面，分别系在两棵高大的云杉树上。两边的浅滩上漂浮着不少浮木。他们捞了一根，又用绳子在之前的大绳子上绕了两个环，每动一次移动一下圆环，用手和胳膊把自己拉到对岸。他们用大绳子把木筏向下游方向拖曳，等接近北岸时，再使劲划桨用力拉。

　　几个来回之后，所有的人和货物都运到了对岸。最后，几个男人把两只木筏抬回到南岸，留下一只，几个人坐着另一只木筏回到北岸。

　　接下来他们登上了山谷北面的大草原。第二天，大部分时间都在攀爬。他们穿过一片奇怪的森林，里面有云杉、松树、落叶松、白桦树和赤杨木，但它们却只有南方同种树的一半高，而且东倒西歪，就像下面的土塌陷下去一般。不过确实如此，他们经过了不少深陷到苔藓层的大池塘，里面的水位远远低于地面。有时候，这种沉没的池塘两岸的水平线之下呈现出奇特的白色，而水面则变成天空般的蓝色，看来下面已经结冰。森林的地面上除了土还有松脂。成片的苔藓和麝香草，甚至那些池塘——看起来都像是生长在冰层下面，你可以随处看到这样的场景。一旦冰层融化，长在上面的树木就像节日里的醉汉一般东倒西歪。走在这样的地方感觉真是很奇特。

这片歪歪倒倒的森林的最上边生长着低矮的矮柳树和灌木松，从这里可以看到前方有一条长长的小路通向远处连绵的山脉。他们爬到一道低矮的山脊上，它向着西北方向延伸。站在宽阔的山道上，可以看到山脉之外一片白茫茫，冰雪覆盖了所有的高山，形成一堵巨大的白墙。一道道水流从冰墙上落下来，填满了丛山之间的山谷，一直蔓延到草原上，展开成圆形，形状和马蹄十分相像。那些冰块很像乌尔德查西面山峰上的冰冠，只是要大得多得多。向北望去，一片冰雪世界。也许它会一直向北延伸，就像皮普之前说过的那样，一直向东延伸的陆地，还有西边的大盐海。

他们走到一处高地，向下望去，可以看到山和冰的下面有一道浅浅的山谷，向西边的盐海蜿蜒，正好形成这个小山谷的山口：翻过山谷，便能看到山脚下升腾起的一道道烟柱。走近时，隆看到一排像骨针一般的柱子耸立在大盐海和烟柱之间。等再靠近一些，隆才发现那些柱子实际上是一株株枯树干，这些树比他之前见过的所有树都要高，更是比这里生长的树木高得多。这些树干光秃秃的，没有树皮，看上去就像是河里的浮木，它们都倒立着插在土里，松散发白的树根直直地戳向天空，向外伸展的根茎上挂了许多头骨。这个很像是八八节的场景，隆终于看到自己熟悉的东西了。

北方人的营地里大概有十座或十二座房子，都是由木头、兽骨和兽皮搭建而成。营地正好夹在三座小山中间，位于一个冰瀑脚下，南面就是一片空地。虽然现在还是八月的下半月，但地上已经到处都是积雪。风从北方吹来，即使阳光灿烂也依然冰冷刺骨。营地后面厚厚的积冰下有一条潺潺流淌的浅溪，朝着西南方向直奔大盐海。从营地里就能看到大盐海，那是一道遥远而漫长的白蓝色曲线。

他们走进了营地。在这里能看到更多的大树干，它们被用来做房子四角的支柱。但在向北跋涉的最后两天里，隆压根没有见过高大的树木，所以他不知道这些巨大的树干到底是从哪里来的。不过从它们的外表来看，很可能是来自大盐海的浮木。

营地中最大的房子有十步宽，约有三人高。他们从门口的一道洼地进去，类似于那种可以走下去的长陷阱。当他们穿过这条通道走到房子下面时，就会脱掉一部分外衣，然后踩到一块高高的木头墩上，钻进一个一人大小的洞里，里面是木头做的地板，大概比那陷阱般的通道高出一个头。

俘虏们也被驱赶着爬进那间屋里。

房子里唯一的亮光来自上面的一堆火，火堆上面立着一根空心树干通向屋顶外面。四周的墙面上覆盖了一层又一层兽皮。最下面一层非常冷，不过屋子中间有一个平台，大概在整个屋子高度的一半位置。大部分北方人都坐在那里。有的孩子坐在更高处，他们的床吊在离屋顶更近的地方。因为被火烤得很热，孩子们都光着身子，平台上坐着的男男女女也只穿着从腰部到膝盖的裹腿，他们那圆滚滚的褐色身体不停地冒着汗。他们会一边聊天一边从装满水的木桶里舀出一勺勺水，分给大家喝。

火堆生在屋顶洞口下面的炉火石上，应该是由很多油脂做成的油灯组成，中间是一堆在余烬堆上燃烧的木柴。火苗很小，需要有人在一旁持续不断地添柴。隆注意到添柴的都是他们的女眷，每个人的体形和胸部都不同，但和普通女人没什么两样。

他数了一下，这个昏暗的房间里共有三十一个人。周围还有不少房子，如果这是一个部落的营地，那这个部落确实不小。

他们聊天时总会不停地大笑起来。对于隆和其他俘虏来说，这些笑声十分刺耳。他们在第一层楼板耽搁了一会，其间被几个男人搜查了一番，随后隆就被送到地板下面的地窖里。除了他之外，还有七个躺在兽皮上的人和几只冻在雪松根里的鸭子。

地窖里非常冷，离台阶最远的角落里铺着几张驯鹿皮，其他几个俘虏都裹着兽皮挤在一起相互取暖。当隆问他们发生什么事情时，没有人回答他。他不知道他们能不能听懂自己的话。

楼上那帮北方人似乎在交流信息，应该是云游者在讲述自己刚刚完成的旅行。其中几个人把冻驯鹿肉切成块，递给火堆旁边的厨师。他们把驯鹿的心脏和肺扔下来，还有刮光了脂肪的内脏。下面的俘虏们不声不响地分享着这些食物，每个人吃上几口，然后一个个传下去。等大家都吃饱了，还剩下不少器官。他们把这些食物整齐地堆放在远处的角落里：一般剩下的都是最难吃的部位。不过如果没有吃饱的话，他们也会把剩下的都吃下去。

等到所有人都裹好了兽皮，隆才找了半张没人用的兽皮紧紧裹在身上，应该是头小驯鹿后腿和背部的皮。假如把膝盖蜷起来就能遮住身体。他钻进鹿皮里，尽量侧着身子睡。他还需要再铺一张在身子下面，于是站起来去角落里找了一块碎皮。吃进去的那块鹿肉像块冰一样在胃里一动不动。此时的他像埃尔加被掠走那天一般不知所措。他搞不清楚到底发生了什么。现在又被困在这里无法出去，真是太糟糕了。虽然裹着兽皮，他还是止不住地发抖，让他发抖的不仅是寒冷，更多的是恐惧。

  我是第三道风。
  我来找你了，
  当你一无所有，
  当你无路可走却又不得不前行的时候。

我来帮助他了。在我的帮助下，他会在不同的世界之间转换。从此以后，醒即是睡，睡即是醒，既是梦中的世界，又是现实的生活。因此他可以忍受一切。

有几个俘虏说的话他多少能听懂一些。他们似乎在说这些北方人不把俘虏当人看。在北方人看来，养活这些俘虏纯粹是为了帮助他们建达人干活。

所以白天他们都要外出忙碌。通常是两三个拿着长矛和刀片的建达人带着几个俘虏，建达人走在前面，带着他们顺流而下到达海边，把装满东西的雪橇拉回营地，有时装着成袋成袋的鱼或整头冻海豹，有时是大海豹的毛皮和脂肪，偶尔还会有鲸。如果地上的雪比较软，他们会让俘虏们穿上雪地鞋。每个雪橇杆的后面都绑着鹿角做成的叶片，这样接触到的雪地表面就更宽，他们就能拉得更多。每个雪橇下面还有鲸鱼骨做成的滑槽。建达人把背包系在木架上，每次到海边他们都会把包塞得满满的，带回营地去。

回到营地后，俘虏们把货物抬到一块木板上，木板架在一根粗壮的树干上，树干埋在地里，被砍断的树梢正好高过头顶。高高架起的木板上躺着成百上千只鱼，全都冻得像燧石一般坚硬，正好在木板周围垒成一道围墙，只留下一条通道供梯子上去。

站在平台上，隆想起了自己部落里的乌鸦平台。他发现在冻鱼墙里面仔细地摆放了一堆堆海豹皮做的袋子，每个袋子都是整张兽皮剥下来做成的，几乎没切掉多少。兽皮上的洞已经缝好。透过穿绳可以看到每一张皮上都积满了冰冻的脂肪。有个建达人解开袋子上的绳子，从里面舀出一些半固态的白色脂肪倒入桶里。隆被眼前这些袋子震惊了，惊到他顿时从昏昏沉沉中清醒过来。这个平台上储存的食物足够整个部落吃上两到三个冬天。他从来没有见过这样的场景。这帮人太富有了。

不仅如此,他们还俘虏了很多狼帮他们干活。第一次看到这个场景时隆再次被惊醒:营地的最东边有一栋没有屋顶的房子,四周是高大的赤杨木树枝做成的围栏,围栏内就是一小群狼。每当建达人打开门时它们就狂吠不已。不过它们很怕建达人,总是抬头用恳求的眼睛望着这些北方人,然后翻身尿尿,饥饿地舔着嘴。北方人把喂给俘虏吃的内脏丢给它们,那群狼急切地抓起大块肉,狼吞虎咽地吃下去。然后低着头摇着尾巴把北方人围在中间,喂食的人会伸出手抓抓它们的耳朵,来来回回揉着它们的脑袋!这样,那些狼的尾巴摇得更欢了。隆看得目瞪口呆,不过接下来的一幕更让他震惊不已:那些人竟然把狼从围栏里放出来,然后不穿雪地鞋和狼一起在雪地里肆意狂奔。那一天他们很晚才回到营地,狼也一起回来了,拖着大块的木头和血淋淋的肉。绳子一端系在狼前腿的绳具上,就像南方人在腰间套上挽具来拉雪橇一样。

隆简直不敢相信自己的眼睛。这些人太……他不知道该如何形容。

接下来的日子里,他又发现这帮北方人最希望俘虏们做的事情并不是从大盐海边拉食物回来——这种事狼也可以做,而是让他们到营地东边的山谷里捡拾柴火。因此,走到海边拉回鱼、海豹和脂肪的日子变少,他们更多的时间是沿着山坡向东跋涉,出现在一个又一个山谷间,这些连绵不断的山谷一直蔓延到大冰墙。谷底全是茂密的森林,但最高的树也不过一人高。所有的树都很矮小,种类和南方基本相同,只是桦树和落叶松多一些,松树少一些，没有橡树。成天走在这些树丛间，隆觉得自己像是到了天空外的另一个世界，这里所有的东西都更小，人类变成了巨人。也许这就是这些北方人如此怪异的原因之一吧。

这些建达人向导或守卫随身带着石楔，石刃固定在树枝的两侧。他们挥动着石刃，在靠近地面的树干上砍上几刀，然后把楔子塞进切口里，接着让俘虏们用石块或者结实的树枝较粗的一端敲击楔子，直到树干裂开倒下。俘虏们还被打发到上游更陡峭的山谷里寻找倒下的树木，或者从树上折断的枯枝。

看守这些在山谷里干活的俘虏几乎不用建达人花费什么力气——四周根本无处可逃，除非自己找死。虽然如此，隆还是觉得被建达人忽略很有利，足以让他从昏沉中清醒过来，保持思考。有时候建达人会带着那些豢养的狼一起来到山谷里，也许这是他们不需要费力看守俘虏的另一个原因。但如果他能和埃尔加一起外出干活，假如他们的背包里装着油脂和雪地鞋，这时候如果要逃走，为什么他们不能跑得比任何追击者都快呢？他越来越觉得从长远来看，他和埃尔加一定比那些北方人跑得快。

虽然他们不可能跑得过狼，但可以用石块来阻挡它们，驱赶它们，这样一来还有谁能抓得了他们？

这个问题一直在隆心头萦绕，他假装和过去一样麻木，但那只是伪装，因为他内心已经蠢蠢欲动。他再次清醒过来，或者说，在一个至少没有那么麻木的梦里。他开始想办法从建达人那里偷出东西藏起来，不过最开始他什么也找不到，但他不会放弃。

埃尔加被关在另一所房子里。一次他们都在外面时，隆看到了她。再后来隆找出了她住的房子。他不知道他们是如何对待埃尔加的。他猜想她可能又变成住在那个房子里的建达人的妻子。隆估计，或者说希望他们把她当作建达人，而不是俘虏，但目前他无法确定。也许这些妻子都是俘虏,不过他们在山谷石缝间的上端还有一间关着女人的屋子,他猜想那是给月经期的女人用的。

现在他渴望了解周围的一切,虽然蠢蠢欲动,但绝对不能表现出来。

俘虏中有一个年轻人说的话和隆的很相近,他也能听懂建达人的话。晚上在冰冷的地窖里吃东西时,他告诉隆他是鹰族人。这里的建达人没有鹰族人,他们似乎就没有族群。

年轻人说他不知道自己被关在这里多久了。可能几个月了,他说,好像根本数不过来。

外出收集木柴时,隆会仔细观察四周,然后自言自语地讲述打算如何和埃尔加逃脱。所有的故事在实际操作中都存在明显问题。白天的时候他可以逃开一段时间,但建达人很快会发现,他们可能安排那些狼来追踪他。还有,在白天他不知道埃尔加在什么地方。虽然知道埃尔加晚上住在哪间房子里,但那时候他也在房子里,还有建达人在看守。

清晨天空变成橙色时说明暴风雨要来了,他们这样说。在暴风雨降临的日子里,所有人都待在屋里,围坐着做饭、吃饭、做手工、睡觉或讲故事。建达人很快就对这种憋在屋里的日子厌烦了。一天,他们把只穿着绑腿的隆赶到外面,让他绕着房子跑,而他们则朝他身上扔雪球,并对着暴风雪大喊着滚开。第二天又是如此。这是他们举行的唯一一次类似于通灵师仪式的表演,说实话这更像是一个笑话。结束之后他们给隆吃了一大块雪松鲑鱼和烤驯鹿腿。

又下了一场雪,他们穿上了雪地鞋。靴子由云杉树枝弯成一个完整的弧度到脚跟后面,两端都绑在一起。然后把两根结实的木棍横穿过最宽的地方,外面的框架上系着几条编织好的皮带,这样就好把脚放进底部,然后再把皮带绑在横穿过去的木棍上,两端系好，这样就可以了。

这种雪地鞋又轻便又结实，除了最软的雪之外，其他雪地都可以用。当然和攀登相比，它们更适合在平地行走。狼族人的雪地鞋更为粗糙，下雪坡时他们会先用一只脚滑，等到鞋子下面堆积起足够多的雪才会停下，在停下之前迅速换上另一只脚继续滑。就这样慢慢滑下山坡。在陡峭的山谷里，这种梦幻般的下落让隆感觉自己像是巨人一般。

低下头过好每一天，能吃多少就吃多少。他们的食物真的很难吃，虽然经常感觉极度饥饿，但隆总是觉得胃里有一坨东西一直没有消化。他不知道那种感觉到底是饥饿还是恶心，所以每到晚上他都会很冷，甚至到不停发抖的程度。没有人能受得了一直发抖。

时间一天天过去。冬至来了又去。一天，建达人放出一只狼，然后把它团团围住，突然用棍子把它打死。他们把它剥皮煮熟，分给每个建达人一口。看到这样的场景，那天晚上，俘虏们在冰冷的地窖里一句话也没说。

那个深冬，隆对周围的环境逐渐熟悉，尤其是东边的山谷和向南向西通向大盐海的那片沟壑纵横的山坡。建达人在那片宽阔的山坡上抓到了不少海狸、貂和狐狸，而其他生活在沼泽和水沟里的小动物们则躲在厚厚的积雪下面。

天气越来越冷，尽管白天变长，但大部分时间里人们还是躲在屋内，隆也从中学到了不少东西。他已经能分辨出哪些男人是这个大部落的首领，哪些女人是女眷中的首领，还有这个大部落是如何分成各个族群或家族的。女人们管理家族或族群内务的方式和狼族完全不同。和以前一样，每到新月时埃尔加就会去月经小屋。这是值得了解的事情。每当他看到她走进那里，他心里就会泛起一丝希望，就好像某个谜团的一部分被解开了。只要看到她，他就无法平静下来，眼睛也很难挪开。他现在依然不确定这些建达人知不知道他们之间的关系。

在冬末的时候，建达人会走到冰封的海面上，在海豹呼吸的洞口捕捉海豹。大盐海的冰一直结到离海岸很远的地方，甚至可以到达几个稍高于陆地地平线的岩石小岛。他们会在冰面上行走。有些时候隆不得不跟在他们后面，这时候他的心和脚一样冷。

建达人总是直接走到那些可能发现呼吸孔的地方，堆砌出一堵低矮的冰墙，然后躲在后面等待着。等到毫无防备的海豹出来时，他们拿着长矛猛然刺上去。他们的长矛上都系着皮绳，这样一来，被刺中的海豹就不会游走。有些被杀死的海豹已经怀孕，那些未出生的小海豹是营地里最受欢迎的美食。

隆的任务就是拉着载满猎物的雪橇，雪橇很重，隆总觉得它会冲破冰冻，把自己拖进大盐海里。不过他还是一直低着头紧跟在后面。

冰面上的大裂缝有时候会重新冻起来，新结的冰十分清透，可以一直看到下面。有一次，隆看到下面有一片黄色的沙滩，上面覆盖着紫色的海星，像一朵朵大花似的。走在这种清澈的冰面上，建达人会不停地用长矛在前方戳来戳去，以测试冰面的硬度。其中一个人停下来看了看下面那个紫色的海星，他说："太糟了。"这是建达人嘲笑厄运的特别方式。接着他又补充了几句，还边说边做了一个抓挠的动作，意思是海星应该因为某种东西受到珍视。

隆点点头，向四周看了看。从这里可以看到北面山上若隐若现的冰墙一直向西延伸到他们目光所及之处，覆盖了大盐海和陆地，只不过在海洋上没有那么高。也许它就坐落在海底，就像那些离岸最近的海冰一般；也许是漂浮在大海上，就像那些远离岸边的海冰。人们可以看出夏天的海浪拍打冰墙的痕迹；重新冰冻的地方留下了欢快的白色曲线和冰柱。这团白色的东西有点儿像溅起的浪花，只是一切都被冻住了，这种场景透露着奇异的平静。

站在冰上时隆总是很担心，他注意到北方人也很小心，就像嗅到恶狼气味的小鹿一般机警，所以他知道这种恐惧是对的。有时候他们脚下的冰会下凹，尤其是在雪橇的重压下，你可以感觉得到。如果遇到这种情况，建达人会立刻改变路线，一刻也不停，还有人对着隆大喊不要停下来：快！快！显然这种时候是绝对不能停的，这一点从北方人急促的比画中就能看出来。

在这种地方，保持安全的最佳办法就是待在最白的冰面上。刚结的冰接近黑色，北方人把那种冰面称为贝兹，他们会尽量避开它们。当新冰渐渐变厚就会呈现出灰色，最厚的地方就是白色。灰色和白色之间的区域可以撑得住一个人和一架雪橇。他们还会避开无冰的水面，无论周围的冰多白也不会靠近。他们随身带着一根长杆，一端是兽骨做成的尖头，一端是兽骨做成的钩子，他们称之为安纳克。它比长矛更轻更长，用来探测前方的可疑冰面，看看它会不会裂开露出下面的水面。他们也经常用安纳克探测覆盖在冰面上的积雪，以确定下面是否有冰。由于天气太冷，积雪可以漂浮在水面上保持不融化，看上去很坚固，但实际并非如此，这种雪叫博格扎克。如果它被冻成固体，就变成了伊基尼克，虽然伊基尼克可以撑得住一个人甚至一架雪橇，但你不能拉着雪橇在上面走，甚至人也不能在上面走。博格扎克和伊基尼克看上去没什么明显的区别，所以这两种他们都会避开。如果必须穿过伊基尼克才能到达更好的冰面上，他们会非常小心。他们经常兴致勃勃地模仿掉进博格扎克的情形：没地方可以攀爬，没有东西可以抓，人会很快被冻僵，然后死掉。他们似乎很喜欢模仿死亡的降临。

一天，大概是二月中旬的某一天，隆躲在冰洞旁边的冰墙后面，一个叫卡卡塔克的建达人和他的同伴正在捕杀从洞里钻出来的海豹，突然一声巨响向岸边传去，北方人立刻向那个方向逃去，完全不管俘虏们有没有跟上。隆和另外两个俘虏立刻跟在后面。等他们赶上时，那些北方人静静地站着，紧盯着东边那片黑乎乎的水面，上面的冰已经全部裂开。这一次没有人再模仿。他们此刻站着的这块巨大浮冰，正慢慢地滑向大海。

几个北方人简短地商量了一番。之后他们回到雪豹洞口，用雪墙、雪橇和雪橇上的兽皮做了一个临时避难所。他们把兽皮铺在地上坐着，然后拿来一块平坦的石头放在中间当作炉台，石头之前是塞在雪橇上兽皮之间的缝隙里。他们很快生起一堆火，虽然不是很暖和，但总比什么都没有强。这时他们只能坐下来等待，祈祷陆地上的风能从西边吹来，把他们吹回到靠近岸边的海冰上。此时的他们像坐在了一个在海面漂流的冰筏上。其中一个建达人站起来对着风大声祈祷，也可能是诅咒；然后大家继续裹在毛皮里缩成一团，等待着死亡或生存。

夜幕渐渐降临，气温急剧下降。虽然火苗比一盏灯大不了多少，但这时可以明显感觉到它的温暖。他们用雪和兽皮堵住这个小避难所的入口，围着火苗紧紧挤成一团，相互取暖。他们时不时地把手伸到火前温暖一下，然后迅速塞回腋下。

隆已经冷到无法思考。他弓着腰坐着，不停地揉搓着脚趾，他感到深深的悲伤，因为他觉得自己无法再去拯救埃尔加了。一切都将很快结束。他已经许久没有这么强烈的感受了。

到了夜里的某个时候，风向好像变了。不管怎样，冰筏在动了，虽然在黑暗中他们无法确定。这时一个灰色的亮光从东方的地平线上缓缓升起，他们看了看避难所的外面，这风确实是从西面吹来的。每个人都为之一振，大家吃了点冻鱼以给未知的明天补充能量。

当太阳出现在地平线上时，他们走出避难所，快速地环顾了一下四周，这时可以远远地看到营地后面的小山和若隐若现的冰墙。他们脚下的浮冰开始有点倾斜，边缘渐渐融化。尽管风越来越大，海浪不断地拍打在西侧，溅起一阵阵水花，但幸运的是这块冰筏足够大，中间部分依然很坚硬。

他们再次回到小窝里取暖。他们在昏暗中坐了很久。最后冰筏嘎吱嘎吱地停了下来，他们立刻冲出去，原来是撞到了一块新结成的黑色浮冰，很薄很薄。"真是糟糕！"建达人大叫一声，脸上露出不快的笑容。

北方人绕着冰筏快速地走了一圈，然后讨论了很长时间。要想跨过这片薄冰很难，很容易就落到水里。

卡卡塔克对着隆和其他几个俘虏比画着说了几句，但隆不太明白他的意思。他似乎在模仿大白熊，那是一种和洞穴熊差不多大的本地熊，就住在冰封的海面上。每当遇到这种黑色的浮冰时，它们会弯下腰，用胸部和腹部向前推，它们会踮着脚趾不停地快速向前移动，而不是向下踢。当冰面上有压力时，用脚推和摆动双手是最危险的动作。而人和它们唯一不同的地方是，卡卡塔克表示，人可以用手握着安纳克，竖着贴在身体两边，当他们向前滑行时，向下推动它们有助于在更大的冰面上分散重量。

简单地和其他几个同伴说几句之后，卡卡塔克就优雅地跪下向前俯冲，滑到黑冰上之后，他像只大蜥蜴一般向前蠕动，同时不停地把安纳克挪到自己身旁。等滑到灰色的冰上时，他立刻站起来，把外衣和裤子毛皮上的水挤下来，甩到脚下的雪上。他兴奋地对着其他人喊道："快点！"说完把长杆滑回到黑色的冰面上交给他们。"来了！"

如果你做得好就没问题，而且最重要的是你知道这是可行的，卡卡塔克已经尝试过了。其他几个被困的建达人也一个接一个过去了。他们选择了接近卡卡塔克的路线滑过去，但没有完全重复他的路线。

轮到隆的时候，他努力地把潜鸟掠过湖面拍打水面的场景从脑海里赶出去，而不停地想着一只红蝾螈曾在溪流中从翻倒的岩石上滑下来的情形，看起来就像一个长腿的树根很快消失在眼前。他蹲下身子，尽可能平稳地向前倾斜，瞬间鼻子和嘴巴把冰都撞碎了。他双膝跪地，脚尖着地，两手紧握着长杆向前滑行，满身都是海水的咸味。这种爬行姿势非常笨拙，脚下的冰很快变成了脏兮兮的白色，他撑着膝盖站起来，赶在皮毛上的水结冰前把它们拧下去。虽然天气很冷，但冰面上还是湿漉漉的，那是比大盐海还要咸的海水。"加茨！"看到隆的脸时卡卡塔克大叫一声，"好咸！"

回到陆地上，逃离了死亡的北方人非常高兴。他们的兴奋劲让隆突然意识到，他们之前可能没指望能活下来，但刚才在海上时他没有看出来这一点。

其他几个俘虏也滑到了灰色的冰面上，他们学着北方人的样子用手指捋干皮毛上的水，两只手又红又湿。建达人把绳子绕成圆环套到雪橇上，然后从冰筏上拉下来。绳子套住之后，他们尽可能轻柔而平稳地把雪橇拖过新冰。黑色的冰面有些凹陷，但没有裂开。

拉回雪橇后，他们开始向营地返程，这些北方人的速度前所未有地快。隆很快就悟出了原因：他们的衣服都是湿的，尽管之前用尽全力把水挤出来，但他们依然冻到浑身发麻，必须靠跑步取暖。跑了一会之后，全身变得暖和起来，他们放慢脚步喘了口气，但没多久寒气又冒上来，他们不得不继续奔跑。于是他们跑一会，走一会，走一会，跑一会，不过大部分时间都是在跑，每个人都累得气喘吁吁，身体里的血液像是要燃烧起来。可惜没有，他们只能保持最基本的温暖。

隆紧跟在建达人的后面，没有去帮助另外两个落在后面的俘虏。那应该是那几个北方人的职责，但北方人完全不理会他们，甚至连头都没有回一下。当隆转过身时，他发现走在最后的布朗摔在地上，正挣扎着爬起来。隆等了一会，等布朗赶上时，他把布朗的雪橇拴到自己的雪橇后面，这样布朗就可以不用拖着东西走路了。

没过多久，当隆再次回头看时，布朗已经倒在了雪地上。隆绕回去，松开布朗的雪橇，把他拖到自己的雪橇上，再次拿起绳子，身子前倾着向前走。隆大口地喘着粗气，不停地拉着绳子末端的拉环，两条腿热到发烫，但身体其他地方却冷到发烫。那是两种完全不同的灼烧感，热的烫是从里向外，冷的烫是从外向里，无论哪种都很难受，但无论怎样，他都要靠着它们撑回营地。快到营地的时候隆忍不住唱起索恩工作时哼唱的曲子，直到走到那间带地窖的大房子门口的隧道前他才住口。隆把布朗从雪橇上拖下来带进房子里。他不知道那帮北方人会怎么看待这件事，他也为自己这次显眼的表现大为恼火。他走到房子下面一层的角落里，脱掉裤子，站在俘虏的火堆旁暖和暖和身子。通常情况下，雪融化时会让身体瞬间产生灼痛感，但这种感觉只停留在皮肤表面，没多久，麻木的双手开始灼烧，接着是脸、耳朵。吃了几口浸着土拨鼠油的鱼之后，他的双脚也开始燃烧起来。这个时候，几个北方人把布朗抬到房子中间的平台上，让他躺在火堆旁边。等他完全清醒之后，又把他送回到俘虏们的地窖里过夜。

回到下面之后，布朗不停地抓着隆的手臂，眼睛一直望着隆，那是一种隆不愿意在任何俘虏脸上看到的表情。隆不想把自己看成他们中的一员，或者只当一个乐于助人的陌生人。但在随后的夜晚，隆醒来时经常发现布朗紧贴在自己的背上，在最寒冷的夜晚里他让自己变成隆的毯子。他们彼此能听懂的只有这帮北方人的语言，但他们都不愿意说这种话。所以地窖里一直都很安静。

隆本不希望让北方人注意到自己，他只想老老实实地当一个不起眼的俘虏。但看到布朗摔倒时，他忘记了这一点。现在有几个北方人可能已经意识到他和别人不太一样。他在地窖的角落里藏了一个羊腿骨，每到新月时他就用鹅卵石在腿骨边缘画上一道，用以记录时间。但一天晚上，羊腿骨不见了。不知道拿走的人有没有注意到那些刻痕，知不知道那是他的。这些他都不确定。目前还没有明显的迹象表明卡卡塔克或其他北方人在监视他。但他感觉到那些出去得最早、走得最远的北方人越来越多地找上他了。还有，白天外出检查陷阱，或者在海冰上打猎或捡柴时，他们分给他的食物和水和他们自己的一样多，对他的态度也越来越像对待自己人。当然，除了拉雪橇的时候。不过隆依旧不能接近那群一起外出的狼。他们之间的谈话，隆能听懂的也比最初多了不少。北方人很满足于大盐海边的生活。虽然很冷，冬天又黑，但大海和周围的群山能给他们提供富足的生活。他们从不会挨饿，他们嘲笑厄运，他们会勇敢面对纳苏克。

一天早上，隆走到外面时，埃尔加正好在他前面，隆说："你好！"但她没有答应，而是转身离开了。接着隆后背上就挨了一巴掌，卡卡塔克站在他身后，他刚从拐弯处走进来。

等他站稳之后，卡卡塔克狠狠地瞪着他："你为什么和她说话？"他的话隆完全听得懂。"你应该知道你们不允许和女人说话。"

隆点点头,垂下了脑袋:"她正好站在这,对不起。"

卡卡塔克继续盯着他:"你为什么要回去救那个俘虏?那不关你的事情。他们归我们管,明白吗?"

"明白。"

"好。我想把你带在我身边,因为你有力气。但如果你再做这样的事情,你就会被关在屋子里不许出来。"

"我明白。"隆依旧垂着头,双颊发烫。

卡卡塔克走进屋子前又看了埃尔加一眼,她正朝女眷居所走去。

隆决定以后保持面无表情,只照安排的去做,其他事情一概不管。

* * * * * *

第二年的三月下旬,卡卡塔克和其他几个北方人带着隆一起,拉着一辆装满木柴的雪橇出发,他们登上离冰墙最近的山谷。"现在我们要迎风而上。"他们说。

为了爬上冰墙陡峭的一侧,他们登上山谷侧翼的一座山顶,然后沿着山脊从山顶向北走去,越走越高,直到可以俯瞰两侧的峡谷。山脊的尽头便是巨大的冰墙,灰色的冰面上满是碎石和灰尘,冰墙深处是一道道蓝色的裂缝和融化时留下的印记。虽然已经爬得很高,但冰墙依然高高地压在头顶上方,他们根本看不到上面的冰原。不过在这里可以看到陡峭的冰坡直冲进两侧的峡谷里。厚厚的如同舌头一般,建达人称之为冰川。这些冰坡的尽头是弯弯曲曲的碎石道和乳灰色的池塘。

在前面带路的建达人作Z字形,从冰川一侧向山脊东边攀爬,冰面上混杂着大小不一的石块。不少石头露出冰面之外，所以很容易找到落脚点。石块被太阳晒得热乎乎，足以融化下面的冰面，待冰面融化之后它们又会向下沉积，等到晚上又被冰封在原地。一段时间之后，它们会陷到更深的地方，无法再吸收足够的热量来融化冰雪。人们正好可以踩着这些岩石台阶翻过冰坡。过了一会，他们越走越高，冰坡渐渐向后倾斜。这时拉雪橇变得更加艰难，不过建达人会帮着把雪橇拖过岩石间的冰沟，或者抬起来越过石块。不久之后，他们就来到冰川的最顶部。他们继续向北走到冰墙上，留下隆独自一人在后面拉着雪橇。

当走到冰墙顶部的冰原时，他们停了下来，回头俯瞰着群山、大草原和南边白雪皑皑的山谷，还有一条被冰冻的白色曲线，那是大盐海近岸处的边缘，再远处便是碧蓝的海水。隆从没想过大盐海竟然如此广阔，从这么高的地方看过去真是令人惊叹，而且，你根本看不到它西面的尽头。这个世界真是太大了！

冰原上的冰面起起伏伏，很像狼部落营地北边的草原。当他们向北走过这片冰面时，隆可以感受到它的变化和呼吸。啊，它是有生命的。这种白色冰冷的东西吞噬了整个北方世界。它发出低沉的嘎吱嘎吱声，劈里啪啦声，还有颤抖的轰鸣声，这是他听过的最低沉的声音。

脚下的冰原和覆盖着积雪的土地完全不同，这里的冰全是裸冰，大部分是白色，还有蓝色和透明的。冰面的起伏不同于地面，和大盐海也完全不同。地面和盐海是山与山之间，浪与浪之间，而这里则不一样。有些地方虽然十分平坦，但总是会有弯曲，或者向上，或者向下。到处都是碎冰，就像排得密密麻麻的、边缘光滑圆润的溪谷，或者是被夷为平地的碎石坡。一条条小溪流在冰面上纵横，虽然也是向下流淌，但流淌的方向和陆地上的溪流完全不同。如果建达人遇到那些宽到不容易跨过的溪流,他们会顺流而下,而不是逆流而上,因为不用多久溪流就会消失在冰洞里。溪水打着旋流进冰冷的蓝色深处,消失时会发出可怕的哗哗声。北方人总是和这些洞口保持足够的距离,还会为自己的打扰向它们致歉。

他们还会避开那种成片成片的碎冰。他们走过的大部分冰面都有坑,像陈年的积雪一样白。由于过于耀眼,隆不得不眯着眼睛。他们继续向北走,脚下的冰变得越来越干净,也不再那么刺眼。大大小小的岩石和卵石堆成一条长长的向南延伸的曲线。越向北走,石块越少。但依然有一些堆积在冰面上,大概齐腰高,看起来十分奇怪,就像人类特意堆砌的矮墙,但它们实在太大太长,所以应该不是。回过头他们能看到一条相当长的路通向南方,但当他们继续前行,最后看到的只有冰。即使是大盐海,在西南方向也不过是一片被阳光照射的冰的边缘。这里是完全被冰雪覆盖的世界,一个令人窒息的世界。但北方人还在继续前行。

晚些时候,蓝色的冰面变得很滑,连走在上面都变得困难。于是,他们爬上一座蓝色冰块堆积而成的小山丘,从那里可以看到四周很远的地方,但凡能看到之处都只有冰。北方人在这里停了下来,在他们带来的炉灶石上生了一小堆火,又把小片的鱼、海豹和驯鹿肉烤成木炭一般的焦黑,然后再把它们敲碎撒在冰面上,嘴巴里不停地吟唱着什么,只听到反复提到"冰""冷""艾艾艾艾艾什!""卡尔特!"

结束之后,他们点了一根烟斗,相互传递着抽上几口。等他们抽完一圈,也给俘虏们吸了几口。隆觉得这烟气非常刺鼻,味道也很苦涩。另外两个俘虏被呛得一边吐一边咳嗽,隆以为自己没事,结果他也吐了。

建达人立刻朝他们甩了几巴掌,然后不停地向这冰雪天地道歉。接着他们指着北方,地平线上有一处低低的黑色日珥一般的圆点，那是冰海中的一个岩石小岛。那就是这次的目的地，他们称之为冰原岛。那是瞳孔，他们边说边指着自己半眯的眼睛。那里正好在狼族营地西面高地上冰冠山的背面。

建达人朝冰原岛走去，隆低着头跟在后面，为了减少天空和冰面反射出的强光的刺激，他几乎是闭着眼睛前行。他也可以闭紧眼睛，但他需要看着脚下的冰以免踩错地方。

靠近岩石岛的时候，他们发现冰面的边缘开始升起，就像即将冲向岸边的海浪，而在最后一刻被冻住。由于无法跨过冰浪和下面碎石之间的蓝色波谷，他们不得不绕着小岛向西走，直到找到一处冰浪的豁口，他们才得以走近岩石边缘。不过，这里的岩石都是红黑色，像燧石一样光滑，就像一个低矮的悬崖，找不到可以攀登的地方。建达人继续带着他们向左走，那里有一块平坦的蓝色冰面，正好夹在峭壁和越来越高的冰浪中间。他们沿着一个又小又圆的山谷越走越深，最后脚下变成一片散落着灰色碎石的蓝色冰面，每块石头都半埋在冰里。行走在这样的峡谷里，感觉真是奇妙极了，右边是一堵岩石墙，左边则是悬伸的蓝色的冰墙。虽然它们一动不动，但好像随时会有一阵海浪落在他们身上。周围非常安静，没有嘎吱嘎吱的声音，甚至连呼吸声都听不到。建达人也不再说话，俘房们紧张地跟在后面，把雪橇放在前面推着。经历了一段艰难的跋涉之后，他们又绕着岛上的一个弯道走了一圈，岩石墙渐渐变矮，直到最后和冰墙一样高。他们可以直接从一边走到另一边。

此时脚下变成了暗红色的石板路，石块呈台阶状慢慢向上。到了冰原岛的最中心，那里的地面大概比冰面高出两三棵树。那些红色石块的顶部已经被磨得十分光滑，上面刻了几条直线标记着南北方向，还有新月记号，应该是第三天或第四天的月亮形状。石块之间浅小的缝隙里填满了碎石和沙子，上面点缀了不少黑色的地衣，这应该是岛上唯一的生物。

他们来到岩石的最高处。站在寒风凛冽的冰面上可以眺望到四周很远的地方。隆转了一圈，他觉得自己看到了整片大地，西方的边缘正闪耀着阳光。下面的冰雪世界呈现出乳蓝色，其间点缀着一片片白色和灰色碎石拼成的一段段线条。短短一天就走进了一个全新的世界，真是叹为奇观。以前在营地的时候他们说过三个世界，一个在大地母亲里面，一个在天空之上，还有一个就是他们生活的世界。这三个世界隆都见过。但在这里，这些北方人一直向北走就进入到了第四世界，一个更高的世界，冰冻的天空。

北方人聚精会神地环顾着四周。每次外出的时候他们都不怎么说话，等晚上回到火堆旁，他们会详细地讲述这一天发生的事情。但在当下他们不喜欢说话。

在小岛最高处的岩石北端，有一圈齐腰高的碎石墙。北方人朝着这圈石头走去。走之前，他们示意隆不要跟过去。

最高的那块岩石上的碎石已经被清理干净，只留下一圈立起来的石头。那些石头都是长方形，平稳地立着，就像一个个小矮人，大概有二十块。把它们收集起来绝非易事，需要很多人共同努力才能完成。这些石头都不小，想要把它们挪开也不是件容易的事。

一块方形的卵石躺在这一圈立着的石块中间。北方人从雪橇上取下许多树枝架在上面生起火来，然后又把袋子里的油脂滴到树枝上，火苗瞬间蹿了起来。他们边吟唱着刺耳的祈祷词，边把老鹰和乌鸦的翅膀放在火上烧烤。火烧到了最旺，不过在天空和冰面反射的阳光中什么也看不清。其中一个人从背包里拿出一块红布，打开后是一个人的头骨，没有下巴，但其他部分还算干净和齐整。他最后一次把它举起来望着太阳，其他人跟着他一起闭着眼睛面向太阳,齐声吟唱;接着他把头骨投到火里,看着它一点点变黑,然后倒了些油脂在上面,头骨立刻灼烧起来,不过不像木头,而像一个巨大的灯芯头。它也像灯芯一样,用了好久才烧完。白色的火焰在眼窝里跳动,还有几束从张开的嘴巴里冒出来,似乎在火里待得很舒服。不过到最后它还是裂开,碎在了余烬里。火渐渐熄灭,一块块灰色的头骨和灰烬中的木炭没什么区别。

等火熄灭之后,建达人轻轻地搅着灰烬,慢慢等待着。余烬在北方吹来的寒风中很快冷却下来,等到可以用手抓的时候,他们双手捧起送到石圈前,先是在外面走了一圈,每个方向都要停下来吟唱一番。之后,他们把其中一个人围在中间,向空中抛撒灰烬,这时风会把灰烬吹到中间的人身上。中间的人仰起头,举起双臂,接受灰烬的洗礼。

这是隆在北方见过的最接近通灵仪式的场景,他想到了索恩,这让他心中一阵刺痛。他想知道如果索恩看到这样的场景会怎么想。他不知道还能不能再见到索恩,把这个仪式、那一圈石头,还有眼前这个巨大的第四世界讲述给他听。他现在依旧不知道如何再见到索恩,他的身体被这种痛苦折磨得越来越虚弱。整个胃缩成一团,膝盖发软。他必须振作起来走下去!脚边的一切都变得冰冷,他们不得不小心地跟在建达人后面向着西北走去,那里是他们从未到过的岩石岛的最边缘。

一块岩石高高耸立在冰面上,脚下是一个陡峭的岩石峭壁,直插进乳蓝色的冰面里。峭壁狭窄的壁架上长满了青苔,所以一眼望去大部分都是绿色。峭壁越向下越陡,从上面看几乎什么都望不到。青苔下面的冰似乎很长很长。

在走向悬崖边的路上,建达人一直保持着沉默,俘虏们也一样。到达悬崖边后,他们又向后退了一步,环顾四周,依旧是无穷无尽的冰雪，一直到远处被阳光晒焦的地平线上。

突然间，几个建达人向悬崖边冲去，像是要跳下去一般，接着又停下来尖叫，把一把把小石头扔下去。石头落在一个个壁架上。

这时，一大群鸟从下面冲上来，它们恐慌得尖叫不已，混乱中相互拍打在一起，还有不少没来得及飞起就撞在了一起。这些鸟黑白相间，体形和乌鸦差不多，橘色的喙又大又弯。上百只在头顶来回穿梭，然后越来越多，到最后整个天空都被它们占据。

慢慢地，这些鸟儿逐渐平静下来，越飞越高。它们成群结队地围成圈，不再理会这群人类，有的回到悬崖下面，有的向南方飞去。黑色的背部，白色的腹部，橘色的爪子和鸭子十分相似。它们的面孔上有两个大圆圈，上面长着一对黑色的小眼睛。它们飞行的时候挨得特别近，像要撞到一起似的。不过既然已经不再恐慌，它们自然也不会相撞。要知道，鸟类在这方面是相当厉害的。

建达人把双手遮在额头上，聚精会神地看着这些在空中盘旋的小鸟。大部分鸟儿已经飞回到悬崖下或飞走了，头顶只剩下寥寥几只。他们一反常态地说了很久的话。隆看得出他们正在解释从这些飞到天空的小鸟身上看到的景象，因为他们不停地用手刀在岩石上刻上几条线，或者做出俯冲的动作。这些鸟在慌乱中飞翔的方式对他们来说意义重大。明年将是个好年头——这是他们得出的结论。

一切结束之后，他们开始折返。踩着一块又一块碎石向下走，回到会呼吸的蓝冰上，再一次小心翼翼地滑着向前走。此时的太阳落在西面的天空，阳光正好射向他们，他们不得不把眼睛眯成一条缝，几近闭上。这个时候，建达人厚厚的眼睑起到了重要的作用。对于隆来说，这些冰亮到发黑，就好像边缘都在燃烧。就像刚才那个骷髅里的火一般耀眼。他们背着风,闭着眼睛沿着冰原斜坡向下走。他们即将回到原来的世界。太阳很快就要落山了,他们不得不在黑暗中下山。而此刻,世界依旧耀眼。

这个隆冬里的几场暴风雪都持续了两周或更长时间。暴风雪肆虐的日子里,他们整天窝在大房子里,吃了睡,睡了吃。建达人在上面的平台上或坐着,或侧躺。在房顶昏暗的火光下,他们边聊天边做手工,年长的人在一旁讲故事,他们用带着节奏感的简短句子讲述长长的故事。这些长着翅膀的语言让隆再次进入半睡半醒之中,像是做梦,又不是梦。故事讲完之后,讲述者会说几句结束语,比如,看,冰柱似乎都要融化了。主要是为了提醒听故事的人这个故事讲了多长时间。这样的日子真是越多越好。

有时候隆也会做一些东西。他把吃剩下的肩胛骨做成投矛器,然后用鹅卵石碎片在上面进行雕刻,不用刀片的原因是俘虏们不可以私藏刀片。有时候为了吃到骨髓,他们会把骨头敲碎,那些碎渣很容易磨成黏胶,还有的碎片十分锋利,可以当作刀片,但他找不到地方藏匿,只好在做完之后再把它们拆开。不过他还是想办法在墙上贴着的两张兽皮之间偷偷藏了一个,正好在靠近地面的地方,还好一直没有人发现。

但他依然找不到逃出去的办法。

到了春天暴风雨来临时,他们待在房子里的时间更多了。每到天亮时分,他们中会有一两个人穿好衣服到外面观望一番,然后回来报告当天的风告诉他们需要做什么事情。如果没有风暴,他们会冒着严寒出去,做一些能做的事情。给豢养的狼群喂食,去粪便堆大小便,到平台上去拿更多的鱼回来。天黑之后,一群人在暖和的大房子里聚集起来,边吃边聊。由于一直待在最上面的平台,所以每个人都热得大汗淋漓。不过睡觉时他们会移到稍微凉快一点的平台上，正好在隆和其他俘虏们待的地窖上面。他们似乎很喜欢裹着皮毛睡觉。当然，门口隧道里的空气和外面一样冷。如果你把手从地窖向下伸到隧道口，就能立刻感觉到刺骨的寒意，那里比离房子最底层一个手臂高的地方冷得多。到了房子里，越高的地方热得越快。这种温度的快速变化总是让隆觉得很震惊。他用手去感受它，也会把手伸向更高的地方去感受温暖。从隧道到建达人住的第一层，空气由极冷变成微凉，也可以说是温暖，或者说两者之间，既不暖也不凉。就像空气从人的鼻子到肺一样，或者是早晨的太阳照着你的感觉：空气会发生奇怪的变化。

这所大房子的取暖主要靠平台上一直燃烧的火堆，还有每面墙上覆盖着的一层层兽皮。这样一来，整栋房子就像袋子一样，既防风，热气也不会透出去。那些肥嘟嘟的建达人总是热得全身通红，满身汗珠，看起来很像昏暗中的油灯。他们和那些放在火里的石头也很相像：他们会把石头烧得滚烫，然后用粗壮的树枝捞起后放进装满水的桶里。这些石头在黑暗中闪闪发亮，发出嘶嘶声。到了暴雨天，他们用兽皮把当作烟囱的空心树干堵起来，这样一来，更多的热气留在屋子里。等晚上回床睡觉时，他们再把树干里的兽皮拔出来，敞开洞口，这样屋子里会凉快一些。之后他们就蜷缩在兽皮里。这时火苗很小很小，就像一盏灯一样，只剩下三个灯芯彻夜燃烧。

睡觉前，他们会吃最后一顿饭。他们经常把没有化冻的鱼放在嘴里津津有味地嚼着。不过有时候也会把鱼放在木桶里煮，把烧烫的石头放在水里加热。这种时候，他们不仅吃鱼，还会把煮鱼的汤喝掉。建达女人们负责把鱼捞出来，用手指擦干，分给屋里的所有北方人，她们会特别注意每个人分到了多少东西。等鱼吃完之后，再把汤一勺一勺地分给大家，之后便是睡觉时间。有时候他们会半夜醒过来到尿桶里尿尿,但大部分时间都是在睡觉。只有隆在漫漫长夜中沉思,那条伤腿因为寒冷而悸动疼痛。

白天渐渐变长,很快就要到饥饿的春季了。不过建达人从不担心食物不够。隆觉得食物平台上的东西足够他们再过一个冬天,说不定再来一年也可以。不过只要风不是太大,他们都会出去打猎、捕鱼、布置陷阱。隆不知道他们为什么要这样,也许只是因为他们喜欢做事情。他们营地里的孩子也比南方部落的要多得多。他们经常从别的部落偷老婆,这一点隆已经十分了解。也许是因为拥有这么多的食物,所以他们想做的事情更多。也许是因为他们想要更多的孩子以扩充自己的部落。有一次,他在女眷居所门口看到了埃尔加,她胖了不少,隆在想她会不会怀孕。这个念头让他忍不住咬紧牙齿吸了一口气,但他不知道该怎么办。到了晚上,他只能裹着兽皮躺在冰冷的地上,嘴里嚼着冰冷的肉块。他的双脚和心一直都是冰冷冰冷的。他找不到任何逃出去的办法。

尽管如此,那根尖骨还藏在墙上的兽皮里。每次被派出去打柴,或者去搬平台上的食物或一袋袋油脂时,他都会想办法偷一些东西藏起来。最开始是藏在墙上的兽皮中间,或者营地外的雪堆里,之后,当他出去捡拾柴火时,他会把东西藏到离营地最近的山谷里的一块大石头下面,那是一堆崩落的岩石堆中的一块。那块岩石下面有个洞,很像是土拨鼠的洞穴,因为土拨鼠可能会进去,所以他不会在里面放食物。随着时间一天天过去,他在里面藏了偷来的袋子和背包,后来还有两件带帽子的外套以及可以当作手杖或长矛的木棍。他偷的都不是食物,而是一些他觉得可以帮助他回家的物品,所有这些都藏在那里。

但他依然找不到逃出去的办法。

* * * * * *

穿过奎克山口时,索恩看到洛厄厄伯上面的草地上出现一个人影。索恩停下来仔细看了好一会儿。他的眼神已经大不如从前。这时,那个人影向他挥了挥手,是皮普勒特。索恩也挥了挥手。云游者飞快地登上山口下的陡壁。索恩拉了拉自己残存的左耳,他平时很少会触碰这里。等皮普在山口出现时,索恩走上前和他拥抱了一下,然后握了握手。

"你知道隆在哪里吗?"索恩问道。

"知道。他被那帮掠走他妻子的北方人抓走了。"

索恩立刻咆哮起来:"什么时候的事?"

"就在他们掠走埃尔加之后。我帮隆去跟踪他们,但那天晚上他们的巡逻兵把他抓走了,我听到动静后悄悄溜走了,那个时候我也不敢声张。"

"然后呢?"

"他们继续向北走,回到他们的营地。我在后面跟了一段时间,但当时我有事必须去东方。现在我要回家了,但我想让你们知道发生了什么。"

索恩皱着眉点了点头:"到我们营地来吧。你是我们的客人,你把这件事跟希瑟说一下。"

皮普勒特点点头。

回到营地之后,人们都聚集在火堆旁聆听皮普勒特的讲述。他站着开始了。

年轻人和我一路跟在北方人回家的路上,

我们保持着安全距离,没有让对方发现。
那两天,我们晚上赶路,白天睡觉,
我们的速度比他们快,
第二天晚上我们停在一个山脊洞穴里,
我之前去过,那里很适合隐匿。

但后来我们俩都睡着了,就在天快要亮的时候,
我醒了过来,我意识到附近有人,
我来不及把隆叫醒他们就已经过来了,
在他们抓他的时候,我躲到一个类似土拨鼠洞的石头下面,
为了不让他们发现我,我没敢吭声。
我经常待的角落里都会有隐蔽的缝隙,
如果你总是独自旅行,你也会这样做。
只要是人就必须睡觉,哪怕时不时眯上一会也行。

后来我跟在他们后面,中间隔了大约一天的路程,
每天傍晚他们进行日常巡查时,我只看到巡逻兵,
在这方面,北方人不算细心,
因为他们觉得不会有人有胆子敢跟踪他们,
所以他们只会关注狮子和熊的踪迹。
我跟着他们向北走到一条向西奔流的大河边,
位于大平原的底部,
我溜进沼泽草地,
穿过我从未踏足过的柳树荆棘丛,
我动作迅速,
所以没有发出一点儿声响,也没有树枝晃动,

这一点我很自信。
我看到他们在河对岸，
看到他们从那里继续向北走。
我站在河湾边的悬崖之上，
看着他们越走越远，
向北向西，那是他们的家的方向。
从那条路出去便是连绵不断的山脉，
一直延伸到大盐海。
那些山的上面和后面是一个更高的世界，
巨大的冰川覆盖了山北面的一切，
除了大盐海。
有时候冰面比陆地更好行走，
因为路面光滑，很少有动物出没，
除了大白熊，不过它们只会在水面附近出没。
在那片白色的高地上，你可以肆无忌惮地连续奔走几天几夜，
当然，必须当心冰面上的大裂缝，它们可以将人吞噬，
不过你可以看到然后避开它们。
那群带走隆的人就住在那片冰、水和陆地交会的地方，
他们称自己为建达，就是人的意思。
愚昧的部落就是这样。

这时，索恩开了口："你能带我们去吗？"
"我可以把路线描述给你们，"皮普勒特说，"根据我的描述你们绝不会搞错。我现在必须回家了。"
狼族人开始讨论起来。西斯特和艾拜克斯没说太多，但他们表明自己并不愿意为一个本来就是北方人妻子的女人而对付北方

人，也不会为其他任何和她有关系的人去斗争。更年轻一点的，比如莫斯和霍克，虽然言辞很激动，但实际上也不想离开太久。他们一边敦促西斯特采取行动，一边又不停地表明自己必须留在营地，为部落尽力。这听起来似乎有些道理。

索恩离开火堆，向下走到河边，从那里可以看到北方的天空。已经很晚了，山谷的影子已经开始倾斜，长柄勺山似乎在把影子收回到弯曲的长柄中。

索恩很晚才回到营地，他直接走到希瑟的床前。他坐在小小的火堆旁烤着双手。她的助手们都裹着驯鹿皮面向火堆睡着了。最后希瑟咯吱咯吱地走过来，坐在他身旁。两个人就这样静静坐了很久。

"我要去找他们。"最后索恩说。

"不行。"

"可以的。"

希瑟轻轻抽了抽鼻子："我们这里需要你。"

"我们也需要他们。"

希瑟没有说话。她一直照顾着隆和埃尔加的孩子。

"我会尽快回来的。"

希瑟望着他，许久之后才问道："皮普勒特和你一起吗？"

"不。"

"但你需要帮手。"

"也许吧。"

希瑟没吭声。

索恩说："你上次治好的那个原人还在附近吗？他叫什么名字？"

"克里克，"希瑟说，"我叫他克里克，就像他自己发出的声音。"她把舌头对着上腭弹了一下，发出咯咯声，"就是这个声音。

没错，他在附近，就住在中央山上。每次我去那里寻找菟葵时他会和我一起。"

"你能帮我找到他吗？再叫他和我一起去，好吗？"

她盯着索恩，他没有避开她的目光。最后她问道："为什么是他？"

索恩耸耸肩："因为他够强壮。"

她的眼睛依旧没有挪开："但只有他一个人陪你一起。"

"没错。但他应该会做得很好。他比其他人都强壮。"

索恩去找皮普勒特，问道："跟我说说他们在哪，画给我看看。"

他们一道走到河湾边的沙滩上。皮普把一小片沙地抹平，先在上面清晰地画出节日庆祝地和周围的山丘，接着又用手指堆起一堆堆沙子，用鹅卵石标注出山峰。他是八八节上最好的鸟瞰图制作者之一。塑造完节日庆典地之后，他继续在北面用沙子做出河流经过的第一个大草原，然后是一条从东到西的宽阔山谷，再向北，也就是大海的边缘，他画了几道曲线，代表几座低矮的小山，在这些小山中间，皮普插了一根木棍。

索恩点点头。那的确是遥远的北方。

太阳升起时，索恩已经起床收拾好了行李。吃完几把松子之后他就直奔希瑟的小屋。

希瑟也准备好了，背包也背在了身上。出发前她递给索恩一个小袋子："它不会马上生效。虽然很快，但不是立刻。"

"我会记得。"说完，索恩把小袋子装进外套的内口袋里。

走出营地后，他们朝上游走去。穿过奎克山口后就爬上中央山。希瑟脚步飞快地在前面带路。当洛厄厄伯变宽时，溪流沿着中央山两侧分开。希瑟在一片小雪松树林前面停下来，先吹了一声升调,最后是三声哔哔哔,很像是鸟叫声。

没过多久,同样的口哨声从山上传来。一个原人从树林里走出来,正是之前希瑟和隆帮助过的那个伤者。在希瑟照料他的那段时间里,索恩去看过他一次。当时他吹奏了一首驱魔曲,还从他的喉咙里抠出来一块蟾蜍大小的痰块。原人认出了他,虽然很吃惊,但依旧表现出一副镇静的样子。索恩学着他的样子扭了扭头,嘴里发出咕嘟咕嘟的声音,这是他们在森林中寻找对方的信号。听起来很像潜鸟冲出水面后寻找同伴的叫声。

克里克也重复了一遍。

"潜鸟找到了同伴。"索恩对希瑟说。希瑟没理会他,而是在慢慢地和克里克说话。克里克歪着头,似乎听懂了她的意思,虽然她说的大部分都是狼族部落的语言。

这个原人脸上的毛发非常浓密,胡子、头发和浓浓的眉毛都连在一起,看起来很像冬天的熊。他的脸颊、前额和鼻子上的皮肤像蘑菇一样白,鼻子又大又尖。深褐色的瞳孔,眼白里充满了血丝。他目不转睛的样子让索恩想起了老皮卡。他的脖子上挂着一个皮绳,上面拴着三个狮子的尖牙。他没有索恩高;但拥有壮硕的胸膛,腿不长,略有点瘸。他的额头到后脑勺的距离很长——和普通人相比,就如同洞穴熊和森林熊的差别。在浓浓的烟味下面隐隐透出一股麝香味。他手里拿着长矛,左肩上挎着一个兽皮袋。身上穿着貂皮和狐狸皮做成的外套,熊皮靴子,看起来很能干,似乎和那些树人没什么两样。这里经常会出现树人的身影,他们都忘记了如何说话。不过,眼前这个人比树人更奇怪。原人们一般都比较老。

此时,他对着希瑟发出一个表示同意的声音:"欧克,欧克。"明显是可以的意思,不过他的表情透露出他并不知道自己同意的是什么事情,但他觉得应该很快就能了解。可能他们本性善良,不过独自在外的人类还是不愿意碰到一两个他们这样的人。在这方面，他们和熊很相像。据说熊在古代也是人类，那是在乌鸦误把那身外套粘在它们身上之前。也许这些原人就是没有穿上外套的熊。

希瑟的话里掺杂着原人和人类的语言："索恩很好，欧普，欧普，去找隆。"接着又是一大串咯咯咯。

克里克点点头。"欧克。"他说，然后也是一长串的咯咯咯。

希瑟用了更多的咯咯咯来回答他。

她转向索恩："他会和你一起去，在路上帮助你。他知道你要去北方的冰雪之中，去救隆和那个女孩。"

她继续和克里克咯咯说了几句，索恩觉得克里克笑得有些胆怯，然后不住地点头。"谢谢你。"这是他接受治疗时学到的话。

"不，谢谢你。"刚说完，索恩又转向希瑟，"我应该怎么说？"

"呼嘘。"希瑟边说边用手向外轻弹。

索恩点点头试了一下。他看着克里克的眼睛："呼嘘！"他朝着中央山的北面挥了挥手，接着又用他们自己部落的话说："斯凯。"也许他可以用这种方式教给克里克一些他们的语言。"斯凯，呼嘘，斯凯。"

"欧克，"克里克又说了一遍，接着是，"食物。"他也边说边向北方挥了挥手。

索恩点点头："好主意。你去拿食物吧。"

克里克又看着希瑟，似乎想从她那里得到一些安慰，希瑟又咯咯咯地说了几句。说完，克里克就回到树林里了。

索恩和希瑟站在那里等他回来。

最后，克里克再次出现在树丛间，肩上的袋子比刚才鼓了不少。

希瑟突然拉住索恩的胳膊："你最好能回来，我们都需要你。"

"我知道。"

"越快越好。"

"可能要两个月,也可能不需要那么久。"

两个人相互看了一眼,希瑟松开了手。

"呼嘘,"她对克里克说,"斯凯。和索恩一起去吧,听他的安排。"

他们俩走得很快。现在正是四月,白天已经比夜晚要长,而且越来越长。南向山坡上的雪渐渐融化,形成一个个小雪坑。早晨的时候雪很硬,可以直接在上面奔跑。在北面的山坡,他们可以直接踩在上面滑下去。

河面有些地方没有结冰,黑乎乎的水面周围留下了不少脚印。雪地上的每个足迹都融化成原来的三倍大,所以看起来就像在穿过一个巨型动物的王国。

最开始的路途其实是之前他们捕猎驯鹿的线路,所以白天索恩拼命赶路,如果是月圆之夜,他们会一直走到半夜才休息。白雪覆盖的群山在月光下闪闪发亮,把四周照映得如同白天一般,只是缺少了各种色彩。但走路的时候并不需要色彩。夜间赶路时,他们遇到过好几次大猫。还有一次他们被一只耳朵毛茸茸的大猫尾随,索恩朝它吼了一声以示警告。原人的存在让大猫和其他动物都躲得远远的,比索恩一个人的时候远得多。也可能是有两个人的缘故。

当克里克在前面时,索恩会仔细观察他,看他走路的方式,看他如何侦察四周。克里克走路特别快,但看起来又很轻松。他从不会摔跤,脚下的靴子看起来和其他人的也没什么两样,只是那些缝线上抹了一层胶。他边走边哼着咯咯咯的小曲,听起来很像是蝉或蚱蜢。

他们在夜里最冷的时候停了下来。索恩生了一堆火,克里克坐在旁边，伸着手取暖，嘴里总是发出喵喵或咯咯的声音。那是他在和自己说话。索恩坐在火堆旁看着火苗，听着他的话。原人时不时地快速咯咯两声以吸引索恩的注意，然后用手指着某种东西发出同样的声音。索恩会说出那样东西的名字，然后克里克就张开嘴巴，扭着嘴唇，歪着脑袋，似乎在努力重复这个名字，但还是没有说出来——如普，最后他发出了这样的音，很像是潜鸟浮出水面时向同伴们打招呼的叫声。索恩只好摇头以作回答，然后要么继续重复这个词，要么也回应一句如普，或者干脆什么都不说。虽然两个人都在说话，但却听不懂对方的意思。一天晚上，索恩吹奏笛子，克里克跟着吹起了口哨，等索恩再开始时他也继续跟着吹，只是稍慢一拍，形成二重奏。这算是他们之间最好的一次对话了。

　　克里克经常在火堆还在燃烧时就睡着了，而索恩则把白天打湿的衣服或其他东西烘干，然后看着火堆，等到灰色的薄片在余烬的橙色光芒中飞旋起来才会躺在皮毛里，望着天空上的星星慢慢旋转，直到天亮。每当犯困的时候，他会用笛子吹奏一首小夜曲，如果克里克被吵醒，索恩就会闭上一只眼睛做出要睡觉的样子，克里克会咯咯回应两声，在第二声还没响起时索恩就睡着了，一直睡到太阳出现在东方的地平线上。

　　有一次，克里克轻轻地敲着长矛底端把他叫醒，当索恩坐起时，他示意索恩不要动，然后身体前倾，模仿一只潜伏的大猫。索恩拿好长矛和投矛器准备投掷，紧接着站起来仔细地听了一会。什么声音都没有，也看不到任何动物。过了一会，克里克用苍白的手擦了擦苍白的面孔，同时看了索恩一眼，可能在表达危险解除，不过那永远皱着眉的大额头不太适合表达这种意思。他们又坐了下去，收拾包袱，从装水的袋子里喝水，然后继续前进。

在辽阔的大草原上，人们本可以懒洋洋地走，慢慢穿过这片土地。而他们俩却用长矛推着自己飞速向前奔跑，所以速度比狼族部落的前进速度快得多。但重要的是要一直踩在平原上的大岩石板上，这些岩石一块接着一块，只有一些底部平坦的苔藓沟渠夹在中间。早上的时候走起来很容易，由于雪还没有化，他们甚至可以踩着沟渠前行；中午过后，地面开始变软，必须不停地把腿拔出来。由于克里克太重了，所以经常陷到大腿深的地方，而索恩只有脚踝陷进去。有的积雪下面可能会有融池，所以下午走路最好只踩在石板上。克里克称这些石板为巴伦，似乎是每次跨过时都会哼着——巴伦，巴伦，巴伦，巴伦。

他们背对着太阳，向北加速前行。他们的速度确实很快，第五天的时候就抵达了节日庆祝地。遍地都是积雪，看起来和以前完全不同，但绝对没错，一切都笼罩在阳光下。这个时候他们已经习惯：在不必要的时候，很少交谈。

索恩偶尔会把自己随身携带的一块桦树皮拿出来仔细研究一下，那上面是他根据皮普勒特的鸟瞰图画的地图。现在他们即将进入索恩从未踏足的地方，这块树皮成了他们唯一的向导。

走过节日庆祝地便是皮普勒特指明的那条通向北方的河流，此时已经完全冰封。他们可以用长矛在前面探路，直接在冰面上快速行走。在如此遥远的北方，即使中午也非常寒冷，河面上的冰又厚又硬，偶尔会遇到几条小水流，正好可以解渴。在这片冰雪覆盖的土地上，单纯的水是很稀少的。此时的他们离目的地依然很遥远。

应对这种日益寒冷的天气，最好的办法莫过于走路。他们每天不停地走着。如果能找到木头，就围坐在小火堆旁烤火休息。如果没有木头，索恩就会点燃自己带来的油灯。他们一连穿过之前那条河的两条支流，支流水面几乎与那条河一样宽。

从节日庆祝地向北走的第三天,索恩遇到了选择题。他们面前全是北向的山谷,它们都有可能是皮普勒特说的那条路,从桦树皮地图上也很难看出来。由于没办法辨别,索恩索性选择了他们经过的第一座大山谷。

这座山谷很像乌尔德查西面冰冠山周围的土地,不过这里的树更少,而且矮小而多结。应该是被人类砍伐过,几乎看不到什么枯枝,有些被齐腰砍断,断裂处又冒出了新芽。由于找不到足够的木柴,越来越多的夜晚索恩和克里克只好用油脂和粪便做燃料。

在光秃秃的山谷爬了两天之后,他们来到一个山口,同时又发现了一个山口,沿着同样的北面方向下山。两天之后,山谷与一片由东向西倾斜的大平原连在了一起,这和皮普描述的一模一样。平原上满是沼泽和一人多高的树林,大部分是落叶松和赤杨木湿地,还有雪松灌木丛。想穿过这里并不容易。他们选择跟着动物的足迹向前走,所有的动物也在寻找穿过这片土地的最佳路线,然后留下一个个足迹。

"当脚下的土地变硬时,就能看到路。"每次踩到动物们的脚印上,索恩都会这样说,但路并不是那么容易被发现的。有时候他们费了好大的力气穿过灌木丛找到一条路——虽然只是鹿的脚印,但也足够让他们欣喜了——可惜没多久又不见了。每当这个时候索恩就会重复那句皮卡经常说的谚语。

"路啊,脚印清楚啊。"有一次克里克在前面带路,找到了一条路。

"没错,非常好,"索恩赞扬他,"谢谢你。"

"谢谢你。"

穿过平原的第二天下午,他们遇到了一条河,河面上结着厚厚的白冰。索恩从未见过如此宽的河面,很庆幸可以直接从上面走过去。如果他们能用绳子把木筏拴在这么宽的河岸两边，那真是太了不起了。

渡过河后他们继续向北走。索恩经常查看那张桦树皮，但用处不大，上面几乎没有什么特征指向这块地方。他也不记得皮普勒特说要走多少天才能到达那群北方人住的山上。

最后他们自己找到了答案：三天。到了第三天快要结束的时候，白雪覆盖的大草原的北部地平线上出现了几座低矮的山丘。第二天可以看到地平线上起伏的山脚。山顶自动连成两条线，较低的那排黑乎乎的，蜿蜒不平，较高的那排又直又白。所有的山都被冰雪覆盖着，和皮普勒特描述的一模一样。他们快到了！

索恩向东北望去，过了一会，他找到一处灌木丛作为藏身之地。他生了一堆小火，火苗尽可能地小，然后不停地扇风以驱散升腾起来的一缕缕青烟。吃过东西之后他就把火熄灭了，两个人在已经冷却的余烬旁躺了一夜。到了第二天早晨，趁着雪未融化，他们抓紧时间向北走，一直走到了那群小山里。

山谷内全是靴子的足迹和脚印，有的印记已经留在了陈旧的积雪中。山谷里和岩壁旁的小树都有被砍过的痕迹，毫无疑问，他们已经接近了某个营地。

索恩告诉克里克："就是这些人抢走了隆和埃尔加。我们必须在被他们发现之前找到他俩。我想观察一段时间以确定他们的生活规律，到时候再突袭他们，救走隆和埃尔加。"

"如普。"克里克回答道。

* * * * * *

饥饿的月份过去了，没有人挨饿。隆吃着那帮建达人的残羹剩饭，看着他们为了庆祝夏天的到来而大吃大喝。他们明显在期盼夏天的来临，虽然他们不像狼族人那般需要夏天，甚至相反。也许这就是他们要住在这里的原因。一年中有十个月的冰冻期，剩下两个月则被泥泞和成群的蚊子包围，但他们总能吃得饱，甚至吃得撑了。这也可以解释他们所有的食物禁忌，因为他们的食物比狼族人多得多，所以有挑食的条件。这里的女人很多东西都不能吃，有些是怀孕的时候不能吃，有些是永远不能吃：水獭、狮子、猛犸、麝牛。总之，女人们总会带着确定的表情说，她们只吃最好的肉。年轻人不可以吃那些看起来像老年人的动物身上的某部分，比如下垂的驼鹿下巴或犀牛嘴唇。不能吃土拨鼠肉，不能捕猎那些不会发声的东西。不能喝太多水，否则会行动迟缓。类似的禁忌数不胜数，远远超出了隆的理解力。由于吃到的食物都是最难吃的部分，所以他现在对于上面那些温暖的平台上做的食物都变得迟钝起来。一天夜里，他突然意识到那帮北方人把俘虏关在这么冷的地方就是希望他们变成傻子。

一天傍晚，他们派隆去食物平台拿回冰冻的鱼。现在他被允许独自一人前去，因为没有理由不这样，他是不会去其他地方的。他知道建达人在他身上看到了这一点。这让他多了一丝欣喜，就像完成一件作品——比如一根雕刻棒，或者大本营那里的壁画——带来的欣喜。每每想到它们，它们就会清晰地浮现在他眼前。有些时候，那些建达人可能在监视他的时候，他会刻意地回忆着它们。红色的熊，黑色的野牛。

所以，他们会安排隆独自外出取东西，或者把食物残渣送到山下的垃圾堆里，每到夏天，垃圾堆周围的雪会融化，带着所有的垃圾流到河里，最后流进大盐海。这时隆会想办法带一些有用的东西藏到营地东边山脚下巨石堆里的那个土拨鼠窝内。那个山脚下有无数块巨石，最大的都在最远的地方。在如此大的石堆中，没人能找到他的小窝。

隆飞快地跑到那块石头前藏好东西，然后迅速赶回营地，完成自己被安排的任务。所有的一切都很快，他的心脏怦怦直跳，只有这种时候他才和过去一样清醒。这样的时刻总感觉无比匆忙和奇特，就像一头扎进了梦中一般。

之后又回到温暖的大房子里，隆小心而缓慢地呼吸，每一次呼吸都很平静，实际上，是呼吸帮他变得平静。蜷缩着腿入睡，他又变成了一个冷冰冰的俘虏。

有一次隆去粪便堆倒夜壶——等到夏天来临，那片白雪覆盖的地方也会融化，露出原来的世界——这时，他看到埃尔加刚从那里出来，手里拿着一个空夜壶。

他们都停了下来。隆向她走近，伸出了那只空着的手。

"不能让他们看到我认识你，"埃尔加警告他，"否则，他们会杀了你的。"

"我知道。我一直在寻找机会。你要做好准备。"

"我们需要雪地鞋。"她说。

听她这样说，隆激动得胸膛都要爆炸了："那么说你愿意和我一起走？"

"当然愿意！"她也很激动。隆看出来她说的是真的，喉咙一阵哽咽。

"不能再说了。"埃尔加说，"她们马上就会来找我。我只能和别人一起外出。"

隆点点头："做好准备。"说完他轻轻地碰了碰她的胳膊，然后朝粪便堆走去。

到了春末，虽然依旧是白茫茫一片，但随着温暖的阳光的照耀，积雪渐渐融化。在一些朝南的山坡上，融化的雪水接近腰那么深。每天早上，当脚下的冰块还未解冻时，踩在上面就像踩在翘起的石板上一样，看起来颇为危险。到了傍晚，你可以直接踏在那些冰块的边缘，只需轻轻一踩，冰块便会粉碎。再后来，雪变得又软又湿，泥泞的地面会让人经常滑倒，直接摔在冰面的空洞里，有时候还会一屁股坐在里面。隆的那条伤腿就这样摔过好几次。没多久，雪白的积雪变成了一团泥泞，天黑之后，地面再次结冻变硬，这速度真是令人惊叹。虽然没有风那么快，但也已经很快了。

这段时间，建达人食物平台上的冻鱼和海豹皮袋子一直都很充足。由于拥有足够多的油脂，他们甚至把它当燃料来用。白天越来越长。积雪很快就会全部融化，白雪覆盖下的土地又要重新露出来。夏天马上就要到了。

一天晚上，西风刮得异常猛烈。早上的时候就已经刮得很大，甚至在房子里都能听到它的吼声。在入口隧道的外面，连陈年的春雪都被裹进沙尘中，从地面向东飘去。他们不得不堵住入口以防风吹进房子里，否则整座房子会像海藻囊一般被吹到炸开。隆和负责此事的人一起来到外面，他们用木杆和兽皮做成门来堵住入口，但却总是被风吹倒，而且他们几个人也被吹得像在冰面上滑行的海豹一般。大家大笑起来，同时也为如此强劲的风感到震惊。

晚些时候，风稍微小了一些。那几个人再次出去检查营地周围的情况，也是想再尝试一下大风中的感觉。确认一切平安之后，他们顶着风来到大盐海边。海冰已经消失得无影无踪。白色浪花怒吼着涌上白茫茫的沙滩，激起一摊摊泡沫向岸边滚去，直到被岩石或草丛缠住，最后化为虚无。海浪声巨大无比。即使冲着对方的脸大吼大叫也听不到彼此说的话。由于风太大，他们不得不背对着风坐下，即便如此他们也会被风推着向前走。大家都笑到停不下来。

　　这时，有人指着海里的某个东西，其他人侧身迎着风张望，他们有的张开双臂，像飞翔的鸟儿一样，有的把身上的大衣拉住罩着头。海浪中漂浮着一根巨大的树干，和他们房屋的支柱一样高大粗壮。今天的大风刮倒了一些老旧的树干，不过大多数都挺过来了，毕竟经历过很多次风雨，大部分树干都保持纹丝不动。

　　此时又有一根新木头横着浮在白色的巨浪间，不一会儿就被冲到岸边，接着一波又一波巨浪把它朝岸边越推越近，直到木头最后像具尸体一般一动不动地躺在陆地上。隆从未见过如此大的树干。他很想知道大盐海的对岸到底是一块怎样的土地，如何能长出如此巨大的树木。

　　晚些时候，风渐渐平息。所有的建达男子和一部分女人都出来了，他们把绳子系到这根新浮木上，然后把它拖到一堆交叉摆放的光滑树枝上，慢慢向前拉，一边拉一边把后面的树枝垫在前面，这样一来拉起来就轻松得多。他们把木头拖到河滩后面一片立着的树干那里，挖一个洞，把断的那头放进去，然后用绳子拉着树根那端，直到它像其他树干一样倒着立起来。它们就在那里迎着西风，直到被吹倒，或者被拖走用掉。

　　一天晚上，建达人正在用烧热的石头把桶里的鱼煮熟，这是最上层平台最热的时候，突然间，两个披着皮毛的人影从冰冷的隧道里跳进来，他们把长矛刺到厨师身上，然后又把油脂甩在火堆里，火星顿时溅得满屋都是。瞬间，尖叫声不绝于耳，到处都是烟雾，一片混乱。这时，一个入侵者把一桶开水泼在建达人的脸上，接着又浇在燃烧的油脂上，火苗像水一般流向下面的平台。这两个入侵者就像进入海狸窝里的水獭一样，拿着长矛刺向所有走过来的人，同时慢慢退到下面。其中一个人拉住隆的胳膊，这时隆才知道是索恩，旁边像猞猁一样龇牙尖叫的正是希瑟之前照料过的那个伤者。非人般的号叫声穿透了建达人的叫声，给这场袭击又增加了几分恐惧的色彩。

在索恩把他拖回冰冷的隧道前，隆一把抓住自己的鞋子。他们冲出隧道入口，索恩又转身把一块燃烧的木头扔到之前撕开的一袋油脂上面。没多久，整个入口火光冲天。

"我去拿雪地鞋。"隆说。

"好，"索恩说，"你和克里克一起去，我去找埃尔加。"

"她住在女眷居所。"

"我知道！你去拿你的东西，跟着克里克。他知道我们会合的地方。我会找到埃尔加的，这火够他们忙上一阵子了。"

"他们有狼，他们会派狼来追赶我们的！"

"我知道！"其实，那些狼已经在嚎叫了，"去他的狼！没有人能挡住我们！"

说完，他立刻朝女眷居所跑去。隆带着原人向巨石堆奔去，他飞快地找到土拨鼠洞，然后钻进去把袋子拿出来递给克里克。也许由于过于匆忙，洞口似乎比之前小了一些，他觉得自己没有达到本应有的速度。要知道，这一场景他已经在脑海里演练过无数次，而现在它像梦一样发生在眼前，他仿佛在上面或后面看着自己。

拿好东西之后他们回到建达人的营地里，隆奔向大房子旁边盛放东西的棚子里抓了四双雪地鞋，全部交给克里克，自己则拿起一块楔形刀片把剩下的鞋子前面全部割断。他被自己的行为所震惊，因为之前他从未想过这样做，但这是个好主意。接着他又把弯曲的云杉枝框架砸得粉碎，仿佛它们就是那帮建达人的头骨。结束之后，原人迅速拉着他向下游一处小小的赤杨木树丛跑去。索恩已经在那里了，埃尔加也在。她裹着一件毛皮斗篷，里面只穿着建达人平日在房子里穿的绑腿。四个人站在那里，瞪大了眼睛，面面相觑。已经很晚了，半圆的月亮很快就会落下。

"她需要衣服！"隆说。

索恩说："我们会用这件斗篷来给她做衣服的，但现在只能这样。"

"我没事。"埃尔加说，她手里拿着隆藏起来的其中一个袋子，脚上穿着软靴。他们把隆拿出来的东西塞进两个背包里。隆穿上靴子，背上背包，埃尔加拿着另外一个。隆把偷来的雪地鞋系在索恩和原人的背包上，然后几个人趁着天黑向南逃去。

他们以最快的速度在结冰的地面上奔走，就差跑起来了。月亮落下之后，他们放慢了速度，不过在星光和积雪反射出来的亮光下，他们还可以看得清路。四个人几乎是全速前进。整个晚上，大家都没有说话，除了索恩偶尔喊一句——斯凯！这时他们会像狼一般大步向前跑，直到其中一人停下来，接着所有人都会停止奔跑，继续行走。他们经过一个长长的陡坡，坡上的积雪融化后又结冻，反反复复很多次，最后变成平坦的雪坡，和冰面一样光滑。他们套上隆拿来的雪地鞋，隆教他们如何把鞋子系在靴子底板上。埃尔加也套上了靴子，隆觉得靴子可以给她的软靴一些支撑。

索恩在前面带路，其他三个人都在拼命跟上。随着黎明的临近，空气越来越冷。不过除了鼻子和耳朵，隆觉得全身都很暖和，连手指和脚趾都不觉得冷。当然你必须不断地向前奔走，时不时地再跑上一段，尤其是在平地或下山的时候。索恩总是以身作则地鼓励他们，偶尔还回头看几下。对隆来说，他那张脸就像梦中挨的巴掌，或者水獭人那般不真实。他们在海狸窝里杀人放火，还抢走了他们的一个女人，真是既冷酷无情又坚决果敢。隆觉得自己备受鼓舞，他的身体似乎飞起来跟在他们后面，忘记了拼命。一切就像一场梦，但他从未像现在这般清醒过，从未有过。

等隆回过神来，东方的天空已经变成了灰色。他的伤腿很久没有经受过这种强度的行路，所以也开始抗议起来。他需要一个拐杖。他们经过河床上的一条小水流时，那是一个小峡谷的急转弯处，他从背包里拿出刀片砍了一根赤杨木枝，虽然很短，但足够结实。隆用它来分担伤腿承受的重量。虽然这样三条腿走路很不方便，但还是值得的。

当天空渐渐变亮时，索恩走得更快了："今天我们必须走出他们的视线。我不知道我们领先他们多少，但他们的速度非常快。"

隆和埃尔加点头表示赞同。克里克迈着沉重的大步向前冲，每走一步都大口喘着粗气，不过看起来还能坚持很长一段时间。隆这才意识到自己对原人了解的太少了。当然，漫游时和他们相遇的情景一直记在他脑子里，说实话，一想到这里，他的脚步就不由得加快了。虽然当时躲开了他们的追击，但他并不知道那究竟意味着什么。他突然发现，在这个世界众多种生物中，自己身边的这个脚步匆匆的人是他最不了解的一种。当然，他们总是小心翼翼地躲避着人类，也许这就是原因：他们不希望人们来了解自己。

而对那些建达人，隆则非常了解。他们在雪地上可以想跑多快就跑多快。诚然，每个部落的猎人的速度都很快，而且可以连续走很久，这是成为猎人的必要条件。那些建达人，每年夏天的长途跋涉和与周围部落的纷争让他们练就了快速奔走的本领，而且他们习惯了雪上行走。雪地就是他们的家，只要有雪的地方就是他们的地盘。所以只要是有雪的地方，他们就会比其他人更快。这是隆最担心的。

另外，他们还有一群可以追捕猎物的狼。

第六章
追捕之途

东方的天空已经泛红，头顶上的灰色天空很快会变成晴朗的蓝天。索恩示意他们在雪地中的一处洼地停了下来，那里有一堵可以藏身的小石墙。他们一直待到天空彻底放亮。晴朗的一天，太阳即将冲破地平线。索恩让他们蹲下来，自己则用手拉开盖在眼帘前的两块皮毛向北方望去，从远处看就像是石墙上鼓起的包一样。他一动不动地望着，过了一会，他嘘了一声，慢慢低下头来。

"他们已经在那里了，"索恩说，"正朝这边赶来，手里牵着狼。他们可能已经知道我们的踪迹了。我们得走了。"

"他们会不会看到我们？"

"会的。所以我们今天必须超过他们，晚上的时候把他们甩掉。"

索恩逐一地看着每个人："我们必须要快。如果我们能保持一天都很快，他们就追不上我们。我们不能疲惫，我们得让他们累。只有足够快才能保持安全的距离，这样的话即便他们冲上来也不怕。我们要用他们冲锋的速度来超过他们，然后再用他们冲锋后的速度前行。你们明白吗？"

"要是他们把狼放出来咬我们怎么办？"

"那我们就把狼杀死，这样的话他们就失去了追踪器。而且，如果他们放开绳子，那些狼肯定会跑开。只要我们保持足够的距离，他们只能让那些狼充当追踪器。"

隆和埃尔加点了点头。克里克看着他们也点了点头，嘴里哼了哼，然后说："斯凯，斯凯，斯凯。"

索恩从背包里拿出一袋坚果，分给每个人五个："我们边跑边吃。走吧。"

他们从洼地里跳出来，穿着雪地鞋向积雪覆盖的第一道河床跑去。虽然后面没有叫喊声，但索恩的奔走表明那些追踪者可能会看到他们。这一次，他没有直接穿过结冰的河面，而是朝上游走去，挑了一条路穿过河面向南走，然后再爬上向西南延伸的第一道山脊。

他们必须要让那群猎人知道他们是不可能被抓到的，无论是现在还是以后。一般情况下，队伍中有女性行进速度会变慢，但埃尔加很强壮。她完全跟得上他们的速度。至于克里克就很难判断了，因为他走路的时候总是气喘吁吁，呼吸声就像唱歌一般。但原人一般都比普通人更结实和坚强，而且克里克丝毫没有表现出放缓脚步或疲惫的样子。还有索恩，很难说他能一直保持这个速度，但至少现在没问题。有些老人被生活锤炼得像皮革一般坚韧，这一点是年轻人无法比拟的。索恩就是这样的老人。

所以，现在看来隆是这个队伍中最慢的那个人。这个念头让他很恼火。随着时间一点点流逝，这个想法越来越得到证实。即使有那根拐杖的帮助，坏腿仍然无法适应这种一刻不停的奔波。

隆已经给拐杖起好了名字：第三条腿。他希望这个无聊的笑话能让自己轻松一点。第三条腿肯定要尽自己的一份力，这一点毋庸置疑。

那一天，他们一直在不停地奔走。如果遇到没有结冰的水源，索恩就会停下来，他们凑到水边喝点水。索恩再拿出来一些坚果、干肉和蜂蜜油饼分给大家，然后继续出发，边走边吃。他们很少会长时间停下来休息。不过每隔一段时间，索恩总会有理由让大家停下来休息片刻。这已经是隆所能承受的最快速度。他不知道其他人的感觉是不是一样，但他不想问。

到了下午，雪开始变软。他们只能停下来套上雪地鞋。这样一来一定会留下清晰的脚印。不过那帮建达人穿的都是被隆弄坏的雪地鞋，估计速度会慢下来不少。

他们很少能看到那些追击者。有一次他们听到远处传来一声嚎叫，不知是人还是狼，似乎是发现了之前失去的踪迹。索恩不时地想看看他们，确定他们的位置。所以当他们穿过大草原时，他会转换路线走向树木环绕的低矮山丘，或者去那片东倒西歪的树林最高处寻找树木交叉的地方回望大草原，在树木的遮掩下不容易被发现。索恩共发现过他们三次。第三次的时候他说，他们派了几队人牵着狼来追我们。

这是狼追赶驯鹿的方式。跑得最快的几只驯鹿会把整个鹿群带得筋疲力尽，最后最弱小的驯鹿就成了它们的猎物。现在他们的防守也必须和驯鹿一样：团结一致，保持领先。隆回想起来，有时候，领头的公驯鹿会向捕猎者发动攻击以恐吓对方。那个漫长的下午，在向南方前行的路上，索恩一直表现出若有所思的样子。每过一条河流，他都会选择最危险的路线，比如直接从紧挨着水面的裸冰上走过，可能是希望那些追击者更沉更重，这样就会掉进水里。在又一次跟着他走过一层很容易裂开的薄冰之后，隆发现了这一点。他立刻冲上去告诉索恩，如果他想在这方面让建达人上当是不可能的，因为他们对冰的了解比任何人都要多得多。索恩气得咆哮起来，但后来再也没玩过这种把戏，不过眉头一直紧锁着。

太阳终于落到了西边。当星星开始在头顶闪烁时，他们爬进赤杨灌木丛中，在树枝的掩盖下爬着前行。不过这里很容易受到狼的攻击，建达人似乎还在牵着它们赶路。

当他们裹好兽皮准备休息的时候，索恩对隆说："你和埃尔加待在这里。"说完，他拉起克里克的手臂，两个人拿着长矛朝着北面奔去。

大约一两个时辰之后，他们回来了。接着继续匆忙赶路。

"又一个通宵，"索恩说，"我们杀死了最前面两个人中的一个，另一个逃走了。但他不知道我们到底有多少人。他们今晚一定会非常小心的。我们今天晚上要离开这里。"

"他们总能追踪到我们。"隆说。

"那就让我们走着瞧。"

一轮上弦月在遥远的东方升起，比昨晚更圆了；借着它的光芒，他们在越来越冷的夜里奔走。在月光的映衬下，星星显得很模糊。地面的积雪再次冻住，在脚下闪闪发亮，踩上去咯吱作响。他们已经抵达大山谷底部的沼泽平原。倾倒的树木，沼泽中一块又一块黑色的结冰点让他们不得不再次套上雪地鞋，以分散踩在薄冰上的重量，也许那些冰是夜里刚刚冻住的。如果有绳子的话，他们会系在一起走过去，而现在他们只能祈祷好运。克里克跟在索恩后面，他无疑是最重的一个，如果他能过去，那隆和埃尔加就完全没问题。另一方面，他可能会压碎某处只能容许两个人通过的地方，那第三个人可能就会陷进去。所以隆和埃尔加就要紧紧贴在一起，万一其中一人掉下去，那另一个人可以冲过去把对方拉上来。

庆幸的是那些黑色结冰点和白冰一样坚硬结实，实际上，正是因为它们过于光滑他们才没有掉下去。索恩尽力走在它们之间。每穿过一个，他们都会觉得穿上雪地鞋真是太明智了。他们甚至可以在上面滑一下。不过即便它们和冰一样硬，有些地方和平地没什么区别，但最好还是待在白色的雪上，这样才不会打滑。

他们沿着溪流的流向一路向南，这一路他们滑得很快。等到了陆地，速度就慢了下来。索恩找到一条向上通向南方的近道。月光下，整片大地的形状都显露了出来。山坡及山脉的每一道纹理、构造都静静地躺在那里，上面覆盖着一层半融化的白雪，在闪烁的星空下泛着微光。那些起伏就像大地母亲的身体曲线，而白色雪地竖起的黑色岩石仿佛是挺立的阴茎，冰冻的瀑布像精液一般从裂缝中喷出。女性身体上的男性标记，在月光和阴影下，这片土地正在与自己交欢。从远古时代开始就是如此：男女本是一体。后来因争论事情应该如何而分开，而这场争论一直没有结束。当他们在月光下奔跑时，隆想起来索恩曾经讲过世界如何起源的故事。很久很久以前，这个世界空无一物，只有一个被人填满的鸡蛋。这个人拥有这个世界所有的部分和品质。蛋壳被啄开后，里面的一切都被倾倒出来，形成世间万物。天空是最大的一块蛋壳，太阳是蛋黄剩下的部分变成的，土地和其他一切都是蛋白的一部分。乌鸦啄食着蛋白，直到一切都变成自己的样子。

隆已经把大部分内容忘记了。他不知道自己能否像索恩那样记住所有的故事。似乎不太可能。很长时间以来，这个事实像块石头一样重重地压在他的胸口。而现在他不得不放下，这样才能走得更轻松。这个问题留到以后再想。现在，无论他记住多少都已经足够，他们的奔走本身就是个故事。

　　真是奇怪，即使在夜里如此匆忙地赶路，他依旧有时间去考虑其他事情。这些想法似乎都无关紧要，但它们依然会在脑海中掠过，如同把幽灵召唤过来之后又驱赶走，因为此刻它们毫无意义。眼下最重要的就是走，所以真正有意义的是那些乱七八糟的念头能对他的伤腿有所帮助。有时候确实可以分散他的注意力，就像头顶树枝上的松鼠一样。但有些时候他觉得自己必须把全部注意力集中在如何正确落下左脚，以让它尽可能轻松地跨出去，然后迅速换回完好的右腿——只有它依然坚定可靠。万一完好的右腿也被压垮了……这个念头让他更加恐惧。不过目前来看，右腿依旧毫无痛苦地努力向前，他可以依靠它把自己向前推。他深陷在不断变换走路节奏的思虑中，假如这个时候思绪还能飘到其他无关紧要的事情上，可能也没问题，或者说是好事，说明他练就了不理会那条伤腿不停抗议的能力。

　　隆继续向前走，越来越累。月亮落下的时候，索恩在一条小溪边停了下来，大家喝水，吃蜂蜜油饼。然后继续借着星光向前赶路，在黑暗中四处穿行。这个时候很难看清脚下和前方的路。他们只能更加小心谨慎地看着雪地，但即便如此，也分辨不出到底有多斜或者多滑。你只能用脚来感觉。

　　这样摸黑走了许久之后，一夜已经过半，空气的温度跌到最低点，异常寒冷。在隆自己没有注意的时候，第二道风突然已经来到他体内。他变得更加强壮，轻盈而坚定；他可以继续前进，似乎可以一直这样走下去，至少可以需要多久就走多久。就这样和三个同伴走完自己的余生，永远不会觉得疲惫。

　　这种感觉真是好极了。他非常感激第二道风的到来，甚至还为此跳了几下，哼了几句，这真是前所未有。没有了头晕目眩和疲惫不堪，现在的他浑身充满能量。

于是他开始调整速度，他用第三条腿撑着自己向前赶，先是赶上埃尔加，接着又超过克里克，他还朝他简短地打了个招呼，头微微一斜，意思是希望克里克能走在埃尔加的后面。克里克回应了一句"如普"表示同意。最后，隆追上了索恩。

他们来到了一条弯曲的河道旁，很像是乌尔德查旁边的环形河流。

走在冰冻的河面上时，索恩说："我们很快就要到那条穿过山谷的大河边了，希望那里的冰还没有融化，好像快到时间了。这些支流的冰已经变薄了不少。今天是六月的第八天，南边的河流已经化冻。这里肯定也快了。"

"那我们到时候还要从上面走过去吗？"

"我们必须走过去！我想知道它们情况到底如何。假如我们穿过那条大河后，冰面裂开……"说完，他走得更快了。

隆让索恩在前面带路，自己紧跟在后。索恩正在仔细寻找着脚下的路，隆打算让他自己去找，他想好好呵护第二道风，以便获得更多力量。他回头看了看，克里克走在埃尔加的后面，不过离得不远。埃尔加正全神贯注地看着脚下，就像黑夜精灵，专注地走着，比平时的话更少。一次短暂的停留中她看了看隆，那眼神似乎要把他完全穿透。他看得出来，她从未期望过能逃离那个地方。所以这次的机会让她感到很震惊。现在的她只能选择逃走或死亡。

太阳出来之后不久，清晨的天空泛着原始的黄色光芒。他们下山时遇到的溪流变宽不少。他们穿过冰冻的池塘、河水泛滥的草地，逐渐靠近小溪与那条大河的交汇处。索恩转过身，有些吃力地爬到一个土丘上，俯视着周围的一切。这时跟在后面的隆才意识到自己的腿已经疲惫无比。哪怕是小小的斜坡也很难爬得上去，而等他们渡过大河之后，接下来就需要不断地爬山。

站在小土丘上，他们可以看到宽阔的大河河面，虽然还是白色的冰面，但中间夹杂着一块块的黑色。无数块巨大的白色冰块在黑色的薄冰之间颠簸碰撞，那些应该都是早上刚结的。那些白色的冰块棱角分明：三角形、长方形、五边形等等。黑色的冰道大都很窄，白色冰块要大得多。这样的场景真是令人惊叹。这些冰都在吼叫。空气中充斥着低沉冗长的轰鸣声，仿佛是河底传来的雷声，在冒出水面的时候被冰封住了。轰鸣声中还夹杂着刺耳的噼裂声，还有长长的嘶嘶声，似乎离他们渐渐远去。当噼裂声从河面经过时，河水便发出阵阵呻吟。哦，没错，这些冰很快就要解冻了。虽然现在一动不动，但所有这些轰鸣声、噼裂声和嘶嘶声汇成一曲响亮的合唱，宣告着这一消息。

索恩回过头，指着北方：一群乌鸦在北方地平线的某个地方盘旋。

"我们现在过去吧，"索恩说，"没时间休息了。等我们过去之后爬到对面的小山上，再看看能看到什么。"

于是，他们开始过河。每个人都轻踩着冰面向前滑步，经过黑色的冰道时，可以看到一个个气泡被困在闪闪发亮的薄冰下面，再向下还能看到在更深处摇曳的水草，还有几条一闪而过的鳟鱼。下游的噼裂声和刺耳的轰鸣声越来越响亮。隆觉得自己都快喘不过气来，冰冻就是这样宣告自己的融化，而冰融声先于融化冲到上游。

索恩只是低着头加速向前走。他们依然穿着雪地鞋，有时候还要穿过那些看起来湿漉漉的黑冰，踩上去滑得很。那些棱角分明的白色冰块要结实得多，他们会甩着胳膊以最快的速度滑过去。隆用第三条腿支撑着自己前行。他们都尽可能地和索恩保持安全距离。每个人之间隔着几个身长的距离。隆走在最后，他想和埃尔加保持一定的距离,但又不能落得太远。

河面很宽,他们用了好长时间才走过去。到达对岸之后,每个人都累得气喘吁吁。之前他们一直在拼命地奔跑,此时终于感受到了疲惫。等大家呼吸稍微平稳、心跳降下来之后,索恩带着他们来到又一个小小的岬角上,大概超出水面一人高。

爬到上面后他们放下背包,脱掉雪地鞋,拿出兽皮铺在靴子里,然后坐下。大家都还在喘个不停。索恩把水袋递给他们,又从背包里拿出坚果、干肉和蜂蜜油饼。虽然索恩那里还有几袋油脂,但他们都看出来剩下的食物不多了;不过那是以后要考虑的问题。此刻他们都饿坏了,必须多吃一点才能维持之前的速度。于是大家好好地吃了一顿。

他们向北望去,什么也看不到,只有一群水獭在远处的上游河岸边嬉闹,似乎和平常一样,根本没有注意到脚下的河流正在解冻融化。索恩皱了皱眉头,接着边跳舞边唱起了河水融化的祈祷之歌:

> 霜冻让河面冰封,
> 只有一个人才能解开霜冻。
> 驱走漫长的冬天,
> 灼热的阳光,
> 美好的夏季再度降临!
> 大盐海死亡之地,
> 我们会为你燃烧冬青打破这冰冻,
> 把它收回去吧,我们不再需要它。
> 让太阳照过来烤干这空气,
> 冰下的水快点流淌,
> 填满沟壑和峡谷,

>   从悬崖上落下,
>
>   流进每一个水洞,
>
>   从裂缝中涌出。
>
>   古老的冰和雪,
>
>   从上面填满,
>
>   像手套中的手指,
>
>   像婴儿的出生,
>
>   力量来自于内部,
>
>   到了向外喷涌的时候,
>
>   用力喷涌,喷涌,喷涌。
>
>   大地母亲知道,
>
>   大地母亲在挤压,
>
>   如同痉挛抽筋,
>
>   打结挤压,
>
>   到她的洞穴中告诉她这样做。
>
>   现在就解除冰封,
>
>   现在就解除冰封!

河流是有生命的,他们能听到它的跳动。在白雪覆盖之下,在光秃秃的冰面之下,它在不停地向上用力,随着积雪的融化而起伏涌动。到处都有雪和冰在移动。阳光下,冰块闪烁着光芒,有些会突然弯曲,还有一排排新冰像被看不见的筋条缝在了一起,互相向上挤压。河水从冰缝中涌出,把下游的冰染成了一块块天空般的蓝色。

索恩还在嘶哑着嗓子唱着,他跳舞的时候双脚并未挪动,只是摆了个姿势。他对着天空歌唱,河流用轰鸣声回应。这时,上游和下游的声音都很响亮,只是破冰的时刻依然没有到来。

他们都很清楚这种情况还会持续不少天，一时又一时，一天又一天，直到最后冰面全部裂开，所有这一切都将随着汹涌的黑色河水顺流而下。那是河流的夏季高潮，一次壮丽的迸发。过去他们从未真正关心过破冰的时间。而此刻，看着那些迟迟未动的冰块，他们充满了焦虑。也许是因为这条河太大，所以尽管下面的河水哗哗作响，但全部解冻还需要很长时间。这时，在河的对岸，遥远的西北方，隆看到很多黑点在移动，他立刻指给大家看。

索恩立刻停止了舞蹈。"走吧，"他冷冷地说，"我们必须得走了。"

隆像河水一般呻吟了一声。他站起来试了试那条坏腿，还是不行。他把背包重新背上，肩带勒住的地方疼得很。

他们再次出发。

* * * * * *

现在，他们要迎着下午的阳光向山上爬去。阳光照在前方和上面的雪地上，反射出耀眼的光芒，刺得隆睁不开眼睛。他觉得整个身体仿佛都缩在了一起，他不得不使劲向前冲，冲向光明。

不过所有人都还在艰难地向前跋涉。不管是上山还是平地，隆发现了召唤第二道风的办法。这样一来对于坏腿来说，上山比下山好受得多。隆踩着索恩和克里克的脚印向前走，由于克里克也经常踩在索恩的脚印上，所以看上去只留下了一个人的足迹。当克里克和索恩的脚印分开时，隆会跟随克里克的足迹，因为底部的雪会更硬一些。同时，他也会看看为什么克里克不再跟着索恩的脚印走。克里克会选择更高一点的地方落脚，可能是希望上去的时候路更光滑一些。他突然觉得通过观察克里克在雪地上的脚印比和他交谈更能了解他的想法。

埃尔加紧跟在隆的后面。她看起来很渴,低着头,眼睛几乎闭上,小心翼翼地踩在前面的脚印上。

索恩向着白色地平线上的一座黑色的小山走去。快要走近的时候,雪变得越来越软,他们只得放慢脚步。可以看出这是一条向南延伸的山脉的起点,形成一道山谷的西向山脊,这个山谷似乎是隆和埃尔加被北方人带着向北走时下去的那个地方。不过到处都覆盖着雪,所以无法确定。

索恩想从山脊上走,这样雪地上就不会再留下脚印。而且越向南走,地上的雪就越少,他说,如果运气好的话,他们可以不留痕迹地离开山脊,继续前行。隆和埃尔加点了点头,低下头继续跟着索恩和克里克向光秃秃的山上走去。

不过,当到达雪地中第一块高高立起的岩石上时,他们发现崎岖的山脊远没有覆盖着雪的平原好走。甚至连走到山脊上都要攀爬陡峭的雪坡,接着又是一个岩石斜坡,一直伸到山脊上。而此时的他们已经没有多余的力气。隆的小腿不停地抽筋。但现在必须要离开雪地。他们只能哼哧哼哧喘着粗气,尽量踩在索恩的脚印上,一步一步向前走。岩石旁边的雪像烂泥一般铺在地面上,经过的时候必须小心翼翼,否则就会陷进白雪下面的泥巴中。有时候一不留神就陷进去了。隆的眼睛被汗水蛰得灼烫不已,但他只能从泥泞中爬起来。这些泥潭仿佛在白色的雪地边缘沉闷地跳动着。

最后,他们终于气喘吁吁、满身大汗地站在山脊边。前方是路,身后是一直延伸到大河边的广袤土地,上面还覆盖着不少雪,而在他们前方的南面,一块块黑色的土地和融化的积雪交织在一起。哦,没错,快到大草原了,已经接近他们熟悉的那块土地的边缘。到了那里,他们可以在山脊上奔走,和其他动物一起融进峡谷森林里。他们坐下来脱掉雪地鞋,把它们系到背包后面。

这时，克里克指着北面：一群黑点正在穿过白雪覆盖的平原。正是那群北方人，他们已经渡过了那条大河。从这里望去，河面依旧一片白色，什么动静也没有。不过再向西就变成了灰色，最西面已然是黑色。可是那些建达人已经过了河，现在正追在他们后面。索恩发现了一件有意思的事情：那些狼似乎不见了。要么是被带回去了，要么是自己逃走了，后者的可能性更大一些。索恩喜欢这个想法。不过有一点是显然的，那些如同黑点一般移动的建达人，他们本身就是狼，或者说是鬣狗、乌鸦或猎人。他们要把猎物追到筋疲力尽，然后上前杀死它们。乌鸦甚至会把狼或人类带到它们发现的受伤的动物旁边，这样一来，它们就可以享用猎物被猎人吃过后剩下的残渣。

隆从没有被这样追赶过。也许他们几个都没有过这样的经历。不过，当隆看到克里克回头看着建达人的神情，他就知道他曾遇到过，所以对此并不吃惊。克里克自言自语地哼了几句，然后满脸好奇看着其他三个人，他用头做了个手势：还不走吗？

索恩用手遮着眼眶，继续盯着那群黑点，最后他长吸了一口气又吐出来。

"让我们看看这山脊能帮到我们什么。他们肯定也很累了。如果他们爬上来找不到我们，那就永远找不到我们。因为没有脚印可循，他们就不知道我们朝哪里走的。他们就会放弃。"

克里克看着自己空空的双手，做了一个吃东西的动作。

"我知道，"索恩说，"第二道风。"

"我的第二道风已经来了。"隆说。

索恩看着他："那就等着第三道风吧。有时候会有的。现在正是需要它们的时候。"

他挤出一丝笑容："这就是我们活着的原因！为的就是像现在这样的日子。走吧。"

说实话，山脊宽阔的边缘比雪地更难走，但离开雪地总是好的，下脚也更稳一些。山脊上以及左右两边的斜坡都还残留着一块块积雪，他们尽量避开它们，只踩在岩石上面。

山脊一如既往地起伏不平，不过隆起比凹陷要多一些。有时候山脊边缘会变得很窄，不过大部分时候都比较宽，大约有二十步左右。地面是一块块长满了青苔的黑色岩石，十分崎岖。有时候会突然变窄，窄到只容得下两只脚，两边便是陡峭的悬崖。每到这种地方，隆就跪下来爬过去，因为他不相信那条伤腿能撑得住自己。有时候另外三个人也会选择跪着爬过去。

还好，随着山脊变高，路面也越来越宽。侧脊开始向东西两边延伸，其中包括几个陡峭的像女人阴部的小峡谷，经过时他们都向下望了望。路上依然有积雪。假如下面的地方可以走的话，索恩很想从下面走，可惜下边的路都不够干。每个峡谷里都长着许多树，融雪形成的沟壑里仍然覆盖着一层雪。除此以外，峡谷两边的树林越来越多，树下的地面上也有积雪，不过溪流里的冰块几乎全部融化。太阳能照到的地方几乎看不到雪了。岩石缝中的黑色土地向外冒着热气。

他们爬上山脊，寻找下山的路。两侧的山坡都是水汽，形成了明显的薄雾。

克里克突然嘘了一声，指着身后。他们转过身，发现那些小黑点已经到了山脊上，虽然还有段距离，但已经和他们在同一道山脊上。索恩开始诅咒：

希望你们都被绊倒，
全身抽筋，
把内脏都拉出来，

扭伤脚踝，
长矛插到自己的肚脐眼上。
希望狮子扑向你们，
闪电把你们炸成焦炭，
雪崩把你们埋到比三棵树还深的地方。
祝愿你们旁边躺个漂亮的女人，
你的命根子一直挺在那里摇晃，
就像被戳到稀巴烂的内脏。

他边骂边带领大家飞快地朝山脊的另一个高地奔去，到那里之后他们可以向下走，消失在他们的视线之外。他可以不带重复地骂上一整天，这一点隆早就领教过了。

翻过又一个山丘之后，北方人就彻底看不到他们了。索恩停下来，顺着陡峭的斗壁向下看，那里有一个向西延伸的峡谷。从斜坡一直向下到谷底似乎都没有积雪，不过有一段太过陡峭，从上面看不到下面的情况，一般来说，情况都不会太理想。斗壁下面茂密的树木遮住了峡谷的裂口，那裂口正好蜿蜒向南。

索恩说："我们从这下去，他们肯定看不到我们了。看起来应该可以走。"

其他三个人都表示同意。这段陡峭的斜坡上应该没有雪，似乎值得一试。他们不能继续留在山脊上。现在看来那些北方人的速度比他们快，而此时的他们已经没有力气再加速前行了。

他们开始从山脊向下走。向下走的时候，隆突然想到走这个峡谷还有一个优点，那就是它很短。再穿过一个向南延伸的山谷，他们就相当于走上回家的路了。

他们发现从上面看不到的那片陡坡上覆盖了陈旧的积雪，在太阳的照射下，很多地方都凹陷下去，形成一道道又长又直的沟槽。整个斜坡上都闪烁着水珠,在夕阳的沐浴下又湿又软。

　　索恩站在斜坡顶上犹豫了一会。他慢慢向下走,踩在最高的雪堆上:一脚踏进软软的雪地里,直接踩到了雪底的岩石上。索恩从雪洞里爬出来,回到岩石上。他想了好一会儿,之后便咕哝着坐到倾斜的岩石上,把背包上的雪地鞋取下来,套在脚上。

　　"我们必须从这里下去,"他说,"如果他们追上来,向下看会看到脚印,但之后就不会了。"他指了指峡谷下面。

　　于是另外三个人在他旁边坐下,套上雪地鞋,系得紧紧的。然后站起来。弯曲膝盖的时候,隆感觉大腿的肌肉似乎在抽筋。这将是一次艰难的下山。

　　隆走在最后。他尽量踩在其他三个人的脚印上,不过他们的脚印大部分都是重叠在一起的,非常深。有的深到大腿,有的直接朝他们下去的方向炸开了,他不得不迅速把重心转到上方的那条腿,以止住身体继续向下滑行。谢天谢地,还好是没有受伤的右腿。说实话,下山时把好腿用在下面会舒服很多。但斜坡是倾斜的,当你向下看时只能横着朝右。索恩偶尔尝试一下向左动,呈弯曲状向下走,但很快,陡峭的斜坡迫使他不得不转向右边。

　　这意味着下坡时坏腿要承受着隆的大部分重量,要真的出力才行。每向下一步都要靠坏腿在前引导,但没办法,这是地形决定的。他只能一步步向下走,每走一步,那条伤腿从脚踝到臀部都如同针扎一般,他疼得浑身颤抖,他不相信它能撑得住,但没其他办法。他只能伸直腿,踩进其他三个人留下的脏兮兮的深坑里。这真是太痛苦了,他只能把重量压在上面,不去理会脚踝发出的令人痛苦的嘎吱声。然后用最快的速度把那条好腿移到更高处的脚印里,以让重心从左边移开。然后靠右腿站稳,深吸几口气,再次迈出痛苦不堪的一步。有时候那些比较深的脚印在他的踩踏下炸开,他不得不顺着崩开的雪堆滑下去,直到脚下的雪积满，挡住他的路。接着，他会祈祷那些靠上的脚印不要高到自己够不到，否则他只能踏在脚印之间的积雪上。这样一来，他必须把第三条腿插进他能够得到的最高的雪堆上，然后依靠它把脚拔出来。

他就这样一步一步地向前走着，疼痛从左腿穿过命根子蔓延到五脏六腑。不管脚下是结实的脚印还是光滑的雪堆，现在每走一步都很疼。然而，要想走到河床旁边的森林还有一大半的路。

在频频的停顿中，隆仔细研究下面的斜坡。他在想能不能坐下来，顺着其中一条长长的沟壑滑下去。这样做可能遇到的问题是：斜坡下面有不少大石块，通常都是一些从山上滚下来的大石头。还有，雪已经变软，当他向下滑时，雪地鞋和手杖都可能卡在雪里。算了，这个斜坡太陡了，没办法尝试。再说，下滑的速度肯定会快到停不下来，然后一头摔到石块上面。即使他想方设法在石块上面的雪堆中停下来，到时候也会撞到满是碎石、雪洞和大石头的雪堆上。要想穿过或翻过这样的雪堆也不是件容易的事，也许和他现在做的差不多，说不定会更难。所以他没办法安安全全地滑到下面。

现在，他只能努力地走好每一步，直接踩到脚印里，忍受痛苦，站稳脚跟，迅速换到右腿，尽量把重量都移到右面。一步接着一步。假如踩到软雪上，或者一个不小心，又要增添不少额外的痛苦。

由于又累又疼，他已经满身是汗。他不时地停下来舀一把雪塞到嘴里，牙齿和上腭瞬间打了个冷战，雪水能暂时润湿干裂的嘴唇和喉咙。他能感觉到身体已经严重缺水，这也是双腿不停抽筋的原因。等他们抵达下一个水源地，他一定要喝到肚子变鼓为止。再走六步，再休息一下。阳光照耀下的斜坡闪闪发亮。汗水在眼睛里燃烧，雪地上反射出刺眼的亮光。除了脚下的雪，他几乎什么都看不到，不过也没什么关系。他只要关心前方两排靴子留下的脚印就可以了，等他踏过之后，脚印变成黑漆漆一片。这样的黑色确实很奇怪，因为雪是那么白，但又充满了黑色，白色水珠般的颗粒是黑色的。虽然像个瞎子一样，但他依然知道下一团雪能不能撑住自己。这就足够了。

当他又一次站下来的时候，坏腿下面的雪塌了，他摔倒在地，身体侧着向下滑去。由于速度太快，他没法用雪地鞋的边缘停下来，也没法把拐杖插进雪里。他只能试着把靴子侧着向下，尽量把速度降下来。前方有一个浅坑，他知道这是在撞上底部大石块前最好的机会。于是他绷紧身体，等待着，然后用靴子、手肘和拐杖朝浅坑扒去，最后终于嘎吱嘎吱地停了下来。他坐在雪堆里，累得上气不接下气，由于擦伤和寒冷，他全身像火燎一般，汗水顺着脸颊向下淌。他抬头看着自己滑下来的痕迹，就像一道泥泞的沟槽一般。他又冷又热，浑身是汗，却又全身颤抖，他逼着自己站起来，手里撑着第三条腿。站起时，他看到脚下有一道较为平缓的足迹，直通到石堆边，索恩、克里克和埃尔加已经等在那里了。埃尔加正在喊他的名字，他突然意识到她已经喊了很久。他举起第三条腿快速挥了挥，然后慢慢地朝他们走去。这比刚才下坡容易多了，但每一步踩下去，那条坏腿都痛到不行。

在斜坡底部的树林里，隆和他们碰了面。紧接着他倒在地上，没办法再继续走下去。

索恩一边帮隆脱掉雪地鞋一边看着他，脱好之后，索恩说："休息一会，但我们必须继续走。"

隆休息的时候，索恩在峡谷顶端的树林里走了一圈，他想在雪堆中寻找泉水。一般情况下，这种小峡谷的斗壁附近都会有泉眼。虽然每年这个时候，只有雪洞底部才能看到一点点黑色的水波。索恩跪在地上,用拐杖支撑着身体,接着向前爬,把水袋伸到下面舀了一点水上来。当水袋装满后,他边祈祷边站起来,嘴里像咒骂一般咕哝着:"大地母亲,让我站起来。"

他把水递给隆和其他人,埃尔加把兽皮铺在一根倒地的木头上,自己坐在上面。她也喝了很多水。隆很高兴地发现她看起来和在北方营地时差不多,不过一双眼睛里充满了血丝。她把背包放在雪地鞋前面翻找了一会,最后拿出一小把坚果。她把坚果递给隆,但隆摇了摇头——他的胃很不舒服,什么都吃不下。"待会再说。"他说。

克里克坐在一根落满雪的木头上,一口一口嚼着一根干肉,直至一点儿不剩。他从索恩手里接过水袋喝了几口,又把它还回去。"谢谢。"他说话的时候有点心不在焉,很像希瑟说话的口气。他似乎在想着其他事情。

索恩却非常专注,一双通红的眼睛盯着隆:"准备好了吗?可以走了吗?"

"让我看看。"隆边说边站了起来。他的身体摇晃了一下,赶紧抓住第三条腿。

"你需要两根拐杖,"索恩说,"在这里等着。"他再次走进树林里,回来时手里拿了一根比腰还高的粗树枝,顶部有个弯曲,正好可以握在手里。"一根极好的拐杖。左脚着地时拄着它们俩,然后靠它向上推。我曾经断着腿徒步走了一个星期,那时我和你现在差不多大,等我习惯之后,走得还很不错。"

隆试了一下。"可以。"他说。等其他三个人都出发了,他才紧跟在埃尔加的后面。

实际上并没有好多少。这两根棍子确实能减轻左腿的负重,但他们正沿着一条新的峡谷向下走,必须在一堆又一堆树丛之间来回穿梭,有时候还要从雪上向下滑几步。他们三个很顺利地滑下去了。隆试着用一条腿跟在后面滑下去，偶尔也能成功，但大部分时候都会摔倒。无论怎么做，当他重新站起来时那条坏腿都会让他痛到全身是汗。

埃尔加在前面等着他，现在他们俩落在了后面。阳光透过松树和桦树间的缝隙照在他们身上，每当走到阴凉处都感觉一阵轻松。树林中散发着熟悉的气息，隆不由得想流泪。树下的积雪上落满了斑驳的松针和尘土，有些地方又重新冰冻起来。从最软的雪地就直接到了最硬的地方，中间一点过度也没有。很多类似的峡谷，或者在其他季节，这里都是可以直接走过去的。但在这样的一个下午，峡谷地面变成了冰面，树与树之间也都是冰。隆开始坐在冰面上沿着陡峭的斜坡向下滑，不过在滑行的过程中他身上变得又湿又冷。如果峡谷底部足够平坦，如果上面没有冰……但是那天，所有的地形对他来说都是不利的。

当他站起来挣扎着向前走的时候，阳光已经斜照进树林里。另外三个人已经在阳光里等着他了，他们不停地跺着雪地鞋取暖。当然，他们还会留下脚印，但这时的脚印已经很浅了。如果这个峡谷向下连接到另一个向南延伸的山谷里，估计索恩还会让他们跑上一阵子，然后找一个没有雪的斜坡爬到另一个山谷里。隆很愿意向上爬，因为那样一来坏腿就不用承受向下的冲击。不过有上就有下，下山更费力，他不知道自己能不能撑得住。毋庸置疑，他需要第三道风。

走一会，休息一会。走一会，休息一会。其他人还在黄昏笼罩下的森林里等着他，没有阳光，他们冻得瑟瑟发抖。当他追上来时，气喘吁吁地把整个胸部和肘部都靠在了拐杖上。大家边休息边商讨了一番。

"我们必须继续走。"索恩说。每当他口渴、生气或发布通灵师命令时，声音就会变得异常冷酷。"我们正在经过的这段没有雪的路直通到山脊上面，即便他们下到这里，也不知道我们到底还在不在峡谷里。如果我们今天晚上再翻过一个峡谷，或者两个峡谷，我们就能甩掉他们。"

一阵风吹过周围的树，索恩抬头看了看。最高处的那些松树摇晃个不停，树尖被吹得歪着向东，没错，又一股西风来了。

"可能会有暴风雪，"索恩的语气里充满了惊讶，"真是太好了。正好可以利用它。"说完，他把头向后一仰，发出一声低沉的狐狸叫声。

当地平线上还剩最后一缕光时，他们还在继续前进。隆走在最前面，这样的话他就能掌握速度，不会落在后面。

他全神贯注地寻找下山的最佳路线，这方面他也很在行。所有的峡谷都会有一条最容易走的斜坡，一般都在杂乱的岩石堆和树林之间，不过并不容易寻找。最好的办法是在侧壁间走Z字形，或者像裂缝一般直接下去。有时候峡谷会被茂密的树林或灌木丛覆盖着，尤其是长着赤杨木的峡谷。不过，只要不辞辛苦地寻找，还是可以找得到。隆主动担负起这个重任，最后小路终于出现在眼前。他用拐杖支撑着身体，迈着沉重的脚步向前走。

最后，天色终于暗了下来，树影下漆黑一片。刚刚升起的月亮斜照过来，等眼睛适应这样的昏暗之后，隆可以和之前一样前行。他的眼睛紧盯着地面，慢慢跨过雪堆中的灌木丛，然后转弯，寻找坡度最小的山坡。虽然每走一步坏腿都要经受难以忍受的折磨，但每次找到正确的道路都会让他感到无比快乐。

但是没多久，他左脚雪地鞋下面的积雪突然凹陷下去，他一下子跌到下面的岩石上，痛得大叫起来。另外三个人立刻冲上前，把隆从雪洞里拉出来。埃尔加把手伸到洞里拿靴子。她把靴子朝左右扭了扭，然后慢慢将它从靴子形状的洞口拎出来。这一跤让坏腿又扭了一次，巨大的痛苦像热浪一般直冲到隆的五脏六腑。他忍不住大叫了一声，接着把脸埋到雪堆里，低声呻吟。

"该死，"索恩用手臂搂着隆的肩膀，"站在这里别动，孩子。把你的胳膊搭在我的肩膀上，让那条腿悬一会。就这样，就这样，让它悬在那里。好，现在——动一下你的雪地鞋。一点点就可以，你能做到吗？"

隆战战兢兢地试了一下。左脚还能动，不过在动的时候扭到的部位似乎被扯了一下。"我能动。"

"那你就能走。"

隆又试了一下，他必须把重心全放在拐杖上。

索恩忍不住嘘了一声，他转向克里克，对着隆打着手势："克里克，你能背他吗？"

他又做了一个背的动作。克里克听懂了，他扬了扬浓密的眉毛，额头上立刻多了几道深深的皱纹。在月光下，他那鹰钩鼻、大额头、皱巴巴的前额和刚硬的下巴像极了西方部落刻画的木质面具，总是在表达某种情感。此时的表情是惊讶。他对着隆上下打量了一番，似乎在估算他的重量。每个人都不可避免地要扛起一些大东西，比如鹿、孩子、猛犸的脑袋、受伤的朋友、烧火的木头，所以他们都知道这并不是件容易的事。不可能持续太久，而且现在已经是晚上了。他们已经连续三天三夜没有休息了。

过了一会，克里克换了一个表情，就好像换了一块木头面具一般，这次的表情是：坚定。不太像人类的神情，倒有点像进行灵魂之游的索恩。"可以。"他回答。

他拖着脚走到隆旁边，埃尔加和索恩小心翼翼地把隆脚上的雪地鞋脱下来，埃尔加把靴子系到隆的背包上。脱掉鞋子的隆伸出手臂搂住克里克的脖子，手腕紧紧扣在原人结实的胸膛上。克里克双手向后托住隆的膝盖，另外两个人帮着把隆抬到克里克的背上。走了一步之后，克里克停了下来。他来来回回地调整隆的

297

位置,然后慢慢地向前走了几步。

"如普。"最后他说。

索恩带着大家朝山谷下面走去。下面的地很平坦,真是太好了。由于夜晚温度降低,脚下的雪再次冻得硬邦邦的,还很滑,隆能感觉得到。他的前胸很暖和,后背很冷。他希望自己至少能给克里克当一件温暖的斗篷。他紧紧地抓着克里克,尽量保持轻松,向上呼吸,紧贴在他身上,好让他轻松一些,就像背负沉重的背包一般,除了重,其他都不用考虑。克里克的背包现在由索恩背着,他正大步在树影下穿梭,看起来很像洞穴里的那个野牛人,一个大脑袋下面长着两条人的腿。

克里克的牙齿缝间响着哨音,每走一步就会发出三次短短的嘶嘶声,应该是呼出的粗气通过牙齿时发出的。接着深吸一口气,三声嘶嘶声,正好和他缓慢的步伐协调一致,那节奏很像是围在火堆旁跳的舞。他似乎没有出现喘不上气的情况,也没有过于弯腰,走得也不比索恩慢。他看起来可以一直这样走下去。隆很想让自己长出翅膀,变成小鸟在空中飞,同时把克里克也拉着飞起来。

* * * * * *

他们穿行在森林里。此时,脚下不再是白色的积雪,而是黑色的土壤和流水冲刷过来的沙子,还有大片大片平坦的岩石。索恩总是带着他们走在光秃秃的岩石上。隆时不时地打个盹,然后在快要掉下来时惊醒过来,立刻抓紧克里克。他觉得自己似乎睡了很久,没有松手,也没有摔下去。睡着的时候他还做了梦,在他的梦里,克里克发出的那三声嘶嘶声变成了小鸟的叫声,或者是笛子声。他的后背越来越冷。他快速地扭了扭左脚,看它情况如何,并尽量把痛点控制在脚踝那里。把它困在那里,让血液经过它流向其他地方,让它休息一下以获得继续前行的力量。

月亮已经到了西面,不过依然高高地挂在地平线之上。当刺骨的寒风穿过他的后面时,他沙哑着说:"我觉得我可以走了。把我放下来吧,克里克,我来试一下。"

"谢谢,"克里克说,"如普,如普。"

隆慢慢滑下来,用右腿撑着地,接过埃尔加递来的拐杖,双手撑在上面。埃尔加一直帮他拿着那两根拐杖。他小心翼翼地落下左脚,轻轻踩在地上,然后慢慢把重量移过去一些。一阵刺痛。不过当那阵刺痛向上蔓延到双腿时,他反而可以承受住了。他可以控制那条腿,不管它有多疼。可以走。

"好孩子。"索恩鼓励他。接着他们继续出发。

隆一瘸一拐地跟在索恩后面,克里克走在最后。几块乌云遮住了月亮,向东的路越发昏暗。不过云层不算太厚,依旧会露出一些月光,正好洒落在他们身上。索恩经常停下来短暂地休息片刻,这时埃尔加就走到隆旁边,扶着他的手臂。她还是很强壮,不过步幅却小了不少,两条腿看起来没什么力气了,走起路来就像沼泽地里的苍鹭。她的腿肯定也很疼。他们都放慢了脚步。离月亮落山还有一段时间,今晚还有很长的路要走。隆不知道他们能否熬到天亮,但他很高兴能自己走路了。只是每一次迈步时都会有些痛,但他可以用手臂和拐杖让左脚悬着,所以他可以走路。还有,走路可以让他暖和一点,虽然不会全身都暖和。当暖意到来时,他能感觉到自己的后背和手指开始灼烧。

风越来越大。即便在谷底他们也能感觉得到。山坡上的树木在风中咆哮。头顶上的乌云从西面倾泻铺开,布满整个天空,然后越来越厚,变成一团一团。在云朵之间的缝隙里隐约可见一颗颗闪烁不定的星星,星星似乎越来越少,而且都在向西飞行。假如多看几眼就会发现那些星星其实纹丝未动,是乌云在快速向东飘动。一场暴风雪正从大盐海席卷而来。隆甚至可以闻到风中的咸味。索恩举起长矛,唱起了迎接暴风雪的歌。他显然很高兴。没错,新雪会把他们走过的足迹全部掩盖掉。所以隆也不得不承认这是好事。但天气肯定会变得更冷。

好吧,他已经习惯了。他已经在寒冷中度过了许多个月,所以完全没问题。这里是寒冷的世界。你适当地呼吸、颤抖或跳舞就能够忍受下去,只要有食物就行。当然再有一堆火就更好了。在暴风雪中,没有人能看到火堆冒出的烟。当然,如何生火也是一个考验。隆又想起自己漫游第一夜没有点着火的失败经历,不过索恩和其他老通灵师一样,在生火方面非常厉害。而且他总会随身带着生火工具,比如点火棒、木块、燧石和一袋袋装在海雀皮里的木屑。他能做到,他也会这样做。如果有必要,他们会找个避身之地,生一堆火,等暴风雪过去之后再出发。如果可以,他们也会顶着暴风雪前进。也许两者都有点可能。索恩会做决定的,计划由他制订,不需要隆费心。这样最好,因为他已经疲惫到连思考都没力气了。现在他脑子里只剩下每走一步就会如针刺般疼痛的脚踝。

东方的天空没有变亮。不过,当他无意抬起头来时才发现,整个世界变成了灰色,又一次出现在眼前,没有了之前的黑与白。低矮的云层掠过环绕山谷的山脊,长满灰色森林的山坡被灰色的积雪覆盖着。这就是即将到来的一天。

风太大了,他们不得不待在树林里。摇曳的松针发出阵阵低吼。风中的世界变得无比巨大。他们就像蚂蚁一般在草茎下爬行,感激着它们的庇护。即便如此,从林间穿过的大风不时地拍打在他们身上,把他们衣服里仅存的热量洗劫一空。即使是建达人也要躲避这样的狂风。

四周一片模糊，什么也看不到。很难相信那些追击者就在不远处，跟着他们来到这个特别的山谷里。连他们自己都迷失了方向。

索恩还在一步步向前走着，隆只能低着头跟在后面。除了刺痛的脚踝外，第三道风似乎已经在他身体里若隐若现，帮助他迎接暴风雪。你必须勇敢面对纳苏克。在索恩让他停下来之前他会一直走下去。这就够了。这是他可以坚持的念头。一直走，直到索恩喊停。

狂风在怒吼。天空像黑夜一般，雪花穿过树梢向他们袭来。最开始是厚厚的雪花，接着是一粒粒从侧面砸来的冰沙。

索恩在峡谷溪流旁一处平地上停了下来，溪流在哗哗地流淌着，这里的风似乎小了一些。

"我们躲一下吧。"

"哦，好的。"隆说。

其他三个人捡柴火的时候索恩开始生火。他们在迎风的一面就着树丛用树枝搭了一堵挡风墙。隆拄着棍子跳来跳去，捡拾地上的木头，把树上的枯枝折下来。他不得不把重心从坏腿上移开，不过这很容易做到，能这样蹦跳着做些有用的事情，脚也不会疼，真是不错。

索恩蹲在扁平的炉灶石的迎风一侧，他把大大小小的树枝堆在石头旁边，滴了几滴油脂在上面，接着又把生火棒和旋转木块拿出来，然后把袋子里的木屑顺着旋转孔周围和切口一直放到那堆滴了油脂的树枝前。他用力转动生火棒，两只手飞速地从底部转到顶端，速度快到隆看得眼都快花了。来回转动棍子的时候，他那两只通红的眼睛从黑蛇般的脸上凸出来，牙齿龇着，看起来可怕极了。他用两只手不停地向下搓，搓到下面之后立刻拿起来,再继续向下搓。

火棒底端已经变黑,离旋转孔最近的木屑里冒出了几缕烟。索恩边使劲旋转,边歪着头对着木块轻轻吹气。为了引出火焰,他的身体都快扭成一团了。当木屑边缘变黄,烟雾变多之后,他停下手中的生火棒,趴得更低,脸颊紧贴在火焰旁边,一只手捧着火苗,另一只手轻轻地拨弄着。此时火苗比未燃尽的余烬大一点,不过当它旁边的小树枝被点着时,奇迹将再次出现。他开始用力吹,就像用长笛吹奏出一曲欢快的旋律一样。隆帮着把石头垒到迎风一侧,然后又围着火堆堆了一圈。等他围好时,索恩也点着了树枝,他小心翼翼地把更小的树枝摆上去。克里克不时地抱着一堆木头跑过来。埃尔加把迎风一侧的两棵树的树枝编起来,这样一来,除了背风一侧还有空隙外,其他地方都被围起来了。她在栅栏里塞了很多树枝,于是就变成一堵由木头、松针和树叶组成的墙。

当他们围坐在火堆旁时,这个小小的火苗已经不会再被吹灭了。他们裹着兽皮,像四块高高的石头一般,围成一圈坐在迎风一侧。隆坐在最左边,那条坏腿直直地伸在地上。温暖的火焰让他的疼痛减轻了不少。索恩站起来走到暴风雪中,不一会儿提着水袋回来了,那是他刚从溪流里装的水。每个人都畅快地喝着,直到喝饱。他举着水袋尽可能地靠近火堆,但又不会烧到自己。

眼前的火焰比平时更漂亮。甚至隆在漫游时生着的第一个火堆也不如它温暖。有时候,突如其来的阵风会带走不少热气,但它很快就会重新散发全部光芒。隆的脸颊和手指都烫得发痒,最后他抬起头用眼神回应埃尔加焦虑的目光:他很好。他可以在火堆旁休息,取暖,喝水,吃着所剩不多的食物。确实,他们的食物很快就会吃光。不过一旦暴风雪过去,建达人就找不到他们的踪迹了,他们就可以边赶路边寻找食物。如果索恩不知道现在的位置，他们可以想办法找出来。隆肯定是不知道。

"你知道我们现在在什么地方吗？"隆问道。

索恩用锐利的眼神瞥了他一眼："我们在这里。"

"那你知道这里是哪里吗？"

"差不多。"索恩回答他。他正在背包的袋子里翻寻着，隆猜测他是在检查剩下的食物。结果，他拿出几件衣服，放在火堆旁烤干：几块兽皮，毛皮，还有手套……过了一会他转过身，背对着火堆，让火烘烤他的屁股。他的衣服很快就冒出蒸汽。其余三个人也学着他的样子站起来烘烤衣服。克里克嘴巴里还在重复着那三声哨音，仿佛在做梦，梦到自己还在走路。

等衣服完全干透了之后，他们浑身都暖和起来。索恩从背包里拿出一个袋子，掏出里面的针线包。埃尔加到现在为止还是只穿着熊皮斗篷和绑腿。现在索恩要帮她把那件袍子改成合适的上衣和外套，还有裤子。

她立刻同意了。在索恩改长袍的时候，她只穿着绑腿弓着腰站在火堆旁，很像那些建达女人。隆看着她，有些哽咽。

索恩用锋利的刀片把长袍割开，剪裁时他不时地把兽皮对着埃尔加身体比画几下。裁好之后，他用嘴巴咬着鹿角锥在边缘打洞，接着又从背包里抽出一根皮绳，绕在短棍上把这些碎片缝在一起。

这个时候，克里克两眼盯着火堆，索恩则不停地抬头仔细看着火光下的埃尔加。隆发现埃尔加的乳房只有上次见到时的一半大。虽然她的大腿依然比他们几个的更粗，更长，但她确实瘦了很多。不过他们都瘦了不少，包括克里克。隆觉得自己的肚脐离脊椎只有一根手指的距离，身上的肉所剩无几。索恩也是皮包骨头，虽然他一直都是那样，但现在看起来更可怕。

不过他们已经在这里了，围坐在暴风雪中的温暖火堆旁。在雪地、火光和周围摇曳的树影映衬下,埃尔加的身体闪烁出黑色的光芒。索恩继续忙活着,不时地举着衣服在她身上比画比画。等她穿上衣服,已经到了晚上。"给你,"做好之后索恩说,他又加了一句,"你看起来很好看,尤其是穿上我做的衣服之后。"

埃尔加笑了,她环抱着自己说:"真是太暖和了,谢谢你,索恩。"

那天晚上,他们围着火堆躺着,就像围在石头圈之外的肉圈一般。他们时不时地朝火堆里添几根树枝。风还在猛烈地吹着,雪花钻过树丛,落在他们身上,但很快会在他们的头发和兽皮上融化,然后化为乌有。对于他们来说,这是几个月以来过得最舒服的一夜,除了火苗的温暖,还有他们内心的激动。

隆很快就睡着了,睡得很沉。等他醒来时发现后背很冷,他又朝火里加了几根树枝,其他三个人还在沉睡中。

灰蒙蒙的天空表明还在下雪,不过风比昨天小了不少。大片大片的雪花直直地落下来。他们必须决定是继续走还是留下来。索恩朝树林外走去,他要感受一下天气到底如何。回来之后他低沉地说:"可以走,我们可能该走了。"

其他三个人都没说话。火苗嘶嘶作响,在灰烬上噼啪个不停,似乎在邀请他们留下来。从目前来看,那帮北方人应该不会冒着暴风雪来追赶他们,更别说大雪遮住了所有的足迹。雪花还在密密麻麻地向下飘落。山脊上肯定还有风。一堆又一堆软软的雪花,随时有发生雪崩或坍塌的危险。所以那些北方人肯定也躲在某个地方的火堆旁边。

但如果那些人确实停下来了,他们现在出发就可以把北方人甩得越来越远。如果那些人没有停下来,而是继续追击,现在出发也能保持足够的距离。所以,无论怎样他们都该继续走。他们能强烈感觉到索恩的态度。只是要离开温暖的火堆,冲进暴风雪中的确不是一件容易的事。

雪整整下了一天。新落下的雪给大地盖上了一层又软又厚的毯子。白雪覆盖下的森林像是一块块黑白交织的斑点。夏天的暴风雪就是这样。

还好他们有雪地鞋，否则每走一步都可能陷入及腰深的雪坑里。事实上，负责开道的人都要陷到深及膝盖的地方，然后再高高抬起腿迈出下一步。那一天大部分时候都是克里克领头，由于他比其他人重得多，所以踩着他的脚印前行也容易很多。

索恩走在第二，负责给克里克指路。隆在后面偶尔能听到他们在说话。"不，左边，左边！左边是你的左边，右边是你的右边！一直向前就是一直向前！你怎么会不懂呢？告诉我你怎么称呼它们，我会用你的话来说！我受够了你老是犯错！"

"如普。"克里克指着左边说。"如普，如普。"克里克指着右边说。

"所以你知道怎么称呼它们，"索恩叹了口气，"既然你知道，为什么不直接说左右呢？"

克里克没有吭声，他不知道该如何回答。

"我的大地母亲啊，"索恩说，"你是想气死我。"

之后，他紧挨着克里克向前走，然后用长矛拍打原人的左右肩膀来指明方向："嗨，嗨，那边。"他边说边用长矛指着方向。"那边，那才是左。如普，如普，左边。"他会像鹰一般吹出刺耳上扬的哨音，然后再用长矛轻拍克里克的右肩："向右，右边，如普，右边。"然后是一声降音。那一天，隆一直听着索恩喋喋不休地给克里克指路。"一直向前就是一直向前！不要向左，不要向右，就是直直向前走。那里！"

隆很想说，他比你更认识路！但他已经没有力气多说一句话，只能把靴子踩到脚印上，避免左脚受到重压。不管索恩怎么唠叨，克里克走的路可能就是最好的。

傍晚时分，他们沿着山谷向下走，前方是一片广阔的平原，大到在雪中看不到它的边际。索恩看着白茫茫的天地想了好一会，最后指了一个方向，他们要穿过柔软的新雪。过了一会，他们来到一条平坦的河边，很像是北方的那条大河。这条河看起来很快就会解封，但是在新雪的覆盖下，很难判断何时或哪里解冻。一块块不规则的冰块从雪地上冒出来。在遥远的河岸线上，隐约可见一条条黑色水流。一阵阵低沉潮湿的吼叫声从看不到的下游传过来。

接着，就在他们眼前，河面上的雪花开始颤抖，一连串低沉的爆裂声驾驭着冰下强有力的黑色洪流向下游冲去。在他们能看到的最远的拐弯处，那些劈啪作响的冰块相互堆叠，拥堵在一起，紧接着又裂成更小的冰块，向着下游而去。

他们所站的地方的上游的冰还很结实：黑色的河水从冰下流出，就像白色山坡上喷涌而出的泉水。场面十分震撼！

"快！"索恩向其他三人喊道，他们几乎听不到他的声音。他立刻指着上游飞速向前奔跑，他们立刻跟在他后面向岸边跑去。但由于太累，他们根本跑不快，即便是索恩也没多少力气了。克里克很快走到了前面，为他们踩下一个个脚印，索恩跟在后面和他说着什么。埃尔加离他们不远，隆尽自己所能跟在埃尔加后面，不停地祈祷索恩带的路不要离那些碎冰和水流太近。他知道只有自己走得越快，他们才能越早过去，这样平安渡过河面的机会才越大。如果隆跟得很近，索恩就会对他们的速度更有信心，会再向上游走一点。于是隆低下头，踩着他们的足迹一步步向前，不理会疼到发烫的脚踝，气喘吁吁，汗流浃背，希望跟上埃尔加的脚步。埃尔加走得很快，穿上新衣服的她看起来有些不一样——更高更瘦了。他突然意识到她已经在那里了，他的埃尔加就在前面。摆脱了那些北方人，和他一起奔走，逃离囚禁，和他一起奔向回家的路。他心里一阵激动，对着受伤的脚踝咧嘴一笑，奋力向前走去，同时注意不要让雪地鞋前面撞到两个脚印之间的雪堆。他昂首挺胸，气喘吁吁，内心诅咒着疼痛。一阵阵冷风吹到他的头上，他变得像狩猎时那般警觉，或者说害怕。他现在只注意着脚下的雪，旁边的河面依旧纹丝不动。飘落的雪花变得更近、更清晰，它们随着他的脉搏一起跳动，虽然周围一片昏暗，但它们依旧明亮耀眼。一切都由内而外被照亮，现在的他，眼睛像鹰一般锐利。

索恩轻拍了克里克一下，两个人转身朝河面走去。隆害怕到不停地用牙齿吸着凉气。他弯下腰，加快了速度，他希望无论发生什么事，他都和大家在一起，即使那是错的，即使会给冰面增加过多的重量而让他们都掉下去。索恩回过头看着他，仿佛知道他的恐惧，那目光几乎要刺穿他。

就在这个时候，我飞进他的身体里，像他抓着拐杖一般紧紧抓着他。慢一点，记住那些北方人在那冰冻的大盐海上教你的东西。

隆看着索恩和克里克走到岸边，戳了戳白雪覆盖的河面。也许他比他们更了解冰。下游奔腾的河水在树林间回响，那震颤一直冲到他们脚边。

隆看到一个大冰块紧挨在岸边，似乎覆盖了河面的大部分。他立刻走上前，好像两条腿已经没问题了。"让我来带路，"他经过索恩和克里克身旁，从白雪皑皑的岸边踏上冰封的河面，"整整一个冬天我都在做这事。"

他慢慢走着，拐杖在前面轻轻敲打着冰面，手杖好像变成了短的乌纳克斯。他走得不快，但很稳，他在慢慢感受着脚下冰面的弯曲。他的手臂像被蜜蜂蜇了一般不停地来回敲打。雪变小了不少，片片雪花在空中飞舞，一阵风吹来，它们不停地颠簸旋转。

站在河面中央，他们可以更清楚地听到下游的水流声。脚下的冰面微微起伏，周围的冰块嘎吱作响，连上游也是如此。它们明显感受到破冰正在向上游移动，于是开始慢慢弯曲，发出吼叫。隆不知道它们是害怕还是期盼。不过他依然从容不迫地蹒跚前行，另外三个人紧紧跟在他后面，他们之间的距离比那些北方人在这种情况下的距离稍近一些。

下游一条巨大的冰缝和堆叠起来的冰块，宣告又一个破冰的到来。浮冰越堆越高，黑色的河水更加显眼，一阵阵低吼声如同雷鸣一般。

隆拖着脚步尽可能地快步向前走，他完全忘记了那条坏腿，整个身体都处于兴奋之中。他目不转睛地盯着前方的冰面，他们离对岸越来越近了：如果跑着过河，你就会觉得河面不是很宽。河弯外侧是冰面最薄的地方，此时，那里已经变成了融化的河水挡住了他们的去路。

隆转到左边，向上游走去，同时不停地用拐杖敲击前方的冰面以确保牢固。听起来是坚实的砰砰声，这代表冰面可以承受得了他们。他迅速拖着步子走到河边，用力踩着上面的雪地，好让另外三个人落脚。他们三个排列整齐地跟在后面，就像在表演过去经常跳的大踏步舞。

当索恩走上岸时，他把头歪向厚厚的云层，大声号叫起来，其他人也和他一起像狼一般号叫。在破冰的轰鸣声和怒吼的狂风声中，他们几乎听不到自己的声音。

而我也在号叫，然后悄悄地离开了。

穿过河面的隆全身上下都在抽动，他这才意识到那条坏腿已经愤怒至极。整个左腿都在发烫。他走到一棵倒下的树干旁，拂去刚落下的雪花，坐在上面。他把背包放到雪地鞋前，胳膊支在背包上，双手托着下巴，凝视着眼前壮观的场面，河水咆哮，冰面破裂，低吼着顺流而下。

埃尔加走到他身旁坐下。克里克蹲在一块石头上。索恩把背包放在雪地上，就地开始跳舞，再次唱起破冰之歌。

"闭上嘴巴，否则冰会待着不动的。"隆朝索恩喊道。

索恩没理会他，当然也可能是没听到。可以肯定的是，他们会一直坐在这里，直到这一段的冰面全部裂开。这算是他设计的又一个"我早就告诉过你"的圈套。于是隆闭上嘴巴，看着索恩一边号叫一边跳舞。过了一会，隆在背包里翻找了一番，他惊奇地发现装食物的袋子已经变得很小。他总以为里面还会有满满一袋，可并非如此。

"我们以后吃什么呢？"他问道。

就在这时，河面上的冰块向上高高隆起，并且迅速裂开，不一会儿就向河湾漂去，白色的浮冰相互撞击，发出巨大的声响。此时，他们脚下变成了黑色的河水，在白茫茫的天地之间呼啸奔腾。

这个时候他们可以听到彼此的声音，只是没有人说话。他们静静地坐在那里，看着眼前壮观的景象。冰面裂开，一块接一块从他们身旁漂过。黑色的河水从上游一条锯齿状的白线下奔涌而出，这条白线越走越远。轰鸣声在整个山谷回荡。

在不远的上游拐弯处，一道浅滩显露出来，上面布满了一块块露出水面的岩石和白色碎冰，泛出一道道黑色的光芒。湍急的河水再次回到他们身边，那哗啦啦的水声是他们一个冬天不曾听到过的。大块大块的冰块从水面漂过。又过了一会，河面全部变成了黑色，从上游弯道直至下游弯道。

索恩停止吟唱。"很长一段时间都不会有人能过得了这条河，"他说，"我们来生火吧！"

他们离开河岸朝上游走了一段，然后在一个灌木松和桦树林中间找到一块平地。由于到处都被积雪覆盖着，他们只能用雪地鞋踩出一块空地，然后从附近的石堆里搬些较大的石头过来，一块做炉灶石，剩下几块垫在地上坐着。不过睡觉时他们只能直接睡在雪地上，还好他们有火，有驯鹿皮，应该不会太冷。

剩下的时间就是搭营地。等他们忙完了的时候，隆变成了一条腿走路的人。索恩把昨晚火堆的余烬装在腰包里，有了它，再加上木屑、浸着油脂的树枝，还有几口巧妙的吹气，火很快就着了起来，索恩对自己非常满意。阴沉沉的黄昏，他们围坐在火堆旁，旁边的树被埃尔加编成了一道挡风墙，每个人旁边都放着一大堆柴火。

这本应是个美好的时刻。没有人能渡过河来追赶他们，至少两周之内都不可能，说不定要等到夏末才行。所以他们躲开了那些北方人。除非命运发生转折，他们通过另一条路来到这里。这根本不可能发生，所以无须担心。他们摆脱了那些意志坚强的猎人的追击，他们成功了。这本应该很自豪，而且眼前还有明亮的火堆。

但问题是，他们几乎没有东西可吃。雪依旧在下。

他们清点了一下剩下的食物。索恩还有满满一袋坚果。他数了一些分给大家，又把水袋递过去。他们一边烘烤身上的衣服一边慢慢吃着。由于浑身湿透，所以烘干需要一段时间。还没等到衣服干透隆就睡着了，他直接躺在火圈外面的雪地上，蜷着身子把兽皮裹得紧紧的。迷迷糊糊中他好像看到埃尔加也躺在他旁边睡下了。

整个晚上他都睡得很沉，只有冷风从兽皮缝中吹进来的时候才醒过来一会。他会换个姿势，把兽皮拉得更紧，顺便看看火堆，需要的话就朝里面添几根树枝。然后把下巴缩到胸前，又沉沉睡去。雪下了整整一夜，所以还没有变得太冷。

天刚亮他们就醒了过来。雪还在下，风又变大了。即使四周昏暗，隆依旧能看出同伴们都憔悴不堪，他自己肯定也一样。他能感觉到饥饿正折磨着他，让他变得更加虚弱，头脑昏沉。

他们坐起来，喝了几口水，向火里添了些柴火，然后盯着放在火堆旁一块干净的石头旁边的食物，坚果、干肉、蜂蜜油饼，没有多少了。索恩忍不住叹了口气，拿出最锋利的刀片，从屁股下面的兽皮碎片上割下来细细一条，长度和给埃尔加缝衣服用的那根差不多。兽皮，不是什么可口的肉。但他还是切成小段分给大家，然后把自己那根放在嘴里咀嚼起来。一个坚果，一口干肉，再配一小片兽皮。想把兽皮咬烂并不容易，必须在咽下去之前咀嚼很久。

雪继续下着，飘落在火里发出嘶嘶的声音。又一轮大风把周围山坡上的树林吹得哗哗作响。今天不是出行的好日子。在这样的大雪中觅食，最可能的是挖一些植物的根茎。他们已经有了很多柴火，所以看样子可以停下来再等一天。索恩走到外面看看情况，隆有些不安地望着他。就在索恩走出去的瞬间，头顶的山脊上传来三声巨大的轰鸣声，仿佛云层之上的某条河也在经历着破冰。

回来时，索恩脸上竟然挤出了一丝微笑："我觉得今天就待在这里吧。咱们再去多捡些树枝，看看能不能找到什么吃的。"

这是饥饿的春天过后的第六个月，也是一年中最难觅食的时候之一，整片大地被饥饿和融雪淹没。好吧，也许他们能找到一些小动物的尸体。这样的觅食比再走一天要容易得多。

这一天,他们迎着暴风雪四处走动,用棍子在雪地里翻找食物,带回更多的木柴。火堆一直烧得很旺。到了下午,饿到双腿发软的隆扑通一声倒在火堆旁边,好一阵子才从头晕目眩中恢复过来,隆又一次问道:"你知道我们现在在哪里吗?"

"知道。"索恩有些不耐烦。

但隆看得出来他并不知道。隆并不怀疑索恩在很多方面都比自己有见识得多,在这里可能也一样。也许他的意思是,只要有机会,他就能发现他们到底在哪里。看着他的表情,隆没有再追问下去。这一天他们哪里也不能去,第二天也不确定;新落下的雪被吹成一个个雪堆,这样一来,行走在平地上会更加困难,斜坡上也更危险。这时,隆发现自己几乎走不了路。那条坏腿连一点点重量都无法承担,每次他做尝试时都会疼到浑身无力。在外面岩石堆旁的索恩看到了这个场景,他挥了挥手,示意隆回到火堆边。现在,隆只能嚼着兽皮无所事事地等待着,等再次出发时再去寻找回家的路。

那一夜漫长极了。你越饿就会变得越冷:这句古老的谚语再次得到印证。正如老话所说,他们只能吃火,那是他们唯一拥有的东西。只有火能帮他们熬过漫长的夜晚。

第二天,雪下得更大了。他们不可能冒着雪走。

晚些时候,天色更加暗淡。埃尔加在外面的雪地下发现了一小片草地,然后用木棍挖了一背包的草甸洋葱带回来。随后,他们跟过去挖了更多回来。

洋葱放在火上烤一烤之后味道会更好。虽然不多,但总算给兽皮增加了点新鲜配菜。他们把茎球上面的绿色杆子也吃掉了。就在咀嚼这些烤熟的杆子时,索恩突然看着埃尔加说,我从没有想过自己会真的经历天鹅妻子故事里的生活,但现在我正在其中,而且只是那个老帮手。

埃尔加抿着嘴唇摇了摇头。"如果可以的话,我会飞走的。"她说。

索恩大笑了一声,就像哼了一下似的,那声音在树林间回响。他又递给埃尔加一棵洋葱。

"多吃点天鹅的食物,说不定你就能飞了。"

又一个漫长的夜晚。隆突然惊醒过来,他梦到父亲正在警告自己不要穿过结冰的河面,他不停地对父亲说没事,他们已经过去了。不过现在看来他们应该走另一条路。他焦急地告诉父亲,等冰融化就会很难了。

火快灭了,只剩下余烬中的几点亮光,粉红色的微光中夹杂着灰色,眼看着就要变黑,雪花落在上面嘶嘶作响。他又放了三根树枝在上面,在它们还未点着前又睡着了。

第二天清晨,索恩把他们叫醒,他正跪在隆和埃尔加身后的雪地上,双唇紧闭,看起来就像只大蜥蜴。"克里克死了。"

"什么?"隆大叫一声,"怎么会?为什么?"

他并不是真的想问为什么,只是那个词悬在空中,就像一只等待起飞的蜂鸟。这个时候问这个问题有些尴尬,不过索恩似乎沉浸在自己的思绪中,没有听到。

"我不知道,"最后他回答说,"他可能被什么东西噎到了,或者比我们想象中饿得多。不管怎么说,他已经死了,救不回来了。"

隆和埃尔加都坐了起来。雪还在下着。埃尔加用拳头捂住嘴巴,隔着火堆望着裹在兽皮里的克里克。他就那样躺在那里,一动不动。隆也看到了:那确实是一具尸体。他就这样走了。

索恩站起来，深吸了一口气——吸气，呼气。"我要把他从火堆旁挪走。"

他绕着火堆，摇摇晃晃地朝克里克走去，然后蹲下来看着他的脸，那张脸已偏向另一边，似乎是克里克不希望隆和埃尔加看到自己死掉的模样。索恩伸出手，把他身上的熊皮向上拉，盖住了脸。现在，他整个人都盖在熊皮下面，变成一团。索恩抓住裹在他脚上的熊皮，沿着他们进出小窝时踩出的小路向前拖着。大雪纷飞而下，山坡上的松树在狂风中歌唱。

没多久索恩就走出了他们的视线，来到树林另一侧。埃尔加和隆听到了他的吟唱，那是帮助死去的人进入另一个世界的歌曲。

现在你即将升到天上，
你放心长眠，我们将永远记住你。

然后是一阵沉默，只有偶尔几句咕噜声和砰砰声。回来时索恩手里拿着克里克的外套，已经卷了起来。他一屁股坐到炉火石旁边的石头上，从包里拿出一把刀片，一声不吭地把那件外套割成一根根长长的皮条。

又过了很久，他让隆和埃尔加出去捡拾柴火。埃尔加站起来离开火堆，避开通向克里克的那条路。隆在四周蹦来蹦去，他的左腿完全不能动，左边身体、胸甚至肩膀都疼得厉害。从疼痛的位置可以看出，他之前很用力地在用拐杖支撑着走路。他走到最近的树旁边，四处打转着寻找埋在雪里的枯树枝。

那天晚上风很大。他们把火堆烧得很旺，沉沉睡去。

第二天暴风雪依然没有停止。他们裹着兽皮躺着，凝视着火堆。他们中不时会有一个人站起来，走到外面大小便，或者捡拾些柴火。现在，他们堆积了厚厚的余烬，可以把潮湿或绿色的树枝烘干，所以柴火不成问题。只是现在雪越来越深，很难四处走动。还有越来越深的饥饿感让他们无法思考，似乎要从身体里面将他们吞噬。很难相信现在已经是六月了，不过大家都知道六月的暴风雪是最可怕的。

晚上的风依然很大。他们把火堆烧得旺旺的，饿着肚子睡去。饿就代表着冷。

* * * * * *

灰蒙蒙的晨光中，索恩把火烧得异常旺盛。接着，他面向东方站着，伸出双臂，吟唱了一首隆听不懂的歌曲，里面的歌词非常奇特，似乎只是一些声音而已。

结束之后，他转过身，双手搭在屁股上，面向隆和埃尔加。他们躺在兽皮上抬头看着他。

"我们必须吃东西，"他说，"等暴风雪过去，地上的雪结冻之后我们就能找到回家的路。但在那之前，我们必须有东西吃，否则就回不去了。"

说完，他紧盯着他们俩。

埃尔加说："所以我们只能吃克里克。"

索恩沉重地点了点头，他用一种隆从未见过的眼神望着埃尔加。

"是的，"他说，"没错。克里克已经死了两天。他的尸体肯定冻僵了。所以我打算过去切几块肉下来，我们可以烤着吃。肉可能会比较老，但我们只有这个。这样做我也很难过，但克里克会理解的。我刚和他说完这件事，他的灵魂已经离开了身体，飞到星空上。他说他很高兴还能为我们效劳。他说谢谢，就像以前那样。"

隆瞥了埃尔加一眼。他能感觉到自己情不自禁地张大了嘴巴，她回望着他，咽了咽口水。隆赶紧闭上嘴巴，把口水吞了下去。他现在要去尿尿，但嘴巴还是被即将到来的肉馋得口水直流。"我要去尿尿。"他说。

"去那边，"索恩指着远离克里克的方向，"然后不要过来烦我。"说完，他拿着刀子，脚步沉重地朝克里克的藏身之地走去。

隆站起来朝着相反的方向去小便。天气非常冷，他已经饿得浑身无力。但最糟糕的不是肌肉无力，而是头脑昏沉。周围的一切都被大雪淹没，深不可测。山坡上的树木在风中摇曳，但他不能看，他必须转过身，否则就失去了平衡。他已经不能对距离做出判断，也完全失去了力气，这是饥饿带来的真正危险。

回到火堆旁，他看到埃尔加已经坐了起来，身上裹着兽皮，不时地朝火里添着树枝。刚放进去的树枝很快燃烧起来。她抬起头，两个人相互看了一眼，他读懂了她的想法：无路可走。他们会在未来的日子相互支持，讲述同样的故事。而现在无路可走，唯一要考虑的事情就是活下去。

他走到她身旁坐下，身子有些发软。他们把兽皮裹在肩膀和头上，紧拥在一起，就像离开母亲的小狐狸一般。

索恩回来了，双手捧着一团用碎皮包裹的东西。他坐到火堆旁，拿着一根细长的老树枝，剥掉树皮，折去端头，然后打开包裹，从里面拿出拳头大小的一块肉，看起来像是臀部，冻得硬邦邦的。他用刀片在上面戳一个洞，好让树枝插进去。牢牢插住之后，他把肉放到了火上。最先放在火焰中间，外面一层烤焦之后又拿到火焰旁边，以让它慢慢融解。最后再放到火焰上方，把它烤熟。脂肪和血液滴到火里，发出嘶嘶声，这时，索恩把它拿出来在空气中蒸腾一会。风不时地把树上的雪吹到他们身上。他先是舔了舔尝尝味道，然后龇着牙咬一块下来，在嘴巴里咀嚼起来，然后又仔细看了看自己咬下去的地方：粉红色。熟了。他嚼了嚼，最后咽了下去。"啊，"他说，"谢谢你。"

他把烤好的东西一股脑地塞给埃尔加，她道了声谢谢，张嘴咬了一口。这时，隆的嘴里全是口水。当埃尔加把穿着肉的棍子递给他时，他高兴极了。肉很硬，味道和熊肉差不多，非常硬。就好像克里克整个身体都是由心肌构成的一样。不一会儿隆的脸颊就抽筋起来，他忍不住叫了几声。索恩和埃尔加都没有理会他。

索恩开始烤第二块。在他们吃的时候，他又拿出第三块肉，比之前的小一点，应该是大腿的前面或后面。他们接过去，一声不吭地吃着。吃完之后，索恩把水袋递给他们。他盯着天空看了好一阵子，云层很低，正在快速向东移动。不过它们似乎也在慢慢散开，被犹如花丝的亮白色线条隔成一块块深灰色云团。"吃饱了就好好躺着吧，让它在你肚子里慢慢消化，"索恩说，"你们知道会怎么样。等过一会胃空了，又会忘记一切吃下去的。今天我们哪里也不能去，雪太软了。过一会我们再吃一点，等到明天我们就出发。"

他的话一点也没错。不久之后，隆就觉得很不舒服，整个肚子都变得硬邦邦的。最好的办法就是躺在那里看着火堆，紧紧拉着埃尔加的手臂。又过了一会，他觉得好多了：更暖和，更有力气，眼前的一切也变得清晰起来。晚些时候，他不得不出去大便，等回到火堆旁，他觉得比之前好多了。

三个人就这样躺了整整一天，熊熊燃烧的火堆，还有克里克的肉给了他们温暖和力量。他们不时地走到灰蒙蒙的风雪中放松一下，或者跺跺脚，让双脚也放松放松。隆发现自己的左脚已经失去了知觉，这让他很担心。虽然看起来没有冻伤，却麻木到没有一点儿感觉。虽然比疼痛好受,但他不知道该如何走路了。

第二天清晨,天气晴朗而寒冷。在火堆旁吃完克里克的小腿肉之后,他们站起来收拾东西,整理背包。不一会儿就准备妥当了。

索恩喊住了他们俩。"我们要带着克里克,"他说,"我们还需要他。"

他把用克里克外衣割成的皮条一根根系起来,变成一条长绳,它比隆想象中的要长,看起来非常结实。索恩走到克里克的藏身之处,把那具裹在熊皮里的尸体拉了回来。然后把两端用绳子扎好,看起来就像雪地上拉着的雪橇。绳子很长,足够在索恩腰上绕两圈,然后再系回到克里克的双脚那端。他把克里克从树林里拖出来放到雪地上,然后回来拿他的雪地鞋和背包。他穿上雪地鞋,又把绳子套在身上。

他们开始前行。雪还没有完全冻起来,不过由于天气太冷,所以可以踩上去。雪地鞋再次帮了大忙,一脚踩下去只到脚踝,没有雪地鞋的话肯定会陷得很深。

但走在第一条下山的路上时,隆朝左摔了一跤,再也没办法站起来。他左边的脚踝和膝盖都不能弯曲,他也感觉不到双脚的存在。他大叫一声,挣扎着跪在雪地里,整了整雪地鞋,然后用胳膊和拐杖支撑着站起来,但当他迈出第二步时又向左摔去。他无助地看着另外两个人。

"我早就跟你们说过,我们需要克里克,"索恩冷冷地说,"隆,快爬过来坐到'雪橇'上,侧躺在上面。这不会对克里克造成什么影响。我们还得赶路。"

"我来拉,"埃尔加说,"你负责探路,"她跟索恩说,"我来拖他们。"

"好的,"索恩说,"很好。"当他们把绳子套在埃尔加的胸前时,索恩对隆说:"我喜欢你妻子。"

三个人都笑了。

* * * * *

躺在克里克身上的感觉就像躺在一根木头上一样。以前在森林里犯困打盹的时候,他们会就地找块平坦的地方躺下来。克里克被熊皮包裹得很严实,头和脚两端扎得非常紧。尸体也已经冻得硬邦邦的。埃尔加穿着雪地鞋,拄着两根拐杖,拖着"雪橇"一步步向前,看起来还能撑很久。一段时间之后,脚下的雪渐渐融化,这时的行路变得更加艰难。好在软雪下面的陈雪足够坚硬,这样一来隆和克里克就不会陷得太深。未来一两天这些新雪也会变硬。还有,埃尔加也够强壮。

下山的时候,埃尔加会把雪橇放在自己前面,小心翼翼地拉着,防止在陡峭的地方滑下去。这时,隆也可以帮忙,他把右腿和拐杖插进雪里来减慢速度,这样就不会把埃尔加拉下去。下山时他躺的位置正好可以看到埃尔加的脸。每到陡峭的山坡上,埃尔加都会把眉头皱得紧紧的,形成一个深深的 V 字。一双眼睛凹陷在脸上,上肋骨凸起,眼睛下面和肋骨周围的脂肪都不见了。

有几次,在前面带路的索恩横着向山下走,埃尔加也想这样,但雪橇总是会直直地滑下来,她只好不停地跺脚,等身体平衡之后再迈出下一步,假如前方的雪堆塌陷,她会迅速把身体向后靠。隆被她流畅的动作和平衡感震住了,他觉得即便左腿没问题,他也做不到这样。突然间,他意识到埃尔加其实是北方人,在冰天雪地中长大。他的妻子来自于一个不同的世界,就像索恩曾经讲过的天鹅妻子的故事一样。每遇到困难的时刻，埃尔加会累得气喘吁吁，脸颊涨得通红，眼睛眯成一条缝，但动作依然敏捷麻利，脚步一刻也不会停。

看到了她的艰难，索恩总会向前多走几步，从斜坡上滑下去，看看周围的石头，然后示意她跟上，或者摇摇头，艰难地掉头回来，寻找其他路线。

他们所在的这个山谷向南延伸，很明显索恩是想向东走。中午时分，他停下来休息了一会，隆和埃尔加坐在雪橇旁的木头上。他把一根木棍插在比较平坦的雪地里，然后又折了几根树枝来丈量木棍影子的长度。现在是六月中旬，不过隆不知道具体是哪一天。由于暴风雪，已经好久没有见到月亮了。但索恩知道。他一边把树枝折成不同的长度，一边跟他们解释仲夏时分在他们营地那里影子的长度和木棍高度之间的关系。通过把这里的影子长度和营地里影子长度进行对比，可以推算出这里是在营地南面还是北面。在营地里，影子长度只有木棍的六分之一。

这里也差不多。因为影子的长度差不多，他又仔细看了一番，嘴巴不停地喃喃自语，最后决定继续向东，这样就能到家。他很确信他们在营地西面。

"大家应该很庆幸我知道这一点，"索恩又说，"因为我们没办法确定我们在某个地方的东边还是西边，我们只知道南北。这个办法是老皮卡教给我的，他说是大乌鸦教他的。他还说他是第一个懂得这个知识的人类。他总是这样说，不过我确实没听其他通灵师说过这个技巧，不论是在八八节还是其他地方。"

"假如我们在营地东面的话，那就应该在大山里。"埃尔加补充道。

"没错。"

于是他们继续向东前行。但这里的山谷全是南北走向的，所以行路颇为困难。

最后,他们爬到一个狭窄的山谷,也是南北走向,底部非常平坦,但最后拐向东方。索恩带着他们向上走,离河床有些距离,那是他找到的最硬实的雪。他们整整走了一个下午。太阳斜照在他们身上,细长的影子一直伸到山谷深处。索恩在一片小树丛前停下了脚步,那是被雪覆盖的支流和山谷小溪的交汇处,里面有一小股细流在汩汩地流淌。这应该是除了他们的呼吸声之外唯一的声音了。

风终于停了。南方的地平线上可以看到云层。晚上一定会很冷。索恩踩出一块地方来生火。他留了一把灰烬放在铺着松针的树瘤里,然后塞进腰包。他慢慢地用木屑把灰烬点着,非常好!不过这一次他不再扬扬得意。他把克里克拖到远离火堆的地方以保持其冰冻状态。隆拄着拐杖跳来跳去地捡树枝。每到这个时候他们就特别想念克里克,因为他每次带回来的树枝都是最多的。等他们收集到足够的柴火时,天已经快黑了。

索恩再次拿着刀片,咯吱咯吱地踩着雪地离开了。西方的天空蔚蓝蔚蓝的,只是被黑黝黝的山峦隔成了几块。最浅的那部分天空正好和黑色的山峰相对,在隆的眼睛里幻化成跳动的红色。如果张开嘴巴,他就能听到喉咙后面的心跳声。他又饿了。

和昨天一样,索恩回来时手里托着碎皮包裹,不过他把包裹拿得离自己很远。然后,他先烤焦外皮,之后再把里面的肉烤熟。虽然那一天没怎么走路,但隆依然馋得口水直流。埃尔加也瞪大眼睛紧盯着那块肉,连周围的眼白都露了出来。

默默地吃完之后,他们裹着兽皮坐在火堆旁。他们不停地添加树枝以烧出更多的余烬。那一夜,满天星斗。最后一次解完小便之后,索恩把克里克移到离火堆较近的地方,这样食腐动物就不敢靠近。只要离火堆稍远一点就会感到寒气逼人。晚上一定会很冷，说不定是他们艰难跋涉以来最冷的一夜。暴风雪结束的时候总是最冷的时候。

他们紧紧地裹在兽皮里，尽可能地紧挨着火堆躺着，空气中不时地弥漫着皮毛烧焦的味道。到了半夜，温度降得更低，他们十分默契地相互靠在一起，就像暴风雨中的马群一般。最开始是埃尔加挤在他们俩中间，但随着气温的降低，离火堆最远的人会移到最里面，然后再紧紧拥在一起。就这样最冷的人挤到最暖和的地方，中间的人挤到最外面，像小奶狗一般挤来挤去，一轮接一轮。时间一点点地过去，最后月亮也落下了。只有这个时候你才能看到天空中云层的翻滚。离天亮不远了。

当东方的天空露出第一缕灰色时，隆发现自己睡在余烬旁，背后就是索恩。这时，对面一阵响动让他不由抬起了头，是克里克。他正跪在那里，因为他的腿被索恩割下来吃掉了。克里克的脸上挂着一副隆看不懂的表情，既有骄傲和渴望，也有失望和悲伤。隆用唇语说了一句"如普"，他没有发出声是因为担心吵醒埃尔加和索恩。这时，他突然意识到自己也在睡觉，这是他的梦。于是他在梦里说出了那个词："谢谢你。"然后又低下头闭上了眼睛。他想，克里克的灵魂会一直守护着他们，直到天亮。因为这样寒冷的夜晚只有灵魂才会四下游荡。

接下来的三天对他们来说十分艰难。天气稍微暖和了一些，他们的"雪橇"变得更短。隆尽可能地站起来自己走，不过每次都会在自己愿意之前被赶回"雪橇"上。埃尔加和索恩轮流拖着他。埃尔加越来越瘦：她的胸几乎都要平了，眼睛深陷在脸上，上面的肋骨直直地突出来。你都能看到她颅骨的形状。索恩依旧是皮包骨头，一张脸瘦得和黑蛇一样，没有耳朵，没有嘴唇，没有肉。他很少说话，尤其是和隆。他总是冲到最前面，迫不及待地爬上山脊，朝着东方眺望。他们跟在后面，抬头一看，他已经跑到了山脊上，两只手遮在额头上焦虑地看着东方，寻找熟悉的迹象。没有人提到迷路的事。每天下午他们都会停下来，用头一天晚上的余烬生出一堆火，然后在暮色中吃着烤熟的肉，包括肾脏、肝、心脏，心脏上的肉比第一天吃的那块还要硬。到了晚上挤在一起睡觉。其中有一夜和暴风雪最后那夜一样冷。第二天一早，索恩走到外面，回来的时候两只手里抓了不少掠鸟，他紧紧拎着鸟爪子。它们是在黑云杉丛中被发现的，估计是昨晚冻僵之后从窝里摔下来的。索恩把它们放在火上烤着吃，味道真是不错。

他们还在路过的草地上找到了不少草甸洋葱，虽然吃下去之后会有些浮肿和胀气，但他们管不了那么多了。雪一天天融化，每到下午，一片片黑水冲向越来越多的黑色土地。夏天终于来了。他们不得不寻找雪地以便能容易地拖动"雪橇"。当最后的雪堆融化时，被太阳晒融的雪地越来越大，几乎和平地一样难拉。隆用拐杖替代左腿，走的路越来越长。不过索恩总是很不耐烦，不停地命令隆回到雪橇上。不管隆在不在上面，埃尔加总是抿着嘴一点点向前拉。索恩也会轮换着拉。不过他太轻了，下山时根本控制不住雪橇。所以每到下山时他不得不把雪橇交回给埃尔加。

那天下午，埃尔加摔倒在地上，许久之后才重新站起来。隆吓坏了，赶紧从又短又鼓的雪橇上下来，一蹦一跳地跳到埃尔加身旁。他突然发现她瘦得不成样子，虚弱得几乎站不起来。还没来得及说话，她又栽倒在地上。

当她摇摇晃晃站起来拉起绳子时，隆大喊一声："不要！轮到我了！"

他从埃尔加身上解下绳子套在自己腰上，现在他变成了一个四条腿的怪物,体形和鬣狗相似,高高的肩膀,一脸丑相。但他还可以跳着向前走,保护着那条坏腿,同时在需要时让它帮忙。埃尔加踩在他拖过的痕迹上,一瘸一拐地跟在后面。

到了现在,他们的腿脚都不太利索,但依然以同样的速度向前走。行进时他们一声不吭,每天很早停下来扎营,出去寻找球茎植物和柴火,晚上围着温暖的火堆睡在干燥的地面或石板上。

终于有一天他们都起不来了。那一天是靠坏腿撑下去的,只有它还残存着可以利用的肌肉。现在,隆主要靠它的力量向前走,虽然每一步都疼痛无比。隆拖着雪橇,有时候只有雪橇,有时候索恩坐在上面,埃尔加偶尔也会在上面,由于不得不躺下来,她总会沮丧地流泪不已。但是隆一直在坚持。和他们相比,坏腿总算有点肉,而且隆很快学会如何把疼痛控制在最能承受的范围内,把它当作不受欢迎的客人一样不予埋会,当成一次又一次想偷偷摸摸地溜进来的入侵者,就像鬣狗或梭子鱼。一步又一步之后,这种方法似乎奏效了。他的第三道风,或者第三道风之外的风已经来到他身边。他咬紧牙关,感受着力量,靠着坏腿不疼的那部分前行,现在连好腿也不如坏腿强壮了。

> 我是第三道风。
> 我来找你了,
> 当你一无所有时,
> 当你无路可走却又不得不前行时,
> 在你最需要我的时候,
> 我会来到你身边。

那天下午,他们爬上一面覆盖着森林的雪坡,接着是一道光秃秃的山脊,从西南向东北延伸。每走三四步他们就要休息一下。索恩用手遮着眼睛,向东张望。

突然间,他大喊一声:"那里,你们看那是什么?"

他指着:"看到地平线上的那座山峰了吗,就在树那边?那是南冰冠山,普伊米尔山。"

"你确定?"隆忍不住问道。

索恩继续盯着看了一会。然后笑着看向埃尔加和隆。那笑容仿佛是看到了一条蛇,既意外又讨厌,但总是个笑容。

"我确定。"

知道自己在什么地方之后,他们的精神恢复了不少。不过面临的问题也很多。因为南冰冠山在距离营地很远的西面。现在所有的河流甚至小溪都已经解冻,水位上涨了不少。不用再在冰面上穿行,这让他们松了一口气。但目前他们太虚弱了,无法从高于脚踝的浅滩上过河。还有,营地在东面,但这里的山谷都是从东北到西南的,所以他们不得不穿过大片土地,在一条接一条的小溪间寻找回家的路。通常情况下,穿过这些溪流的最佳办法是找一棵倒在上面的大树。只是隆不相信坏腿的平衡力,对他来说,这些木头和浅滩一样可怕。每次渡河前,他都会坐下来,把自己从树干上快速撑过去,或者爬过去,即便是那些结实到可以倒立着走过去的木头也是如此。这个时候,埃尔加和索恩的力气恢复了一些,他们抓着克里克身体的两端,就像抬着一根裹着兽皮的木头,跨过或穿行在树干之间。这个时候隆完全帮不上忙。

现在天气也暖和起来,中午到日落的温度都在冰点之上。每到下午时分,可怜的克里克就会消融一点,到了晚上又重新冻起来。他的肉也在慢慢变质。一天晚上,在吃了几根肋骨之后,索恩和他进行了最后一次谈话。之后索恩拿着三袋肉回来,塞到雪堆里。

"你现在可以一直走吗?"他问隆。

"可以。"虽然这样说,但隆也希望这是真的。

"那就好。明天我们将离开他。等以后再回来把他的尸体安葬起来。"

他从包里拿出克里克的裹腿放进火堆里,然后向克里克的灵魂唱着告别之歌。

> 现在你离开了,我们爱你。
> 现在你离开了,我们感谢你。
> 你可以在天空之上好好休息,
> 我们将永远记住你。

经过了又一个火堆旁的寒冷夜晚,那一夜克里克没有再来。第二天一早他们被寒风吹醒了。真是不妙,风是长途跋涉路上最大的敌人。哪怕是雪或者雨都要好一些。也许是因为他们对克里克的做法,好运似乎完全离开了他们。总之很糟糕。

他们裹得严严实实地走到克里克的尸体旁,把他拖到一块向南的岩石上,摆出来给鸟儿来吃。大风中,黑色的秃鹰在头顶盘旋,它们已经跟在后面好几天了。索恩吟唱着安葬歌,并向他承诺以后一定会回来收集他的骨头,等时机合适进行安葬。

接着,三个人出发了。

现在,隆尽可能地用拐杖走路,当然坏腿也没有闲着,因为已经没有其他可指望的了。每到下午踩在残雪上时,雪地鞋都能起到不小的作用,当然,还有坏腿。只要能跨过那痛苦的咯咯一下就可以了,你甚至可以听到它的声音。实际上,每天早上,四周一片寂静,隆的身子无比僵硬,当剧痛来袭时,他切切实实听到了那个声音,非常像克里克发出的声音,仿佛是他替代了坏腿和克劳奇，驻扎在它们的位置上。可能是为了抗议自己死后遭受到的恶劣对待，所以特意进入他的身体里，也可能是为了帮助他继续走下去。就这样一步又一步，克里克不停地发出咯咯声。

索恩还在缓慢而平稳地向前走着，不过每当走到一处可以俯瞰东面的山脊时，他就会加快脚步，那一瞬间，隆觉得这个老人还是有点力气的。埃尔加的速度慢了不少，隆看出来她确实累坏了，她全身的脂肪已经被耗尽，已经瘦到极致。不过她很顽强，这一点隆很清楚，而且从她坚挺的肩膀、眉宇间深深的 V 字和坚定的眼神中就可以看出来。既然离家那么近了，她是不会停下来的。

所以基于这一点，隆是反对把克里克留下来的。一次又一次的刺痛之后便会习惯这种痛苦。他们艰难地走过潮湿的地面、岩石，还有被太阳晒融的残雪，不论是冰冻的早晨还是融雪的下午，他们都走得十分痛苦。他们翻过山谷和山口，有时会循着动物的踪迹，有时候还会看到人的足迹。保持向东不变。他们会站在高处，面露渴望地望着东方，索恩不时地指出一些他认识的地方，然后继续前行，走到下一条小溪边，下一个山脊，下一个山口。

那天晚上，他们在火堆边吃着最后一块肉，索恩把火烧得比平时还要旺，他把双手放在上面烤了烤，还跳了一会舞。"明天我们就会到了。"他说。

"真的？"埃尔加和隆异口同声地问道。他们相互看了一眼，都有些不敢相信。

"明天，如果明天速度慢的话就后天。不过没关系。我们肯定能赶到。谢谢你，克里克，谢谢你，克里克，谢谢，谢谢，谢谢。"

第二天，他们醒来喝了些水，坐在火堆边取暖，然后又出去洗了洗。埃尔加出去寻找苔藓，这让隆很惊讶，他以为她已经瘦到流不出血了。不过不管子宫里发生了什么，她走路的时候比之前好多了。当一天快要过去时，他们来到索恩说的那条北溪以西的支流边。埃尔加套上雪地鞋，在前面带着大家向下走到一个积雪融化的山谷，踩出一条可以让隆和索恩跟在后面的小路。这时，天马上就要黑了，索恩的速度慢了下来，每走一步都十分费力，似乎已经筋疲力尽。不再有什么第二道风或第三道风。什么风都没有了。他只能慢慢地一步接着一步，每一步都用尽全身力气。这时的他和隆差不多了。隆不知道索恩是受伤了还是只是没有风了。不过当隆问他的时候，他只是摇摇头，迈出下一步。

"记住！"隆模仿索恩的口气说，"无论旅程有多久，你都可以走完最后一步。"

索恩只是摇着头，他已经无力反驳了。索恩总是说给点小小的刺激是让人振奋精神的好办法。所以隆继续说了下去，这次是他听过无数次的话。"哦，没错，"依旧是模仿索恩的口气，"在长达很多很多很多年的旅行中，你依旧可以坚持到最后一步！所以不要放弃！"听到这句话，索恩自己差点忍不住笑了。

隆自己发现的第一个熟悉的地方是北溪以西中间的巨石，横跨在大半个河面上。他紧盯着它，内心震惊不已，接着是慢慢蔓延的宽慰。过去，只要到这个山谷里，他就会和霍克、莫斯到这块巨石旁。他用炭棒画的那只洞穴熊还在那里，就在直插到水里的白色石壁上。那个时候，他不得不从另一边爬到巨石上，然后从上面垂下来，倒挂着画。霍克和莫斯还在一旁傻乎乎地笑着。岩壁上的熊额头微微前倾，脚步蹒跚地向前走，眼睛四处张望，似乎在看有没有敌人会攻击自己。由于需要倒挂着描画，所以这个作品算是相当不错了。看到它时，隆几乎要哭出来，不是因为这幅画，不是因为要到家了，而是他再也不需要用坏腿走路了。现在真的没有多少路了，不到半天就可以赶到家里。

虽然花的时间比预想的要长，不过，天没有完全暗下来，已经是傍晚时分，大地被斜照的夕阳染成了黄色，天空越来越暗。随着夜幕的降临，世界似乎变得越来越大。他们跌跌撞撞地来到西隘口，低着头看着下面的陡壁草原——空空的。就在他们绕过一棵树时遇到了希瑟。

希瑟立刻怔住了，然后呆呆地看了好一会儿。然后她转过头，说："孩子，你爸爸妈妈回来了，连那个坏老头也回来了。"

她一屁股坐在了木头上，看着他们向自己走来。"我以为你们都死了。"她大声喊着，然后把脸埋在手中。

孩子像只小鹿一般朝埃尔加奔去，埃尔加立刻扔掉手里的棍子，把他抱着举起来，隆也走了过来，两个大人把孩子围在中间。隆哭到不能自已。

希瑟坐在木头上看着他们，又抹了抹眼泪。"你真是个幸运的孩子。"她对着那个小男孩说。

她站起来抱了抱埃尔加，隆，最后是索恩。

"克里克呢？"她问道。

索恩摇了摇头，苦着脸说："他死了，我以后再和你细说。"

希瑟紧盯着他，最后说："我觉得你比以前更丑了。"

"很久之前你就把我的美貌偷走了。"索恩说，然后转过身，"这里，帮我们拿背包。还有隆的，他的腿伤得更厉害了。"

"那要好好感谢那次漫游。"

"你这个女人！"索恩说，"快闭嘴，现在就闭嘴。把我们带到营地去。我们累坏了。"

第七章
各重世界相遇

狼族部落的营地在小岩洞下，俯瞰着环形草甸、环形山脉和野牛石，还有峡谷中的河流。盛夏的夕阳从峡谷向西落下，阳光从一道道烟雾中穿过。这就是他们的家，他们的家。

希瑟拿着所有的行李，带着他们向营地走去。等他们一瘸一拐地穿过最后一段河道走进营地时，已是黄昏时分。火光映照在每一张脸上，他们都对三个人的意外归来表现出很高兴的样子。霍克和莫斯紧紧地抱住他，对着他的脸大叫不已。由于太出乎意料，所以每个人都伸出手臂触摸他们，以确定他们是真的回来了。连萨杰都给了他一个吻。这让隆想起自己漫游回来的那一夜。但这一次他们像是从天上回来的，是从一个比现实更真实的梦境之地回来的。眼前才是真正的现实世界。他们一边喝着鸭肉汤一边说话，直到三个人都疲惫不堪地倒下去睡着了。整个晚上又在隆的梦里过了一遍，一张张火光照亮的面孔，那些笑声，还有面具般的表情——这就是他的家。

第二天早上隆很晚才醒来，然后像个木头人一般摇摇晃晃地走到营地东面。那块野牛石依然横跨在河面上，清晨的阳光洒满整个山谷，他们的营地也沐浴在阳光下。空气中弥漫着夏天的气息，耳边是哗哗的流水声和小鸟的鸣叫声。天空那么蓝，很难想象他们几天前还在暴风雪中冷到快要冻僵。这才是六月该有的样子。不管你在不在，家总归是家。隆不停地看着四周，坐下来摸着脚下的土地，甚至品尝着灰尘的味道。一切真是令人难以置信，那感觉就像一棵春芽，你看着它，知道它会慢慢长大。

重新回到营地的隆、埃尔加和索恩每天除了休息就是吃，然后继续休息。他们的孩子总是黏在埃尔加身边，一刻也不离开。到了晚上，他总是坐在隆和埃尔加中间，或者其中一个人的腿上，小小的拳头紧抓着爸爸妈妈的衣服。希瑟每次看到之后总会摇摇头说："你真是个幸运的孩子，我以为你会变成孤儿呢。"

大家都想围坐在火堆旁听索恩讲故事，他照做了，每次讲故事的时候不是盯着火堆就是看着满天星斗。有时候，在他讲完之后，有人请求他讲述营救隆和埃尔加的故事，但他总是摇摇头，说："现在还不能讲，还不到时候。"

当然，大家都知道那个原人死了，所以便不再打扰索恩，等着他自己决定何时再讲。除此之外，他很愿意讲那些古老的故事，先从狼獾如何把夏天从冬天那里拉出来开始，这似乎和他刚刚完成的壮举很相像，是他把隆和埃尔加从冰天雪地的北方拉回到阳光明媚的岩洞。所以每次讲述时他总带着十足的满足感。

实际上，讲述每个故事时他都显得比过去更享受。每天早上，他都会坐在隆的旁边，让他自己来讲，不时地点头或教授一些记忆技巧。现在上课时和过去不太一样了，过去索恩的话总是从隆的一只耳朵进去，另一只耳朵出来，而现在隆总是认真地看着索恩，他发现能记住的比过去多得多，他可以用同样的方式复述出故事，有时候还能记住索恩说这些话时的样子，或眯着眼睛，或愁眉苦脸，或挤出一丝笑容，最重要的是他说话的语气。这些都要和故事内容一起记在心里。隆还把这些内容刻在木棍上以帮助自己记忆。

现在隆对记忆的规则也更加了解，也更有助于他：规则有三，剧情总是起起伏伏，有帮手也有难事，诸如此类。尽管如此，这些对隆来说依然很难。甚至在他成功记住之后，过了两个星期又忘得干干净净。因为隆现在很想让索恩高兴，所以这样的失败会让他比过去更加沮丧。当他意识到自己已经被救回来了，以后不得不继续学习这些东西时，他的心就会忍不住向下沉，因为他在这些故事上从来都不擅长。直到现在他才懂得，自己必须去做到一些事情。

但大部分时候隆都非常开心。他看着埃尔加像只貂一般不停地吃着，然后在他眼前慢慢变胖。有时候他都不敢相信她在这里。一切就像一场梦，他很怕有一天自己醒来，清晨阳光把峡谷里的薄雾染成黄色，而他却在另一个世界中，那个世界里这一切都不曾发生过。到现在他都觉得能把埃尔加找回来真是太不可思议了。他没有办法忘记，没有办法不震惊。他不希望再有什么事情发生了。

希瑟对于他们的回来显然很高兴："没有那个坏老头讲那些乱七八糟的故事，生活真是枯燥无味。营地里的男人都傻乎乎的，女人之间有些剑拔弩张，所以没有什么人可以说话。每个部落都需要自己的通灵师——我猜想——即使他们有些可恶。"

她紧紧地盯着隆："能再次看到你我真是太高兴了，隆。但你听我说：你要好好照料那个受伤的脚踝，否则以后会一直瘸下去。你还那么年轻，还是个大小伙子。你一定不希望以后要瘸二十年。在这个世界上,你需要两条腿才能生存下去!"

"我知道,"隆有些烦躁,"相信我,我知道。"

"那你为什么还要走来走去?"

隆有些吃惊:"因为我想帮上忙!我不能像个孩子一样闲坐着,被人喂养。即便我不能出去打猎,至少能捡点柴回来。"

听到这里她摇了摇头:"你没回来之前,我们一切都很好。我们不需要你的帮助。听着!如果你不坐下来好好休息一两个月,你以后就再也不能打猎了。我们可以暂时不需要你,这一点每个人都理解。连艾拜克斯都很理解。假如他不理解,我也会让他理解的。"最后那句阴沉的口气让隆打了个寒战。

最后她又用阴沉的目光盯着隆:"那你会不会按照我说的去做?"

"我尽量。"

从那以后,隆总是坐在营地里,即使在白天大家都出去走动的时候他也不动。他帮着照顾小幸运和其他孩子。用岩芯磨出刀片,浸渍兽皮,为埃尔加剪裁、缝制上衣和裤子。他缝的衣服也能穿,不过好几个女人都比他做得好太多,所以他放弃了,转而在木棍上雕刻人物,把地血磨成粉末,背诵学过的故事。无论他做什么,希瑟都不希望他站起来。许多个晚上,她都用烧烫的石头把桶里的水烧热,然后把水倒进囊袋里,压在隆受伤的脚踝上。她还试着在隆脚踝上涂上自己做的药膏,不过每次检查后都会失望地摇摇头。很明显,她觉得用热水敷的效果最好,隆也觉得那样很舒服。每次敷完之后,她会抱着隆的脚,轻轻地按压肿胀的脚踝上方,看看哪里还疼,或者再涂抹一些膏药。

"你也应该这样做,"她告诉隆,"你会感觉好很多。如果是韧带或肌腱断裂,有的时候是无法愈合的,有些时候还能长好。这些撕裂或断裂的恢复能力比你想象中强得多。所以你要抱着最大希望,相信它一定会愈合。这样就能克服眼前的困难。至少,你要做到毫无痛苦地四处走动。"

"那真是太好了。"

的确,受伤的脚踝没有长途跋涉的时候那么疼了,但无意中的动作或身体失衡依然会引起整条腿跟着疼。希瑟明白这一点,她也知道隆不可能这样坐太久。很快就要到一个月了。他们打算两个星期后北上。到时候他必须站起来试着自己走。于是一天早上,她让隆坐下,告诉他自己要给他做一双治疗鞋。

"你是什么意思?"

"让我演示给你看。"

她让隆在阳光下坐好,自己手里拿着木棍、鹿角、猛犸象牙、肌腱、皮条和雪松皮编成的绳子,她花了一个上午的时间,用皮带把它们搭成了一个有点像靴子的木架子。希瑟把它绑到隆的脚面、脚踝和小腿上,几乎快到膝盖。他只需把这个东西甩到前面,每一步都踩到它的底部就可以了。这样可能会让他走路的时候一瘸一拐的,但不管怎么走,不管做什么,左脚和脚踝都保持在同一个位置。这就给了它们愈合的时间,希瑟这样说。她说的没错,套上它之后,隆再也没听到过咔哒咔哒的声音,甚至走路的时候也没有了。

因此隆可以帮忙收集柴火,在营地周围做其他一些慢活。一转眼到了七月,他白天穿木靴,晚上用热水敷脚,他明显感觉那里的疼痛减轻了一些,也没有之前那么肿胀了。虽然像霍克说的那样,他动作又缓慢又丑陋,但终于有一天,当他脱下靴子光脚走路的时候,脚踝完全不疼了。虽然和右脚比,那里还有些僵硬和虚弱,但已经不疼了。隆真是太吃惊了,他从没想过,也不敢想有一天自己的脚还能痊愈。是希瑟治好了他!

当他这样和希瑟说时,她只是摇摇头:"不,不。那是你身体的自愈。但我知道你想说什么。当你受伤时，你很难相信它会自行痊愈，而大多数时候情况正好相反。我们身体破碎之后会死掉，但有些时候确实能自愈。我经常见到这种情况，所以从不怀疑。我甚至在自己身上都感觉到过两三次。所以，自愈是真实存在的。但为什么它有时会发生，有时候却又不会呢？"

她沉重地摇了摇头："没有人知道为什么。说实话，我们什么都不知道。我们只知道乌鸦在我们头顶上拉屎，我们只知道是那个世界拉到我们身上的，但那个世界到底是什么，为什么我们会得到那些屎，没有人知道。"

他们靠着悬崖坐着，沐浴在温暖的阳光下。空气中散发着百里香和灰色岩石的味道，河水在哗哗地流淌。隆慢慢地、小心翼翼地转了转脚踝，然后忍不住笑了。

"今天早上真是不错。"隆说，他一边嗅着空气一边环顾四周。

希瑟瞪着他，似乎想发火，不过最后她还是转了个话题。她现在有一长串森林植物的名单，她想让隆出去帮忙找到带回来。他可以慢慢来，希瑟建议他还是带上木靴以备不时之需："你最不希望的肯定是在康复之后再受伤。"

采植物主要是女眷们的工作，不过有时候男孩、老人或通灵师也会去做，尤其是在这个月，因为大部分女眷都要出去布置陷阱。姑娘们会到河边布置水下陷阱，淹死麝鼠。还有一些人会向峡谷里投掷长矛，杀死几个小动物以打发月经期的无聊日子，那个时候她们中有不少人都变得很乖戾。没错，女人们不管出不出去，都会用自己的方式来打猎。那些留在营地里的是最可怕的。她们结成一伙，盯着你，议论你。为了得到自己想要的东西，她们不惜割断你的喉咙。甚至连埃尔加也是如此，虽然她那么温暖，那么爱隆，让他进入到自己身体里，在雪地中拉着他前行，但也会露出一副洞穴熊般的可怕样子。她是不会上当的。这样很好，因为隆只想要她想要的东西。还有，她的可怕样子主要是针对桑达、布鲁杰和萨杰的。

最好的办法就是远离她们。于是隆穿过野牛石，在乌尔德查北侧山坡上茂密的森林里漫步，寻找鹿食草、龙葵、艾草、蘑菇和松露。这些植物一般生长在蕨类植物下或从峭壁洞口流淌下来的泉水周围，那些峭壁通常和森林连在一起，森林会一直蔓延到谷底。这些植物只会生长在阴暗潮湿的地方，其他地方不会有。那里总会有一块块石头从成片的苔藓、地衣、蕨类植物和网状的灌木丛中露出头来。凉爽潮湿的绿色气味中夹杂着一丝丝花香，还有一阵阵百里香的气味从空气中飘荡而来。知更鸟在他附近的地上啄来啄去，它们是冷静而聪明的鸟儿，会在不打扰它们的人周围徘徊。隆对它们的出现感到幸运。穿过峡谷，朝阳一面的松针花在风中闪着光芒。

隆向前走着，没有感到一丝疼痛。他小心翼翼地试探着敲了敲一簇蕨类植物，果然有声音。他跪在旁边，在下面拨弄着寻找龙葵。他不时地站起来看着河水从峡谷中流过，他们的营地就在河对岸。这个峡谷最好之处在于大部分突出来的地方都在北面的岩壁下，正好面向南面的太阳，看来这条河希望人们能舒舒服服地生活在这里，所以特意这样安排。

隆站起来，把艾草的叶子和花蕾捏碎，放在鼻子下面，感觉气味直冲到脑子里。他向下看了看，埃尔加和小幸运正坐在营地的火堆旁，埃尔加在用骨锥敲打兽皮，小幸运正在玩隆给他刻的木头猫头鹰。

隆很难相信自己不是在做梦。但他确实站在这里，一个再寻常不过的早晨，他直直地站着，没有疼痛。他离开的那段时间发生的事情反而变成了一场梦，虽然它们似乎还在威胁着他。那个时候一切都是真的，那种可怕和绝望，现在统统都离开了。它们不会再发生，不会再伤害他，他不用再担惊受怕了。他从那个梦中醒来，来到一个真实的世界里。是时候来感受快乐了。

* * * * * *

然而索恩并不快乐。隆最开始的时候感到很惊奇。但后来他开始理解了：索恩永远都不会快乐。他就是这样的人。也许所有的老人都是这样。不过，不对，温蒂一直都很开心，直到快要死的时候。只有索恩是这样。他一直都是这样的吗？隆不记得了。

一天晚上，他们围坐在火堆旁，吃着桑达在滚烫的岩石上烤熟的鲑鱼排和土豆泥。索恩站在那里，用勺子喝水。隆坐在火堆旁，按摩着左脚，那里似乎有一个小小的肿块，很硬，但不疼。他抬起头看到索恩的目光穿过自己的头，向火堆另一侧望去，他的脸就像一张木质面具，在火光映照下闪闪发亮。其他人都没什么异常，大家互相聊天，只有索恩像被冻住一般。隆突然意识到索恩正在看克里克的魂魄，这一点可以从他的表情上看出来。隆立刻感到浑身一紧，寒毛直竖。他害怕极了，根本不敢转过身去看那魂魄。克里克一定只剩下半截身子，满身是血，一双复仇的眼睛涨得通红，龇着尖尖的牙齿。隆完全不敢回头。

索恩依旧一动不动，仿佛被钉在那里。其他人还在橙色的火光中聊个不停。隆开始有些好奇。他很想不用去看就能看到，不用看就能知道到底有什么。他屏住呼吸，连肛门都绷得紧紧的。他转过头，向下看着火焰，然后又盯着下面的凹槽，最后朝索恩看的方向瞥了一眼。

完好无损的克里克站在那里。他就在火光的边缘，在两棵树之间的黑暗之处，被火光照得忽明忽暗，但确实是克里克。苍白的面孔看起来冰冷极了，头发、胡子和眉毛上都结了一层霜，但那一双眼睛是活着的，直直地看着索恩，脸上一副责怪的表情。那些被吃掉的部位似乎都还在熊皮袍子下面。

接着，那冰冷的目光从索恩身上移到了隆这边，隆吓得立刻把头扭了回来，脸上一阵阵刺痛。索恩低头看了看隆，又看了看克里克，很明显他还能看到他。隆弯着腰，垂着头，无助又恐惧地抬头看着索恩。

索恩缓缓地从腰袋里取出笛子，演奏了一首曲子，隆想起了那首愚弄狼的歌。接着曲风一转，隆听出来这是克里克走路时发出的那三声哨音，听起来好像是悲叹声，一二三，一二三。索恩一边吹一边看着火光外的克里克。最后他停下来，点点头，吻了吻笛子，再把它收起来。然后他转过身朝自己的床铺走去。

从那之后，克里克的魂魄就开始在营地周围游荡。到了晚上，隆经常发现索恩看着火光后的克里克，仿佛一只在猎杀地边缘的鬣狗。每当这个时候，索恩都会吹奏笛子，但在隆看来这远远不够。也许只有把克里克的尸骨埋葬起来，他的魂魄才能安心离开。于是隆把希望寄托在安葬上。

这段日子，索恩一直面带坚忍的愁容，看起来更像一条黑蛇。有时候，隆特意用雕刻好的木结或鹿角，或者刻着各种图案的石板，或画着动物的木板来转移索恩的注意力。他还讲了许多索恩喜欢的故事，包括那个娶了天鹅妻子、生活被毁、最后变成海鸥的人的故事。当隆最后讲完的时候，索恩微微笑了一下。

"讲得不错，年轻人。这就是你自己的故事。而且你也越来越会讲了。比那次确证的时候好多了。还有结尾的时候也很用心。你理解这种感情，对不对？但不要忘记老人帮助他的那一段。"

夏天的这个月已接近满月之日。一天晚上，他们决定不参加今年的八八节。原因很多，但最主要的原因是西斯特希望避免和北方人发生冲突。他建议最北走到雪松鲑鱼河，先捕捞鲑鱼，接下来的两个星期去冰冠山西面的峡谷中打猎，放弃驯鹿草原，转而去捕猎马、麝牛、绵羊和熊，还有其他生活在西边的动物。今年春天和夏天暴风雨很多，说不定驯鹿不会回来了。在此之前暴风雨频发的那些年份就是如此。

当然，有些人觉得这种改变是个错误。没有人希望错过八八节，除了隆。对西斯特来说，这是第二件不顺利的事情。他正在失去掌控整个部落的能力。艾拜克斯总是因为这样或那样的事情责备霍克和莫斯，而霍克会毫不犹豫地还嘴，同时盯着西斯特。年轻人总有自己的方式。除了希瑟之外，索恩是最年长的，他本应负责调解各种争端，当好他们的通灵师，但他最近总是心不在焉，对于如何过夏没有发表任何看法。只是每天越来越多的时间都用在吹奏笛子上。

于是这个夏天，他们留在了营地里。一部分人去了雪松鲑鱼河等待鲑鱼潮，一部分人去追赶通过峡谷的马匹，一直把它们驱赶到科尔比峡谷，这样一来它们就无路可逃。留在营地的人们则要布置陷阱捕捉小鹿。他们必须收集足够的食物用以过冬，还要归还去年冬天乌鸦部落借给他们的食物，同时必须多给一些作为感谢。考虑到驯鹿方面的损失，这个任务确实不小。不过当秋天过去的时候，他们发现能够完成这个任务，除了需要还给乌鸦部落的那部分。

"我们可能要等一年，"西斯特说，"或者等春天的时候再决定。"

"我们也得补偿北方人，"索恩提醒他，"等明年参加八八节的时候，尽管是他们的错。确证者会做出决定，可能会对我们不利。所以我们要对此做好准备。但最好不要用食物,我们要准备点其他东西。"

隆突然有了主意:"逃走的时候我们拿了几双雪地鞋,还把剩下的弄坏了。所以我们可以给他们雪地鞋,更好的雪地鞋。"

"更好?"

"我能做出更好的靴子还给他们。"

索恩若有所思地点点头:"这确实是确证者们会喜欢的东西。我们会跟他们说我们原谅他们把埃尔加带走的事情,他们也要原谅我们逃走时所做的一切。我们会把拿走的靴子还回去,但我们还的是更好的靴子。过去的就让它过去吧,否则我们就决一死战。确证者们不喜欢八八节上有打斗。"

西斯特说:"听起来不错。人们不会同意那些北方人欺负确证者的。所以应该可行。还有,我们还是需要回去的。"

在那之后,隆在寻找食物的时候又多了一个任务,那就是搜集适合做雪地鞋的树枝。他们偷了四双,他打算还给他们四双,故意不去提把其他鞋子弄坏的事情。他做的鞋子一定比那些建达人的好得多。当他拉着雪橇,拖着沉重的脚步在大盐海边的雪地上前行时就在想这件事。他们只能用附近山谷里长满树瘤的云杉,或者是海上漂来的碎木片。那些矮小的树只有一小段树干可用,所以他们的鞋子都是捆在一起的。而这里的树木在阳光的照射下,比北方的要高得多,而且种类繁多,有各种各样结实的木材可供选择。

这时,隆的眼前已经出现了鞋子的模样,他赶紧画到一块平坦的石块上。他很清楚,雪地鞋最重要的是要把脚底固定住,同时又能自由地上下翻转。建达人解决这个问题的办法是把他们的长靴绑到猛犸象牙做成的横杆上,那些横杆从脚趾洞后面的雪地鞋中间穿过。这样的话，上山的时候，靴尖可以直接插进雪里，在平地上也能保持平衡。这种鞋子在平坦的雪地，或者沿着山坡向下或向上走的时候都很好用，但一旦横着走，那些横木就很容易扭曲或滑动。你必须费很大的劲才能让脚稳在雪地鞋上，这样鞋子也才能稳稳地踩在雪地上。而如果要横向滑动时，鞋子就完全不行，总是很容易打滑，带子也会被扯断，或者是脚下的木条从圆形的框架上折断。一双折断的雪地鞋意味着糟糕的一天，而这种情况时常发生。

为了把脚固定在鞋子上，隆决定把木质鞋底绑到脚趾洞下面一根结实的木棍上，然后把熊皮做成绑带缝到鞋底上，变成靴子的固定部分。穿的时候只要把靴子放到雪地鞋的木底上，然后把上面的裹带系起来就可以，这样一来两只脚都固定在鞋底上，即使横着走也很容易。他用一根单独的弯曲白蜡木做成厚实的鞋架，然后把交叉编织的宽皮条，或云杉树根系到框架上，这样就会非常结实。他可以向希瑟或萨杰请教最佳的打结方法。另外，他把鹿角尖用绳子或胶粘到木底前端，爬山时就会有更好的抓力，这一点很厉害。当鞋底和靴子平行时它们会缩回来，这在滑步时可以用到。

鞋子的样子清晰地浮现在脑海里，所以他很容易地就画出来了：这是世界上最好的雪地鞋。那些北方人没有白蜡木，所以做不出来——即使他们能想到这种设计。当然隆对此也很怀疑，因为他们没有这样做过。他们住在沿海平原上，而隆生活在群山之中，也许这就能解释为什么他们做不出这样的鞋子。不过等以后时机成熟，他们试穿了隆做的靴子，就会知道比他们自己的好得多，然后再也不会用老办法做鞋子了。很可能！所以值得一试。

接下来的整个秋天和冬天，索恩都在和克里克的魂魄纠缠不清，其他人尽可能地多吃多睡来积攒过冬的脂肪，而隆在营地里的大部分时间都用在制作靴子上。不少人对他做的事情很感兴趣，因为每当暴风雪过后，或者雪还没结冻的日子里，他们都会穿上雪地鞋，而那些鞋子不费什么力就能做出来。今年冬天暴风雪特别多，假如有双好用的雪地鞋那真是太好了。

索恩虽然有兴趣，但他对此半信半疑："你要确保它们有一定的弹性。如果太僵硬就容易被压断，到时候你就没鞋子可穿。与其要求完美，不如容忍一点瑕疵。"

隆点点头，其实直到现在他才明白这句话的意思。的确，他的设计只有脚蹬非常结实、与鞋框完好地绑在一起，同时，木底也要完好地固定在鞋底的木棍上才可行。这些地方都需要好好测试，一次又一次地在平地行走，在横跨、跨步和滑行时给予额外的压力，他把它们架在岩石中间，不停地在上面蹦来蹦去，以确定它们能承受多大的压力。它们表现得相当不错。其中有几双不管用多大的力都不会坏掉。

希瑟对这些实验很有兴趣，她本身就喜欢做实验。她会走过来在一旁仔细观察，有时候还会蹦几下，"试着多用几种方法来做，"她说，"在你打算做更多的出来之前，先看看它们表现如何。可以用不同的形状，不同的连接，不同的绑法。我在想你能不能把木棍和鞋框结合的地方再加固一下？用象牙或鹿角做个套接口？"

隆尝试了各种各样的方法。冬天人们围在火堆旁的时间很多，比如暴风雪，比如漫长的夜晚，这种时候你很难一直睡着。埃尔加会给隆和小幸运缝制新衣服。最重要的是到了夜晚，没什么事情需要隆做。所以隆就一直忙着做靴子。最后，索恩也承认，在种类繁多的树木中，无论是数量还是尺寸，白蜡木都是最适合的，可以做出比北方人更好的雪地鞋。当然，设计上有所改进更好。这些更好的靴子是非常好的补偿方式，因为既是一种补偿，又是一种贬低。不管怎样，他们在八八节上一定会和北方人发生冲突，所以适当地给他们一点难堪是好事。"你必须要直面这些野蛮人，"他说，"尤其是在因为他们做的坏事而烧伤了其中一些人之后。——要能一直应付滑倒或横滑，不过一旦断裂那就糟糕了。"

"我知道。"隆说，他正准备解释白蜡木极强的柔韧性，还有脚下的木棍如何套在猛犸象牙上时，却看到火堆对面的索恩又一次瞪着白眼珠子。他吓得寒毛直竖，连左脚踝上的旧伤也开始哼哼起来。索恩慢慢地从腰袋里取出笛子，低声吹奏着自己的歉意，他最近开始在曲调中加了一些类似鸟叫的音符，听起来很像克里克发出的"如普""如普"。他一边演奏一边看着火堆外，眼睛依旧瞪得圆圆的，似乎在祈求克里克魂魄的理解和原谅。

这事发生的时候希瑟正坐在火堆旁，借着火光检查已经干燥的药草，她把叶子和种子都摘下来，放到一块块小小的麝牛皮布上，这些都是麝牛细软的绒毛皮做的，是她在大草原上收集或交换来的。她一直忙活着，似乎没有看到索恩身上发生的事情。

第二天早上，等到她和隆单独在上游小溪的浅滩上时，她才开口问道："索恩是不是看到克里克了？"

隆不想说，但他还是忍不住点了点头，就像当初克里克一样。

说完隆垂头看着地面，希瑟依旧盯着他："克里克到底出了什么事？他是怎么死的？"

隆依旧不想回答，只是那些话不自觉地从嘴里冒出来，就好像吐出的一块块石子："一天早上，我们醒来时他已经死了。"

接着他讲述了他们如何把冻僵的克里克当成雪橇拖着走，一边走，一边吃，因为如果不这样他们也会死掉。还有那条坏腿让他不得不趴在克里克的背上前行，后来又坐到了他的尸体上由埃尔加拖着，索恩负责探路。克里克的灵魂可能还钻进了他的坏腿里，因为他的腿是最先被吃掉的部分。

希瑟静静地听着，中间只是偶尔点点头表明自己听到了他的话，明白他的意思。希瑟不时地抽着鼻子。

等隆说完后，希瑟长长地叹了一口气。

"你们必须把克里克的尸骨收集起来安葬。这个时候乌鸦应该已经把它们清干净了。"

"我知道，不过在那之前……"

希瑟耸了耸肩："今年一定是个漫长的冬天。也许他永远都不会离开这里，不管他活了多久。你永远都不知道他会如何回应。他是个很难猜透的人。"

"没错。"隆点点头。

到了冬季的第二个月，隆终于做出一双最好的鞋子。他对此非常满意，或者说他尽可能地战胜自己的不满。之后他又做了一双一模一样的。一天早上，他邀请索恩和自己一起出去走走，他们套上鞋子顺流而下，作为新雪地鞋的第一次行走。索恩像悬崖上的燕子一般左转右转，穿过山坡来到河边，抄近道翻过通往下一个环形下坡的小山丘，然后顺着西边冰冻的斜坡滑下去。索恩走到小河和北溪的交汇处时停了下来。黑色的河水在脚边缓缓地流淌，他把皮袍上的帽子向后一甩，露出没有耳朵的秃脑袋，活像是一条从岩石上窜出来的黑蛇在向四处张望。他皮笑肉不笑地看着隆说："鞋子不错。如果西斯特能在八八节的时候不把事情搞砸，我们就应该没事了。"

"你可以帮他。"隆建议道。

索恩狠狠地瞪了他一眼，但没有提出反对。

一天，日落之后不久，隆爬到洛厄和厄伯山谷之间的山脊上，这时他看到克里克正朝自己走来，他吓得急忙往回跳，不过仔细看后发现是另一个原人。一个真人，而不是魂魄。接下来他又陷入了另一种恐惧中，他一边往回跑一边想，如果是克里克的话，究竟会更可怕还是会好一些？也许是会好一些。他还记得克里克背着自己前行的情景，还有他留在雪地上的脚印，不断地转变方向以纠正索恩的路线。他突然感到一阵悲伤，于是像潜鸟一般在夜晚号叫起来。

虽然还是冬天，但白天越来越长。一场接一场的暴风雪席卷而来。人们每天围坐在火堆旁做东西，讲故事。等到晚上其他人都睡了，隆会静静地和埃尔加做爱，他感觉两个人已经融为一体，变成一个有两个后背，既能喷射又能紧缩的怪物。他们在毯子下几乎一动不动，这种方式带来一种怪异的紧张感，合二为一，就像秘密的暗恋在雪地中慢慢绽放。白色的积雪，冰封的河流，还有那些不需要靠近的黑色溪流。每次看到桑达和布鲁杰做自己不喜欢的事情时，埃尔加就会紧皱着眉头，一声不吭，目光凌厉，她应该在考虑如何处理。现在是斯塔利来照顾所有的新生儿。小幸运开始牙牙学语，学着说话，学着走路。每次都会逗得大家笑起来。还有霍克和唐琪也在一起了。虽然大家都有意见，但最近她们还是安排了不少部落内的婚礼。显然，有人告诉她们，这并没有什么不寻常的。

隆吃着西斯特从洞里拿出来的东西，看着他的脸，揣摩他如何看待她们的做法。

这时，他又想起了去年冬天，他觉得自己比小幸运更幸运。

春天来了，南向山坡上的积雪开始融化，池塘里的冰块在温暖的阳光照射下渐渐消失不见。这时,索恩和隆回到北面山谷西边的那棵树下,也就是克里克的尸体所在的地方。索恩一直都没说为什么要去那里,隆也一样。因为谁都没必要把显而易见的事情说透:克里克的魂魄就走在前面,它溜进前方的森林里,不时地回头看看他们有没有跟上。索恩就当作没看到,而隆感觉坏腿那里有些发热,这让他十分紧张,似乎如果做不好的话之前的伤痛还会再回来。假如没有索恩在旁边,他一定会掉头朝营地跑去,眼睛一刻不离地面。

索恩一下子就找到了那棵树。克里克的胸骨和颅骨还在那里,其他的骨头散落一地,看起来应该是被春天出来的小食腐动物们挪动的。有些骨头明显不见了,不过话说回来,他们交给乌鸦时克里克并不是一具完整的尸体。

索恩和隆默默地收集着骨头,几乎所有的骨头都被啃啄得干干净净。索恩小心翼翼地把它们摆放在一起,就像平日为了方便拿取而摆放柴火一样。索恩让隆把头骨放在胸腔里。在把头骨和下颌骨放进去之前,隆用头骨碰了碰坏腿,然后在心里默默地说:"谢谢你,克里克。假如你想继续帮助我,就待在这里吧。假如不想,那就到天上去吧,不要再打扰索恩了。"

他们把骨头带到峡谷中海拔最高的一个狭窄的池塘旁边,在岸边最深的地方,索恩把克里克的头骨和下颌骨从胸腔里取了出来,唱起了灵魂自由之歌:

> 当我们死后,
> 我们会飞到天上,
> 在那里一切将重新开始。

隆望着克里克厚厚的眉骨、粗大的前额骨、长长的脑袋,还有磨损厉害的大牙骨，那些牙齿还和生前一样，每次害怕或害羞地微笑时总是从嘴唇里面露出来。看到这些，隆感到一阵强烈的悲痛。那个头骨既是克里克又不是克里克。活着的时候只是多了一身衣服。它其实是一种精神，正如他的魂魄一般，至今还和他们一起在森林里游荡。只是现在它隐藏起来了，对于隆来说这是个大大的解脱，虽然他们知道它就在附近。

索恩闭着眼睛吟唱，然后睁开眼睛，环顾四周。显然，周围除了池塘、树木、狭窄的山谷和天空之外，什么都没有，在那一瞬间，隆看到索恩的肩膀明显松弛了不少。

隆深吸一口气，慢慢吐出来。他的腿突然如蜜蜂一般嗡鸣不已，这时他意识到克里克的灵魂已经钻进自己的身体，就在麻木的脚踝里。他决定给坏腿重新起名为克里克。隆会带着他一直走下去，他希望能和克里克成为好朋友，虽然自己之前曾迫不得已吃过他。这个要求似乎有些过分。不过克里克确实心甘情愿地帮助过他们。自从希瑟把他救活之后，他就愿意为他们出力，所以他还会继续帮助他们。隆以后会弄明白的。

此刻，整个森林里只有索恩和隆。他们小心翼翼地把骨头放到水里，看着它们一块接一块地沉下去，然后唱起告别之歌：

> 我们在你活着的时候爱过你，
> 像你关心我们一样关心着你。
> 我们现在让你好好休息，睡在大地母亲的怀里。
> 只有这样你的灵魂才能得到安息，
> 离开这个世界，在天空中自由自在，
> 我们会永远记住你。

* * * * * *

那一年的七月,埃尔加又怀孕了。他们开始了夏季的长途跋涉之路——经过冰冠山向北到达大草原。这次的徒步之行与一年前被追赶着回家完全不同,现在感觉那次的逃跑就像是一场梦。或者说现在是一场梦,隆总是有这样的感觉。天空那么晴朗,空气那么温暖,雪松鲑鱼河的鲑鱼洄流给了他们足够的食物。等一堆又一堆的鲑鱼被熏制好之后,他们就拖着雪橇上路了,不过每天只会走一两个时辰。短暂的赶路,更好的休息。这里的每道山谷,每处浅滩,每座山口,每个休息站,每个营地,对他来说都是那么熟悉。他们沿着大草原上弯弯曲曲的溪流向北,来到驯鹿峡谷。虽然今年的驯鹿没有前两年多,但他们还是想方设法把它们驱赶到深深的沟壑里,然后日夜忙碌着加工鹿肉。

一天晚上,埃尔加和隆在睡觉前去河边洗漱,他们听到下游传来两只潜鸟的叫声。隆学了一声,潜鸟立刻给了他一个回应。埃尔加也试着叫了一下,犹豫片刻之后,潜鸟也回应了一句。两个人大笑着拥抱在一起,真是幸福极了。什么都比不上潜鸟的叫声。

接下来就到了八月,他们朝节日场地出发。大家都有些不安,不过谁都没有隆紧张,一刻也不离地待在埃尔加身边。她的孕期已经过半。

因此,今年来到这里的心情和过去完全不同。大家都紧紧簇拥在一起,男人站在最前面,孩子们都挤在女人中间。他们都做好了战斗的准备,头发绑成辫子,一般只有在第八天晚上跳舞时才会那样编。男人们的长矛都显露在外,这不是节日里惯常的做法。西斯特、艾拜克斯和索恩领头,霍克、莫斯、无所谓和投矛手走在侧面。当他们走向以前扎营的地方时，对着确证者喊着他们已经到达，需要评判。

他们确实需要确证者的评判。北方人比他们先到达这里，他们的营地在大草地的北端，那里也是他们一直驻扎的地方。那些男人已经看到了狼族部落的人，他们正拿着长矛全速穿过草原。这个时候需要确证者站出来，他们也正迅速地从各个地方集合起来。当然，如此匆忙的行动和喊叫声也吸引了其他人的注意。

那帮北方人正在咆哮：他们在那里！小偷！凶手！我们需要正义的评判！如果得不到我们就把他们统统杀死！

但西斯特表现出不可动摇的坚定和勇敢，他站在部落前面，双手把长矛紧握在胸前，其他的狼族部落男人也一样，做好了战斗的准备。隆的心脏怦怦直跳，几乎要跳到嗓子外面。他就站在埃尔加身旁。

确证者中的大个子们挤到拥挤的人群中间，其中一人要求大家保持安静，节日的规则要求他们必须遵守秩序。现在任何会引起斗殴的争端都被禁止，违反者将被逐出节日草原，还可能永远不许回来。大部分确证者都是来自距离节日草原最近的部落，他们不会容忍任何挑衅和挑战。一旦意识到自己的权威受到了质疑，他们会像癞蛤蟆一样气鼓鼓的，然后像战斗中的狮子一般聚集起来，眼睛注视着四周。就像现在这样，鬃毛竖起，随时准备跳跃和猛扑。看到这样的场面，北方人和狼族部落立刻意识到，即使自己是最愤怒的人，但他们才是最危险的。当然有些愤怒是伪装的，也是必需的。毕竟引起愤怒的事情已经过去了很多个月。

确证者的发言人举起了手，大家立刻安静下来。

"说话。"他重重地说，边说边紧盯着北方人。他们立刻明白"说话"就意味着"只能说话"。

一个建达人站了出来，隆在做俘虏时见过他。再次听到他的声音，隆的胃不由得缩成一团。

有几个确证人能听懂他们的语言，其中一个人把他说的话翻译成大部分人能听懂的南方语言。他的陈述和预想的差不多：三年前的夏天，隆的部落偷走了他们的一个女人。第二年夏天，他们又把她夺回来了，而且还阻止隆把她再次偷走。去年春天，隆部落的人入侵了他们的营地，并在隆的帮助下烧毁了他们一栋房子，还再次把她抢走。那次突袭使得很多人受伤，一个女人和一个孩子还因为烫伤而死去，他们的大房子也因此被毁掉。

"三年前的夏天，那个女人自己找到我们的，"等翻译说完之后，西斯特开始发言，"她从来都不是北方部落的人，她甚至都不说他们的话。她来自东方，在节日中自愿加入我们部落。你们也都看到了。她嫁给了我们的人，成为我们的一员。后来那些北方人把她偷走了。再后来我们又把她夺了回来。我们只是做了应该做的事情。有人因此而受伤，我们也很遗憾，但不是我们先挑起的。"

听完他的话，建达人开始吼叫起来。西斯特不停地进行激烈的反驳。一支支长矛随着越来越响的辱骂声不停地晃动。看到这样的场面，确证者们的情绪更加激动，他们把粗重的棍子举过头顶，准备开战。他们的发言人又一次举起了手，过了好一会儿声音才慢慢平息下来。

埃尔加突然走上前，站到索恩和西斯特中间，她手里紧拉着小幸运。隆立刻跟上去站在她身后。

"我来自东方。"她大声宣告着。

  我来自东部群山另一侧的一个部落。
  我们部落大多数人在一次春季洪水中死去，
  剩下的人只好去投奔我们的兄弟，

他们结婚后到了西面的马族部落。

他们收留了我们,并带我们来参加这个节日。

那些北方人听说了这个消息,把我抓走了。

一段时间之后,我逃了出来,

回到这里,加入狼族部落。

狼族部落的女眷接纳了我,

我嫁给了这个男人,隆,还有了他的孩子。

第二年夏天,北方人再次把我偷走。

我变成了他们的奴隶,受到种种虐待。

他们豢养狼进行捕猎,

也许正是这一点让他们想到让人来当奴隶,

他们根本不把那些奴隶当人看。

但是我要说的是,那些俘虏奴隶的人,

他们自己才不是真正的人。

我永远都不会回去。如果你们逼我,

我宁愿自杀。

我丈夫和族人来救我的时候造成一些人受伤,

我很抱歉,

但一切都是他们自己的错。

是他们先挑起的争端。

所以,我要说的是,

他们根本不配得到一切。

说最后几句话的时候,她的声音变得哽咽而愤怒,在场的人都被吓了一跳。隆和狼族的其他人也惊呆了,他们瞪着眼睛,张着嘴巴。他们从未见过埃尔加说这么多的话,不过现在正是时候。平日她总是躲在一旁,但现在她选择勇敢面对。埃尔加看着周围的人群，所有人的目光都在她身上。她赢了。

当然，北方人也有自己的说法。他们对她的话提出质疑，并强调不仅有人受伤，重要的是一个孩子被烫伤致死，后来又死了一个女人。整栋房子被烧毁，还有东西被偷走，等等。即使没有翻译，大家也明白他们的意思。现在看来，这两种语言相通的地方远比人们预想的要多。

西斯特完全不承认他们的说法，但他只会不停地侮辱和咒骂。随后艾拜克斯也加入进来，这引起了北方人的愤怒，连那些确证者也很不高兴地转向西斯特和艾拜克斯。狼族中的年轻人没有和西斯特他们一起喊叫，而是让头领站在前面，这样一来北方人更是喋喋不休地咒骂着，而西斯特也变得更加狂暴和愤怒。

最后，索恩挤到西斯特和埃尔加前面，他举起一只手，手里拿的正是隆做的新雪地鞋。当声音渐渐平息之后，他开口说：

> 是我把我的族人从这些绑匪手里抢走的。
> 我就像走进海狸窝的水獭一般，
> 只有造成一些破坏我们才能得以逃脱。
> 他们抓走的那个人是我的徒弟，
> 他是一个即将成为通灵师的年轻人，
> 非常擅长绘画。
> 他的妻子从别处来到我们这里，
> 也许是北方人那里，
> 我不知道，但这不重要。
> 她现在是我们的人，这是她自己的选择，
> 我们也接纳了她。
> 所以我们并没有做错什么。
> 但是，你们听我说，

看在八八节的分上，
我们愿意给予一定的补偿，
我们补偿的是我们营救她时造成的损失。
我们从北方人那里偷走了四双雪地鞋，
现在我们愿意还给他们，
以此弥补他们的损失。
还有，我们还的是更好的雪地鞋，
可以说是这个世界上最好的。
北方人做不出这么好的鞋子，
即使他们知道怎么做，
但他们那块冰冻的土地上也没有合适的树木。
所以他们应该很高兴，一切都应该到此为止，
永远结束，不再争论，
不要因为没有达到要求而像婴儿一样哭哭啼啼。
不！不！不！（大声说）做错事情之后就要改正，
就像所有知道如何和平共处的部落一样，
所以就这样结束吧，就这样。

  索恩最后说的那部分正中确证者们的下怀。当索恩把雪地鞋递给他们交给北方人时，他们非常高兴。隆和其他狼族人把另外几双鞋子也传了上来，每双都用红皮绳从下面捆在一起。隆发现自己像在狩猎的关键时刻一般屏住了呼吸，他只能逼迫自己正常地呼吸起来。

  看到索恩和他的部落带来了补偿的东西，确证者和其他人都很满意，那些北方人虽然不高兴，但他们的眼睛也不由自主地紧盯着确证者举在半空的鞋子。他们简短地商量了一下，他们的头头好像在安抚那几个暴怒的人，希望他们能满意。商量结束之

后，他们低声和翻译者说了几句，那些人点点头，又彼此讨论了一下，发言人也靠了过去，听了一会之后，满意地点点头，然后和助手们把四双鞋子举在头顶，向北方人走去，正式递交给他们。接着，确证者发言人举起双手，掌心向外，原地旋转之后向人群送上祝福。

"这件事情已经解决，"他大声宣布，"我在这里警告大家，不许再为此事争吵。否则将被永远逐出此地。"

"埃尔加是我们的！"站在狼族人中间的希瑟大声补充一句。

"是的，"发言人说，眼睛紧盯着北方人，"那个女人埃尔加属于狼族部落，你们都要记住！"

人群中爆发出一阵阵欢呼和号叫，不久之后便散去。最后还有不少人站在广阔的草地中间，他们进行交易或跳舞。一想到刚才用语言平息了一场争斗，他们都觉得很高兴。每个人都知道，部落间的争斗会导致很多人受伤，甚至死亡，而且斗争会持续很多年。但这一次没有。这场争端会成为人们在未来的一段时间里的谈资，也算是一种别样的乐趣。不过现在最重要的是忘掉它，开始跳舞吧。

于是八八节和往常一样继续下去。狼族人也比过去更加紧密地团结在一起。埃尔加一直没有离开营地，隆也一刻不离地跟在她旁边，对他们来说，这个八八节过得无比压抑。每个人都避开建达人，建达人也尽量离他们的营地远远的。没有人打架。即使那些想打架的年轻人也不会在那里动手。最后，建达人在两个早晨后离开，既没有道歉也不接受道歉。

所以一切还算顺利。不过当隆在营地里悄悄地跟希瑟说这些话时，希瑟皱了皱眉头。

"我们应该庆幸有你的通灵师师父在，"她说，"因为虽然他很坏，但他不像西斯特那么蠢。"

"什么意思？"

"调解和讲和本来是西斯特的任务，但他的做法只会火上浇油。索恩不得不站出来解救他。西斯特越来越向桑达和布鲁杰看齐，越来越蠢。让这样的笨蛋当首领是件极其危险的事情。他根本就不行，艾拜克斯就更差了，而现在霍克又让他变得紧张起来，所以更不如从前。"

"霍克？"

希瑟目不转睛地看着隆。"这是这个部落头上的一个诅咒，"她转过身对着右手自言自语地说，"所有的男人都是笨蛋，除了坏蛋。他就是那个坏蛋。"

"我不明白你的意思。"隆说。

"我知道。"

在剩下的节日时间里，埃尔加总是取笑隆老黏着自己，小幸运也一样。埃尔加把一条长长的马毛围巾围在他们三个的脖子上，以表示永不分开。他们总是一起散步。有时候隆会觉得松了一口气，但有时候又会被恐惧紧紧攫住，两种感情交织在一起让他心神不安，就像喝醉酒一般，其实他连一点麦芽浆都未沾。一群又一群衣着华丽的人路过他们的营地，火光外的一切都变得模糊起来，就像是梦中的侧影。隆看着巨大的篝火，玩火人香囊里喷出来的彩色焰火，火光周围跳舞的人们，头顶上的星星，一切仿佛都是彩色的火焰做成的一幅幅画面，一刻接一刻地在火光中闪烁。隆抓着绕着他和埃尔加脖子的围巾，感觉到她正像个孩子般不停地拉扯着自己，这时他才意识到自己不是在做梦。那围在脖子上的围巾，太真实了。

最后一天早晨，隆和埃尔加、小幸运走到草原河流宽阔的沙滩边,一群人正在那里制作鸟瞰图。这是年龄稍长的男人们参加的节日游戏。他们漂泊过的地方越多,做得就越好,也越有兴致。这也是云游者的游戏。周围站着不少人,大约有四十人,包括男人和几个年长的妇人,他们正饶有兴致地看着那些认真的参赛者。

参赛者们踮着脚尖蹲在作品边缘,他们伸长胳膊慢慢地把沙子抚平,一点点做成他们认为从天上看下来应该有的样子,当然是缩小成一定的比例。他们描绘的区域有的非常大,从节日场地和驯鹿大草原一直延伸到南面起伏的山脉,向西直到大盐海。也有一些比较小的。风格迥异,隆觉得就像是壁画中有勾勒和细节的画一样:有些地方仅仅用手和棍子塑造成土地的大致形状,可以形容成剥去了肉的土地。而有的用苔藓作草原,树枝当森林,把鹅卵石放在沙子中间充作波光粼粼的水面,甚至还有一些玩具动物、房子和人,应该都是营地里孩子们的玩具。还有人用装在袋子里的雪代表中部高地上的冰冠山,一个老妇人说,即使是北方的大冰墙,到了这里也只有脚踝那么高。

看到这样小小的世界真是有趣,仿佛自己变成了盘旋在高空的苍鹰。一些装饰过的地方非常漂亮,不过制作者们讨论的重点是它们的准确度。他们用长树枝指出各自的特点,还要陈述相关的云游故事,接着大家开始讨论就这片土地而言一天能走多少路,不过这个讨论很难有最终的答案。他们已经大体上或者说按比例把这个广袤的世界中的绝大部分缩小成三大步的距离。不过他们中的大多数人都对这种讨论乐此不疲,边说边指着沙子砌成的山和分水岭:我去过你标记的这个浅浅的山谷,它实际上很深,我用了整个十二月份才穿过去,太阳从未高过南面的山脊,所以你要把它挖深一点。——也许你说得对,那我再向下挖一点。

诸如此类。比赛结束时,他们都会选出自己最喜欢的一个,还要宣布哪一个最好。获胜者将获得一桶麦芽浆和一次炫耀的好机会。之后，制作者和围观者全部站在鸟瞰图的边缘，一起跳向那些小小的世界里，把它们踩成一团乱沙，比驯鹿渡口的烂泥还要糟糕。神毁灭了世界。但这又是最妙的舞蹈，大家又叫又笑，又踢又跳，感觉无上荣耀。

不过对隆来说，八八节结束的那一天他才真正放松下来，他们拖着干肉和新货，穿过环形山谷回到自己的家。

秋天，我们吃到鸟儿离开，
在月光下翩翩起舞。

隆开始觉得自己的生活变得真实起来。自从漫游以来，他总是有种不真实感。好像他在漫游的某个瞬间进到了另一个世界，再也没有出来过。又像是进入到梦中，再也没有醒过来。有的人确实会这样，索恩曾讲过这样的故事，隆对此深信不疑。因为他曾经历过，那时他还小，妈妈刚刚去世。再后来就是漫游之后。

现在，他再次回来了。他觉得自己走进了一个不同的梦境里，不过这一次，他的心慢慢放松下来，笑的时候也不会再哽咽。埃尔加坐在火堆旁，看起来比其他女人壮实不少。这个秋天她长了不少肉，肚子里的孩子也慢慢长大，马上就要出生；她依旧不太爱说话，鹅卵石一般的眼睛总是在一旁观察着；她喜欢坐在那里，倾听其他女人说话，耐心地点点头，提几个问题以让她们继续说下去；那些问题虽然带着疑惑，不过隆发现她在和其他人交谈时眼睛一直看着小幸运，或者望着远处的地平线，然后简单来一句："但为什么呢？"她可以让其他女孩不停地说下去，而自己却专注于聊天之外的其他东西。她可以同时做几件事情。毫无疑问，她比过去更坚强。不过她依然对隆情深意切，这一点隆可以从她看自己的眼神里、从她的手中、从她夜晚亲吻自己的方式中看出来。她似乎在感谢他拯救了自己，不过隆觉得自己不配接受她的感谢，因为那时的他不得不解救自己，而且最后还是埃尔加把他拖回来的。

埃尔加也非常感谢索恩，她也是用行动来表达。她总是帮他把东西拿到火堆旁、河边或者床边：一勺勺的汤，针，鸟皮，水桶，一块块猎物，等等。隆也会这样做，不过他发现索恩明显更喜欢埃尔加的感谢，他把隆的帮助看作理所当然。隆也不在乎，不管怎样，他都应该这样做。索恩拯救了他们，而且隆即将成为部落的下一任通灵师，他需要索恩教授自己本领。这和他漫游回来后的感觉完全相反，但也再次让他觉得自己进入到另一个不同的世界。至于索恩，对比希瑟对他没完没了的刺激，索恩一定很高兴埃尔加对自己那么好。身边有一个甜美善良的女人真是不一样，而且还是一个怀着孩子的年轻女人。

另外，埃尔加似乎从来没想过克里克的事情。她没有看到克里克的魂魄，或者说即使看到她也会假装看不到。她甚至拒绝去看被克里克纠缠的索恩，或者深陷其中的隆。她从来不提及过去，索恩很喜欢她这一点。

因为对索恩来说，过去并未真的过去。隆能看出这一点。那是一个索恩随时可能跌入的梦境，即使是在完全清醒的时候。安葬了克里克的尸骨之后，他的魂魄再也没有在火光边缘出现过。他也不在坏腿里，这一点隆很确定，因为他走动的时候不再感觉到疼痛，也没有蜜蜂般嗡嗡的声音。对他来说，没有疼痛是一种新鲜的感受，甚至算是个奇迹。他觉得这代表克里克的魂魄对自己的安葬很满意。索恩应该也看得出来，不过，每到深夜时他依然非常警惕，两只眼睛紧盯着火堆，很少会向旁边或外面望去。即使望向火光边摇曳的树影时，那张脸也不再变得像木头面具一样。

直到有一天,霍克带回一块他在奎克山口发现的鹿角碎片,他把碎片递给隆,索恩也在旁边。看到它的瞬间,隆立刻抓到手里,避免让索恩看到。可惜这个动作引起了索恩的注意,在他藏到拳头里之前索恩就看见了:它的形状很像克里克被他们吃到腿之后的样子,一头是被割掉的大腿,一头是长长的脑袋。虽然只是个粗略的样子,但是非常明显。而且索恩也意识到这一点。他的嘴角立刻绷得紧紧的。克里克的魂魄再次向他问好。

隆把鹿角碎片拿走了,而且拒绝去看那些可以分辨颈部和胯部的小切口,因为在他眼里,它们最后都会变成克里克的形状。他用自己的刀片把那块鹿角碎片切开,做成针送给埃尔加、希瑟和萨杰。仅此而已。

现在可以说,克里克的魂魄就在他们中间,在那些缝好的衣服里,有时候还会扎到大拇指上。隆这才意识到应该把碎片扔在森林里,或者把它和克里克的骨头一起放到池塘里,然后唱着合适的安葬歌曲。他现在还没有多少和鬼魂打交道的经验,所以不了解它们的微妙之处。

索恩很了解它们,他已经和它们打了几十年的交道。当隆匆匆地把鹿角拿走时,索恩脸上的表情似乎在告诉他,一旦魂魄想来找你,你是没有任何办法可以躲开的。你可以尽自己所能地安抚它,但是它最终还是会如愿以偿。

所以索恩只能低下头,和往常一样保持平静。他依旧专心细致地照顾着病人,虽然拘谨冷淡,却十分尽力。怕火者开始呕吐,他便在一边仔细听着他的呼吸,然后再和希瑟商量他的治疗方案。他对希瑟的态度和对待怕火者一样。他小心翼翼地对待所有的仪式,在年鉴上完美地刻画出每个月份,说着老笑话,每天早上给孩子们唱歌、猜谜。

所有这些不同寻常的表现,就好像埃尔加要生孩子、小幸运在脚边玩耍一般正常,索恩似乎也很满足。然而某天晚上,当火堆熄灭之后,他朝床边走去。突然间他大叫一声,向后退去。隆看到之后忍不住问道:"怎么了?"

索恩没有回答。他向后退着,伸出双手,眼睛紧盯着自己的空床。隆瞟了一下,他不想看到什么。不过他看到索恩的床是空的,但显然索恩看到了什么。隆伸了伸坏腿,什么都没有,克里克不在里面。

隆不知道该怎么办。他从没听说过这种情况,也不清楚索恩可能需要自己做什么。嗯,也许索恩只想让他置身事外。但也许索恩应该对克里克说点什么,或者他可以做点什么……

然而,此时的索恩看起来完全不知所措,嘴唇耷拉得像浮出水面的鱼,一张一合,无声地说着什么。隆从未见过他这样惊慌过。

最后索恩终于回过神来,慢慢挺直身子,长长地叹了一口气。他拍了拍自己的手背,就像对待那些挡路的小孩子一样。"怎么办?"他低声抱怨道,"我应该怎么做?求你告诉我,我一定照办。"

索恩在那里站了很久很久。最后他回到火堆旁。在他回来前隆就睡着了,他没有梦到克里克,也没有感到刺痛。

那年冬天,人们开始议论索恩失去了运气。他们不知道克里克的事情,也没有在营地周围见过克里克,但他们都看到了索恩身上的变化,开始议论纷纷。当然不是当他的面,但他有时也会听到一些。这时他只是转过头,或者对自己点点头。猎人们常常会说失去运气的事,一旦遇到你只有一条路,那就是勇敢面对纳苏克。还有,告诉你的朋友们,让他们暂时在前面帮助你,等过一段时间,也许会发生些什么,你的运气又回来了。

但通灵师却不一样。他们要冒险进入梦境,飞到天空之上,或进入动物和大地母亲体内。他们可以走进灵魂世界,灵魂也可以走进他们。这显然是需要运气,或者是类似运气的某种东西才能做到。一旦失去运气,不仅通灵师会变得很辛苦,甚至整个部落都可能受到影响。大家都不希望看到这一点,所以一段时间之后,所有人都被禁止谈论这件事。

一个寒冷的冬夜,狼族部落迎来了一个新生命。一个女孩,属于鲑鱼族。男人们围坐在火堆旁,轮流抽着索恩的烟斗。老人唱了一长段天鹅妻子的故事,还被自己的笑话逗得哈哈大笑,他轻轻地拍了一下隆表示祝贺,比以往任何时候都显得亲切。

现在,隆的大部分时间都在帮索恩做事。空闲的时候,他会用在节日上换来的鹿角或猛犸象牙雕刻人像。其中一些是给女儿的玩具。看到它们时埃尔加很高兴,不过她被新生儿缠得疲惫不堪,也为女人之间的琐事心烦意乱。

"一切都还好吗?"看到她的愁容隆问道。

"不太好,"她总是这样回答,"不过都是女人之间的琐事。桑达和布鲁杰开始意识到没有人喜欢她们了,实际上大家从没有喜欢过她俩,但她们觉得是因为我大家才改变的。就是这样。现在对她们来说已经太晚。所以她俩很生气,有时还故意把事情搞砸希望以此扭转局面。这样做肯定没用。但我们必须找到解决问题的办法。你不要担心,你照顾好索恩就行了。"

"我会的。"

在把雕好的小雕像拿去给宝宝之前,他总会先拿到索恩面前,听听他的意见。还有厄伯山谷上的壁画,河边岩石上的木炭画也是如此,他总是让索恩过去看看。索恩会和他一起去河边,到了之后，隆从结冰的河面上走到对岸继续干活，不停地刻画出一只又一只动物。

索恩会生一堆火，然后坐在一旁，饶有兴致地看着隆的作品。这些日子，每次回到营地之后，他总是拿出一块光滑的大石板和一根掺着蜂蜡的地血棒交给隆，让他勾勒出自己说到的动物和姿势：

——鬣狗正在回头看你。

——从后面看的野山羊角。

——从正前方看的野山羊角。

——悠闲的马鹿。

——陷到泥里的犀牛宝宝。

——捕猎中的母狮子。哦，非常好，眼神很到位，就是只有一个点和一道泪痕。

——试着画一匹种马抬头来威胁它的对手。啊，非常好，你越来越擅长画马了。

隆不知道这些和平日完全不同的评论到底是什么意思，但他只是把上面的画擦去，等待下一个指示，"漂亮的马群。"他说。

"好的。"

只有霍克、莫斯和西斯特、艾拜克斯发生争吵的时候，他们才会走过去旁观。这也被看成索恩失去运气的一种表现。如果是一个令人敬畏的通灵师，人们会在他面前表现得更好。但不管怎样，一切都有可能发生。一个原因是因为西斯特一直负责管理食物，从冬季的储藏到晚餐，除了桑达和布鲁杰，其他女眷对此都很不满意。另一个原因是族人们冬天吃的肉大部分都是霍克和他的朋友们带回来的。希瑟说，最重要的是因为他们俩一直都不喜欢对方，从霍克小时候西斯特照顾他时就是这样。

他们不停地相互攻击，砰，砰，砰，火光四溅。西斯特坐在火堆旁闻着麦芽浆，霍克满身鲜血地回到营地，脖子上挂着羚羊臀部，几只蹄子耷拉在胸前，鼓鼓囊囊的肩膀让他看起来很像一头野牛。当经过西斯特身旁时，他会把头探向他，似乎在告诉一个女人让她臣服自己。西斯特看到之后，猛然站起来，眼睛差点被羊蹄踢到。他把羊蹄扫到一边，虽然霍克已经向后退了一步，但这样一拨使得另一只蹄子踢到他的脸上。这时霍克假装是一场意外，然后大笑起来。西斯特勃然大怒，霍克立刻把羚羊的屁股和腿从肩上拿下来，向前伸着，似乎在保护自己。脸涨得通红的西斯特不停地骂着，霍克朝他挥舞着羊蹄，像公牛命令母牛一般："让一让，老家伙。我只是想从火堆旁走到切肉的石头边，不知道你为什么要对我跳起来！"

这时，西斯特只能皱着眉头，跺着脚走到柴堆旁。

类似的事情数不胜数，单调乏味。这些玩笑都太尖锐了。目前整个部落共有六十个人。拉客麦什说自己可能又怀孕了，而布鲁杰和达奇也怀孕了。从很多方面来看，部落的发展还是很好的。那年春天，他们没怎么挨饿，看起来他们也会安然无恙地度过下一个春天。这种情况似乎会一年年持续下去。那为什么会如此紧张呢？难道仅仅是因为掌管部落权力的男人和想当首领的男人之间的矛盾吗？年轻一代追赶上老的一代，老的一代开始反击？部落必须要有首领吗？很多没有首领的部落似乎也过得不错。男人做着分内之事，女眷们在滔滔不绝的谈话中不紧不慢地决定着家族和部落的事情，一切都很好。在那样的部落里生活也不错。隆深刻怀疑霍克是不是也喜欢那样。但他知道莫斯一定喜欢。这种事情无须希瑟的帮助他就能知道，他一直都在看着，因为他们是从小一起长大的伙伴。

一天，隆走到奥尔德查和乌尔德查交会的地方，看到两只犀牛在雪地上打架。他退到一棵树后面，看了看四周，然后静静地看着它们。这两头犀牛矮胖矮胖的，身上的毛发又长又厚，黑色的背部，下面两侧积了一层雪。它们长相很滑稽，就像是森林里的树人，一根危险的长角像是长在鼻子上的长矛。这是它们的武器。它们很少会相互啃咬，而是晃动着脑袋向对方冲去，有时还会被撞得摇晃着向后退。长角根部的皮肤被戳得血流不止。如果从侧面快速地猛冲过来可能会刺中对方的喉咙，或者刺穿对方眼睛。所以一场统治权的争夺斗争随时会演变成生死之战。几乎所有犀牛的头上都有疤痕。

眼前的这两头正迎面相对，呼哧呼哧地喘着粗气。它们的打斗应该持续了一段时间，身上溅得到处是血，脚下的雪也染成了红色。它们瞪着圆圆的小眼睛看着对方，等待时机出手。估计即使隆在它们中间跳舞，它们也看不到他。

和往常一样，它们的两只角紧紧顶在一起，那节奏就像跳舞一般。隆不由得想，它们俩必须得配合起来才能完成这场打斗。哐当哐当的声音就像两根又大又粗、没有树皮的树枝相互碰撞到一起，不过更为空洞一些。

这时，一只犀牛突然把脑袋扭向左边，另一只转身迎上，第一只立刻把角伸到下面，然后用力向上挑起，另一只看到之后迅速跳向后面躲开。说时迟那时快，只见第一只猛冲过来，以极快的速度左右开打，重重地甩在另一只的脑袋上。受到重创的犀牛只能一边哀嚎一边转身，撒开蹄子拼命逃跑。只要愿意，胜利者可以跟在后面，用角狠狠地戳着战败者的屁股。但此时，那只胜利的犀牛只是直挺挺地站在血淋淋的雪地上，轻蔑地抬起鼻子嗅了嗅，然后张开嘴巴发出一声低沉的吼叫。

一天，隆和霍克、莫斯、无所谓还有投矛手去打猎，索恩也跟着一起。虽然索恩年纪大了，但力气已经恢复，所以完全跟得上这些年轻人。当然，除了最后的冲刺跑。

他们先爬上洛厄厄伯，然后穿过广阔的沼泽地向北。和朋友们一起艰苦跋涉真是太有意思了。他们上山，下山，加速前行，直到黎明。他的左腿还有些僵硬，里面有点麻木，似乎在提醒隆不该进行这样的尝试，遇到难题时也会时常暗示他必须依靠好腿来负重：不过不疼。啊，能参加黎明狩猎真是自豪！

他们打算穿过高原向西走，沿着边缘地带走到北峡谷的顶峰，然后从斗壁向下走，直到冰雀山中间裂缝下面的草原，一群野牛似乎在那里过冬。如果他们能在野牛经过前赶到巨人燧石山，就能轻松地掷中几头。自从去年秋天之后，他们就没有去过那里。

那是一个寒冷的冬末的黎明，山谷里到处都是雾蒙蒙的。火器山一直绵延到西方的地平线，看起来也是朦朦胧胧的。天色渐渐变灰，接着又泛着淡蓝色的光芒。北峡谷上面的草地上空无一人，只有几只白色的雪兔若隐若现，它们紧张地看着四周，鼻孔不停地抽动。它们很难被长矛刺中，不过猎人们还是尝试着从上面掷出武器，大家一起出手，刹那间，长长的长矛像雨点一般落到草地上。一只奔跑中的兔子碰巧被钉在了地上。等他们下来时它已经死了。是隆的矛。"谢谢你！"隆对着兔子说，又亲了亲它的额头。他把兔子装进袋子里，又把袋子挂到后面的皮带上。这只兔子将陪伴他度过接下来的一整天，鼓励他更快更好。虽然会有些气味，但对大部分动物来说，他们本身的味道已经够明显了，所以没什么影响。如果晚上不回去的话，他们可以直接把它吃掉。

他们沿着北山最高处一条蜿蜒的小路一直向下，那是之前踩出来的小道。通过比他们还要高的岩石间的缺口,一直走到巨人燧石山下。他们在暗处等待着,看看风从哪里吹来。

燧石山实际上是一个巨大的石堆,几乎没什么小石头。上面裸露的石壁正好垂到下面的斜坡上,坡度根据岩石的大小而变化,最大的石块落得最远。有一些房子大小的岩石一直滚落到草地上,把草地压出了一个大坑。

其中一块巨石的顶部有一个锯齿状边缘的凹槽,似乎是特意想让人躲在里面。他们踩着石块,慢慢爬到最上面的那块石头上。凹槽底部非常大,足够装下他们所有人。他们轮流去瞭望点观察草原的前端。山谷两边的岩壁非常陡峭,上面稀疏地长着几簇灌木丛。风从山坡吹向谷底,是典型的山风,所以如果有动物从山谷下来,也闻不到人类或死兔子的味道。虽然阴凉处很冷,但白天还算暖和。水流在冰面下缓缓流淌,正哗哗地流向远方,不过流水声主要是从溪流出口那儿传来的。

霍克先去值守,没多久他就嘘了一声,大家立刻安静下来,迅速挤到他旁边,希望亲眼看一看。

野牛已经来了。只有一小群,九头母野牛跟在领头的公牛后面。由于还在冬天,它们的毛发蓬松杂乱,看起来十分憔悴。和公牛相比,母牛的身材比例要好一些,因为它们没有那么大的脑袋。和往常一样,这些美丽的动物披着棕褐色的皮毛,颜色比狮子略深一些,而头部几乎接近黑色。它们一边咀嚼着反刍的食物,一边慢慢向前挪步。阳光照在它们身上闪闪发亮。它们仿佛是来自另一个更为笨拙的世界,漂浮在这片白茫茫的雪地上,仿佛是梦境中的动物行走在清醒的世界里。

几只小鸟落在其中三头的屁股上,它们正耐心地在野牛皮毛里翻来覆去地寻找蝇蛆。他们都知道这种蛆虫味道非常不错。一想到这儿,隆就忍不住地流下了口水。

不过野牛似乎意识到有人在附近。它们的尾巴直直竖起，有的在拉屎，有的在排出浓稠的尿液。在清晨的阳光下，一道道黄色弧线向外冒着热气。这些看起来威严的动物眼睛和耳朵不太好使，但鼻子非常灵敏。一般情况下，只要人类向它们靠近，它们就能立刻知道。正是基于这个原因，所以它们不太容易被捕捉到。

现在就是这种情况。它们一直待在远离石堆的草地另一侧。不过即使在那里，他们的长矛也能投得到，那差不多是他们能扔到的最远距离。现在看来，能否击中就看运气如何了。

索恩低声问道："要不要试一下？"

霍克点点头。他们悄悄地把长矛头卡在投矛器末端的旋钮上，然后又费了好大劲排好队列，以防阻挡彼此的投掷。

"注意，投矛器不要碰到别人。"索恩小声地叮嘱道。他们检查了一下彼此之间的距离，然后互相点点头：他们不会彼此碰到，也不会碰到下面的石头。准备投掷。他们像准备跳跃的猫一般，前后移动着脚步，找准时机扔出。接着，霍克低声说道："大家瞄准前面的公牛，预备——开始——投！"瞬间，几支长矛悄无声息地掷了出去。当长矛从空中掠过时，大部分野牛都撒开蹄子跑开了，不过有两支射中了那头大公牛，猎人们不停地喊着"太好了！"或者——"哈哈！"或者——"谢谢你！"

然而这个时候，索恩却用右手托着自己的腰。"真疼，"他困惑地说，"我一定是投的时候太用力了，肌肉拉伤了。"

"真是太遗憾了。"其他几个人说。

大部分野牛已经跑到了草原出口的最前面，它们回头看着那头大公牛，不安地跺着脚。而它正垂着头，犹豫不决地向前走，似乎在想自己能做些什么，鲜血慢慢地从嘴里流出来。猎人们又大喊一声："太好了！"应该是其中一支或者两支长矛从肋骨间刺中了肺部。这也预示着公牛生命即将结束。几个人相互拍了拍肩膀，继续密切观察着。

他们手里还拿着短矛。现在的任务是从巨石上下去，跟在那只受伤的公牛后面，再向它的肋骨和内脏多刺几下。其中一下刺进了心脏，那头大野兽呻吟一声跪在地上，然后倒向一边。

接下来需要辛苦地忙上一天，剥皮，把身体分成四份，把后腿去骨，全部收拾好再带回家。索恩生起一堆火，他们把肝脏肾脏吃掉，这是猎人们在捕猎之后经常吃的午餐，也算是劳累之后的犒赏。不过这个时候他们必须提防狮子和鬣狗。一群乌鸦已经在他们头顶盘旋，很快就会有其他动物赶来。所以他们必须尽快把野牛肉切碎。不过大家的情绪都很好，除了索恩。他一直沉默着。

"你还好吗？"隆问道。

"我不知道。我一定是拉伤哪里了。"

* * * * * *

索恩一直在找克里克，但再也没见过他。隆打算拿另一块鹿角碎片雕刻成克里克的样子，然后轻轻地放到他们安葬克里克的那个池塘里。不过，他又担心这样做会打扰他尸骨的安宁，会让他不高兴。而且，一想到克里克的头骨和那些熟悉的牙齿在水里抬头看着自己，那感觉也很糟糕。那怎么让克里克的魂魄离开这里……他肯定能做些什么。假如这样……假如那样……他经常在脑子里做出无数个假设，但最后都被克里克头骨在水里望着他的画面所排除。不要去那里，想想其他地方！

所以还是要和索恩保持点距离的好。

他们平安度过了冬天，又几乎没有挨饿地度过了春天。不过冬天的一段时间里，隆发现索恩再也没有投掷过，也一直避免把右手举过肩膀。在饥饿的春季，他变得比其他人更为瘦削，看起来就像一个老迈的黑蛇头，脖子和耳朵后面几缕头发中露出几颗狮子的尖牙。他似乎正透过隔在他和其他人中间的某种东西来向外凝视着大家。他望着埃尔加和新生儿，还有火堆旁的小幸运，脸上带着非常古怪的表情。

一天下午，太阳落山前，皮普勒特来到营地里，和他一起的还有石英，他是西边狮族部落的通灵师。他们高喊着走进营地，还给所有人都带了礼物。石英唱了一首歌，而女眷们像往常一样簇拥在皮普周围。不过皮普径直穿过她们走到隆身边，给了他一个大大的拥抱，然后看着他说："能在这里看到你真的很高兴。我很抱歉那晚你被抓走了，我听到他们抓你的声音，然后我在他们没看到之前躲了起来，后来我什么也做不了，只好跟在你们后面走了一段时间。再后来我告诉了索恩，我相信他应该已经告诉你了。"

"是的，"隆说，"没关系。我猜也是这样。"

皮普点点头："只要能回来那就最好。"

"我们成功回来了。"说这话时，隆觉得有些不安，好像自己在撒谎似的。

那天晚上，大家围坐在火堆旁，听皮普讲述自己的云游故事。石英讲的是山洞里野牛人的故事，那是索恩最喜欢的故事之一。讲完之后，他和索恩拿着一桶麦芽浆退到火堆边，一直聊到深夜。隆也走过来坐了一会，索恩正在和石英商量该轮到谁去山洞里绘制壁画。春天是狮族，秋天是狼族。这也就意味着狼族必须解决洞穴熊要回到洞里冬眠的难题。

"我们会给你们留一面干净的墙。"石英说。

"很好。"索恩说。

隆突然想到,索恩可能要用左手画画了,除非站在凳子上。

"你打算画什么?"石英问道。

"我想应该画马,"索恩说,"你们呢?"

"我们在商量画山羊和猛犸,"这时石英抬头看到了隆,他非常礼貌地问道,"你呢?如果索恩让你画的话?"

"不久前我看到两头犀牛在打架,"隆说,"我打算试着画一下。"

那天晚上,当索恩走到床角时,又一次愣住了。

"我不想再看到你。"他低声抱怨着,接着是一些隆听不懂的话。站了一会之后,索恩举着双手走进自己的小窝,一屁股坐在床上,"放过我吧,"他的声音低到隆只能勉强听到,"你告诉我,我还需要做什么,我会照做的。我能给你的就这些,看看它们,放过我吧。"

不过克里克并没有被他说服。索恩还是经常看到它,通常是在每天回床睡觉的时候。

他的肋骨里面也一直在疼。有时候正说着话他会猛地抽搐一下,或者走路的时候突然停下来,疼得发出嘶嘶声。还有一次在森林里,他以为周围没人,隆看到他停下来坐在地上。

他甚至为此去求助于希瑟。隆正好在那里帮忙。看到隆时,索恩皱了皱眉头,然后坐下来让希瑟帮自己看看。希瑟让他把皮袍脱掉,她用手指摸着他的身体,然后把耳朵贴到他的背部、胸前和嘴边,闻了闻他的呼吸和皮肤,又摸了摸他的脉搏。接着又让他转动胳膊,她看到索恩抽搐了一下。和隆看到的一样,索恩没办法把右胳膊举过头顶。

检查结束之后，希瑟爬到药柜上，在一排排的药袋里翻寻着。"我不知道。"说这话时她没有去看索恩。

他们旁边只有隆。索恩瞥了他一样，然后说："过来，告诉我，告诉我你不知道什么。"

她哼了一声："我什么都不知道。就像你一直跟我说的一样。"

"好吧，那就是真的，是不是？"

"是的，给你。"她把一个小袋子递给索恩，"它能缓解疼痛。通过烟斗吸进去。"

"但如果是肺呢？"

"吸一点点没什么关系。"

索恩长吸了一口气，狠狠地瞪着希瑟，他不喜欢希瑟的建议，这不是他想听到的。他噘着嘴巴号叫了一声。希瑟回瞪着他。隆觉得尽管他病了，但他们俩还是不能好好地相处一会。

从那之后，索恩不再理会希瑟和其他人，照常过自己的日子。他经常出去捡柴火，或者采集通灵师需要的药草和蘑菇。他每天起来第一件事就是抽烟斗。坐在火堆旁时，他会看着埃尔加、小幸运和小宝宝。还有，他的眼睛会一直盯着某个东西，不去环顾四周。隆猜想索恩一定是看到克里克一整天都在跟着自己。这样的日子持续了一段时间，有时候索恩连旁边都不愿意多看一眼，这说明克里克就坐在他身旁，而他也不像以前那样介怀。他不看不是因为害怕，而是一种礼貌。

索恩开始称小宝宝为小燕雀，因为她很机灵，动作也很敏捷。每当埃尔加和隆去干活时，索恩都会坐在那里看着小燕雀和小幸运。当被太阳灼晒的积雪融化之后，他会心情愉悦地继续自己的寻宝之旅。"既然已经发生了，"一次索恩和隆站在河边，看着河水在夕阳下翻腾时，他说，"你只有无能为力地看着。"

再后来，一天早上，索恩正把柴放到火堆里，突然间蹲了下去，发出一声低沉的喊叫，整个身体向右侧蜷曲。他慢慢地向希瑟那里爬去，不停地呻吟着，而且拒绝隆的帮助。隆只好走在他旁边，又惊又怕。

爬到希瑟旁边时，索恩抬头看着她。"这里疼。"他忍不住嘶嘶地说。

"躺下来，"希瑟说，她帮索恩爬到自己床上，"怎么舒服怎么躺。"

"怎么都不舒服！"

"那就尽量舒服着来。"

她到药柜前翻寻着，然后递过来一支树根让他咀嚼，又在他的牙床上涂了一些槲寄生浆果酱。她让隆去拿索恩的烟斗和药草。等隆拿回来之后，她又在索恩的东西里面翻寻着，好像是她自己的一样。最后她把几片干蘑菇塞到索恩嘴里。

"如果要变成通灵师的话，那现在时候到了。"她说。

索恩没有吭声。希瑟帮他装好烟斗，又从火里拿一根木棍把它点着，索恩接过来吸了一口。"怎么会突然这么疼？"他边问边吐出一口长长的白烟。

"肋骨断了。"

那天晚上他一直睡在希瑟的床上。他们给索恩带来了蜂蜜油饼和熟肉，但索恩摇了摇头，一直闭着嘴巴，连话也不愿意说。最后食物都被拿走了。索恩喝了几勺水，然后看着希瑟。

"为什么？"他问道。

希瑟没有回答。她找人把索恩的皮毛送过来，然后把它放到一根木头上，这样索恩好坐起来。虽然索恩没说，但希瑟知道这是一个相对舒服的姿势。希瑟在索恩旁边放了一桶水，里面还有一把勺子。希瑟就坐在一旁，看着索恩在床上翻来翻去。

"我会试着把它排掉。"检查过索恩的右侧之后希瑟说。

"可以吗？"索恩那双通红的眼睛里立刻迸射出希望的光芒。

"可以试试看。不过刺破它的时候可能会比较疼。"

"肯定不会比现在更疼。"

她不屑地哼了一声。不过第二天一早，希瑟和隆把索恩带到河边。希瑟让索恩靠左侧躺着，下面铺着一块大熊皮，皮面朝上。索恩紧挨着河边，双手和脚正好可以放进冰冷的水里。

"尽量让自己冷下来。"希瑟告诉索恩。

索恩把手和脚都浸到冰冷的河水里。希瑟擦了擦肿块上的皮肤，然后迅速把锥子刺到里面，索恩疼得直哼哼，浑身颤抖，但还在竭力保持冷静。接着希瑟拔出锥子，用一块皮把血迹擦掉，然后又把一根长长的接骨木管插进伤口里，很像她的吹镖管，不过更细更长。索恩疼到不停地用牙齿吸气。希瑟让他向下趴一点，这样好让管子伸到更深处。索恩动了动，趴在地上，手和脚都从水里拿了出来。鲜血不停地从管子里流出来，希瑟继续指导索恩："把头埋到水里，只要能屏住呼吸，就一直埋在水里。"索恩深吸一口气，憋住，然后把头埋到水里。希瑟趴到他身上，用力地吸着管子一端，然后吐出一大口索恩的血，然后再吸一口，这次是白色的脓液，不是很多。索恩从水里探出头来，急促地呼吸了几下，又继续埋下去。希瑟又吸了一口，两颊紧紧缩在没有牙齿的脸上。这次又是脓液，但还是不多。她把管子向里插了插，只见索恩脑袋附近的水面上冒起串串水泡。他尖叫着探出头来。

"再来一次！"希瑟厉声命令道，"就快好了。"

索恩只得把头再埋到水里，希瑟又吸了几次，但吸出来的脓液还是很少。

最后他气喘吁吁地从水里抬起头来，希瑟也拔出了管子，在扎破的伤口处放一些干苔藓。索恩爬到岸边坐下，用一块干净的皮毛把头发擦干。希瑟用河水不停地漱口。

"成功吗？"索恩问道。

"不算太成功，"希瑟向下游望去，"不像是脓，是更硬的东西。"

"你能把它挖出来吗？"

听到这话，她回过头来，眼睛瞪得圆圆的："那可是在肋骨里面。"

索恩盯着她看了好久。"该死的。"他说，过了一会，他有些喘不过气来，看着下面的河水。希瑟把手放到他的膝盖上，他也回望着她。两个人就这样相互看了好久好久。

"好了。"最后，索恩说。

* * * * *

从那之后，索恩就住在希瑟的床上。

大部分人待在营地的时间远没有在外面的时间长。隆大多数时间都是和埃尔加还有孩子们在河边度过的。有几天下午，他在希瑟外出采集植物的时候来看索恩，但索恩不想说话。

有一天，霍克和莫斯要出去打猎，隆决定和他们一起去。

那天早晨非常凉爽，他的两个朋友几乎一出营地就开始狩猎。隆发现自己完全能跟得上他们，他甚至可以用左腿跑步，这是以前不敢想象的。他伸出左脚，好像还穿着木靴一般，一瘸一拐地向前跳着。他觉得自己在很多方面都比以往任何时候更快更强壮，连那条有些僵硬的左腿也像一根结实的拐杖一般，强有力地撑着他前进。他踏着灌木丛，以一种从未有过的速度在碎石堆和岩石上跳来跳去。等他发现这一点时，他立刻向前跑去，把他们甩在后面。

经过他俩旁边时,隆看到自己变成他们的第三个朋友,就像两条腿之外的拐杖。但他们很了解隆,隆也很了解他们。他们笑着看着隆跳来跳去,既吃惊又愉快地喘着粗气追在后面。他们跟着隆欢快地穿过奎克山口,向下走到洛厄厄伯的草地上。走到最后一个山坡上时,他们彼此嘘了一声,然后不声不响地向前跑。这不仅需要跑步的技巧,还要完全控制住呼吸,所以只能张开嘴巴,保持沉默。这样悄无声息地跑了一会之后,他们的身体就像着了火一般。

又跑了一会,他们遇到一小群羚羊,它们正在草地溪流边喝水。他们迅速掷出已经装在投矛器里的长矛。长矛在空中呼啸而过,三支同时射中了一只羚羊。等他们赶到时它已经死了。他们欢呼雀跃地向它致谢,然后把它切成碎块。隆拿着刀片,像希瑟一样灵巧,像索恩一样沉着。没过多久,三个人就麻利地处理完了。

回去的路上,他们都疲惫不堪,努力着想恢复点力气。他们扛着肉翻过奎克山口,下到厄伯山谷回到营地。虽然弓着背,但依然一副胜利者的姿态。回去的路上他们几乎没说话,不过那一天他们都没怎么说话。

快到营地的时候,隆问道:"还记得以前我们是怎么做的吗?记不记得以前我总是最快,总是最好的猎手?"

"你现在看起来依然是,"莫斯说,"这次打猎真痛快。"

"不,"隆说,"只是今天而已。现在你们才是最好的猎人。不过,听我说,埃尔加一直在告诉我女眷那边的情况,还有桑达、布鲁杰和西斯特与艾拜克斯的事情。她说,情况变得很糟糕。她不喜欢这样,但情况似乎不会变好。所以我一直在想我们应该搬到西边,建立我们自己的部落。也许你们已经在考虑这件事了。"

霍克和莫斯彼此看了一眼。"你继续说。"霍克说。

"现在部落里的人太多了,多到西斯特和艾拜克斯无法保证整个春天的食物供给。而且他们不喜欢你们。"

"他们也不喜欢你。"莫斯说。

"没错,但我会跟你们走。我也会让希瑟跟我一起走,然后,就是我们的家人。"

"这样会毁了这个部落的。"莫斯说。

"我不这样认为,"隆说,"西斯特和艾拜克斯可以管理好一个小一点的部落,只有他们的亲属和最亲近的人。这样一来,不但没有那么多人吃饭,而且他们会相处得很好。我唯一担心的是他们如何看待我们把希瑟带走。"

霍克和莫斯不约而同地看着他,霍克说:"隆,你是整个部落里唯一不害怕希瑟的人。"

看到隆吃惊的样子,霍克和莫斯忍不住大笑起来。他们确信可以毫无争议地带走希瑟,虽然她很有用处。显然这些笑声里包含着很多嘲讽和惊讶。听到他们这样想,隆松了一口气,他想要他的希瑟。

莫斯指出,还有一种办法——很多部落就是这样做的——他们不需要正式宣布分开,或者只有发生不愉快的事情才能分开。只要在上游再找一个附属岩洞就可以,以减轻主营地的拥挤。如果西斯特和艾拜克斯需要人手,他们也会下来帮忙。

霍克点点头。隆看到这次依然是莫斯提议,霍克响应。"不过他们如果想要隆怎么办?"霍克问道。

"隆可以当两个部落的通灵师,就像石英是三个部落的通灵师一样,或者还有很多做确证的通灵师。"说这话时,莫斯看着隆,以确定是否可行。

隆点点头。"我愿意,"他说,"因为我想继续在山洞里画画。"

这时他们已经走进了营地,莫斯说:"我们下次再讨论,这事情无须着急,不过我们可能要在储存过冬食物之前确定下来。"

"回头再说。"霍克说。

索恩躺在希瑟的兽皮上,背后靠着一根插进岩壁里的木头。大部分时间他都在睡觉。

有一次,埃尔加和隆把他扶起来,慢慢拖着去山坡上大便,这让他痛到不行。回到营地之后,他说:"这是我最后一次大便,我会想念它的。"

从那之后,他几乎一言不发。即使说话也是自言自语,没人能听懂。隆用木杯子给他倒水,还用接骨木树枝做了一根吸管。有时候他会用干裂的嘴唇紧紧咬住吸管,隆连撬都撬不出来。希瑟不希望索恩一次喝太多的水,所以隆不得不在杯子里放适量的水,因为他一旦走开就没办法阻止索恩把水吸干。不过隆觉得喝水是个好兆头。当索恩睡着的时候,隆有时候会看着那张干枯的面孔,一双眼睛深深地凹陷进去,眼睛后面的脂肪垫早已消失。他的鼻子像鹰嘴一般耷拉着,睡着的时候手指和脚趾都向内弯曲。整个人都干瘪了,像是从里面被一点点吃掉,被他自己和其他东西。但他还在硬撑着。"等一下,我看到了什么,"有一次,他低声对隆说,"河水正在冲走我周围的东西。"

"小岛。"隆马上回答道。

"没错。"他露出一丝蛇一般的微笑。他盯着隆的脸看了好一会儿,然后说:"在你漫游的时候,有没有什么东西在后面追赶你?你从没有跟我说过。我想说的是,我觉得石英可能会戴上狮子面具在晚上出去,去吓唬其他通灵师的徒弟。他也是皮卡的徒弟,是最年长的一个,所以变得很刻薄。所以如果晚上有什么东西追赶你,应该就是他。"

"啊。"隆应了一声。

后来,当希瑟想帮忙时,索恩摆摆手拒绝了。"我给别人做过很多次治疗,"他说,"我知道什么时候行不通。你骗不了我。"

有一天,索恩看到希瑟低头望着自己,于是向她抱怨道:"我不想现在就死掉,我只有两个二十岁。"

"你说的只有是什么意思?"希瑟问道。

"哈!"现在连笑一下都痛到不行,"你说得容易,你多大了?四个还是五个二十?"

希瑟摇摇头:"很多很多个二十,不过现在它们都走了。"

"哈——"索恩又笑了,然后又陷入了沉默。

大部分时间索恩都在睡觉。希瑟给他喂了一些有助于睡眠的药。日子一天天过去,他再也没有吃过东西。隆没想到他竟然能撑那么久,就像冬眠的熊一般。他身上有一种隆看不到的忍耐力。

> 我是第三道风。
> 当你一无所有的时候,
> 当你无路可走又不得不前行的时候,
> 在你最需要我的时候,
> 我会来到你身边。

每次醒来时,索恩都会环顾四周,看看发生了什么。这时候,隆感觉到自己也平静下来。老人凝望着他,他总会不由得心生警惕和疏远感,然后离开那里走到该去的地方。那是我在帮助他。

有时候索恩会让隆背诵那些学过的故事。隆总是尽最大努力背出来,不再担心有些细节记不清楚。这样的氛围比小时候轻松多了。只要说出重点,把那些最重要的句子,把他能记住的、所有索恩说过的话重复一遍就可以了。他讲了那个野牛男人娶了一个从鲑鱼部族抢来的女人的故事。索恩的灵兽就是野牛,每次节日上都会戴着皮卡那个破旧的野牛面具。现在看来这个故事和老皮卡,还有希瑟有关。

"不,不对,"索恩打断了隆的讲述,"不要忘记讲在那个男人把自己变成野牛之前,那个女人和一头野牛逃跑的事。如果不知道这一点,人们就无法明白他为什么会那样做。"

在那之后,索恩又打断了隆几次,他自己把其中一部分讲了一遍,声音嘶哑,呼吸急促。

有时他让隆讲故事,自己似乎睡着了。不过一旦隆停下来,他就会紧皱着眉头。

有一次,隆又在中间停顿下来,索恩紧紧抓住他的手:"我把所有的故事传给了你,你明白吗?你必须和我一起做这些。"

"我知道。"

"所以你必须记住它们。"

一天早晨,又一个难熬的夜晚之后,索恩很早就醒过来。其实,每天晚上对他来说都很煎熬。他看了看营地四周,看了看那些山,最后把目光落在了隆身上。

"我快不行了,我自己能感觉得到。"

那天他似乎轻松了一点。他尽可能地把隆端过来的水喝完。到了下午,他又对隆说:"你必须得记住十年严冬的故事,还有那个比约恩的故事,他被大风吹到了大盐海的另一侧,然后穿过冰天雪地的北方回到自己的家。还有皮普的故事,那个人不停地向东走去寻找世界尽头。这些都是我最喜欢的。还有,夏天是怎么从另一个世界被拉到这个世界里的,当然还有天鹅妻子的故事,这个你已经很熟悉了。还有野牛人。"

他仔细地看着隆的脸。

"很遗憾我看不到接下来会发生什么，"他说，"我多希望自己还能再活几年。"

"是的。"隆说。

"你要记住我的话。照顾好孩子们，他们是最重要的，你要把我教给你的东西都教给他们，还有你自己学到的所有东西。只有不停地传承下去我们才能越变越好。这里没什么秘密和神秘。所有的故事都是我们自己编的。实际上，它们就是我们面前的一切。你必须拥有足够的食物才能度过冬天和春天。这是所有一切的根本。每年秋天都要收集足够多的食物。还有你，年轻人，你要有自己的生活。你要帮助希瑟，一定要帮助她。那个老巫婆需要你。她这个人自大得很。虽然她不喜欢，但她也需要帮助。你不能等她要求时才帮忙。"

"我会的。"

"那就好。现在，听我说。不好的事情不会只存在于某个地方，它们无所不在。所以当它们发生的时候不要责怪自己。不要让过去占据今天太多的时间。这方面你一直都很擅长。你要继续在火堆旁给大家讲故事，这是必须传承的东西。"

他又觉得不舒服了，于是在床上翻来覆去，大汗淋漓，气喘吁吁。希瑟给他喂了更多的药茶，又嚼了一块浆团放在他舌头下面。不一会儿他就失去了意识，不过身体依然蜷缩着扭来扭去。

几天之后他醒过来，平静地躺在那里。

"还是不行，"他说，"我能感觉出来。"

"想喝水吗？"

"现在不想。"

一上午过去了，没什么云，只有丝丝微风。森林里到处都是鸟叫声和小松鼠叽叽喳喳的声音。

"我想要一切，"索恩说，"我想要一切。"

"我知道。"

"我很担心你们以后会变成什么样子。如果希瑟死了你们该怎么办？你们都还年轻，还不知道你们需要了解的一切。你们又要一瘸一拐地前行，就像又回到了梦里。我们所知道的一切都很脆弱。一旦我们忘记，它们就消失不见了。到时候就需要有人再重新学习一遍。我不知道到时候你们会怎么做。我的意思是，我想知道所有的一切。我会记得听到过的每一句话，经历过的每个片段，哪怕是许多年前的也都记得。我会和遇到的每个人交谈，记住他们说过的一切。而现在这一切都将变成什么？"

索恩盯着隆看了很久很久。

最后，他说："这一切都将消失。"

"我会努力的，"隆说，"但谁都比不上你。"

他们就这样坐着。索恩的呼吸又浅又急促。他又开始流汗和扭动。这时希瑟过来了，隆终于松了口气。

又过了很久，大概有两三天，隆记不清了。就像是同样的时刻在不停地重复着。索恩的呼吸越来越浅，越来越急促。希瑟不时地用湿布帮他湿润嘴唇，然后在他咬住之前拿开。有一次他似乎被弄醒了，他拼命地挣扎，在他们的手下扭个不停。他嘶哑地说了好多他们听不懂的话，他的舌头又大又干，喉咙也干得很，他扭动着头，模模糊糊地喊道："哦，希瑟，我不知道我能不能做到。"

"他说的是什么？"希瑟问道。

"我不知道。"隆撒了谎。

隆走到床的另一侧，希望希瑟看不到自己的脸。隆握着索恩的右手，希瑟托着他的左手，他就这样躺在他们俩中间。希瑟时不时地用湿布朝他嘴里滴一两滴水。索恩没有任何反应。他似乎已经不在那里了。

其间，索恩只醒过来一次。当时希瑟出去做事了。他睁开眼睛，眼神涣散。他抓着隆的手，隆说："我在这里，希瑟马上回来，她也在。"

索恩点点头，闭上了眼睛。"等一下，"他说，"我看到了什么东西。"他捏着隆的手，又一次睡着了。

希瑟回来后坐了下来。他们坐在那里握着索恩的手。索恩还有呼吸，他们就这样坐了很久。索恩的呼吸变得很慢，喉咙里的声音也越来越刺耳。一双凹陷的眼睛紧紧地闭着。他的嘴巴像一个没有嘴唇的洞，下巴和脸颊上残存着白色的胡须，鼻子就像鸟嘴一般尖利的刀片，他看起来更像一条黑蛇了。他睡着了，也许不只是睡着。握着他的手的时候，隆觉得索恩的灵魂就在旁边，但已经不在他们握着的这个身体里。也许正从上面看着他们，看着那个身体还在做最后的呼吸。

"再去拿点水。"希瑟对隆说。

"可是……"

"去。"

隆拿着水桶冲到河边，最开始他还着急赶回来，不过很快又庆幸自己可以离开一会。

他站在浅滩上开始装水，看着四周像往常一样被夕阳染成了黄色，他想着，总有一天自己也会离开这里。这是谁都无法改变的事实，他很清楚。

他不想回去，于是在河边磨蹭了一会。突然间他觉得好像听到了什么，急忙往回跑。

等他赶到时就听到营地中间传来刺耳的沙沙声，那是索恩的呼吸声，就像乌鸦有时候会发出的那种噼啪声。接着一片寂静，他立刻朝希瑟床边跑去。她还坐在那里握着索恩的手。她抬起头瞥了隆一眼，似乎在埋怨他去了那么久。隆回到另一侧，握起索恩的另一只手。索恩深吸一口气，喉咙里咯咯作响。最后一口气之后又过了好一会儿，索恩突然抓着隆的手用力地呼吸了一下，隆吓得跳了起来。不管怎样，他还活着，虽然快缩成一团，看起来像是死掉的样子。没多久他又深吸了一口气，像是死亡前的挣扎，接着又是一口气，然后一动不动。希瑟和隆就这样面对面坐着，看着他，握着他的两只手。他们两个人没有对视过，除了一次，隆说："我想知道他在那里想些什么。"

希瑟摇了摇头："他不在那里了。"

"但是他还在呼吸。"

"是的，那是他的身体在挣扎。"

确实如此。索恩躺在那里，一动不动，就像已经死去。然后猛地一抽，拼命地吸气，急促地喘着，喉咙里咯咯作响。还活着的那部分依旧在做最大的努力。然后又是一动不动。

"你不能喂他点东西吗？"隆问道，"帮他解脱出来？"

她摇摇头："让他用自己的方式离开。"

听到这个，隆觉得自己的心像被扯了一下，不过很快又麻木了。他们继续坐在那里等待着。当索恩呼吸时，他们会握紧他的手，弯下腰听他在说些什么。

随着时间的流逝，索恩的声音越来越小，越来越短，越来越平静。隆也渐渐平静下来。现在索恩已经差不多了，他的痛苦快要结束了。在隆看来，最后的几次呼吸不是垂死挣扎，而是一种告别，像是索恩开的小玩笑，装死，接着吸口气，试着发出声音：哈，骗到你们了。然后是长时间的一动不动。

"他像是在故意耍我们。"隆说。

"我知道。"

一切又继续着，这样的愚弄又来了几次。

又一次这样的呼吸之后，希瑟对索恩说："没关系的，我们都在这。"

然后他们继续等着。又一阵刺耳的吸气声,然后一动不动。他们等待着,等待他的下一次呼吸。他们并不着急,耐心地等着他呼出来。他们不着急宣布一切的结束,因为说不定又是假的。他们也不着急去确定真假,只需这样坐着,在他两边静静坐着。

不知道等了多久。索恩的眼睛始终半睁着,呆滞无神。现在看来他已经死了,这一点毋庸置疑。终于走了。

希瑟动了一下。她伸出手合上索恩的眼睛,又把耳朵贴在他胸前仔细听了听,然后靠在他身上,靠了很久很久。

最后,她坐起来,看着隆说:"他走了。"

他们又握起他的手。现在是真的不用着急了。

第八章
通灵师

    部落里的每个人都从索恩这里拿了一些东西作为纪念。不过皮卡传下来的那些东西都留给了隆，包括笛子、烟斗、取火工具和绘画工具，还有那个野牛面具。

    他们把索恩的尸体放在环形山上的乌鸦平台上，隆吹起了笛子。他觉得那些乐曲像是笛子自己发出的，而他只需要对着它吹气，就能和其他人一起听到一首首乐曲。真奇妙。他一边吹奏一边看着下面的每张脸，他惊奇地发现每个人都很悲痛，他不知道索恩对于他们的意义，也许是因为自己离得太近反而看不清楚。他什么也感觉不到。

    结束之后，索恩的尸体被放在了平台上，隆也放下了笛子，说：

> 我们在你活着的时候爱着你，
> 像你关心我们一样关心你。
> 现在把你放在这里，把你的身体献给天空，

>　　这样你的骨头就能在大地母亲这里得到安息，
>　　你的灵魂将永存在这个自由的世界里，
>　　生活在天空之上的梦境里，
>　　我们会永远记得你。

那天晚上，隆戴上野牛面具站在火堆旁，为大家讲述天鹅妻子的故事。一个年轻人娶了天鹅姑娘做妻子，然后和天鹅一起生活。但最后事情并不顺利，他变成了一只海鸥。这是索恩最喜欢的故事之一，大家都曾听他讲过许多遍。后来隆、埃尔加和索恩还亲身经历了这个故事。

就像用笛子吹奏乐曲一样，故事的内容一句一句自动从他嘴里进出来。突然间，他知道不用再刻意去回忆，它们会一点点进来。进来，出去，进来，出去。他只需就着呼吸的频率说出而已。他还绕回去两次，以补充之前遗忘的内容，并对部分内容进行了预告，这也算是游戏的一部分。只是这次，他尽可能简单地讲述完整个故事。

那一天，希瑟一直站在人群边缘，看着远处，一句话不说。讲完故事之后，隆扶着她回到床上，他觉得她变得很轻，很老。

希瑟坐在床上。隆低头望着她，他从未从这个角度看过她，也许这就是通灵师的视角。这时他发现她满脸忧伤，这让他颇为吃惊。要知道，她和索恩过去总是为此争吵。"我很遗憾。"他说。

她没有抬头看他，只是说："我不知道以后还能和谁说话。"

那天晚上隆一直睡不着。看着渐亏的月亮，他突然意识到自己想一个人进到山洞里，去画些什么。这个秋天正好轮到索恩。隆知道他有一个大计划，不过像往常一样，索恩并没有告诉隆具体的细节。但隆不想等那么久。他需要马上就进去。

第二天，他把这个想法告诉了莫斯："如果我够快的话，索恩的灵魂还会在附近帮助我，所以我必须在乌鸦把他的身体吃完前进去。"

莫斯点点头："希瑟会帮你收集东西，你在里面的时候，我们在这里给你提供补给。"

"好哥们，"隆感激地看着莫斯，"现在该我们了。"

"我知道。"莫斯说。

他们帮着希瑟一起准备好背包，里面装着绘画工具和几袋油灯需要的油脂，当然，还有食物和水。霍克和莫斯陪他一起攀上悬崖，沿着狭窄的坡道走到洞口。这就是皮卡的山洞，所有山洞里最大最漂亮的一个，就在环形山谷上面。那是通灵师走进大地母亲子宫的入口。

到了洞口，他们停了下来，然后把鼓鼓囊囊的背包放到隆的背上。莫斯从腰包里取出一点余烬，把灯芯顶端点燃，然后放进大油灯里，接着又点了一盏。在下午的光线里很难看到火苗，所以很难说它们在地下世界里是否够用。

隆坐下来，和霍克、莫斯一起抽索恩的烟斗。那两个人都迫不及待地吸上一口。当隆在吃索恩的干蘑菇和艾草时，他们还在一口接一口地抽着。接着，隆对着山洞唱起问候之歌。

霍克和莫斯看起来十分忧虑，他们只在洞穴的最深处待过两次。那时他们还小，纯粹是调皮捣蛋闯进去的，第二次的时候差点迷路。他们总觉得这样一个人进去太不安全，虽然平时也要面对很多危险的事情。也许正是因为如此，所以他们更不愿意刻意去做一些没必要的冒险。

但这就是通灵师的工作。他们坐到隆的两侧，紧紧靠着他的肩膀，听着他唱歌。听到歌词之后，他们也跟着唱起来。最后，隆和他们拥抱告别,走向通往黑暗的洞穴通道。两个人依然是一脸惊奇的表情。

一进去的通道很宽敞,被阳光照耀得非常明亮。没多久就拐进了黑暗中,通道也变得狭窄起来。他慢慢地穿过拐弯处,阴影越来越黑,手里的油灯越来越亮,直到最后完全靠油灯来照亮周围的一切。两团火苗在他手中闪烁。火光映射的墙壁和黑影随着他的走动而晃动,和灯光一样忽明忽现。它们似乎合成了一体。

他停了一会,让眼睛慢慢适应这黑暗,这是索恩教他的小技巧。之后,他踩着碎步继续向前走,这是在山洞里走路的最佳方式,防止脚下有看不到的石块或水坑。万一不小心摔倒打翻油灯就糟糕了。索恩曾教过他如何在黑暗中取火,利用残存的火星寻找周围的木屑,再用灯芯接触木屑,慢慢地把灯芯吹着,但事实证明,想做到这一点非常难。所以这次隆在腰袋里装了一个树瘤,里面放着未灭的余烬,这样的话重新点着油灯就变得容易得多。当然最好还是不要出现那种情况。要把这些火苗当成自己灵魂的小火花一样呵护。它们非常宝贵,可以说他手里握着的不是油灯,而是自己的生命。

走到山洞尽头还需要很长时间。他要穿过各种各样的大洞穴和连接它们的狭窄通道。这里呼吸到的空气来自于山洞内部,一如过去,凉爽且令人振奋。冬天的时候这里要比外面温暖得多。洞口外的声音已经传不到这里了。大地的身躯完全把他包裹起来。四下一片寂静,只能隐隐地听到几声细小的吱吱声和咯咯声,大都来自于火光没有照到的阴影里,像是从下面冒出来的。空气中弥漫着一股霉味,夹杂着洞穴熊的气味和泥土的气息,还有一丝淡淡的木炭味道。一般一大群人进到这里都会拿着松木火把,四周的墙壁会在熊熊燃烧的火焰中跳跃和舞蹈,不过那样的火光适合观看,却不适合作画。

两盏油灯的火焰暗淡而平稳,随着隆的脚步而颤动。这里只有他自己,没有其他人。索恩的灵魂似乎没有出现,克里克的也不在。如果说他感觉到什么的话,那应该是索恩的老师皮卡,一个他从未见过的通灵师,也是第一个在这个山洞里作画的疯子,臭名昭著的野牛人。

不过现在皮卡也不在这里,隆能感觉得到:这里只有他一个人,只有他自己。他还记得,过去有几次,他像现在这样一个人在黑暗里,非常害怕。还有,每到晚上他一个人独处时,常常会感觉到外面有什么东西,是他并没有看到的东西,甚至就是看不见的东西,用他无法感知的方式,循着他无法掩盖的踪迹,比如气味来追逐他。这样的恐惧,逼迫着他像只兔子一般,在月光下惊慌失措地朝营地跑去,而所有的惊恐和慌乱都缘于他独自一人在黑暗中。

现在,过去的那种感觉全消失不见了。此时的隆空空如也。独自一人对他而言没什么关系。这是他的领地,他曾来过这里,他还记得清清楚楚,一切都和过去一样。隆慢慢地走过那处洞顶塌下来的地方,现在那里是一堆白色和橙色的石块,在火光的映照下闪闪发亮。再向前走,经过左边墙上的大猫,然后左转,便到了满地的石笋丛里,奇特而美丽。下面的石笋正对着洞顶垂下来的钟乳石,像是要滴下来一般,有的甚至现在还在滴落。它们和孩子们在河滩上搭建的沙漏塔很像。总共有多少滴?水为什么这么清澈?从什么时候开始滴的?应该是很久很久以前,那个时候所有的动物都是同类,他们一起在梦中散步。从整个世界于第一个蛋中诞生开始。

他顺着之前的路,从石笋间穿过,尽量踩在过去留下的脚印上。在这里走路就需要这样。山洞的地面上总是覆盖着一层薄薄的泥泞,有的地方大概有一脚深,踩上去脚趾间会发出吱吱的声音，所以踩到原来的脚印上走路更容易些。不过每到春天结束的时候，洪水会将这里淹没，脚印也被新的泥泞盖住。走在山洞里会有一种独特的声音，小小的吱吱、吱吱声，还带着回声。

隆走得很慢很慢，像是山洞自己移动的速度。它咕哝着，搏动着，呼吸着，但非常非常慢。它那么慢，慢到你不得不跟随它的节奏而舞动，就像缓慢的低音重击，在黑暗的阴影中慢慢地呼吸着。隆的后面比前方还要黑暗。有人在地上那堆石头上用手指画了一个猫头鹰。当你经过的时候，那双大眼睛似乎在一直盯着你。隆继续沿着之前的小路向前拐弯。

前面有一块岩石悬在洞顶，正是那个野牛人的阴茎，上面画着野牛人即将跨到女人身上的图案，她的双腿和阴部被拉到他身下，那是隆见过的最大最黑的女性阴部，就像通往另一个洞穴的小三角门。这是皮卡的杰作。野牛人和女人的故事就呈现在这根笔直的阴茎上，它看起来像是刚刚性交过。

这里就是隆想要作画的地方。阴茎石左面是一段弯曲的岩壁，向上伸展到他够不到的地方。从手臂能够到的范围看，它的表面并不平整，上面有不少凸起、裂缝和空洞，还有一些小小的裂痕。但总体来看还算干净，大部分墙面都很平坦光滑。

他放下油灯和背包，把背包打开，从里面掏出驯鹿胫骨。他用骨头在头顶高的地方划了一下，露出藏在棕褐色墙壁下面的浅色岩石：这就是大地母亲的血肉，和周围阴暗的角落相比明亮得多。

这也是索恩想要作画的那面墙。隆第一次感到索恩似乎在戳自己耳朵后面，他听到了记忆中索恩的声音，说着经常说的那些话。"过来，孩子。"这是索恩特有的声音，隆的心像是再次被扯了一下。和笛子吹出来的声音相比，索恩的声音更加浑浊，像是鼻音。没有其他的声音和它一样。不过这个世界上没有两种声音是完全相同的,所以这没什么奇怪的。但他再也听不到这个声音了。他要紧抓着它。

隆对着洞穴喊道:"你好,索恩!在开始画画之前,我想去看看你画的那些狩猎的狮子,如果愿意的话和我一起吧。"

隆拿起一盏油灯,沿着蜿蜒的隧道走到最深处。现在索恩已经死了,如果他想和隆说话的话,只能跟在他后面。所以隆可以自由地去任何想去的地方。隆能感觉到,自己这样随心所欲地走来走去让索恩很生气。

此时,隆已经来到洞穴最深处,站在那群追逐的狮子前面。许久之前,他看着索恩一点点地把它们画出来。现在,他又一次站在它们面前:这是迄今为止整个山洞里最伟大的作品,也许是这个世界上最伟大的作品,也许一直都会是。狮子们饥饿的眼神,那些转过头窥视大猫的野牛,它们警惕的神情,还有当你把火焰靠近时,它们移动的样子;庞大的兽群,猎人和猎物,全部从右向左奔去;虽然它们一动不动,但似乎都在随着你的呼吸而移动,跃起的狮子,几乎要跳出岩壁的野牛。所有这些加在一起,使得这堵岩壁比隆见过或想象过的所有壁画都更有生命力。

隆坐下来看着它,他还记得那天晚上索恩作画时的场景。那一天,索恩非常平静放松,甚至可以说和善,不,确实很和善。他抽着烟斗,吹着笛子,还不时地停下来吃东西或喝水。他把头靠在角落里那个不断呼吸和咯咯作响的洞口,倾听山洞要告诉他的话。画完整堵岩壁需要很长时间,但他一点儿也不着急。

狮子们在原地不停地移动,山洞随着隆的呼吸而呼吸。隆觉得下面就像有人在说话。他希望自己能像索恩那样。他会去做索恩做过的事,包括每一个情绪和动作,让它们再次出现。这就是他要做的,也是他以后要教某个男孩做的。如果你做得对,它就会传承下去。

隆放下油灯，坐在皮毛垫子上，取出索恩的烟管，用一个小碎片在火焰上点着，然后眯着眼睛点燃烟斗壶里的烟叶。他深深地吸了一口，烟雾直冲到肺里，接着再吐出来。

山洞随着他一起呼吸。隆喝了口水，看着索恩的狮子，然后小心翼翼地站起来，好像生怕摔倒了，那样子就像在原地跳舞。他拿起油灯，回到另一盏灯所在的那个大洞穴里。他把手里的灯放下，环顾了一下四周。野牛人还跨在那个女人身上，他走上前想仔细看看到底是怎么画出来的。代表女人阴部的黑色三角形的底部画了一道白色的线条，那是通往下一个世界的大门，像手指上的伤口一样清晰可见。隆背包里有一把刻刀，用来刮出线条。除了这个，背包里还有几支炭棒，一袋木炭粉，搅拌碗，几块麂皮和几把刷子。对了，还有两袋水，用来刮石壁的骨头。他必须先把石壁刮干净。

隆把油灯挪到自己需要的地方。两盏灯形成一个交叉的黑影，他希望能有第三盏灯，或者更多。哦，对，他有，在背包里。他找到底部有凹槽的灯石，把油脂滴进去，然后放一根灯芯在里面，再用一根碎片把它点着。他在灯旁边坐了一会，确定它不会熄灭。火苗先是闪烁了一下，没多久就稳稳地燃烧起来。火焰很小，环绕在灯芯处，但依旧可以把周围照亮。

山洞在低声哼唱着。一条小河从山洞下面流过。那流水声听起来比大地母亲表面上的水流得慢一些。

隆右手拿起胫骨，把石壁上那些棕色的疙瘩全部刮去。石壁上有几个洞穴熊的爪印，它们当时应该是伸出爪子趴在石壁上，似乎要做些什么。爪印是白色的。这面石壁被隆刮过之后也变成了象牙般的白色，就像那种古老的泛黄的象牙，或者野山羊的腹部。在他刮去的壁面上方有一个石拱，再向上壁面变成了红褐色。

岩壁的最左边有一个小小的弯曲，上面有一个靠近地面的小洞。小洞下面的地面非常潮湿。

隆拿起一个木炭棒，在刮过的壁面左边画了一排拱起的野牛后背。这是左边的界限。

隆走到空白的壁面下方，画出了他在小溪边看到的那两头打架的犀牛，他想展示出它们的角是如何缠斗在一起的，以及两根巨大的犀牛角拍打在一起发出的响彻草原的声音。当被犀牛角挑到肉的时候一定很疼。所以两头犀牛都满身是血。他画出的角的线条正好穿过彼此：只能用这种方法来表现。它们的臀部硕大浑圆，强壮有力。如果那些线条没错的话他可以画出它们的速度。那速度比看上去还要快得多。所有的力量都表现在它们的脸上和角上。隆不紧不慢地画着，用麂皮把头和角的线条抹开，让它们变得更黑。右边的那头前腿是固定的，头上的角正向上挑着左边那头犀牛，正好对准脑袋一侧。由于下面的重击，左边那头犀牛的肌肉摆动个不停。隆用刻刀在右边那头的嘴巴处刮了刮，似乎在随着猛击而张开，发出咕噜咕噜的声音。

左边那头被打得向后摇晃，完全被制服。隆把前脚画成圆形，以表示它们正悬在空中。岩石上的曲线很好地诠释了被甩回来的野兽的重量。角上面的眼睛看起来十分震惊。画上两个前角：这是索恩的小技巧，代表它的移动。被来自下部的重击击倒，退回到岩壁前。

画完犀牛之后，隆坐下来休息了一会。这次他手里的木炭棒比之前那根长不少，他坐在那里，伸着手在墙上又画了一只小犀牛。一开始只是简单地勾勒出线条，然后再用炭棒不停地点缀着牛角之间的冬毛。这纯粹是边休息边看着画面的时候给自己找点事做。真是一幅伟大的画作。它随着隆的呼吸而进进出出，越来越近，然后再慢慢离开。

麂皮的擦拭会让整幅画看起来又黑又好看。于是隆在石壁的左边又画了一头野牛，把它涂成全黑，然后用刻刀在脸上刮几下，一双眼睛出来了。黑色野牛的黑色眼睛，却清晰可见。这头黑色野兽的口鼻下面是一匹马，大大的脑袋，小小的身子，看起来很不错，黑色的胸膛，腿部只有寥寥几笔。

　　这样一来，野牛的右边和犀牛的上方留下了很多空间，真是块好地方，他坐在背包旁看了好一会儿。

　　隆给油灯加满油，又喝了点水，然后仔细看着自己的双手，手指和手掌都被炭棒染得黑乎乎的。他把右手举到眼前，翻过来掉过去地看着。它似乎也在不停地颤动，忽远忽近。真是神奇。他把手挡在眼前，似乎要比画出一个轮廓。从这个距离来看，正好把剩下的空白遮住了。

　　隆闭上眼睛，看着各种颜色在他眼前流动和闪烁。他看到了日落时对面山脊上的那匹马，正用后腿站立着，他回想起当时的感受。那是在他漫游快结束的时候，那匹马看到他之后便用后腿直立起来。突然间，在落日的余晖中，他感觉到所有的一切都是他抓不到的东西，它们大到说不出，感觉不到，大到把他们都卷入其中。当时他被震惊了，现在回忆起来依旧有些激动。

　　把那匹马画出来。把它画得漆黑漆黑，展现出它后腿直立的样子，因为就是那一刻，让站在旁边山脊上的隆目瞪口呆。

　　隆站起来继续作画，由上而下。先画夕阳下几个高高仰起的脑袋，就像索恩画那些狮子一样，不过又有区别。他用自己的手来丈量，应该可以画四个脑袋。

　　隆开始画最上面的脑袋。最先是前额，勾出轮廓，然后向下画长长的鼻子、鼻孔，再到嘴角的褶皱。他稍稍停了一下，第二个马头需要填满下面的空间。他拿起炭棒在石壁上用力刷了几下，尽量把炭灰涂厚一些，他仔细地上下涂着。当画到飘动的鬃毛时，他用笔轻了不少，顺着马背向后拉。很好。接着是眼睛，越过山脊望着隆。眼神并不友好。他把线条涂抹成脏兮兮的黑色，黑黑的额头，黑黑的脸颊。

接着隆拿起刻刀在眼睛周围刮了一下，刮出一个白色的眼圈。他发现可以把马脑袋周围的地方刮成白色，这样正好突出黑色的马头。

隆慢慢地、小心翼翼地把石壁上的小石块刮掉，必须刮成一道完美的线条，这样才能让黑色和白色形成鲜明的对比，黑色的脑袋才能从墙上凸显出来。

隆刮了很久很久，其中一盏油灯都熄灭了。他踉踉跄跄地退回到阴影里，慌乱中差点撞翻另一盏油灯，他赶紧去扶好，又差点踩到第三盏灯。他差点把三盏灯全部毁掉。

隆坐下来待了许久，还在为刚才的笨拙后怕。山洞里发出隆隆的警告声。他希望索恩能在这和他说说话，突然间他意识到这是永远都不可能的了。再也没有索恩了。他真的不敢相信。再也看不到那张脸，听不到那个声音，还有那些讨厌的想法。再也找不到人说话了，就像希瑟说的那样。坠入通灵师孤独的世界里，深陷在幻想和梦想之中，即使在人群中依然感觉孤独。他曾希望自己的漫游永远继续下去，现在又是如此。

我把他送到山上。带着他来到墙边，举起他的手，画出了又一匹马的鬃毛。

然后，仔细地看着它们。这时我意识到第二匹马画得太高，离第一匹太近。如果四个脑袋都像这样的话就太拥挤了，底部的空隙会很难看。我犯了一个错，但不知道该如何修补。在山洞深处，为了帮助隆度过这痛苦的时刻，我犯错了。震惊，沮丧，不知所措，我只好回到他身上，让他自己处理。

隆向后退了一步,瞪大眼睛看着。他不假思索地画出了第二匹马的鬃毛,画完之后才发现自己画得太高了。由于一直在想索恩,所以有些分心,看都没看就直接下笔。真是个大错误!

而且,没有办法修补!如果他继续在这里画,四个马头就会挨得很近;而这块地方又画不下五个马头。

隆既吃惊又沮丧,于是又向后退了一步。这一次他非常小心,和那几盏灯都保持着距离。他坐到背包旁边,一边看一边思考。他想起索恩在更远的一个洞穴里画的野牛,其中一头画了七条腿,以表示它在奔跑。他闭上眼睛,再次回忆起山脊上的那匹马,后腿直立,仰起头看着太阳。阳光照在又短又硬的鬃毛上,似乎要从周围的景色中跳入眼帘。

隆又一次站起来,走过去摸了摸鬃毛下的岩壁。他可以把马鬃先放在这里,然后把第二匹马的脑袋画低一些。这样看过去好像它们之间还有一匹马,就是那种朝牛群一眼望过去一样的感觉。也许它正好暗示马在用后腿直立,就像索恩画的那头七条腿的野牛。仿佛闪电划过一般,一幕接一幕在眼前一闪而过,正如隆经常见到的那样。有没有暴风雨不重要,但你会永远记住它。

墙壁非常冰冷,隆的脚也很冷。他不停地扭动脚趾和脚背,希望能暖和一点。墙壁似乎在呼吸着,一起一伏,忽远忽近,似乎想迫使他失去平衡,让他摔倒下去后被它俘获。西面的山谷里有一些体形较小的马匹,那些母马都没有鬃毛。他觉得可以开一个小玩笑,把四匹后腿直立的马画成不同的种类,然后把之前画的鬃毛擦黑,让它变成最上面那匹马的脸颊,同时保留下面那匹马的鬃毛。这样一来,画面就变成一匹没有鬃毛的马,上面一对小耳朵:应该是匹小马。然后一仰头,它长大了,或者更确切地说，变成了隆见过的那匹黑马。好吧，如何讲述这个故事就不是隆的问题了。他只需把它们画出来，观看的人会讲述自己的故事。只有最后画出来，他才知道到底会是什么样子。

由于石壁变弯，所以第二个脑袋看起来不像第一个那样紧紧看着墙壁。它正在摇着脑袋，后腿直立，一副目中无人的样子。那头漆黑的野牛后面的线条正好在这些马的左边，像是两匹马面孔之间一条模糊的线，正好形成一个三角形。他拿起刻刀，在那些线条交错的地方小心翼翼地刮着，他要把那个三角形部分刮得更白一些。岩石与岩石之间的摩擦声在黑漆漆的山洞里发出刺耳的回音。一个大大的黑色鼻孔。炭棒与岩壁之间的摩擦声比这岩石之间的声音听起来舒服多了。

隆又向后退了一步，他想看看第二个脑袋的样子。它似乎在嗅着边上站着的那头老犀牛。第三匹马会嗅着这头老犀牛的屁股，它肯定很不高兴，闭上嘴巴和鼻子以躲开老犀牛屁股的味道。马和犀牛一直都很不对付。不过说实话，没什么动物喜欢和犀牛待在一起。只有猛犸偶尔会接近它们，因为它们无所谓靠近谁。不过在犀牛旁边，它们也会变得很小心。当它们都想在同一个地方饮水时就会出现对峙。有一次，隆看见一头犀牛和一头猛犸隔着小溪一动不动地站了一整天，它们很少互相对视，而是看谁能坚持得更久。不过在结果没出来之前隆就离开了。

隆把第三匹画成母马，短短的鬃毛，整齐而端庄。他把颜色涂得很淡，这需要木炭和岩壁接触时用力比较轻，有些地方要用手指慢慢抹开。这块壁面有一些裂痕，反而让效果看起来更好。高处是黑色的，中间夹杂着白色的坑坑点点。每匹马的黑色都不是完全相同的。

隆决定把最下面的第四匹马画成最黑的一个，黑到能第一时间吸引所有观看者的注意，让他们惊叹不已。人们第一眼就看到这浓浓的黑色，然后再随着直立的后腿向上看。那些马头看起来又像在动，又似乎一动不动。这是索恩的手法，没错，当然。索恩一定喜欢这幅画。所以先从小马画起，那是一匹年轻的种马，漆黑漆黑的，就像没有点灯的山洞，嘴里发出嘶嘶的声音。这个聒噪的黑色动物将是一切的开始：它似乎受到了惊吓，眼睛瞪得圆圆的，周围被刮成了白色，他还在眼睛下面刮了一道白色的泪痕。它张开嘴巴哀嚎，仿佛在抗议被别人看到，然后直立着后腿跑开了，就像山脊上的那匹马一样。正是那一刻，隆心里的某一部分得到了新生。那是他漫游的伟大时刻，直到那个时候他才意识到，这个世界里充满了自己无法表达的一切。而在这里，他要把一切表达出来，让所有人都看到。

　　隆把黑色都填满了。他用炭棒在墙上不停地画着，然后用手指把炭灰抹到岩缝里。现在他的手指也变得乌黑。当他把木炭揉进去的时候，他会觉得自己的手指似乎伸到了石头中，伸进马的身体里。马鬃像狮子的毛发一般硬挺，直直地竖立着。乌黑的脑袋，只有颈部和胸部交会的地方有些空隙，这样只是为了让身形圆润一些，石壁自身的弯曲也增强了它的曲线感。一个隆起的弧度让马的左腿从石壁上突显出来。等族人们来观看时，一定会大吃一惊，然后移动油灯让石壁上的影子随之舞动。隆无法既把油灯移到石壁边又同时站在洞穴中间观看整体的效果。但他知道那一定很壮观，它就像真的在奔跑。而上面的马则不停地晃动着脑袋。

　　隆的两只手都深深地插在石头里，他不得不慢慢地挪动着，以防把手指折断，就好像在厚厚的泥泞中小心翼翼地挪动。石壁很冷，他的手指也很冷。

　　涂完那块最黑的黑色之后，隆费了好大的劲才把双手从石壁上抽出来，然后后退一步看着完成的画作。

真是不错。虽然上面那簇夹在两个脑袋之间的鬃毛看起来依然很奇怪，但他也想不出更好的办法。你可以把它当作最上面那匹马的脸颊，或者藏在那两个脑袋之间又一匹马的头顶，又或者是第二匹马的鬃毛，吹拂在头顶，飞扬在马头前面。所有这些都有可能，都是代表移动。黑色的部分很漂亮。隆最喜欢最下面那匹黑马，那嘶吼声仿佛在黑暗的山洞中回响，在那些没有被灯光照到的阴暗处回响。

隆拿着刻刀回到石壁边，把最下面的马头周围刮白，这样一来它的轮廓更加清晰。嘶吼的马嘴也要刮成白色，就像野牛人身下那个女人阴部的那道缝隙一样。要刮得干干净净才好。壁面虽然有很多颗粒，但还算光滑，可以刮得很干净，露出平滑的白色石材来勾勒出马的黑色身体。啊，小心，刮得太向下了——他拿起木炭棒，蘸湿手指，把刚才的刮痕盖上。这匹马的下颚和山脊上那匹马的下颚一模一样，都有两个小凹痕。

山洞下面传来潺潺的低吟声，接着一阵大风吹来，油灯瞬间被吹灭了。只剩下隆一个人在无边无际的黑暗中，仿佛最下面那个马头上面的黑色全部倾泻出来，淹没了隆，也淹没了整个山洞。

* * * * * *

真是太糟糕了，一片漆黑。只有用力闭上眼睛时才会出现一丝色彩，但这毫无意义。隆什么都看不到，整个世界都是黑的。

山洞又一次发出低吟，仿佛在笑话他。那些洞穴熊在这里是如何辨识方向的？它们能看到吗？

它们看不到。它们靠气味识别周围的环境。而且，它们冬眠的洞穴离洞口都不远，所以只需要蹒跚着走进来，循着气味走到自己经常睡觉的地方，长长地睡上一觉，等醒来后再循着气味出去。

一时间隆失去了思考的能力，恐惧像洪水一般向他袭来，他又热又喘。"不。"他抱怨道。这时，他听到一声轻微的笑声，可能是回声或回应。

他小心翼翼地在周围摸索着，尽可能保持面向石壁，这样才能确认自己的方向。面向石壁，出口在左手边。他跪下来慢慢地向前爬，用手去探寻前面的油灯，还有背包，——所有他带来的东西，都能帮助到他。

隆的手摸到其中一盏灯，情况不妙；灯芯是冷的，油灯的凹槽里没有油脂了。可能是他太过专注在那四匹马身上，结果没注意到灯里的油脂烧光油灯熄灭了。说不定根本没有风，脚下也没什么笑声，不过它现在可能在发笑了。算了，不管了。他必须找到背包。

最后，隆的手终于摸到了背包，摸到它也就找到了第二盏灯和第三盏灯。灯里的油脂都没了，或者是几近没有，所以灯芯都灭了。他要把它们放回背包里，这时又找不到背包了，他有些慌乱，不过最后还是找到了。这时，他内心对黑暗的恐惧也在慢慢消退。

隆坐在兽皮垫上，开始在背包里摸索装油脂的袋子。找到了，太好了。对他来说，这袋子里装的是光明和眼睛。接着他把手伸向腰袋，找到那个装着余烬的树瘤。他小心翼翼地把它取出来，双手颤抖着解开上面的雪松顶，他用手指轻轻地向里面戳了戳，希望能被烫一下：但里面一点也不暖和，只有冷灰。他在这里待得太久了。

隆坐下来，忍不住哽咽了几下。背包里还有几袋食物和剩下的绘画工具，摸起来应该是地血，和水混合在一起就能变成红色的颜料。但现在他的水快没有了。还有，他怎么都找不到那块取火用的燧石，装着木屑和干木片的小袋子也不见了。

隆不知道它们到哪里去了。恐惧再次向他袭来，他已经吓得战战兢兢。他必须战胜它，然后把它踩到脚下。他必须像冰一样冷酷，然而他早已被吓得浑身发烫。

又过了一会儿，隆忍不住趴在地上大哭起来。就在这时，他突然想起在点燃第三盏灯的时候，他可能已经把取火工具从包里拿出来了。他是用木片从另一盏灯上点火的，所以他没理由拿出燧石和木屑。但也不是完全没可能。应该就在附近，只是不知道具体在哪儿。他已经摸黑把所有的灯都拿到背包旁边了。

隆慢慢地朝他认为的第三盏灯所在的位置爬去，一边爬一边用手在地上摸索着。什么也没有。这时他又找不到背包在哪里了，只好返回来。当他重新摸到背包时，忍不住又一次大哭起来。他只好带着背包一起爬。他摸到了一些石块，还有几根插在石壁上小洞里的炭棒。一块带着牙齿的下颚，在黑暗中显得尤为巨大，比他的头还要大：应该是洞穴熊的头骨，长长的，牙齿凸起，前额有个鼓包。看来确实是一头洞穴熊，甚至只看大小就能推测出来。

什么都摸不到。虽然他有油灯、灯芯和油脂，但没有燧石和木屑。所以生不了火。隆用找到的石块相互撞击，几点火花在黑暗中飞溅，如同流星一般，但还是比不了木屑。现在没有木屑。

就这样，隆被困在黑暗的山洞里，找不到出去的路。只能试着朝正确的方向走上几步或爬上一段。

现在隆根本不知道哪里是正确的方向。他必须重新找到那面石壁才能确定方向。他站起来伸出手朝四下走了几步，他摸到了一面石壁，接着又是一面。他用手去触摸那些划痕，又闻了闻手指，看看上面是否有木炭的味道。但在这样无边无际的黑暗中，哪里摸起来都一样。而且不管摸到什么，都有一股木炭味。

此时的石壁又冷又累,又饿又渴。最先是害怕,然后随着时间的推移,他变得越来越悲伤。唉,事情怎么会变成这样!假如在灵界看到他,索恩一定会气疯的。竟然因为在山洞里迷路而死掉!一想到老蛇脸上可能会露出的表情,隆就觉得很好笑。不过如果真的发生就没那么好笑了。埃尔加怎么办?她一定很生气,但也会更难过。

隆手脚并用地在地上爬着,突然摸到了一个类似脚印的东西。硬邦邦的旧泥泞里有不少熊的脚印,它们的深度足以承受一次又一次的春季洪水。这些脚印通向四面八方。他把自己的脚放到脚印里,太大了,肯定不是人的足印。接着他又摸到一个脚印,他继续把脚踩到里面,这个应该是人留下的。真令人激动。不过人会到处走动,所以还是没有明确的方向。

如果他是朝山洞里面走的话,应该会有一段下坡路。那反过来说,如果他是向上走,又碰巧踩到那块大台阶下面的垫脚石,他就会知道自己走的方向是对的,至少不会发生大的偏离。

于是,隆把所有的东西一股脑地塞到背包里,然后背到背上,尽量向上走。如果碰到石壁,他就努力地判断出地面是朝哪个方向倾斜的,然后继续朝向上的地方走去。

隆继续向前爬着,不停地用手在前方摸索。他感觉自己在保持直线前行,不过并不确定。索恩曾说过,在没有光照的情况下,没有人能从如此巨大的山洞里走出去。

隆完全没有了时间概念,而且越来越冷。洞里的空气似乎更冷了。在地面之下,仿佛有什么东西一直在嘲笑他,现在那笑声也变大了。

某个时刻,可能是许久之后,隆停下来吃完了最后的食物,虽然不渴,但他还是把剩下的水喝光了。洞里很多岩壁和地面都很潮湿,如果可能的话,他可以舔它们解渴。隆越来越绝望,他觉得自己很可能会死在这里。这是他无法接受的，甚至连想都不愿意想，但他又无能为力。洞穴下面传来的笑声很像漫游最后一晚那个把他追进峡谷悬崖缝隙的东西，不知道是不是石英，差点把他吓死。当时它一定在嘲笑他，而现在它知道他确实快不行了。

隆躺在那里大哭起来，无边无尽的黑暗向他压来，快要把他掐死在这泥泞冰冷的山洞里。索恩一定很生气！埃尔加一定非常伤心！

想着想着，隆睡着了，或者说进入了类似睡着的状态里。

不知道过了多久，隆被冻醒过来，哆嗦着用手和膝盖撑着自己向前爬。他似乎听到索恩在耳边轻蔑地说，每次撞到石壁之后就向左转，那么，即便要绕着整个山洞爬一圈，但最后肯定能找到她的阴部，然后就从那里通到大地外面了，这还不明显吗？

隆继续向前爬着。

就在这时他听到了一个声音：

"隆！隆！"

隆拼尽全力大喊道："我在这里！救命！救命！"

原本无尽的黑色变成了灰色。有个地方变亮了一点，隆转过身面向它，似乎要把它全部吸进身体里。没错，是光，虽然只是深黑中的一团浅黑，但隆觉得它像阳光一样清晰，那个方向的石壁变成了黑暗中的阴影，而他周围的石壁则一片黑漆漆。

隆又一次大喊起来。他无法辨识现在所看到的一切，他不知道那灰黑色的形状是近还是远，是需要走上一天才能达到的地方，还是近在咫尺。他试着去触摸自己看到的东西，什么也摸不到。

隆坐起来，那灯光似乎变暗了，他惊恐地喊道："救命！

救命！"

隆曾经用同样绝望的声音呼救过。那时他还是个孩子，他跳到河里，却触摸不到底部。不知怎么的，他冲出河面大喊着救命，和今天一样恐惧。

山洞里有个声音回应道："隆！隆！"

接着，光线渐渐亮起来，他突然看到了自己头上的洞顶，像肠子一般折叠卷曲。他就要被大地母亲拉出来，或者生出来——也许这就是阴道里面的样子。

隆听出其中一个声音是埃尔加的，紧接着一束光刺进他的眼睛，他赶紧举起双手挡在眼前，慢慢爬起来大叫一声，那声音充满了震惊、宽慰和喜悦。他摇摇晃晃地站着，一边喊一边蹒跚着向前走："埃尔加！埃尔加！埃尔加！"

那是火把的亮光，火焰猛烈地跳动着，黑影像一群群巨大的飞鸟在他周围闪动。啊，他，他看到山洞里的乌鸦已经在他周围聚集起来，准备在他死去的那一刻冲下来啄食他的骨肉。现在它们黑压压地飞走了，把他送回到光明之中。那火焰又亮又黄，刺得他其他什么都看不到，仿佛只有这团火在黑暗中向他一步步逼近。

接着隆看到了举着火把的人，埃尔加、霍克和希瑟。埃尔加把手里的火把递给霍克，自己冲上来一把把隆抱住。

"你身上好冷！"埃尔加忍不住叫起来。

"我没事。"隆说，他感觉到自己正在流泪的脸上露出了笑容。这时他的牙齿开始咯咯作响。

他们告诉隆莫斯就在上面，为他们举着火炬，根据莫斯所在的位置，他们知道了去那个红色洞穴的路，还有通往外面大洞穴的路。埃尔加紧紧地搂着他，几乎要把他抱起来。他走了太久——他们说——所以他们进来了。已经过去四天了。

"没有吧?"他说。

"没错,"埃尔加说,"的确是四天。所以我们才进来的。"

"我很高兴你们进来了,"隆说,"我的油灯都灭了。我没办法重新把它们点着。已经黑了好久了。"

"我们现在在哪?"她环顾了一下四周问道。这里的石壁上什么也没有,不过有个地方看起来好像有些交错的影子,但不像是洞穴熊,它们看起来非常方正。

"我不知道,"隆说,"我应该从没有来过这里,所以不认识。"寒冷和恐惧让他不由自主地打了个冷战。埃加尔把他搂得更紧了。

——这里是出口。莫斯就在前面。

他们从不再能看到莫斯火炬的地方开始在身后拖一条绳子,现在它像蛇一样躺在地上。他们边往回走边把它卷起来。没多久就看到前面的通道上有一道亮光,穿过去之后,隆发现他们来到他之前画画的那个洞穴,他的新作就在右边的石壁上。他之前顺着通道走到山洞深处,不过那不是索恩画狮子那个洞穴的方向,而是一条向上的通道。他的画就在这里,他好奇地盯着它,他想再看看自己到底画了些什么。

其他几个人也被吸引住了,他们停下来看了看。不过埃尔加希望大家尽早离开这里:"我们以后可以和部落的人一起来看,现在首先是要把你带出去。"

隆捡起之前在黑暗中绊到自己的那个洞穴熊头骨,他一边看一边用手摸着,他依旧能感觉到之前在黑暗中的那种感受,仿佛有什么东西要把自己吃掉。

隆把头骨放在洞穴中间一块齐腰高的石头上。他环顾着自己待了四天的山洞,开始是作画,然后是一片黑暗。他不知道哪部分时间更长。那感觉就像四年,甚至四辈子。等以后回到这里,他会让族人们去收集洞穴熊的头骨，然后带到这里来以纪念过去的四辈子。这里发生的事情总要说一说。

埃尔加的胳膊肘一直在轻轻地碰着隆。他们经过岩石上的猫头鹰，经过那片石笋地，然后就到了莫斯火把照亮的地方，正是大洞穴的最里端。看到隆还活着，莫斯兴奋地大叫起来，他举着火把跑下来，紧紧地把隆抱起来摇晃了几下。"好样的！你成功了！"

"是的。"

"你身上怎么这么多泥！"

"因为我在泥里爬了很久。"隆承认道。

他们站在那里叽叽喳喳说了好一会儿，他浑身都在发抖。通道遥远的尽头泛着昏暗的光芒，他们知道那是太阳的光芒，是他们最希望见到的亮光。

突然间，隆觉得自己快撑不住了。虽然马上就能出去，他却走不了路，两只脚已经失去了知觉。莫斯和埃尔走到他两侧，架着他的手臂越过泥泞的地面。他们停下来，让他稍稍地跺了跺脚，以恢复一些知觉。他的左腿很疼，他跳了几圈以让它放松一些。

这时，隆发现自己正对着一面光滑平坦的石壁，就在通往洞穴熊冬眠的两个山洞口之间。岩壁上有一块红色的印记。隆突然说道："等一下，我看到了什么。我还需要再做一件事。"

他们都不希望听到这个，于是表示反对，但隆还是打断了他们的话："我必须要画出来。"

隆逐一地看着每个人，他们只好同意。外面的世界在等着他们，毕竟光明就在拐弯处，离他们只有几步之遥。因此，他们就没再拒绝他。

隆从包里拿出装着地血粉的袋子和搅拌碗，让埃尔加朝里面吐了点口水。他把地血和口水搅成一碗红色的颜料。由于太过浓稠，他让其他人也吐了一些，他自己的嘴巴已经干到什么都吐不出来了。

颜料准备好了，隆走到岩壁边，小心翼翼地把手放到颜料里，手掌立刻变成了湿漉漉的红色。接着他把湿手按在岩壁上，慢慢拉开：一个红色的掌印，接近方形。

隆一遍又一遍地按着掌印，最先是蹲下身子从下面开始，然后直起来，尽可能地向上。他把掌印按成一头野牛的形状。一种新画法，看到的人可能会这样说。他越按越生气，他不知道自己为什么生气，也不知道生谁的气。但他知道和索恩有关，或者说和索恩的死有关。我们有个坏通灵师，我们有个好通灵师；我们有通灵师。这幅野牛图是他的手画成的，而他的手浸入到地血之中，他要把索恩的灵魂贴在石壁上，让它永远住在这个几乎把隆杀死的山洞里。而隆则会逃到外面的世界，再也不用想这些。它会向人们展示野牛人的模样，他的伟大，他的力量。他一遍又一遍地把手伸到颜料里再按到石壁上。他觉得每次按下去的时候手臂都会伸到岩石里面，直到手肘的地方。他不停地按着，直到颜料全部用光。

这时隆真的累了。他喝了点水，然后和大家一起向上走，走出山洞。他的手臂架在埃尔加和莫斯的肩膀上，左腿有些麻木，看来它想把他永远关在山洞里。他不予理会，一瘸一拐地走进光明的白天。

外面的光线让他忍不住伸出手遮住了双眼。

"我的天啊，你身上真是一团糟，"埃尔加说，"全身是泥。"

莫斯说："你的样子看起来就像是身上着了火，然后跳进泥坑里把火扑灭。"

"没错。"隆说。

过了一会儿，隆的眼睛适应了光明。他可以站着看看这个世界。下面就是环形草原，那座野牛石依然横跨在河面上，一切都还在那里。在清晨的微光下，一切都很平静。天上乌云密布，一阵阵风朝他们吹来。他们把他带回了营地。

回到营地之后，他们让隆洗了个澡，然后回床躺着。那一天，埃尔加一直在照顾他。回暖后的双脚如针扎般疼。虽然喝了很多水，但他依然觉得很渴。他也很饿。他还想多看看东西。

休息了一天之后，隆出去散步。

隆环顾着河谷，把里面的一切都看得清清楚楚。现在，他只想要埃尔加，想每天和她在一起。但不管他想要什么，他现在已经是通灵师了。从这方面来说，他永远也走不出那个山洞。他的漫游永远都不会结束。

第六个月的月圆之夜，隆与霍克和莫斯一起出去了。像过去一样，他们爬到峡谷的瞭望石上。月光下，空气中弥漫着一丝令人敬畏的气息。

"我们必须离开，"隆说，"埃尔加告诉我时候差不多了。我们要成立自己的部落，就住在这片瞭望石上。你们两个将领导我们，我是你们的通灵师。"

两个人点了点头，但似乎有些不安。眼前这个人是隆，是他们的朋友。他们知道他没有什么魔法，至少在孩提时期没有。隆知道他们在想什么，于是紧盯着他们的眼睛说："我不知道如何变成一个通灵师，但只要尝试便会知道。你们都很了解我。我们在没有起名字的时候就认识了。我不会在梦中神游或者飞到天上；也没有任何灵魂和我交谈或者来找我；我不会唱那些歌；我不会帮助生病的人。但我要告诉你们的是，"他伸出右手食指举到他们面前，然后看着他们的眼睛说，"我会在那些该死的山洞里画画。"

霍克和莫斯点点头。"我们知道，"霍克说，"我们都见过。"

没有人能像他那样画，莫斯告诉隆。那个山洞当然要靠他来照料。这是皮卡和索恩传给他的，还有一些其他通灵师的本领。对于部落而言，无论是老狼族还是新狼族，他们都可以在十月十日那天进去探访，唱着歌，看着火把映照下的动物。这么多年一直如此。对他们来说，这样的夜晚非常重要，他们一直记在心里。还有，它也有助于两个部落齐心，并且和周围的其他部落保持亲密友好。狮族部落肯定会支持他们。隆一定会带着他们度过这一切。索恩的笛子会通过隆演奏出过去的旋律。霍克和莫斯看到了这一点，也听到过，所以对此深信不疑。也许以后可以学习其他通灵师的魔法，通灵师都是一代传一代的。他会在确证的时候找到答案。希瑟也会帮助他的。你看到什么便会成为什么。让自己投身到所生存的世界里，观察发生的一切。

"好吗？"莫斯看着霍克。

"好的。"霍克回答道。

第二天很晚的时候，隆去找西斯特。西斯特正在河边。现在是六月的第六天，一轮半月悬挂在苍茫的夜空中，今晚的月亮呈现出岩石般的蓝色，皎洁的月光洒满整片大地。

"我现在是通灵师了，"隆告诉西斯特，"在洞里的时候我在梦中和索恩说话，他教我如何做，还告诉我我已经准备好了。在出发前我们去一趟山洞，你们将会看到我们的做法。"

西斯特点点头，紧紧地盯着他："好的，这样最好，我们需要通灵师。"

隆说："不过，你听我说，我们几个打算搬到上游北山瞭望石上的岩洞里。现在，部落里人太多，无法再挤在一个营地里生活。你和霍克不停地争吵，我们都看在眼里，恐怕以后会变得很难看。说实话，现在已经有点难看了。万一你们打起来——就像女人之间的打架一样——那就更糟糕。所以我决定和霍克、莫斯、希瑟、无所谓，还有唐琪，以及我们的孩子们搬到新岩洞里。我们依然很亲密，我们还会一起干活。我们还是狼族人。我也还是你们的通灵师，还会照应这个洞穴。希瑟也还是你们的药师。我们一起举办仪式，就像现在和狐狸及狮子部落一样。这样的话你可以在这里得到你需要的一切。你要抚养孩子，还有其他一大堆事要处理。你不可能一直在霍克的反对下做这些事情。没有他你会做得更好。这就是我们的打算。北山瞭望石很适合扎营，我们早该宣布那里为狼族领地。现在我们要这样做，也会一直做下去。"

在他说这些话的时候，西斯特一直在瞪着他，下巴上的肌肉像咀嚼骨头的鬣狗一般不停地移动。隆没有退缩，他努力让自己的声音保持平静，他的内心也很平静。经历过山洞中的事情之后，其他事情都不算什么了。他把一切都看得如同西斯特那张气鼓鼓的脸一般清楚。在阳光下，在大地母亲之上，所有一切都很简单和清楚。这一刻，他觉得自己可以一直平静下去。

等隆说完之后，西斯特没有立刻回答。他紧盯着隆的脸，似乎想认出他来，仿佛眼前这个人不是隆，而是一个陌生人，他想从他身上找到隆的影子。过了好一会，他才意识到隆已不是过去的隆。当然，成为通灵师会让一个人改变。通灵师都很奇怪，也很疯狂。隆在西斯特的脸上看出了他的想法。他差点笑出来，差点做出一副通灵师特有的意味深长的表情，甚至像树人那般疯狂的表情。一个让人不寒而栗的木质面具。

西斯特正在努力思考隆刚才说的话，但隆不想分散他的注意力。他是一个思维敏捷的人，所以才能当上部落首领。这些年他做了无数次决定和判断。在他的带领下，部落平安度过了大多数冬天，人们相处得也很好。这是他的成就。索恩很尊重他。

最后他把目光移开，说："我要先和桑达谈谈。"

说完他又快速瞥了一眼隆，似乎担心他会嘲笑自己，或者提出这是他个人决定的问题。

但隆心里很清楚，他只是说："我也和埃尔加谈了。每个部落都要靠女人来打理，在这方面我们也一样。"

西斯特点点头，目光里透露着惊讶和感激："好吧。你们搬上去应该会比较好。猛犸部落的人一直在请求加入我们部落，这样的话我们也可以接纳他们了。这样很好。不过以后你们遇到困难，我们就帮不上忙了。我的意思是，我们不会再重新接纳你们。"

"没问题。"隆说。

在夏至的庆祝仪式上，隆站着吟唱了那首夏至之歌，内心依然很平静。两个部落的人为此聚集在一起，每个人都能看到和感受到他的变化。隆站在前面，脸上戴着索恩的野牛面具，身上披着埃尔加为他缝制的潜鸟羽毛斗篷。他向着正午的太阳举起索恩的最后一根年鉴，嘴里不停地吟唱。

那天晚上，晚饭之后，跳舞开始之前，隆举着火把把大家带到山洞前。他们走在斜坡上，两侧岩壁上有不少绘画和雕刻，这些线条和点都是皮卡画的，似乎在欢迎大家到访洞穴内的世界。大家排成一队走进去，还在地上摆了一排灯来照亮脚下。隆向他们讲述自己的探访故事，带着他们参观索恩画的雄狮狩猎场景。再次见到这一切时，他依然觉得很震撼。这个时候，他无比想念索恩，几乎要哭出来。但眨眼之后，他又恢复了通灵师的冷静。隆又带领大家去看他新画的那幅野牛和马。人们坐在他曾在黑暗中趴着摸索过的地上。隆移动着火把，这样就能看到动物们在闪烁的火光中移动和奔跑。隆让大家注意马抬起头的样子,他移动火把好让他们看清,不少人看到后吓得倒吸一口气。再然后,隆拿出索恩的笛子,再次唱起夏至之歌:

> 感谢夏天的再次降临,
> 请赐给我们足够的食物过冬,
> 我们为这样荣耀的一天而庆祝。

隆让大家拿起油灯,继续探访旁边的洞穴,他们可以把见到的熊头骨捡回来。每个人都很喜欢这样的探险。大约半个时辰之后,他们回到画着马的洞穴里,一共带回来七个头骨。他们小心翼翼地把头骨摆放在隆在黑暗中发现的那个头骨周围。之后隆带领大家唱着歌走出山洞。走在队伍后面的几个人负责拿灯。走出山洞,走下斜坡,他们走向午夜的篝火边,他们将在那里跳舞,直至天亮。夏天再次来临。他们很快就要向北跋涉到驯鹿那里,还有八八节。两个部落又一次合在了一起。

> 我是第三道风,
> 我来到你身边。
> 当你一无所有的时候,
> 当你无路可走却又不得不前行的时候,
> 在你最需要我的时候,
> 第三道风才会出现。
> 所以现在我来找你,
> 告诉你这个故事。

天亮之前,隆离开跳舞的队伍回到他们建在瞭望石上的新营地，躺在那张和埃尔加、小幸运还有小燕雀一起睡觉的床上。他突然有种和刚从山洞出来时一样的疲惫感。

隆从河面之上的壁架向下俯瞰，他看到了峡谷的入口、野牛石，还有后面的一道道山脊。黎明的曙光洒向这个世界。他坐在床上，看着天一点点变亮，天空由灰变蓝，就像跳来跳去的松鸡后背。

然后，他站在野牛石的背上，河水在脚下流淌，索恩站在他身旁，冰封的河面很快就要解冻，不时传来一阵阵轰鸣声和劈裂声。

"我以为你会待在山洞里。"隆说。

索恩摇了摇黑蛇一般的脑袋说："你可没那么容易摆脱我。"

隆叹了口气。他说得没错。"我一直在为克里克难过。"

"你不用担心克里克，"索恩说，"克里克是我的精神支柱。我会找到他，让他离你远一点。你完全不用担心他。你需要担心的人是我。"

"我看出来了。"

索恩点点头："你永远也摆脱不了我。现在的我已经住在了你的心里。"

"你可以放心地走了，"隆说，"你做了应该做的一切。现在你可以变成火器山的基石，最中间的那颗星，也就是取火棒和底座接触的地方。"

"我可不这样认为。我要一直跟着你。"

隆又叹了口气。那些红色的手印把他粘到岩壁上，但索恩并不介意。隆说："我希望你不要这样做，但我无法阻止你。你可以做你想做的任何事。但无论你做什么，我都会按自己的想法做事。你可以一直跟着我，就像希瑟的那只猫一样。那你就变成又一个四处游荡的强盗。"

索恩点点头:"没关系。只要你能记住就行。记住那些古老的办法,那些古老的故事。记住那些动物,它们是你的兄弟姐妹。记住你该做的事情,该扮演的角色。记住我,还有我教给你的一切,一定要记住!"

说完,索恩走到野牛石的一边,顺着山谷俯冲而下飞走了,展开的翅膀如苍鹰一般。那飞翔的场面十分震撼,隆一下子惊醒过来。

已经到了清晨。隆向四周望了望。由于跳了整整一夜的舞,人们都还躺在床上睡觉。埃尔加已经在河边了,正和几个女人说着话。小幸运坐在脚边的熊皮上自言自语。小燕雀在他身旁的睡篮里扭来扭去,咿咿呀呀个不停。希瑟站在新搭好的架子上,在一堆袋子和桶里翻来翻去。

"好的,"隆在心里告诉索恩,"如果这是你想要的,我愿意接受。"

这时小燕雀似乎做了哥哥不同意的事情,小幸运摇着她的摇篮:"不行!不行!"

"嗨,"隆说,"别打扰你妹妹。"

"她在吃自己的手套!"

"没关系,让她吃吧。来,再给我唱一遍四季歌。"

小幸运站起来开始吟唱:

> 秋天,我们一直吃到鸟儿飞走,
> 我们在月光下翩翩起舞。
> 冬天,我们睡着等待春天,
> 寻找星星的转动。
> 春天,我们会一直饿到鸟儿回来,
> 祈祷太阳的照耀。

夏天，我们在节日里跳舞，
把我们的骨头埋在地里。

"不，不对！"隆纠正说，"是两两躺在地上！一定要记住！"说完他伸手甩了孩子一耳光。